主编　凌翔

当代著名作家精品书系

半截楼

赵公林　著

天津出版传媒集团

天津人民出版社

图书在版编目 (CIP) 数据

半截楼 / 赵公林著 . -- 天津：天津人民出版社，
2020.10
（当代著名作家精品书系 / 凌翔主编）
ISBN 978-7-201-16229-4

Ⅰ.①半… Ⅱ.①赵… Ⅲ.①长篇小说－中国－当代
Ⅳ.① I247.5

中国版本图书馆 CIP 数据核字（2020）第 121350 号

半截楼
BANJIELOU

出　　版	天津人民出版社
出 版 人	刘　庆
地　　址	天津市和平区西康路 35 号康岳大厦
邮政编码	300051
邮购电话	（022）23332469
电子信箱	reader@tjrmcbs.com

责任编辑	岳　勇
特约编辑	吕　妍
封面题字	马建钧
装帧设计	陈　姝
主编邮箱	jfjb-lx2007@163.com

印　　刷	唐山楠萍印务有限公司
经　　销	新华书店
开　　本	710 毫米 × 1000 毫米　1/16
印　　张	20.75
字　　数	258 千字
版次印次	2020 年 10 月第 1 版　2020 年 10 月第 1 次印刷
定　　价	59.80 元

目 录

第一部

半截楼前的老槐树下，五老奶奶坐在那块不知被几代人坐得滑溜溜的石头上，又开始给孩子们讲她讲了很多遍的那个故事。

　　村里一个人牵着牛去东坡犁地，累了，走进山上的老牛窟想休息会儿。五老奶奶解释说，老牛窟是一个山洞，大着呢，一群牛都能挤在里面，冬暖夏凉的。她说，那人走进去，见有两个白胡子老头在下象棋，石几石凳，一壶茶水，三个茶碗。他站在那里看棋，也自己倒茶水喝。那茶壶也奇怪，里面的茶水尽喝尽倒尽有。看着两人下棋，也瞧着窟外，他见树木、庄稼、野草一会儿绿了，一会儿黄了，一会儿又绿又黄；花儿一会儿开了，一会儿谢了，一会儿又开又谢；那条小河，一会儿哗哗流，一会儿凝结不动；天上也时而飘雨点，时而飘雪花，时而太阳刺眼。几次三番，他都没在意。一盘棋看完，走出老牛窟，他的耕牛却不见了，打量四周，庄稼也不是他种的，路也不是他来时的。摸索着回到村子里，原来的茅草屋、茅草棚都变成了瓦屋瓦房。他找不到自己的家，街上也没有他认识的人，也没有人认识他。提起谁谁谁向人们打听，一个老头说谁谁谁是他祖爷爷，他说他就是谁谁谁。看着年轻力壮的他，人们都很惊异，谁也不敢相信。一百多年了啊。

　　后来呢？孩子们问。

　　五老奶奶答非所问，老牛窟还在。

一

回——来。高且源的爷爷费劲地说出最后这句话。

确切地说，有气无力，有息无声，弱如寒蝉扇翼，这不能算作能起交流作用的一句话，只是孙子高且源，儿子高占坡、高拧筋，他们从老人双唇的蠕动中破译出的意思。但这破解之意，在高且源心里回荡着，却也变成了急切、渴望而又有几分无奈的呼唤。

人将去，世事难见。

中午时，爷爷清醒过来一阵子，紧抓着高且源的手不放，话说回来，那时还能听得见些声息，却很是吃力。前天，他拄着铁锨把当拐杖，支撑着八十六岁的身躯，蹒跚地到了村东的地，还爬上高坡四处张望，还下到地里剜几锨已开冻的土，蹲那里抓起一把，自语道厚着呢，也是这么费劲。此时，春风和煦，月挂半空，已近夜半，爷爷再次醒来，呼出游丝般气息，又无力地翻了下枯陷下去的眼皮，似乎要再打量一眼这美好的人世间。

"你老人家还有放心不下的事？"五老奶奶从小板凳上费劲地站起身，小脚向前颠两步，把身子佝偻向已被架上灵床的高且源的爷爷，说，"走吧，过了这个时辰你再走，还得白搭一顿饭，多给孩子们留几口。"五老奶奶对满屋子的人解释说，人过了子时走，是想再赖人间一顿饭，不想给儿孙们多留些，儿孙们会越过越穷。

见高且源的爷爷对她的劝说没有动静，五老奶奶又像耐心规劝一个赶上门来的乞讨者，也像规劝一个不愿离开村子到繁华城市去打工挣钱的村人，继续道："那边不孬，穿绫罗绸缎，喝琼浆玉液，出门不坐轿子就坐马车。"她送过不少人离开这美好人间，深谙每个临终者的留恋，不愿离去。"有心事，看看，不想走。"她又感叹，"多少人把心事都带进了坟墓，坟头上的花花草草都是心事长出来的。"挪回小板凳又叹息，"世上哪有长生不老一直种庄稼享用粮食的？"

高占坡念叨，高拧筋念叨。

"我们齐了，孙辈们齐了，都过得不孬，还有什么不放心的？"说着，满屋子里瞅着，他们要找到依附老人心事的物件。

小院里，一颗未发芽的枣树、槐树，一地清淡的月光，一片小村夜的宁静。三间屋子里，桌椅板凳，锅碗瓢盆，不倦的灯光，还有床头边静卧的一个木头柜子。这些年来柜子整天锁着，高且源的爷爷从没在他人面前打开过。没有人知道里面藏有什么。高拧筋四处找寻，不见钥匙，伸手捏住锈迹斑斑的旧式铁锁一把捯开，从柜子里抱出几件半新不旧的衣物，还翻腾一遍每个口袋。没有什么值钱的东西。他把衣物放在老人手上，老人没动静。

高占坡在柜子底层翻腾出一个坛子，捧过来，问道："爹，这坛子？"

高且源的爷爷手指触摸到包裹坛子的绸布，触摸到坛身，两滴浑浊的泪水在眼里打转，嘴角又蠕动下。

坛子，没有什么别致处，粗瓷，漆黑，村人们腌制咸菜的那种，高且源去镇上、城里上初中、高中，没少背过那咸菜疙瘩。他记起，那天放学从镇上回来，他像往常一样去半截楼里找爷爷，爷爷正走出来，两手就捧着这坛子，高且源想接过来，爷爷不肯，笑着说里面有宝贝。那是爷爷从支部书记位子上退下来的当天下午，收拾了收拾，只抱回了这坛子。到了街上，他还停下脚步，回过头去，又打量那半截楼的村办公室。他的影子，好像被钉了住，拖得很长也拽不回家。到家后，他便把坛子放进柜子里，锁上。

看到高且源的爷爷手指动了下，眼里还饱含一滴浊泪，五老奶奶很确定地道："是这心事了。"

高拧筋见老人嘴角蠕动下，顺着中午的思路，也是顺着前几天过年时爷爷交代的话，猜出是让高且源"回来当村支书"这意思，忙不迭地对高且源说："快答应你爷爷，让他老人家走得安心。"

高且源滴泪点头："我回来，爷爷。"

"爹，且源答应了，你老人家放心走吧。"高拧筋道。

高且源的爷爷抓着的高且源的手徐徐松开，撒手人寰，再也无关乎满院的春风明月。

"给省了顿饭。"五老奶奶长舒口气，坐回小板凳，还带着几分得意，好像她从高且源的爷爷口中给高占坡、高拧筋他们争得了几口袋粮食。

三麻子，高且源他爷爷的三弟，高占坡、高拧筋的三叔，高且源的三爷爷，小时候出过天花，满脸留下大小不一、深浅不等的疤痕。村里人俗称"麻子"，说他大麻子套小麻子，小麻子里面能泉水①。一个麻子坑一个心眼儿。此时，见灵柩已停好，他遂以长者的口吻说："打开坛子。"捋下干瘦的下巴，似乎那里有一撮山羊胡须，"说不定里面有金元宝、'袁大头'。"身子往前探探，"也许不少，你们兄弟俩平分。"又半开玩笑地说，"给我两块也未尝不可。"

"谁说不是呢？"五老奶奶浑浊的目光落在坛子上，移动不开，又叹气，"什么对我都白搭啦。"

---

① 泉水：泉，动词。指水从地下涌出。此处指三麻子的麻子坑深。

高拧筋敬畏着心，把坛子放在桌上。"是金元宝就好了。"三两下撕开塑料缠裹着的封口，从坛子里摸出一个蓝布包。

屋子里挤满了人。"发丧要到，娶媳妇要叫"，半截楼村高姓家族的人，听说他们中辈分最高的老人快不行了，都自觉地聚集过来，要安慰、送一程一个即将消失的肉体和灵魂。随着高拧筋一层蓝布、一层防潮纸、一层灰暗的白布，三层徐徐展开，围观的十几双眼睛不禁一亮，最后展开的是一面党旗。

"啧啧，"咂着嘴，竖着大拇指，口吃着道，"不……愧老……党员……老……书记。"

高拧筋又翻看其他东西，十几张发黄的纸张，爷爷的奖状，"工作积极分子""优秀共产党员"，还有张任职村支部书记三十年的光荣证。高拧筋随翻看随丢一边，又拿起一本小册子，睁大眼睛念出一个"中"字，第二个繁体字，他看得离拉麻花的^①，随手递给高占巧。高占巧念道："《中国共产党党章》，一九四五年六月十一日，中国共产党第七次全国代表大会通过。不得遗失，注意保存。"

高占巧念字不口吃。

高且源的爷爷十四岁被国民党的军队抓了壮丁，时隔几个月，在一次战斗中被俘，参加了解放军。一九五〇年，跨过鸭绿江参加抗美援朝。一九五一年的一天，他所在的部队遭遇到美国军队四个坦克连的进攻，正当他们要组织敢死队去炸坦克履带时，敌人坦克炮雨点般落在阵地上，一个火球朝他的右侧飞来，"不好"的喊声还没出口，弹片先是削掉他右肩胛上的一块皮肉，接着击穿他的下巴，他一下子歪倒下去。待他再爬起来，副机枪手和弹药员都已牺牲，班长腿上也负了伤。从战场上下

---

① 离拉麻花：视物不清晰。

来，他到营部包扎所包扎，营长见他嘴肿得厉害，不能吃，不能喝，不能说话，叫他赶紧到团卫生所医治。到了战地医院，医生见他下巴骨都打碎了，因医疗条件所限，让他回国治疗。临行前，连长从怀里掏出一本皱皱巴巴的《党章》递给他，说今天是他党员转正的日子，从现在起他是一名中共党员了，这本《党章》送给他，要好好保留，日后国内见。他见连长说完话，转过身抹了把眼泪。没想到这一别就是永别，连长再也没能回国。高且源的爷爷回国治愈后，脱下军装，偏着半个脸复员回到村里。后来有人劝他去找公家，让公家给安排个工作。他想到的却是对共产党的感恩，没有向组织开口。高且源的高祖父、曾祖父一直到他爷爷，祖辈都是贫苦农民，新中国成立前高且源的曾祖父因交不起租子，被村里的潘姓地主毒打一顿，忧郁致死，十一岁的爷爷给地主放牛还债。他对共产党有深厚感情。他说，我的这条命都是共产党给的，没有共产党帮助咱穷人闹革命翻身，我早不知在哪里了，还能再给党添麻烦？

高拧筋把那本《党章》从高占巧手里拿回，扇扇子样掂量两下，似乎在估摸它的分量、价值。"这算个老物件，且源查查值几个钱。"又说，"这里还有几本，都不一样。"啪啪拍拍，放成一摞，"坛子里还有东西。"

或许因为老人离去的悲戚，或许因为心中期盼着金元宝、"袁大头"，高拧筋声音发颤，手发抖，从坛子里往外抽，被卡一下，松一松，又慢慢往外抽。随着他的手慢慢出坛，一沓人民币冒出来，几毛几元的。"还有还有。"高拧筋慌不迭地说着，手再次伸进去，又搜出来一沓，十元的，又一沓一沓，百元的，五十元的。

高拧筋几乎惊叫起来："钱，统统是钱！"

三麻子摸着坛子，像肯定他刚才的说法，言道："这也算是金元宝了，还有这些书本子。"

"他老人家一辈子省吃俭用。"看着攒下这么多钱，高占坡更是悲伤。

"有八万多块，"高拧筋右手按在钱上，"发丧花不了。"

"他……老……人家是……个有……心人，想……让你们发……个……大丧，好丧，"高占巧说，"还……不……让……你们……花……钱，你……们……啧啧。"

"俊秃俏麻，结巴子爱拉①"，三麻子、高占巧都应了这句俗语。三麻子七十多了，还三天两头把衣服洗洗换换，穿得干干净净、板板正正的。高占巧口吃，但就是喜欢说话拉呱。三麻子说他，怕话把子掉下来砸你脚面子。又说，不说话没人拿你当哑巴。高占巧依然口吃着说，想说怎么办？说话又不花钱买去。他口吃得厉害，有时憋得面红耳赤，别人都替他着急，不得不替他把话接下去。没人接，他"啧啧"两声，把话头留在那里，说不出意思，让人们猜去。

"我们往好办。"高拧筋接过高占巧的话茬，不自觉中把钱码成两摞，差不多一般高，"大大方方地操办，鼓乐队、旗锣伞扇都花钱请，汽车、电视机、电脑、洋房、鸡窝、羊圈都扎纸。"

五老奶奶想着自己的心事，抹抹潮湿的眼角，说道："怎么发丧我啊？哦哦……"像是啃了一大口刚出锅的热芋头，哽咽得她两眼衔着泪花。

高且源想着爷爷活着时对自己的疼爱，满心感伤，翻看着爷爷的证书，也翻腾出几页纸张，小学生作业本上的，上面歪扭七八写了些字。高且源认出是爷爷写的，也不是一两天写就的，分段不分段的，也少章法，还有些啰嗦。爷爷沾了亲戚的光，读过三年私塾，到爷爷老了，高且源还听他豁着牙背诵《三字经》《朱子家训》。爷爷写道：有一本《党章》有年头了，也有来历，还有其他几个年月的《党章》，都要当传家

---

① 俊秃俏麻，结巴子爱拉：秃子爱俊，麻子爱俏。结巴子，口吃。爱拉，爱拉呱。

宝。一辈子了，也没挣下什么家业，不能给儿孙们留下金银财宝、万贯家产，这几个钱有儿孙们平日给的，也有公家发的养老金、军人补助什么的，没花了。人，吃喝用项花不了几个钱。这些钱都不能动，把半截楼修了，不能再让人家"半截楼村半截楼村"地叫，要让他们叫整楼村、新楼村、高楼村、福满楼村。

村里有一宝物……

高且源念出了声。念到这里他停了下来，翻看背面，没字；四下里寻找，没找到其他纸张。

"念的嘛？！"高拧筋气呼呼的，几乎是把那几页纸抢在手里的。开始，他见这么多钱，盘算着发丧不光不要掏自己腰包，最后还能分三万两万的，听高且源念到钱不能动，修建半截楼，他真怀疑高且源念错了，也怀疑是不是他爹写的。听到"村里有宝物"，心里又不禁惊异。他老人家玩儿得还怪深呢。抢过那几页纸，他不想让高且源念下去，想把"钱不能动"从纸上抠去，从一屋子人的脑子中泯灭掉。他也想，不能让高且源把宝物的秘密泄露出去，他要从那几页纸上发现蛛丝马迹，最好能找到藏宝图。但除了高且源刚才念的，他把乎半天也没有发现关于宝物的更多内容。

三麻子手里的香烟燃着，烟灰老长了也没反应过来弹下。

高占巧啧啧咂着嘴。

"这……这……"

五老奶奶抹干了眼泪，怔怔地看着躺在灵床上的老人。

一时间谁都无话。

丧事办了，那钱没动。

二

回村参选支部书记，是高且源不得不从城里拔寨、退守乡村的最佳选择。前几天过春节，爷爷又几次提及此事，临终又含泪交代，几近乞求，近乎死不瞑目，这让一向被爷爷疼爱的高且源更是下定决心。那天他对妻子这样说，逃离的村子，变得美丽洁净了的村子，像一块磁石吸引着他铁了的心。

前天，他找到乡机关干部马一腾，说了自己的想法。马一腾是乡党委组织科副科长，驻村帮包半截楼村，知道基层组织建设的重要性，明白选好一个人带动一个村的道理，加之，企业老板回村任支部书记是亮点工作，做成了，他有成绩，心里自然高兴，说大老板回村任职，他巴不能得①，乡党委、政府也一定欢迎、支持。高且源喜不自禁，下保证地说一定干好，不给他丢面子，给他添光增彩。昨天，马一腾又给高且源打电话，说乡党委李晓丽书记很是赞同，李书记说要他多和村里的党员交流交流，谈谈心，争取党员们支持。

这天高且源从城里来到老家，与父亲商量此事。父亲高占坡见高且源决心已下，不忧不喜的。

"心里要有准备，村里工作不好干。"

曾经当过十几年村支部书记的父亲说出这话，自然是他触心的感慨。父亲当支书时的一些情景，也刻印在高且源的脑海里，对父亲这话里的酸味苦味，自然也能体会得到。那年暑假，高且源大专毕业回家，走进村委会，见一乡干部正对着高占坡吼叫：一个多月了，这点事办不完，

---

① 巴不能得：求之不得。

拖到猴年马月？屋子里一台摇头扇呼呼地转着，高占坡上身只穿一件背心还汗流浃背，坐在长凳上，拿毛巾不停地擦着，不抬头地答应着是是是。夏季公粮没有完成，乡干部在发脾气。那年过春节，初一天蒙蒙亮，高且源早起给家族的老人们去拜年，见自家大门旁用一根秫秸挑着一刀冥纸竖在那里——村里死人发丧时的做法，一定是父亲得罪了谁，夜里被人偷偷放的。在村子里，这可是最恶毒的诅咒——因为公粮、宅基地、计划生育等等工作，要粮、要钱、要命，父亲干得真是猪眼里掉泪①，没少受难为。

不过此时高且源想，现在和那时不同了，钱不要了，粮不收了，计划生育放开二胎了，又净是些给钱、给物的工作。况且，百把人的厂子他都干得溜溜转，一个村子的事还有什么大不了的？他心里想着，但却没有给父亲出此大言，嘴上说的是："现在中央提出乡村振兴战略，各级都大力支持农村工作，我想干好。"

"事儿不少，你还要建厂子，都要兼顾，干就干出个样子来，不能让人家背后戳脊梁骨，说三道四。"

高且源点头，胸有成竹的样子，说道："先把半截楼修了。"

"那是你爷爷的大心事。一辈子，你爷爷对村里的工作没点二心。"

已变成薄薄一页纸的爷爷，挂在堂屋北墙上，高且源看到爷爷在微笑，觉得爷爷对他的决定很是赞同、满意。

高且源的母亲一听他们说当支书的事就来气，插话道："你们爷们的想法就是跟人家不一样，干什么支书？有什么出息？"转向高且源，"你爷爷干，你爹干，到头来落什么了？混城里多好？人家都去城里混！"

高且源的爷爷从部队复员回村后，于二十世纪六十年代当了村支部

---

① 猪眼里掉泪：猪少灵性，很少有流泪的。比喻极度伤心。

书记，一直干到九十年代初。爷爷还活着时，蹲在地头或坐在庭院里，几次给高且源说起他曾经的"风光"。爷爷说风来雨去三十年。说着，脸上尽是些自豪。一个冬天，北风吹，雪花飘，全村老少爷们、姊妹娘们干得热热乎乎，东坡的地整成八块大寨田，五百多亩，一个生产队一块，拖拉机突突地开进去。爷爷手比画着，好像比他五指做的向前爬的动作还容易得多。没整大寨田以前，有的地块小的，爷爷继续对高且源说，你三爷爷锄地，记得是十二块，锄完怎么查都是十一块，找不到那一块了，生气不查了，拿起席夹子扣头上要走，这才看见那块地。哈哈哈，席夹子盖住了，你说那地有多大？

高且源记得，因为半截楼村每年交的公粮，和情况差不多的周边几个村庄相比，都多不少，社员们都怨爷爷，恨爷爷，看他脸上有从朝鲜战争上带来的伤疤，背地里都叫他"半脸狼"，狠毒。不过爷爷说，当村干部，哪能不听公社的，不听上级的？

爷爷也说过那年冬天挖村东的水库，说高且源的爹干得不孬，别人两人抬一筐土，他爹一人挑两筐。公社书记看见了，说那小伙子还行，叫他入党。一提及这事，高且源就脸红。他爹高占坡是突击入党，多少年来社员们都叫他爹"两筐土党员"。

爷爷不当书记后，父亲高占坡接着干了，一直干到新世纪初，十一二年。现在的书记是潘三玉，接替高占坡的。

到了晚年，让高且源回村当上书记，成了爷爷的一块心病。高且源一回家爷爷就对他说（甚至是唠叨），你回来，我要看着你当上支部书记，让村子变个样。正直的爷爷不满潘三玉的做派，觉得他心不正，胡打歪踹。

然而那时，高且源在城里的厂子正办得红红火火，他正野心勃勃、信心百倍，发誓不光要把厂子干下去，还要不断发展壮大，甚至想成为全村、全乡乃至全市最有钱的人。村，岂能回？支部书记，多大的官？多肥的差？全国党员谁不能干？谁干不好？就差他一个？

此时，看着儿子高且源刚毅成熟的脸，高占坡也增添了不少信心，继续道："眼前要做的是参选。村里党员要打打招呼，给他们说说自己打算，让人家知道你的想法，选上才过第一关。潘三玉不想丢支部书记，这几年他又发展一些党员，还有他兄弟几个，不会投你票，他们一定会争，顺利不了。让你三爷爷出出面，能说进话去的党员去说说。"

高且源想起二叔高拧筋曾几次拍着胸脯打包票^①，说保证他当选，说道："还有我叔。"话音刚落，高拧筋一步跨进来。

高拧筋，原名高占岭，因为他总喜欢跟他看不顺眼的人们、生灵们包括他（它）们的作为和作为的结果，甚至跟各种各样的、各色各姿态又左右不了的自然之物别着干，时间一长，便得来"拧筋"这外号。驴朝他扬蹄，他把驴拴在枣树上，抓住驴蹄子用鞋底啪啪地扇，嘴里还不停地骂着，蠢驴，让你发贱，想踢你好心的主人，真是蠢驴。那次烧锅做饭，锅底下填进去一大把麦秸，麦秸潮湿，光冒烟不起火，他对着灶口吹半天，还是只浓烟滚滚地往外冒，熏得他两眼噙着泪。大为光火的他，一边把头往锅底下伸，一边说让你烟让你烟，看你敢烟死我。烟死拉倒。他把头伸进去，大火忽然蹿出来，眉毛给他燎去，额上的头发被烧成卷发。开始时，人们还背地里"高拧筋、二拧筋"地叫他，后来当着他的面也这样叫，他也不生气，还说人无外号不发。我拧筋的是理，聋子二哥怪不拧筋，整天随曲曲就弯弯^②，好好好是是是，他占不着理，找不着理占。在另外一个场合他又说，什么是占理？占理就是嘴硬，"得

---

① 打包票：保证。
② 随曲曲就弯弯：没有主见，别人怎么说怎么是。

理不饶人，无理争三分"。他媳妇常说他，你到什么时候才不拧筋？他歪着头露着脖子上的青筋说，死了就不拧筋了。

"正说起你。"高且源见二叔来，忙站起身让座。

高拧筋脸绷得像"石婆婆"①，不答话。刚才在街上，他看见高且源的车子停在那里，又遇着正要下地的高且源的母亲，问且源来了？高且源的母亲还生着气，说，正说呢，回来当书记。

父亲死后留下的八万块钱，还在大哥高占坡那里放着，怎样才能把应该属于自己的那份弄到手，成了高拧筋这些天来的一大心事。那天，他愁眉苦脸地和媳妇商量，问怎么办？媳妇毫不含糊地说，分，一家四万，零头有多少分多少，剩一分也掰两瓣，一家一半。参说留着盖那半拉子破楼。谁盖？媳妇明知故问。且源回来当书记盖。不让他当书记他怎么盖？对对对，我怎么没这样想？还一门心事想让他当上，咱跟着沾光。他当上了那钱还能分？没点儿门。媳妇说，他当上就盖那楼，你天天跟他打架都没用。对对对，高拧筋说，他不当书记还能再觍着脸②、伸着头盖？再说了，他当几年书记，咱能跟着沾四万块钱的光？看起来古人说得真对，熊和熊掌不能兼得。媳妇说鱼和熊掌。反正都是那个意思，高拧筋说，他不能当，钱，分，统统都分，一分不留。他不当谁当？高拧筋又问。媳妇说潘三玉。那熊羔子不是咱的人，跟咱不一心，我看见他头就炸了。除他谁还行？找个更不是样的，不是争不过他？媳妇说，咱现在为的是钱，四万多块，一百元一张多少张？四百张，这么厚，媳妇比量着说，一次数这么多钱你一辈子有过几回？一回也没有过

---

① 石婆婆：民间传说中的女性人物，因历尽艰难替他人把孩子养成人，备受百姓尊崇，建有供奉她的庙宇，因其雕像是一尊石质的老婆婆，人们亲切地称为石婆婆。石婆婆面孔俊美，但少笑容，本地便以石婆婆形容人的严肃脸面。

② 觍着脸：厚着脸皮。

吧？高拧筋嬉笑着说，叫你说的我手指头都痒痒了。钱是爹，转过来说，爹能当钱？背着爹上火车不光不能当钱花，还要掏钱买车票。钱可是好东西，都说有钱能使鬼推磨，我说，有钱能使磨推鬼。

"这些天可忙？"高拧筋问高且源。

"闲不住，叔。"

"忙就挣钱，挣钱就好。"高拧筋在大桌子旁的高椅子上坐下，面孔还是板得苦大仇深似的。高且源倒一杯茶水端过来，他也不接，不瞧一眼，继续说，"这个社会就讲钱，都想着挣钱。憨巴二孩的媳妇不知道屙尿拿了钱还知道不丢手，鸡还知道争米，狗还知道争骨头，小孩，奶头一放嘴里不哭了。"

在高且源心目中，二叔一向是大大咧咧、不拘小节、天塌下来人人有份的那种和善、随和、可亲、可爱、可尊重、敬仰之人，没想到此时竟说出这些无厘头的话，看着父亲不言语，他也不知怎么接茬，只是在心里笑着想，二叔真有意思。

嘴巴快活一阵子后，高拧筋喝口茶水，接着道："茶叶不孬。村书记不能干。"

高且源眉宇间皱出一个大问号，呆然地看着高拧筋，眼前也浮现出今年过春节时的情景。

今年春节，高且源带着妻儿从城里回来和爷爷、父母还有二叔一家人一起吃年夜饭，熬夜过大年。因为厂子要拆迁，高且源做了回村建厂子继续发展的打算，饭间，他喝下一大口酒，像是要给自己打打气、壮壮胆，握着拳头说打算回村来。爷爷听了，笑得满脸皱纹像一山地的芋头沟，拥挤，深深浅浅，三高五垯，说他盼多年了。高拧筋正把酒杯放嘴上，听高且源说这话，只呷了半口，便急忙把杯子拔出，酒也没来得及品味便吞进肚里，咧着嘴蹦出"早该来"三个字，并且每蹦出一个字来他拿着筷子还要往空中戳一下，接着又说，我是《杜鹃山》里的雷刚，有话就说，直说，实说，不像《艳阳天》里的弯弯绕，吞吞吐吐，绕弯子。指指前院燃放的一个二踢脚在空中绽放出的绚丽焰火，又道，一个村里一个家族出三代支书，多好看？！到了新年的钟声敲响，高且源送高拧筋回家，一路上高拧筋还挥舞着拳头，呼天嚎地，怕压不过满村子噼里啪啦的鞭炮声似的，说，且源，书记，你一定回来当，他们，一定打倒、打败，再踏上一只脚，八辈子不得翻身。

高且源岂能知道二叔高拧筋心里的小九九？家族好看，自己光棍①，在村里事儿好办。

有好几年时间，高拧筋实在是气不过。村西，高拧筋的地和潘二银的地原是一块地，只是分田到户后由地头上一块石界分开了。高且源的爷爷当书记时，高占坡当书记时，高拧筋不在自己地里堆畦，麦子、玉米都骑着界线种。潘二银说没畦墙你怎么浇水？高拧筋说你弄出来不就有了？我弄出来在我地里。在你地里也能当水，都弄不白搭地？我不白搭地？那是你的事。潘二银自己嘟哝，争来争去一畦墙，让你一寸又何妨？万里长城今犹在，不见当年秦始皇。高拧筋道念什么和尚经！高拧筋常在大街上说，你家死个人火化都得找我爹开证明。后来又说，你家死个人火化都得找我哥开证明。后来，潘三玉当了村支书，潘二银地里的畦墙便滚到了高拧筋地里，高拧筋也只是镢头砸着地暗骂，砸死你这个不吃人粮食的畜生。前段时间高且源的爷爷去世，去开火化证明，潘二银说，问问他，他家死个人火化怎么找俺开证明了？高拧筋叹口气对媳妇说，咱爹当书记那会儿，老大当书记那会儿，我喊大金二银三玉大

---

① 光棍：有能耐、不窝囊、厉害、聪明（和"眼子"相对，和"能行的"差不多）。也说"光棍茬子"。

叔二叔三叔的，他们都不好意思答应，那熊样，恨不得喊我叔。哼！

看着傻笑的高且源，高拧筋问道："你打算干？"

高且源点点头，说道："刚才正说起选举，叔，您还得多操操心。"

高拧筋听高且源如此说，心里暗憋着一口气，不看他哥，也不看高且源，眼睛盯着墙角，仿佛他要说服墙角处那把扫帚，说服了扫帚便说服了高占坡和高且源。

"'人往高处走，水往低处流'，人家往外走，往城里走，去北京上海哈尔滨烟台，你倒好，往家里来，往山旮旯里钻。农村还有什么？光剩老头老嬷嬷^①小孩了，还有什么干头、什么奔头？有什么出息？再过几年就消失了，没有了，荒草湖泊，荒山野岭，没有人烟，遍地狼嚎。"捏着茶杯，又像自言自语，"村书记，没本事的干不了，有本事的真不干。多大的官儿？潘三玉我屌都不屌他^②。操心劳力的，图吗？"

高且源心里的笑消失了。二叔真有意思，有的是摸不透的意思。一会儿能干、非得干，一会儿又不能干，又是有本事、没本事、屌不屌他的，这不都是念经给我听？他是叔，是长辈，高且源不好说什么，只是在心里不痛快着，表白自己似的说道："不图什么，叔，只想给父老乡亲们办点事。"

"办点事，就差你？上有中央，有省里、市里，有乡里，平民百姓干点平民百姓的事。钱咬手？"

高占坡一向知道高拧筋的脾气，扭，认自己的理，不讲理，本不想和他一般见识，但见他对高且源不依不饶，又是泄气又是讽刺、挖苦的，来了气，说道："孩子愿意干就让他干，你扯那么多有用？"

---

① 老嬷嬷：lǎo mǎ ma，老年妇女。

② 不屌他：目中无人，趾高气扬，不理人，傲慢。但比以上程度更重。屌，作动词，有碰撞的意思。

看着高且源想当书记的劲头不消减，高占坡又给他鼓劲，又嫌自己说多了，高拧筋抱着的一丝想打消高且源参选念头的希望，像旱天里旷野上他抬头半天指望那朵云彩下雨，忽然被一阵北风吹散了。他心里发凉，火气生发，暗哼一声，转向高占坡说道："咱爹那钱算遗产吧？我真没办法。昨天孩子来家说要在城里买房子，说还缺五六万块，让我想想法，擦眼抹泪的。孩子在城里买房子住，这么大的事，这么好的事，我能不管不问？"两手一摊，"钱哪里弄去？"

二叔原来是为这事？高且源明白后，对高拧筋说："我借给他几个。"

"借？"高拧筋把头一扭，露出不屑，"我不还？"又转向高占坡，"咱爹生得我没本事，咱爹没说跟我断绝关系吧？咱爹的遗产得有我一份吧？我那份，天经地义的那份！"茶杯往桌子上狠狠一蹾。

"爹临死你也在跟前，钱怎么花你也知道。"高占坡说。

"你们想拿我的钱当好人？"高拧筋激动起来，"修楼，行，我的门楼子正该修，我那份钱给我，我修门楼子，修完，放一挂一万头的鞭炮，烧一大抱冥纸，磕着头给他老人家说，他了不起的遗愿我替他完成了。"

"说什么话？！"高占坡更气，"钱，一分不能动。"

"一分不能动？"高拧筋站起身，撸胳膊卷袖子蹦着、指戳着，一副要决斗出个胜负的样子，"爹没生我，光生的你？你们爷们有本事，讹人？从小就压制我，讹我，到现在还压制我，讹我。又有钱又想当官，多好看？你们厉害。你们厉害是你们的，我用不着。钱不给，没门。"一肚子的火气冲上脑门，他摸起茶杯要砸地上。

二叔是这样的？高且源急忙上前劝住。

"走着瞧，"被高且源劝到大门口了，高拧筋还跳几跳叫道，"恁觉得书记就在那里搁着等着你们捡？"

三

一勾新月洒下清辉，如这早春里清淡的香，似有还无。

高拧筋站在潘三玉家门口，往东边打量打量，又往西边打量打量，没见人，随后举手哐哐哐三声，敲潘三玉家的铁大门，轻重缓急适中，急迫又小心。他确信潘三玉家人能听到，也没惊动左邻右舍。门吱的一声打开，他赶紧弯腰摸出藏在柴草堆里的一箱啤酒、一盒火腿肠，还顾着回头望望街两头，接着做贼一样往潘三玉家里闪。

来开门的潘三玉惊异得几乎要叫出声来："你……？"堵在门口，不想让高拧筋进。

高拧筋跨过门槛，侧身泥鳅一样滑过潘三玉，小声说着家里拉呱，主人似的径直往屋里走。

潘三玉只好跟进来，惊异中轻轻点头又微微摇头。

"有什么事快说，东西你拿走。"这家伙不知要什么鬼花招！求我办事？盘尾巴坐那里等到猴年马月吧，一会儿，东西漫墙头给你扔大街上去，还要咋呼得让全村人都听到，都知道你高拧筋给我送礼，知道我不是随便收礼的人，看你还有脸整天在街上横横的。

高拧筋平时大大咧咧，口若悬河，滔滔不绝，又天塌下来也不在乎的样子，而此时，坐在沙发上，两手夹在两腿间，像嫖客被抓了现行，拘谨，羞涩，羞愧难当。

潘三玉虚让道："抽烟？"

高拧筋慌得站起身摆手，又整盒烟接过来，抽出一支，满身摸火机。潘三玉扔过来，扔在沙发上，他赶紧摸起，抖着手啪啪几下才打着火，对准烟头。

"说吧。"潘三玉不坐高拧筋坐的沙发，不与其为伍的样子，高坐在椅子上，居高临下，有拒高拧筋千里之外之势。

　　高拧筋抬起头又低下头，又猛抽一口烟，吐出一团烟雾遮住自己的脸，把几天来准备的话在心里虑一遍，譬如"以前都是我不对，狗眼看人低"；譬如"宰相肚里能撑船，大人不记小人过"；譬如"拿我当臭狗屎，你好鞋千万别踏"，等等。虑完，他开了口："高且源真要回来干书记。"话音再传到他耳朵里，他真想抽自己几个嘴巴。想好的铺垫的话呢？平时觉得自己了不起，要紧要忙怎么比猪还笨，比驴还蠢？

　　"什么？"潘三玉惊得好大一会儿合不上嘴。他吃惊，不是因为高且源要回来干书记（这事早传到了他耳朵里），而是因为这话竟然从高且源的亲叔高拧筋嘴里蹦出来，还叛徒告密似的神色。他看高拧筋，高额，小眼，大鼻，阔嘴，满脸皱纹。他从没有仔细打量过高拧筋，真怀疑眼前这人是不是他，是不是高且源的亲叔。披着高且源亲叔外皮的另外一个人？高且源派来的探子、奸细？

　　"我不想让他干，"高拧筋两手在两膝间搓着，搓出些灰布揪[①]，暗暗拍打在地板上，"他不会比你干得好，村里兄弟爷们都这么说，都想你干，你知道。"高拧筋觉得自己的脑子被谁搅了一棒子，变成了糊糊汤，浑浊，混沌，一塌糊涂，嘴巴也好像在冰天雪地里被冻僵了，不好使唤。

　　我知道！我知道你葫芦里卖的什么药！你个熊东西，你们爷们想给我玩？想玩我？我玩死你！你拧筋？我是拧筋头！潘三玉听高拧筋如此说，反而镇静了。

　　"他干好啊，他有钱。"

　　"不是那回事，"潘三玉的镇静，反倒让高拧筋震惊、错乱，"'无利

---

　　① 灰布揪：人出汗时搓下的条形汗垢。

不起早'，他有目的，心险恶。"

"你喝醉了？"

高拧筋赶紧捂下嘴巴，想把酒味捂住。

"我饭都没吃，喝嘛酒？"

"发热烧的？"

"我多年没感冒过了。"

"疯了？"

"俺老辈的都没得过神经病。"

"怎么乱咬？"

"三叔，你说我是狗？"这是潘三玉当书记以来，高拧筋第一次叫他三叔，也是情急之下脱口而出的。

"好狗不咬人。"潘三玉依然穷追不舍，丝毫不留情面。熊东西，求我办事，装孙子、充缩头乌龟了，这么多年你牙长得剐地①，现在我非拔你几颗长牙不可。

"你真不想干？"从进来家门，高拧筋就看出、听出潘三玉对他的不恭不敬，因为想着自己的目标，他没有发作，见潘三玉依然没完没了，高拧筋的拧筋脾气上了来。伸手不打笑脸人，以前我再不对——何况哪里有过不对？——现在上你门上来了，你说两句也就算了，现在却像占了天理，不饶人了。杀人不过头点地，砍头不过碗口大的疤，我不就是为着那四万块钱发贱？

"'好心做了驴肝肺'，你不愿意当让狗当去。"

对高拧筋，潘三玉可谓是深恶痛绝，欲杀之、刮之、埋之而后快，他进来门在前面走着，潘三玉就抬了抬脚，真想踢他个狗啃泥。不过，

---

① 牙长得剐地：比喻说大话、硬话、过天的话。

一见他缩在沙发一角，谦恭，卑微，猥琐，全然没有往昔的"腚上有两瓜"①的样，潘三玉也转了些心思。近来高拧筋像被改造过的似的，见面能主动说话拉呱了，还不时抬举他。那次在街上，当着那么多人的面，高拧筋不光没有一贯不屑人的熊样，还主动傍上来，夸奖他，说他干得好，没人会比他干得这么好。潘三玉再次仔细打量眼高拧筋，见高拧筋三角眼也瞪了出来——这是高拧筋的特征——确信眼前这人是高拧筋本人，不是披着高且源亲叔外皮的另外一个人，又见他骂誓赌咒的，还起身要走，不像在玩虚的，不像在耍人。他真为了我？

"坐。"潘三玉把高拧筋摁下，也和他同坐在一条沙发上，"你刚才说嘛？"

乖乖，你个小妻侄羔子，连我说的什么都不知道就吹胡子瞪眼。高拧筋在心里骂完，开口道："我说高且源回来当书记。"还握握拳头，似乎把万般情绪都握在了里面。

"真？"

"亲口对我说的，还让我帮着他拉票。"又想象着添盐加醋，"乡里李书记都找他谈过话了，要他一定回来当。"

李书记找过他了？定了？潘三玉心里翻江倒海，事情怎么这么快到了这步？但他还故作镇静。

"他有钱，回来或许能给村里办些事。"

"谁有钱是谁的，谁也不会给谁一分。"我就是为钱来的，想起钱就有气，"他有钱，我没见过他一个毛疙，他爷俩还时时处处想讹我。"他觉得可以继续说下去了，"我为什么不想让他回来当？你知道，他回来，老宅子他就住了。"高拧筋不说因为钱的事，觉得那样太俗气、太低下，

---

① 腚上有两瓜：字面意思为两臀部像两个瓜，比喻有后台，或有所依仗。

太不大气，太没出息，"我不想盖屋了，我想住。"他说的是他爹原来住的老房子。

潘三玉对高拧筋完全相信了，又加钢挑拨道："谁能说多年后城市不发展到咱这里来？到时候宅基地值老鼻子钱了。"

"他还想，当上书记圈一片地，把厂子搬来，群众都看得清楚的。"

"都愿意？"

"谁愿意！"

潘三玉拍拍高拧筋大腿："侄子，你叫我叔，一直以来，我在你面前从心里没拿自己是当叔的，又不一个姓，觉得像好弟兄，你像老大哥，老二哥。"

乖乖，我升一辈了，我还想升两辈呢。心里想着，高拧筋嘴上说："三叔，我一直把你当叔，像兄弟，你就是兄弟。"后半句话高拧筋是故意说出的。你刚才说我是狗，你有个狗哥，你也是狗了。又想，亲兄弟就好？亲兄弟没有不涉及利益的，打破头的都是亲兄弟。

"对了，你这次来，有什么事要我办？"

"我嘛事没有，就为你当书记。"

"咱算自己人了，你大我几岁，你说咋办？"

"咱吃一个锅里了，我给你跑跑我能说进话的党员，你再找找你的党员。"高拧筋觉得说得还没劲，又把胸脯肋子拍得啪啪响，"心里火热，一片真心，我这票不投给你是龟孙妻侄小舅子。"

"那好！那怎么说的！"潘三玉再次用劲拍下高拧筋大腿，"真是好爷们。把心搁肚里，以后有什么事尽管说，我亏待你不是人。"又说，"咱俩现在定的事到外边千万不能说，到死也不能说。"

"我三生两岁小孩？"高拧筋抹把胡子拉碴的脸，像是在证明自己真不小年纪了，快六十的人了，"这事跟别人说，不是自己打自己脸？"又抹下脸，"再传到他们爷们耳朵眼里去，不说我吃锅里屙锅里①？"

高拧筋拿一条潘三玉给的香烟走出潘三玉家门，掂量着，比自己那两盒东西值钱多了，赚了。往怀里一揣，又拿出来，一手攥着，大街上走得大摇大摆的。此时能遇见几个人多好，潘三玉，潘书记给的。心喜得比一地月光还明朗。四万块钱快到手了，还做了好人，以后还能跟着沾光。守株待兔？一石砸死几只鸟？我是"二拧筋"，该拧筋的我拧筋，不该拧筋的我不拧筋，我拧筋的是我的理，你们拧筋出理来我看看？给我拧筋出钱来，拧筋出人情来。"打个短儿不如想个点儿"②，这话多对，人长脑子可不是用来屙屎的。

"解放区的天是明朗的天，解放区的人民好喜欢……"高拧筋不禁哼唱起来。

四

山村旷野的夜，静谧得像这黑的黏稠，让那几个身影也蹚不开步。村子里不时传来几声犬吠，似乎要撕裂这静谧，这黑，这黏稠。

"是这里。"一个黑影悄声说。

其他几个围拢来，目测，比画，步量，像一群盗墓贼，动作着。

砰砰砰，啪啪啪，在一方墓地的四角，他们把四截桃木楔子往地里砸着。砸一下，念叨一声，破你财；砸一下，念叨一句，破你产；砸着，

---

① 吃锅里屙锅里：不讲究，不知感恩，不给自己留后路。

② 打个短儿不如想个点儿：打短，新中国成立前打短工做长工，短工，像现在的钟点工。比喻出力干活不如动动脑筋想个办法挣钱多。

念叨着，扎你心口窝，死你全家，永世不得翻身。

这几个黑影是潘三玉的四弟潘四钱和他的几个小兄弟们。

那天夜里，高拧筋在潘三玉家门口张望，潘大金正要走出胡同口，隐约看见一个人影，他断定是高拧筋，也看到他手里提着的两个物件像汽油桶。他清楚高拧筋和他们弟兄们一向不睦，觉得为争村书记高拧筋是要放潘三玉的火，他甚至想到是高且源指使的，警觉起来，还弓腿捏拳也握一块石头，等高拧筋一泼汽油，他就冲上去，一石头砸得高拧筋爬不起，摁住，叫人，捆住，拴树上，打"110"，判他十年八载的，出来白发苍苍，没脸见人。最好死在监狱里。后来见高拧筋柔情地敲门，潘三玉开门迎他进去，才松口气，又思想高拧筋来潘三玉家有何诡计。

躲在黑窟里，瞅着高拧筋前脚走，潘大金后脚来到潘三玉家，见潘三玉在屋子里踱着步，喜忧参半的样子，问其原因，潘三玉说："有好事，也有孬事。"给潘大金倒杯茶水端面前茶几上，"跟咱一心了。"说着，一边往外指指，仿佛高拧筋的身影还留在那里，"骂誓赌咒说选我。"给潘大金递支烟点着火，又道，"不好的是高且源回来参选是真的。"

潘大金一拍茶几。

"怎么样？早在我掌料之中。绝不能大意，他有钱，没有不喜欢钱的，花几个小钱就能买倒中间派。"沉思一会儿又道，"高拧筋来说这事？"

潘三玉把高拧筋来的情形和言语说一通，尔后道："他不像虚心假意。"

"跟咱一心忒好了，"潘大金换上笑容，"看他那奸相，我知道他早晚会投诚的。叫老二老四。"让潘三玉先拨通潘二银手机，潘大金接过来，"来你三弟家"；潘三玉再拨通潘四钱手机，潘大金"来你三哥家"；两声召唤，两三分钟时间不到，潘二银、潘四钱分别从前后两院来到潘三玉家。

潘二银端一碗稀饭吸溜地喝着，"有急事？"一口辣椒辣得他吸哈①的。

潘大金说："我那次预料的事变成现实了。"

潘大金高中毕业，父亲在村里跟着高且源的爷爷当会计，求求高且源的爷爷，高且源的爷爷又跑到公社，潘大金便在村里干了民师，后来转了正，成了公办教师，再后来因为计划生育超生被开除。他们兄弟四个团结一心，什么事作为老大的他，一招呼就能把其他三人聚过来，把他的想法灌输给他们。他们的爹活着时常对他们说，打仗父子兵，上阵亲兄弟，你们要拧成一股绳。一根筷子易折断，一把筷子不易折断。站在街上他也常说，我没本事，我养的四个儿以后不一定都没本事。临死，他几遍交代潘大金，领着他几个兄弟在半截楼村要出人头地。他们的爹死后，潘大金便是领头羊。

听传言高且源要回村参选支部书记，潘大金召集他弟兄几个聚在一起分析过高且源参选的可能性，初步商量过对策。他说，打工、进城，我们什么也不干了，哪里也不去了，就待在半截楼村，这汪水能养活咱这汪鱼。又笑说，当然，鱼有大有小，有胖有瘦，大鱼吃小鱼，小鱼吃虾米，虾米吃渍泥②。

"把腿给他砸断。"潘四钱两手做个向下夯的动作，又一抬，"放火烧他家。"见三个哥都不作声，知道不是好法子，又捱着头皮去想。

"'家有长子，国有大臣'，"潘二银喝干稀饭把碗递给潘三玉的媳妇麦草去刷洗，"咱没爹了，大哥是家长，说咋办咱咋办。"

潘大金心想，二银那几年小说还算没白写。转头说潘四钱："我说过

---

① 吸哈：用嘴吸气呼气，以冲淡口腔里的辣味。
② 渍泥：沉积在坑塘里的污泥，黑色、细腻，挖出来晒干、捣碎后可作肥料。

多次，人要学会思考。思考是什么？就是皱着眉头想，像拉犁拉车一样都是力气活。我也说过，凡事不能硬来、蛮干，要讲求策略。"摸起茶杯喝一口，又道"《三国演义》里刘、关、张还有赵子龙，为什么能打胜仗建立蜀国？就是策略，诸葛亮的计谋。以前咱爹常说，老不看《三国》少不看《红楼梦》，说看了《红楼梦》得了相思病。老了再看《三国》，真是老谋深算、老奸巨猾了，哈哈……我天天看《三国》，越看越明白世间道理，越知道该怎么办。哈哈，怎么越活越明白啦。"满脸掩饰不住的得意和自豪。

"大哥是诸葛亮，三弟是刘备，我和四弟当关羽、张飞、赵子龙，只管冲冲杀杀打打。"潘二银又做一个猪八戒扛耙子的动作，"也像《西游记》：大哥是孙悟空，不辞劳苦前头探路、降妖除怪，还负责化缘；我是猪八戒，帮着大哥打打杀杀，小妖小怪不在话下；四弟是沙和尚，挑担守行李。我们一路保护三弟西天取经，终能成正果。"

无怨写不成小说，就这比喻？能成正果恰当，保护师傅不差辈分了？潘大金想着，皱皱眉，但好情绪并没有受到影响，接着道："那次换届咱不是干得很漂亮？"说着，把烟头向屋外弹出一个明亮的好看的弧线，吓得卧在门口的小巴狗起身跑回自己的窝。

潘三玉上次当上支书，表面上看是高占坡退位让贤，其实内里还有隐情，乡纪委干部找高占坡谈话，说有群众来信，反映他有这问题那问题。高占坡说调查啊。乡纪委干部说调什么查，为了村的稳定、乡的稳定，退下来吧，年纪也不小了。群众来信，是潘大金和他三个弟弟谋划着写的，并贴满了村子大街小巷，连老槐树周身都是。

"还是按上次办。"潘二银说，"上兵伐谋。"

"信能写，"潘大金做思考状，"问题是写什么，不疼不痒乡里不重视。他要害是吗？又没当过书记，没在村里干过。"拍着脑瓜，目光扫过二银三玉四钱三张严肃而认真的面孔，"像蛇，七寸在哪？"

"建厂子，想占地，圈地。"潘四钱说。

听到大哥说"当书记、在村里干、蛇的七寸"，潘三玉就有些不自在；四弟又提及"占地、圈地"，潘三玉更是有些坐不住。

刚上任支部书记时，潘三玉也想好好干，干好，也干了一些事，但后来却走了调。

借助国家"村村通柏油路"，潘三玉跑乡里、跑市里，立了项。其后，进城办一桌酒席，邀来半截楼村在城里上公家的班的、当老板的捐资。高且源也捐了两万块钱。又寄信打电话联系在关外地做房地产开发的大老板潘成家，在山西大同、太原做干杂货生意的一些中小老板、个体户，捐资。潘成家捐了五万元。村里老百姓又家家户户集资。筹了钱，把出村的路和村里主要街道都修成水泥路。按说干了这工作，群众理应赞同，但却不领情，还有意见。问题出在潘三玉几个弟兄身上。修路，开始时潘三玉也想成立民主理财小组，成立专门施工队伍，管好账、干好活。潘大金上门找到潘三玉，说你当书记是咱弟兄们帮忙，再说，活谁干都是干，谁干都得挣钱，肥水不流外人田，天底下哪有不为自己着想的？潘三玉惦着沉甸甸、数着哗哗响的几十万元钱，想，大部分是他化缘化来的，动了心，让潘大金负责采购石子、白灰、水泥，又组织一班人筑建灰土路基。铺水泥路面，对外说厚二十公分，实际上只有十七八公分，有的地方更薄。路修完了，潘大金挣一沓子钱。当然，也没白潘三玉。窑场关闭，一二百亩废弃窑坑还有土地，潘大金收拾收拾占上了，潘三玉跟潘大金说过几次"不好看"，潘大金说谁承包不是承包？也只是象征性地交村里几个钱算作承包费。

潘二银原先在城里租借一个小院，走小区串住户收购废品，干了十几年。一个黄昏的秋雨天，他拉一三轮车废品正在马路上蹬着，忽然被一辆小车连人带车撞得翻了个，交警查勘，都有责任，他住院二十多天，误了工，还赔进去几万元，原打算再攒几个在城里买房子，这下又差了一大截。出了院，脚也没周正好，走路一点一点的，走不顺当，时间长了还疼。走街串巷不方便了，不能在城里待了，领着媳妇回了家，找到潘三玉说干点什么。潘三玉怜惜他，把别人承包种植果树的山地，找个借口收回，让他承包。

一切不合理的作为，潘三玉看到群众没有什么大的反应，也慢慢默认了，村里有点什么工程也让潘大金潘二银参与着干。

后来，潘四钱又进了村委会班子，当会计。

其后几年，潘二银、潘四钱相继入了党，潘四钱的媳妇张亚仙在村里干计划生育专职主任，也入了党，一个大家庭有了五名党员。所以，说到地，说到别人的要害处，潘三玉就心虚，心慌。这不正是自己的七寸？还有一点，"粮补"什么的，到底应得多少村民也摸不清，潘三玉胆子大起来之后，能捞便捞，能摸便摸，能伸手便伸手。他自己都不敢算，当村书记十几年，上级这钱那钱截留多少，村里的收入他装进自己腰包里多少，花几十万元在城里买房子的事，他一直没敢外露。最近这几年，反腐力度大了，又打老虎又拍苍蝇的，让他经常失眠，睡了也时常作恶梦，被纪委带走"留置"了；被检察院批捕了，在看守所蹲着生一身虱子；被法院判了刑，哥弟们到监狱看他，嘻嘻哈哈，还没带一分钱的吃的东西。他多想啃个猪蹄子、喝碗羊肉汤。这平日里吃饭，有人说把苍蝇打死，他心里也要一惊。他有一种被他几个兄弟绑架着拖进泥坑里的感觉。

潘三玉想，是真陷进去了。陷进去了，更不能让出书记，不然就要落井遭下石。况且书记是从高占坡手里夺来的，高且源上了台能不报仇？当着书记，什么事还能捂着盖着挡着。吃撑了慢慢消化，陷进去了慢慢往上爬。重新开始，革新洗面，逐步规整。想到这，潘三玉像梦中忽然醒来似的，说道："咱一定要干。"

"咱一直这样说。"潘大金说。

"咱说的就是这事。"潘二银道。

"三哥才睡醒？"潘四钱说。

"我考虑，"潘三玉接着说，"看看有什么法不让他参选。"

"不战而屈人之兵，上策。"潘大金道。

"劝他他不会听，"潘二银说，"给他钱？"

潘大金摇头。

"不通知他，"潘四钱对潘三玉说，"反正你负责下通知。"

潘三玉摇头。

"怎么截住他。"潘大金道。

"对对对，"潘四钱站起身，比画着，"这样，我派几个小兄弟埋伏在城里来的半路，看见他车，挡住他，揍他顿，头破血流，还能来？"

潘大金点头又摇头。

"不出无名之师，你们看这样行不行？"

潘大金提议，其他三个兄弟你一言我一语参谋，最后形成这意见：潘四钱找他几个信任的、可靠的、能干事的小兄弟，在半路上制造交通事故，牵扯住高且源，让他不能来参加投票。

"如果能那样，"潘大金脸上露出微笑，"昨晚，全村的党员名单我划拉一晚上，选举，你和他一两票之差，他不来，指定拜拜。不过，"他又不放心地交代，"要掌握分寸，拿捏准，过犹不及，不能出人命、出伤残事故，小碰撞、小摩擦，咔嚓一声，把他截住、逮住、粘住、纠缠住，走不开。"两手绕着、翻转着，像拿了一根稻草或者麻绳或者几根青藤，要把螃蟹什么的绕住了，拴住了，捆绑住了。

“对对对，人命关天，出了，不利索。”潘二银道。

“钱我出，”潘三玉转头对潘四钱说，“包括你伙计们吃吃饭，如果还要修车赔偿。”

“钱不多花三哥，事，还得办得漂亮、利索。”潘四钱握着拳头。

“信还得写，”潘大金沉思会儿又道，“要双管齐下，围追堵截，道道设防，下双保险。写他想占地，写假如他当书记，就上访，市里、省里，直至北京，直至他不当书记。以群众来信形式写，实名，找人签字，越多越好。”

“人好找，”潘二银说，“咱大爷二大爷，堂兄弟们，还有……我拉个名单。”

“信我写，”潘大金说，“四钱负责寄。签名按手印我和二弟去。”潘大金又思考一会儿，“签名的，一人给一盒烟。”

潘三玉道：“烟，大哥去商店里赊，记上账，我结。还有一点，选举前，党员每家给二十斤花生油，算算多少，让油坊先准备。给油票，告诉他们，选上油票有效，选不上作废。当然，他们那边，还有和他们走得近的不能给，给了也白搭。”潘三玉弟兄几个都知道，“他们和走得近的”指的是高且源家族的党员。

这事议定，潘二银打着哈欠起身欲睡觉去，潘大金突然又说：“我现在有个想法，得彻底解决问题。”神秘劲叫潘二银又坐回来，兄弟仨都伸长脖子竖起耳朵来听。

潘大金继续说：“他不是有钱？牛？给他破坏掉。”身子往沙发背上一靠，“我最近算把阴阳宅风水研究透了，高且源能发财就是因为他家坟地好，他曾祖父那辈迁了坟，占了好风水，到他爷爷那辈起步，到他发了。以前怎么穷得连裤子都提不上，给咱祖上打长工做短工。”猛吸一口烟，又俯下身来，手指头于茶杯里蘸点茶水在茶几画着，“在他家坟地四角揳上四个桃木楔子，他家风水经脉就断了，立马败运，天灾连着人祸不断地出。"

说到这里，听到这里，四双眼睛都睁得大大的互相看着。

潘四钱又站起："这事好办，交给我。"

潘大金又说些玄机，教授些要领。

于是，潘四钱行动了起来，便有了本节开头的那一幕。

桃木楔子是潘四钱几天前在山上他二哥承包的果园里砍的，粗壮，坚实，活鲜。下午，他把他社会上的几个小兄弟叫来，在他家里海喝一顿，到了晚上，趁着夜色，几个人醉醺醺地来到东坡，找到一块坟地，七手八脚把桃木楔子揳在了四角。

第二天上午，潘三玉在村委会办公室接待乡民政科的科长和几个工作人员，也顺便谈妥了对五老奶奶大病一场住院救济的事，心里正高兴着，也想在高家人面前有话可说了，盘算着怎么好好款待一顿乡民政科的人，高占巧急匆匆跑来，拉潘三玉到僻静处，说道："不……好了，书……记，坏……了。"高占巧越着急话越说不成个，急得潘三玉跺脚督促，高占巧也跟着跺脚给自己加油，费劲地继续下去，"你……家祖……坟风水没……了。"潘三玉一脸惊诧，高占巧继续说，"桃……木楔子毁……坏了。"

"什么？"潘三玉刚才谈笑风生涨红的脸顿时变得蜡黄，也像高占巧冷不丁地给了他当头一棒，要不是扶着墙，他几近瘫坐在地。

"风……水毁……了，"高占巧说，"这事，叫……你……们全家不……完了？"欲巴结潘三玉，高占巧表现得比潘三玉还担心害怕，慌得把劝慰话说得像赌咒。

"你……"潘三玉举手要给高占巧一巴掌。

"不……是……我，"高占巧后退一步，"不……知那……个龟……孙小……舅子……妻侄羔……子干的。"为证明真与自己无关，高占巧一边掏手机，一边说，"报……案，让……公安局逮……住那……个没爹的，天打……五雷……轰……他全家，活埋。"

潘三玉预感到了什么，忙按住高占巧手，说道："谁也别说，我自己处理。"又迫使自己冷静下来，拍下高占巧肩头，"别迷信，邪不压正。"

送走高占巧，担心、害怕、气恼、愤慨，一股脑儿涌上潘三玉心头。高且源也下手了？这可是天绝地灭的黑招。又感觉似乎不对，丢下乡里来人，慌张张来到大哥家。潘大金听后脸色苍白成白纸，把潘四钱叫来。潘四钱把墓地周围情况说一遍，潘大金大叫一声"完了"，抬脚把潘四钱踢到南墙根去。

"没用的混账东西。"

潘大金他们家的坟地和高且源家的离得不远，潘四钱去的次数不多，摸黑又不能查看清楚，潘四钱把桃木楔子砸在了自家坟地里。

五

实事求是地讲，于正踏踏飞驰的征程上，突然要折回到曾经跺跺脚离开的原点，这并不是高且源的初衷和本愿，一切似乎是命运之巨轮的旋转，把他甩到了这一方，几分无奈。但他想到却是，这是相比较的优选，是一批野马荒漠里嗅到芳草地的追寻。他信心百倍。谁能说不是柳暗花明又一村？谁能说接下来不是漂亮动作连连的华丽转身？

那年高且源大专毕业，待在家里，天热气闷，知了聒噪，度着一个郁闷、难熬、烦躁的夏天。爷爷心疼，说找不到城里的工作，就在家干吧，土地也能养人。母亲生气地说，上大学，上大学，上完了再摆弄土坷垃，多难看？父亲蹲在檐下抽着烟，沉默不语，一副任由高且源的样子。

在街上，聋子拦住高且源问，大学生，吃什么公家饭？高且源低声嗫嚅，修理地球。聋子支起耳朵也没听清楚，但还是点着头说好好好，有饭碗端就行。

上大学为了跳出农门，自己蹦几蹦、跳几跳，难道再落回原地，一辈子像祖辈人那样面朝黄土背朝天、死守二亩薄田？那天，他打起背包，来到城里，在街旁线杆上撕下一则小广告，闯进一家私营机床厂，干起了销售。凭着冲劲、闯劲、韧劲和暗给自己较上的劲，他干得顺风顺水，在厂子里七八个销售人员中，每月、每年的销售额都排在第一。不几年小有积蓄。看着世界的热闹、火热和滚滚潮流，他没有无奈、叹息，增添的更是热情、干劲和追求的决心、信心，也想到，跟着人家干得再好、时间再长也只是个打工的，自己有所学专业之长，这几年在厂子里又学到了生产技术和管理经验，也有跑销售闯出来的路子，必须大干一场，登上舞台，哪怕是边沿，也要由看客、观众变成剧中的一个角色，唱出自己的声音，演绎自己的故事。但真要着手干时，他还是自己和自己争斗了好几次，最后强我战胜了弱我。他对妻子说，这是一个有梦想只要肯干就能实现的时代。拿出几年积蓄，又向亲戚邻居借几个，又向银行贷几个，租赁城边一个小院，建起了属于他们自己的作坊式的小厂子，生产小型机床。

厂子里，他和妻子一人一台车床，没黑没白地干，晚上，孩子甚至就睡卧在他们旁边。外出推销，他背上煎饼卷，坐火车，乘汽车，打"摩的"，住几块钱十几块钱一夜的小旅馆，以真诚感人，以产品质量和信誉赢人。他的厂子从三五人、八九人、十几人、几十人，到曾经百多人需要管理的时候，他说，不是质量第一，也不是客户第一，而是员工第一。他创造心心相印氛围，和员工打成一片，提出以心为本，管理员工，增加他们物质、精神的幸福感。他说，有了一心一意工作的员工，质量、客户、效益就都上去了。在生产和经营管理上，他讲究自利与利他。多次说，人不能一碗饭卡脸上①，不能狗黑子吃饱不认大马勺②。

那个时候，他本能的想法是，靠自身的奋斗和打拼改变自己的家庭生活，让自己的小日子过得舒适一些，再把父母接到城里过上城市生活，尝尝当城里人的滋味。

不几年，他开上了小车，又在城里买了房。在村人们眼里，他俨然成了"人物"。人们在街上遇着他，或认真或玩笑地叫他"高老板、大老板"，他都掩饰不住满脸的兴奋和受用，给人们递烟，点火，哈哈。

把厂子建成大企业，甚至上市公司，谁又能说不行呢？

厂子在日子的消耗中如牛车在山路上蹒跚缓行，梦想在磨砺中不断地向现实接近。然而春节前，一纸之令却让他所有的设想、计划、预谋、野心都泡了汤。一家大型企业要扩建，他的厂子得搬迁。他想搬进市经济开发区，但投资额、技术含量等几项把他卡在了门外。他四处找过能安营扎寨之地，却没有立足点。地是租的，清算完上面附着物，他只好找个偏僻的空院子把设备封存起来。

几个夜晚，在城里街道恍惚的夜灯下，他独自彳亍。厂子是他揳在城里的一根钉子，或者说是他试探着扎下的一根根须，他要靠这根钉子固定住棚角，把棚子撑起来，慢慢建成高楼大厦也未可知；他要让根须

---

① 一碗饭卡脸上：只顾自己，不讲究。
② 狗黑子吃饱不认大马勺：吃饱了不认人，形容忘恩负义。

扎下去，扎深、扎牢，让小苗茁壮成参天大树，枝繁叶茂在城里，生长、腐朽在城里。他要做城里人。但现在钉子被拔了，根须被斩了，棚子飘忽了，小苗枯萎了，城里人之梦想变成了一个炫耀着七彩的亮晶晶的肥皂泡，啪地扎在麦秸垛上，破了。

他在想他的退路、后路，几经思索，最后闪出这样的念头，回村，租借村里的旧学校，继续他的厂子生产。

一想到回村，他的心不禁一紧。村子，曾是他厌弃之僻壤，山石、茅草、薄地，风吹、雨打、日晒，颠簸的乡路，委屈的庄稼，疲惫的人们。不过，想到"衣锦还乡"，他却又来了精神。在自家门口建厂子，进进出出打工挣钱的都是父老乡亲，看着他们乐呵呵地接过钱，数钱，自己脸上要何等有荣光？！他甚至看到聋子向他竖起了大拇指，说你这饭碗不孬，还分给我们几匙羹。在这一决定形成的同时，另一个念头也在他脑海里闪现出。这些年来，爷爷一直想让他回村任支部书记，说在这个政通人和的好时代，能干点事多好，他要在有生之年看着他让半截楼村变个样，不能再让人们半截楼村半截楼村地叫了，要叫高楼村、新楼村、福满楼村、万福楼村。高且源也想到，在人们想象中衰败的乡村，由各级的重视和支持，变得美丽起来，也铆足了发展的劲头，不久的将来，定会以一个新的形象展现在人们面前。回村建厂子，再争取当上村支书，一边做好自己的生产经营，一边干村里的工作，二者兼顾，厂子发展了，又能带动村子，彰显出自己本事，也实现了爷爷多年的心愿，不失为双赢、共赢、大家都赢得好法子。自己发展好了，再向城里进发，再在城市占据一席之地，也不是不可，打造出乡村中的城市也不是没有那个可能。

想出这主意，他甚至在心里笑了笑。

那天，他请几个高中同学吃饭，向他们不无自豪地宣布这一重大决定，同学们你说我说大家都说，好，忒好了。农村，文化精英考大学了，经济精英经商了，村支书、主任可算得上政治精英。你回村，既干厂子又当支书，既挣钱又掌权，肩上扛两个衔，头上戴两顶乌纱帽，腰里挎双盒子枪，牛，实在是牛。

高且源欣喜，大笑。

决心下定，不论乘风破浪还是披荆斩棘，不论柳荫大道、一路高歌还是扬尘土飞天、遭暗索绊马，高且源都抖擞精神、厉兵秣马、整装配剑，向着目标豪迈进发了。

半截楼村二千一百六十口人，不算小的一个半山村，有两大家族，高家和潘家，其他七八个姓氏多则几十户十几户，少则几户人家。村里党员近六十名，除其他姓的几名外，也大都是高姓和潘姓的。

支部换届临近，潘家行动了起来，高家也忙乎起来。

那天，高占坡和三麻子商量高且源回村参选的事，三麻子说这就对了，他小三玉争你的书记，让咱没面子多少年，就得夺回来。哼，他老辈的都作恶。

三麻子祖上贫穷，三麻子的父亲，也就是高占坡的爷爷，高且源的老爷爷，被潘姓地主逼迫抑郁而死，三麻子一直记恨在心。他说，人，一辈辈过人烟，也要一辈辈记事，好事孬事，传下去。

三麻子是高且源他爷爷的三弟，高占巧的父亲是高且源爷爷的二弟，三麻子的二哥。这天，三麻子领着高且源来到高占巧家。

高占巧正挥着扫帚打扫院子，见三麻子、高且源进来，忙停下手里的活，笑着脸叫声"三叔"，又叫高且源"侄子。"

三麻子开口，直截了当，直奔主题，说："选且源。"

高占巧口吃着道："那自然，不选咱的人选谁？"

高且源欲接过高占巧手里的扫帚，帮他把那堆柴草规整好，几分虔诚地说道："大叔多帮忙。"

"自家人说什么两家话？"高占巧不放手里的扫帚，"你城里人，哪能干这活，土喽①狼烟的？"

城里人？高且源缩回手，不好意思地搓着，又道："选上了，我好好给老少爷们出力。"

"那好那好。"高占巧掏烟递给三麻子一支，又对高且源说，"你建厂子，我给你看工地去，建起来，去看大门。"

三麻子说高占巧："又想巧。"

高占巧嘿嘿两声："多半辈子了，也没沾什么巧。"

高占巧，原名高占桥，因为爱占点小便宜，村里人便叫他高占巧。还没分田到户时，村里人都不富裕，鸡屁股里开银行，吃盐打油都成问题。他拿一个粗瓷大黑碗走进公社供销社设在半截楼村里的代销店，对代销员张大爷说打酱油，半斤。忠厚、实在的张大爷用半斤的端子舀了酱油倒在碗里，高占巧接过来，走到门口把碗在手里转一圈，让酱油挂满碗壁，又凑到鼻子上闻闻，忽然转过身拍着脑门说，看这脑子，不好使了，不打酱油，打醋。张大爷只好接过碗把酱油往瓮里倒，滴半天也滴不干净，摇着头再拿起端子舀醋。高占巧闻着还有酱油味的醋，一路上要伸出舌头舔好几次碗沿，啧啧着嘴咂摸。酱油醋，醋酱油，弄错三次后，高占巧再去，张大爷都要反复问几遍，问得高占巧拍着脑袋瓜做思考状，醋酱油？酱油醋？记性不好，要好，考上大学了。村里人都说他净耍小聪明，整天想吃磨眼里的粮食②，他笑笑，我哪有那个胆？他原

---

① 土喽：比较细的土。
② 吃磨眼里的粮食：想不出力图轻巧，得到现成的东西，沾巧。

来也想去高且源厂子干点不出力的轻巧活，只因在城里，早去晚来的，不方便，没去。这次高且源有求于他，他要抓住这个机会，厂子八字还没一撇，他也要先占上。

"你是叔，想干吗干吗。"高且源说，"到时候给你个副总经理当当。"

"啧啧，"高占巧满脸堆笑，"我有那本事？当个厕所所长还差不多。"

几个夜晚，踏着月色星光，除了潘家以及和潘家走得近的党员外，高且源把村里其他党员都走了个遍。他拿出笑脸，点头拱手哈腰，还不忘递烟送恭维话，说想回村参选支书，说大叔二老爷请多支持，说当了支书一定给他们办实事、办好事，办他们想办的事，找到一条经济发展的好路子，都富起来，过上舒心、舒坦的日子。见着面的党员们都对他许下海口，说他有本事，有能耐，又在城里混多年，见多识广，非得选他，他也一定能干好。又说过上舒舒坦坦、又省力、不受罪又挣钱的日子忒好了，多少辈人都盼，夜里做梦都想。走在大街上，高且源看到满天繁星都朝他眨眼，很欢迎他似的，那棵老槐树的黑影也是明丽的，一切都值得拥抱。

此时，他觉得高占巧的口吃也委婉动听如黄鹂之鸣，不禁又道："我一定干好。"

三麻子、高且源正要走出高占巧家门，高拧筋进来了，身后还跟着个女人，二十八九岁的样子。看见三麻子二人，高拧筋脸上露出些窘色，但还是挤出些笑，叫声三叔，又朝高且源点点头。

三麻子不知高拧筋因为钱的事和高占坡、高且源父子闹了别扭，更不知道他已下决心不选高且源，还躲避着那女人悄声对高拧筋说："且源的事，你心里要有数，该跑的跑跑，该说的去说说。"

高拧筋拍胸脯："亲侄子，哪个龟孙敢争。"又说，"我来也是这事。"心里说，办的是一个事，使的是两道劲，我是《红灯记》里的李玉和，扳道岔的，扳得你们岔道。嘿嘿两声后，又对高且源道，"侄子，把心放肚里，打败、打烂他们，永世不得翻身。"

三麻子、高且源走后，高占巧再打量眼那女人，不矮，微胖，臀翘，皮肤白里透红，健健康康，先在心里啧啧两声。

高拧筋朝高占巧咧咧嘴角一笑："姓周，叫她小莲。"

高占巧"小……"一阵子，也没能"小"出莲来。

高拧筋对那女人说："看你叔激动的。叫叔。"

女人看眼高占巧，低声叫声叔。

激荡和不好意思灌满高占巧的心。啧啧。

"大孩在？"高拧筋问。

"在，在，等呢。"高占巧尽量少说话，说短话，以掩饰住他的口吃，站在那里拘谨地搓着手，好像是给他介绍对象。

高拧筋说："看看你家，他们见见面，说说话。"

高占巧说："说吧，看吧。"

高占巧人倒是勤快，整天忙乎在地里，但长得瘦小，出力总赶不上人高马大的他人，有生产队时，队长看在他大爷（高且源的爷爷）当书记的面子上，勉强给他记整壮男劳力的工分。分田到户后，收麦子种玉米刨地瓜拔花生，人家一周干完的活，他满脸流着汗水却要干十天半个月，常常误了农时。地里干着活他常说，不睡觉多好，非农业了。恢复高考那年，一九七六年高中毕业的他，白天下地干活，晚上在家复习。报考的中专，考试时作文写个开头睡着了，最后以五分之差与中专失之交臂。后来又信誓旦旦到学校复习一年，高考成绩下来，这次比分数线差得比上次又多五分，十分了。他还想复习再考，他爹却死了，他娘劝他再考，说以前状元都考到五六老十，他看着腰身已佝偻的母亲，还是放弃了吃非农业的念头，回家摸起了锄头。媳妇倒是人高马大的，干活有力气，也不懒，但后来有了腰腿疼的毛病，阴天下雨更是直不起身子来，这几年地里的重活基本不能干。

儿子今年二十六七岁，上学时，高占巧接受自己的教训，天天对儿子这么交代那么交代，说你只要有本事，想学，我砸锅卖铁也供你，上到什么时候什么学都行。但儿子只上到初中毕业，说什么也不愿再上。高占巧叹气说，我寄托在你身上的北大清华梦破灭了。儿子回来家，每年外出四处打工，不憨不笨的，光靠出力，挣不来多少钱。找对象，见过几个女孩，人家第一句话问有城宅吗，他大着胆说正想买，人家说买好再谈吧。别说城宅，高占巧现在一家子住的还是前年才在村里盖起来的四间平房，里面除了几缸粮食粒子就是镢头铁锨柴草，乱七八糟的，没有点富裕人家迹象。高占巧说儿子，你原来觉得自己能上天，现在知道厉害了吧，人都很现实。儿子也说，外面的世界很精彩，外面的世界我真是很无奈。高占巧说你觉着赤手空拳也能搏击风云？没有文化也能坐在办公室里跷着脚丫喝茶挣钱？不听老人言，吃亏在眼前，没有文化多可怕知道了吧？儿子说我有了儿子说什么也要让他考上大学。高占巧说先说有媳妇的事吧。儿子到了这个眼看好时光要过去的年龄，高占巧着急，周围和他一样的，和儿子差不多大的，都抱了上孙子、抱上了儿子。解决儿子媳妇的事，是高占巧心里的头等大事。他说过，谁给他儿子介绍妥媳妇，他给叩头都愿意。

那天，高拧筋又找到潘三玉，说我考虑一夜，高占巧是骑墙派，拉过来，高且源肯定没戏了，你肯定没问题了。潘三玉问怎么拉。高拧筋说高占巧最缺、最盼儿媳妇，你给他说给他介绍儿媳妇，肯定能拉过来。潘三玉想了想，又拍下和他同坐在村委会办公室一条长椅上的高拧筋的大腿，说还真有这么个头，姨妹，二十八九岁，刚死了男人。高拧筋拍下潘三玉肩头说，忒好了，先介绍着，给高占巧一个热罐子搂着。想一想，又说，最好让你姨妹和他儿子见个面，高占巧肯定麻爪①，你说一不二。

女人和高占巧的儿子在屋里说着话，高拧筋拉高占巧到大门口，问道："行不？"

"行行行，忒行了。"高占巧刚才见到那女人第一眼就觉得有缘分。不是一家人，不进一家门。那身材，膀大身宽，和自己媳妇娘俩似的，给生个孙子保证没问题。女人那一声叫他"叔"，他觉得透着甜润又丰盈，聪慧又善良，化作沥沥春雨，在他心里滋润着。真好听。一边想着，嘴上一边说道，"真好。""给你说过，带着一个孩子，四五岁，女孩。"

"怕吗？来到就叫我爷爷，啧啧。再说，现在随便生二胎。我家这情况，那熊羔子，有个女的就行。现在找媳妇这么难，咱村里三十上下的男的，有十一二个都还没有媳妇吧？"

"是啊是啊，潘三玉可给你操心了。"

"你觉得我不明白？让他放一百二十个心。"高占巧口吃着说完，又犹豫起来，"且源怎么办？"

"你说你明白，实际上真不明白。"高拧筋开动脑筋，"你知道为什么不选且源，不让他当书记？厂子！你看，还得建，建好还得管理、还得生产，那是一点两点事？不是一点两点事，一大摊子事！他能离开？能离开他？对他来说，对咱来说，是厂子重要还是村子重要？他能发财，对咱有什么坏处？过年过节都给我几瓶酒什么的，也给过你。他厂子建好了，混大发了，对咱只有好处没有坏处。"高拧筋说着，一边心里想着，嘴是两张皮，怎么说都有道理，"当支书，他现在是脑子一热乎。"

---

① 麻爪：字面意思是动物的爪子麻了。指由于遇到、见到某些烦恼、惊奇或恐怖的事物、事情之后，手忙脚乱，不知如何办才好。

高占巧不住地点头："他怎么想不开呢？还有占坡大哥。"

"当局者迷。他还没过足当官的瘾，还迷糊着。"高拧筋不屑地说，"你等着瞧吧，几年过来好处就看出来了。真干了，坏处一两年就看出来了。明明是火坑，咱能看着他往里面跳？咱得帮他，帮他们，还要暗中帮，还不能对外人说，不能对他们说，说了他们更上劲。唉，做点好事忒难了，比做坏事难。"

六

太阳将再一次被收回，留恋似的洒下半天红光。半截楼村绑在大槐树上的大喇叭《在希望的田野上》唱到半截，随着一声咔嚓声，接着传出潘三玉扑扑吹话筒的声响，又传出他下通知的声音：全体党员同志们，马上来村委会参加支部换届选举大会，会议马上开始。两遍之后，歌声再次嘹亮响起，响到东面的界定山，又荡漾回来，在村子上空回旋。

"我们世世代代在这田野上生活，为她打扮，为她梳妆……"

半截楼村支部换届选举定在晚上六点钟。

高占巧把镢锨往屋门后一放。"不碍事吧？不晚吧？"他在地里干活没回家直接来到村委办公室，笑着点着头挨个地叫，"三叔来了；大爷来了；大哥来了；恁坐那儿了……"唯恐落下一人显得不周到。边叫边摸出随身带的玻璃水杯，"一下午没喝水。"走向主席台，捏一撮再捏一撮又捏一撮茶叶放进去，晃晃，看看，又捏一撮，拿起保温瓶冲进开水。顿时，水杯变得像装满茶叶的罐子。

高拧筋打趣他："馇菜豆腐①吃？"

高占巧嘿嘿两声："沾点光沾点光。卖回地，喝回稠糊涂②。"摸起桌上摆放的香烟抽出一支衔嘴上，对视一眼潘三玉，"好好好，潘书记，"又看众人，"真好，没风没雨，一天整了半亩地的芋头沟。"

众人对他吃吃的前言不搭后语，哈哈大笑。

潘三玉也笑，笑得很会心。他知道高占巧的"好"是送给他的，说道："烟拿去，大伙儿随便抽。"说着，拿起一盒抽出几支，一支支向人们掷去，"抽啊三哥，大娘，二大爷，抽，都抽。"人们有的接住，有的从地上捡起，吸上。顿时，满屋子缭绕起像庙堂里供奉神仙的浓烟薄雾。

"这么多人了？"相兴旺跨了进来，"急急忙忙喝碗热糊涂就来了。"

"快开始了。"潘三玉道。

"我们开始。"相兴旺看着潘三玉，眯眯地笑着，也拿起桌子上的烟，走到每个人面前，递一支。

相兴旺现在是半截楼村支部副书记、村委会主任。

前几年，他每年都带着村里或周边村的几个、十几个人，在关外干泥瓦匠小包工，每年挣得不是太多，但比他人纯粹跟着别人打工还是多不少，好的时候一年能净落五六万七八十几万，在村里也算富裕户。他曾想，再干几年在城里给他儿子买套房子，自己再买套小点的，就不干

---

① 馇菜豆腐：把菜叶和磨碎的黄豆放在锅里，加水，放盐，煮熟，做成多菜少汤的汤菜。过去贫穷，缺肉、少油，只好以黄豆改善口味，现在已成佳肴，本地尤以小白菜豆腐为上品，地瓜叶、嫩秧做出的也上了酒桌。

② 卖回地，喝回稠糊涂：糊涂，当地的一种面食，做法是，烧开水后加入和成糊状的面粉再烧开即成，相当于稀饭。但浓度有稀稠之分，味道有咸甜之别，还可以加入南瓜、菜叶等，风味独特。稠糊涂／咸糊涂／方瓜糊涂。卖地，在旧社会为无奈之举。卖回地，喝回稠糊涂，指弄两个不易的钱，吃一回饱饭。

了，天天溜城里街头，把没来得及看的城市光景看个够、品个够，小酒店逛个够。

三年前，在工地操作机器拉直钢筋，右手也跟着进了去，他条件反射地麻利地使劲往外拽，但中间三个手指的第一节却没能跟出来，茬断得齐刷刷的，先是白骨，后是红血向外涌，再后来疼得他嗷嗷的。嗷嗷叫着，左手握着血肉模糊的右手，还顾着找那三节手指，找到几点肉酱，捏了往原位上摁，却怎么也不能高高地站在那里。疼着时，包括后来几天里，包括在梦里，他还想着那三根枝头能长出来，复好如初，干活自如，但至今还是光秃秃的肉瘤瘤。有用的三个手指没有了，有用的右手不能再紧握瓦刀、抹子、扳手、钳子、锤子、钢筋，不能再溜溜地玩砖头，变废了，人也几近成废物，他只好回了家。回来家，干农活也不中用，想起在村子里弄个一官半职也不失为一个好营生。上届村委会换届选举前夕，他办了几次小酒场，分别请了他家族的、其他几个小姓家族的和说得着话的高姓、潘姓家族的"人头"，参选当上了村主任，与潘三玉搭班子一起干，两人倒也合得来。村人们看着他常伸着的两个指头，又因为他喜欢沾集体的光，都叫他"俩夹"，有残疾的意思，也有小偷小摸的意味。这次村"两委"换届，他又找到潘三玉，说还想跟着他干，一定干好。潘三玉说，我也想干，也想让你干。二人一拍即合，都说互相帮忙，合作共赢，不能让外人插进来。他们都知道高且源要来争书记。相兴旺还暗自判断，高且源争去了书记，潘家一定争主任，潘家家族大，到时候他相兴旺就撇水汪里去了①。

从党员们陆续到来，潘三玉屁股便没沾座位。他在办公室门口、村

---

① 撇水汪里去：撇，由于动作迟缓或耽搁，被丢在后面。撇水汪里，更残酷，不光被丢在了后面，还掉进了水里。比喻被撇在了一边。

委会大门口甚至走到大街上，招呼、迎接来参加选举会的党员，遇着自己的人，握手、耳语、再交代。又不时打电话邀人——邀自己的人——走来走去地想心事。那心境，像二十世纪八十年代女孩的约会，黄昏的树下，一胸怀的忐忑、羞涩、期待、焦虑和甜丝丝。

一大早的时候，潘三玉端起饭碗准备吃饭，乡机关包村干部马一腾打电话说他怎么还没开办公室门，心里没点数？潘三玉丢下饭碗匆匆到村办公室，嘴里还说着，不晚不晚。

马一腾凶他，因为有气。

几天前，乡党委李书记把马一腾叫到办公室，把一封上访信给了他，又几遍地安排、交代，搞好选举，不能出事，更不能让他们上访，上了访是大事。马一腾自然明白李书记的潜台词，出了大事，他马一腾吃不了兜着走。看完信，马一腾来到包点的乡人大主席张主席办公室汇报，说怀疑上访信是潘三玉兄弟们写的，说高且源有经济基础，有能力又想干，还准备在村里建厂子，能选上当上书记多好！张主席连声好好好。马一腾又说，他们上访怎么办？张主席又连声说对对对。

于仕途上，船到码头车到站的张主席是"老乡镇"了，被磨得比窗外的那声鸟鸣还要滑溜、圆润。别人给他汇报工作，他一般都是听着，最后说几个好、对、我知道了，再深一点多两个字，办吧。张主席的"好好好"在水汪乡机关也是出了名的。那天，人大办公室主任跟他请假，说俺爹死了，张主席听后一连声的好，气得办公室主任半年没给他好好出力。

马一腾汇报，张主席把耷拉在左耳的一缕长发拢过头顶，拢到右耳处——张主席谢顶，周边长出的头发留得很长，支援到头顶上去。这次，他多说了句严格程序，让他们找不到上访理由。

一上午时间，潘三玉写会标、写标语、糊票箱，亲力亲为，亲自操刀。换届前夕，原班子的其他人还不知头朝哪，都不偎边了，只有相兴旺、潘四钱和潘四钱的媳妇张亚仙跟着打打下手，还干不到点子上。到中午，潘三玉回到家，叫来潘大金，抓一把花生米，二人一人又弄半斤白酒。潘三玉说马一腾一上午都像有气的样子，留他在村里吃饭也不吃。又说群众来信怎么也没动静？潘大金说他有气就是动静。又说官大一级压死人。潘三玉道真没法，有点法这书记不干了，整天官欺民卡狗泚尿[①]。潘大金说不能只想一时，要想一世。他马一腾能在半截楼村干一辈子？咱得在半截楼村待一辈子。

一束灯光、两声车鸣进院来，潘三玉急忙迎上前去，紧握住张主席的手。

"您老领导亲自光临，感谢感谢。"

张主席一连串的好好好。

见马一腾问党员到会情况，潘三玉慌不迭地回道："村里五十九名党员，来五十一名了，有病卧床不起的，有个别在外打工的，确实不能来了。"

"高且源没来？"马一腾走进屋子，扫描完每张脸，问道。

"哦，没来？"潘三玉新发现似的，"上午就下通知了。"

张主席在两张桌子拼成的主席台中间坐了，马一腾也坐下，在张主席右边。

六点钟了，潘大金开了口："时间到了。"

潘二银跟着说："按时开会。"

马一腾看张主席。

张主席惊醒样："到了？到了咱开始。"

马一腾招呼潘三玉："没选举前你还是书记，上台。"

---

① 狗泚尿：泚，液体向外喷出。狗泚尿，狗往人身上尿（niǎo）尿（suī）。比喻狗在欺负人。

选举后我也是书记。潘三玉心里不快地想着，三步并作两步走向主席台，在张主席左边坐下，又把椅子往外挪挪，尽量靠边。坐正，挺起胸，扫描一眼台下。

马一腾宣布："现在开会，有四项议程，一是原支部书记代表支部班子述职，二是竞选发言，三是党员自愿发言，四是投票选举，宣布选举结果。"转头对潘三玉道："述职吧。"

潘三玉掏出发言稿。手抖动得厉害，让他几乎不能看清上面的字，只好按在桌上，放开声音念。

潘三玉念到，这三年来，化缘几万元，修补原来建设的道路、街道四公里多，组织在外人员帮扶本村考上大学的学生一万多元，协调争取上级发放"低保""粮补""房改"等各种资金近一千万元。全村没偷没抢的，没杀人放火的，夜里街上明晃晃，社会治安良好，多项工作多次受到乡里甚至市里表彰。潘三玉说，这些年来一心扑在村工作上，对村里工作没有二心二意，只有一心一意。有时吃不好饭睡不好觉，可谓食不甘味、夜不能寐，梦都只能做半个，熬出了高血压、高血脂、高血糖，还有高年龄。潘三玉念到最后，声音有些哽咽。说下一步，将以籽粒饱满的精神，扎实的作风，店小二诚恳的态度，苍鹰飞上天的冲劲，为群众做好一切工作，让兄弟爷们姊妹娘们都满意，让上级组织都放心，让张主席、马科长少操心、不操心。

潘三玉念的是潘大金写的。在家，上午喝着酒，在潘大金面前，潘三玉又练了一遍。潘大金说，要慷慨激昂，声情并茂，以情动人，到感人处最好声音哽咽，如果能挤出几滴眼泪就再好不过了。

潘三玉念得很下力气，像小时候被老师叫起来把自己的作文当范文念，念完了，还吁吁地喘，还兴奋而又羞涩地瞅眼同桌女同学。此时，他喝口茶水，也没把提起来的高昂情绪压下去。

啪啪，啪啪，一阵鼓掌声。

好。

有水平。

感人。

真这样就好了。

马一腾主持说竞选发言。

潘三玉站起，因为激动还抖着身子。

"党员同志们，我想竞选，我想继续担任支部书记，如果同志们相信我、信任我，刚才该说的都说了，我一定总结经验教训，不负大家期望。"

没他人竞选，会场一片宁静。

自由发言。

有党员站起来："这几年我在家时间不多，村里的变化却都看到了，党支部干了不少好事，三玉书记出了不少力，走在街上俺爹都夸奖。"

这是潘大金专门安排的，说到时候说几句，夸奖夸奖潘三玉。

发言的人想说他爹走在街上听到别人夸奖潘三玉，但一激动，说连了，没分开裆。

一阵哈笑。

"对，"又有人站起，"出门不踏泥，穿鞋是新的；运粪三轮车，耕地拖拉机；秸秆不烧锅，做饭用电器；瓜干都喂猪，天天有肉吃。"他从省城来坐在走高速路的大客车里，望着窗外过电影一样的村庄、田野、树木、工厂、高楼、车辆，心里翻滚，有话直往外涌，近三个小时的行程里，想起这些，在这场合说了出来。他在省城打工，潘三玉打电话叫来的，还给了路费。在外打工赶回来的，更进一步说，来投潘三玉票的，潘三玉都给来回的路费。

又一阵哈哈欢笑。

"好，好，"马一腾两手向下压着，把嘻哈声压下去，"有想发言的，尽管说，说说心里话，给下届班子提提希望、要求。"

三麻子起身："要选公道正派的，能给群众办事的。歪心的，只知道贪的、占便宜的不能选，也不能选一碗水端不平的。"

"有阴谋的不能选。"高拧筋大叫一声。

他这话，潘三玉弟兄几个当然听得出是站在他们一边的，"有阴谋"，他在潘大金兄弟面前说高且源多少次，并说，发言时一定说说。当然，他这话，三麻子、高占坡听了，却觉得是替高且源说的。

潘大金接过高拧筋的话："不能选有企图的阶级敌人，有人心怀鬼胎，想搞乱半截楼村，我们绝不答应，也不能让这样的人阴谋得逞。"他的话是写给乡党委李晓莉书记群众来信上的，说的谁，党员们当然都心知肚明。

"……"

马一腾见党员们将要争吵起来，怕局面难控，转向张主席："您说几句。"

"我说几句。"张主席又把头发转着圈往头顶上拢一拢，说道。

参加了几个村的支部换届选举会，他都没有讲话，在半截楼村讲，他有目的。马一腾让他讲讲，也有目的，两人有心照不宣的一个目的，拖延时间，等高且源来。会议开始时，张主席没有看到高且源，想弄清原因，潘三玉述着职，他用眼色把高占坡勾出去，高占坡说电话联系了，说在路上出了点交通事故，马上处理完，快赶过来了。

张主席悠悠地开讲。他讲改革开放以来的发展，讲中央政策，讲"精准扶贫"，讲"十三五"全面实现小康目标，讲乡村怎么建设，也讲人生、讲社会。

张主席讲着话，潘大金几次走出办公室，烦躁、不满明显写在脸上。最后再走进来，实在不能忍了，说道（简直是大叫）："选吧，都累一天了。"

张主席见台下几个党员也打起瞌睡，只好结束："关于选举，同志们刚才讲得都很好，投票选举，要求党员同志们一定要公心，抛弃个人恩怨，抛弃家族观念，站在有利于全村工作的角度，选出能切实带领群众发展经济致富的带头人，能切实为群众服务的热心人，能把好事办好的正直人。"

马一腾也只好宣布："开始选举。"

乡里来人分发选票。

高且源进了来。

一件西装上衣抱在怀里，衬衫领口处两个扣子不见了，还一身污迹，满头乱发，满脸汗水，几道血印，风尘仆仆的样子，更像阵地上的逃亡者。

高占坡见了，急忙问道："怎么回事？"

"车，出了点事。"高且源道。

看见高且源，潘三玉的心陡然提起来。选举没开始时，他徘徊在办公室门口，看到一个身影心里咯噔一声，看见一个咯噔一声，唯恐是高且源。咯咯噔噔半晚上，满腹被担心、紧张、焦虑充得像气蛤蟆，还被坏小孩拿枝条敲打着头，嘴里念叨着"支锅支锅不打你，照头给你三下子"，叫他快承受不住、要爆炸了。会议开始，见高且源没来，心放下了半个。马一腾宣布"开始选举"，还不见高且源，心想，潘四钱还真能办点事，把他绊住了，欣喜得像有一只野兔撞进怀里，并紧紧抱了住。支书跑不了啦。而此时高且源突然闪现，潘三玉觉得像他小时候在坑塘的薄冰上咔嚓咔嚓地玩耍跑过，身后裂纹四散，快到岸边了，忽然冰破了，他漏了下去。

一晚上，潘大金都担着心。担心高且源的到来，担心潘四钱那帮子小兄弟办事不利索，或者不能把高且源缠住，或者下手重了，车毁人亡，酿成大事。几次他从会场里叫出潘四钱，让他打电话询问。开始时潘四钱的小兄弟们说还没见人，其后说正斗，再后来说他们一个小兄弟受了伤，人跑了。

潘大金在心里暗叹一声。

高拧筋惊得半个喷嚏没打出。从哪里冒出来的？他原想高且源撤了，不参选了，也想，这事过后，他要找高且源卖乖①。我投你票了，你怎么不当了？

"来晚了？"张主席说得不动声色，"人没事吧？"

"来晚了。"高且源说，"路上遇到点情况。"

掐着六点钟开会时间，高且源驾车从城里往半截楼村来。出城走到半道，前面一辆车突然急刹车，高且源刹车不及，撞上人家的车屁股。几个人下来，不由分说，团团围住高且源，说赔车。高且源想着选举，想赔几个钱私下了断，那几人不同意，非得打"122"，等"122"来到，分清事故责任，高且源想离开，那几人依然不依不饶，坚持让"122"把车拖走，坚持让高且源陪着去医院检查身体。看着蹿来跳去的他们，高且源还想可能遇上"碰瓷"的了，也气恼着想出师不利，三下五除二撂倒一个，撒腿往这里跑，路上恰巧遇到一村人，坐上三轮车赶来。

张主席问："快投票选举了，你说几句？"

"我说几句话？"高且源问后又道，"我说几句。"抹把额头上的汗水，继续说，"要说我想当支部书记，还真想当；说不当，或者选不上，也没

---

① 卖乖：自己失了理或得了便宜却说吃亏或占理的话。

什么怨言。想当，从内心讲是想给父老兄弟爷们办点事。在这里不再表白自己。我想说的是，如果我当选书记，先整顿好班子，每个人都想着干工作，把村里的活当成自己家里的事，干好。"

"你当书记，我干什么去？"潘三玉想。

"你选上，我们怎么办？"潘大金想。

"我的天，你精明得要命，我和你一起干？"相兴旺想。

"你当了，那四万块钱不泡汤了？"高拧筋想。

高且源继续说："绝不占村里任何便宜，不领村里工资，乡里来人招待不花村里一分钱。集体的钱都花在明处，好钢用在刀刃上。还有一点，发展好村集体经济……"

高且源讲得正在兴头上，忽然母亲惊慌地跑来。

"烧完了，都烧光了。"

高占坡忙问怎么回事。

从高且源的母亲断断续续的惊恐诉说中，人们知晓，高且源家院墙外有一垛玉米秸，高且源的父母去年秋天从地里拉来堆放在那里的，留作烧火用。高占坡来开会，高且源的母亲吃过饭收拾停当看电视，突然看到院外火光冲天，跑出来，大呼救火。天干风大，赶来的人们瓢泼桶浇，那堆玉米秸还是化为灰烬。

"是人点的。"高且源的母亲断然地说。

"人没事就好。"高占坡说。

"抓了枪毙。"她又说。

张主席道："该报案报案。"

满屋子灯光似一束光源，从半截楼不大的窗中，从门缝里泄出，涌到室外，汇进明亮的月光里，又涌向大街，四散着涌向旷野，让东面的界定山划出一壁阴森的墙，横卧村外，阻隔得乡路不得不折个弯儿向外走。

听母亲说家被烧，又想起刚才碰车时那几人的猴跳，高且源忽然感觉不是什么"碰瓷"，不是自己出师不利，不是天降横祸，一切皆是人为，是"人祸"。他也想起，前几天三麻子爷爷告诉他说，这几日凡事要多加小心，说他听别人说，潘家兄弟放了风声，谁伸着头参选书记就和谁没完，谁当了书记就让他不利索，永无安宁之日。高且源想着，目光不自觉地扫过潘大金兄弟们，他看到潘大金满脸的愠怒、不满，似乎还有几分不自在；潘二银则愤恨又几分萎缩，吧嗒吧嗒地抽着烟，恨不得一口吸完，把烟雾吞肚去；潘四钱缩在长椅一角，有钻进桌子底下的意思；也听见身后坐在主席台上的潘三玉，一声轻叹，透露出几多无奈。高且源断定，这一切都是潘大金兄弟们所为。你们给我玩这花招，玩黑道，我当了书记，一定干出个样子，让你们兄弟们看看，我高且源不是吃素的，以后在半截楼村你们再想干什么就干什么，没门。退一步说，书记我当不上，把那老学校弄过来建厂子，我闷着头发大财，看你们到底有什么囊①，有多少囊。

他提高了嗓门，说道："党员同志们，父老们，我们都是一个村的，几百上千年了，生活在一起，我对家乡有感情，对这片土地有感情，对每个人抱着深情，才决定回村的。如果我能干上支书，枉吃集体一口饭，你们缝上我的嘴；私拿集体一分钱，剁我的手爪子。现在，我还没当上书记就有人给我来一把火，我有决心烧好三把火，把自己热情的火烧下去，让半截楼村经济发展得红红火火，让父老乡亲们都富起来，过上好日子。"

说得比唱得还好听。

---

① 囊：内容，指有本事。

整个开会期间，潘三玉面颊都涨得红扑扑的，像冰天雪地里回到屋里，抱着火盆炙烤的。现在听到高且源家柴垛着火了，张主席又说让派出所处理，也听到高且源信心百倍的，他脸色又变得暗紫，像经过一场秋霜的茄子。他也想到，点火，一定是潘四钱干的，这可是他们兄弟四人没商量的，怎么能玩这么大？潘大金也带着愠怒看一眼潘四钱。潘四钱正不自在地低头摆弄手机。

潘大金、潘三玉他们猜测得没错，火是潘四钱安排人放的。

下午，潘四钱把他那一帮小兄弟叫到家里，一起合计完撞车的事，潘四钱又说，咱家老大说了，要双保险、多保险，不能一棵树上吊死，老大说得有理，按咱家老大说的办，多准备几套方案。最后他们七言八语商定，如果在路上截不住高且源，他真赶来，真争选，就在他演讲时点火烧他柴垛，打乱他。潘四钱甚至提议泼汽油烧高且源家大门、房屋，他的小兄弟们连声说不行，说我们出的力够大了，远远超过了弟兄们的感情、情意。潘四钱说每人再给一百块钱，过后自己喝羊肉汤去。几人说，钱可以要，羊肉汤可以喝，火可以点，但汽油不能泼，房子不能烧，不然公安局抓了去，你有本事把我们弄出来？

潘四钱在会场，收到高且源跑了的微信，又发微信指挥，执行第二套方案。几人赶来半截楼村，潜伏在高且源家前面小河边的树林里。潘四钱听高且源演说真想回村来当书记，便给他们发了微信，两个字：开火。于是火光冲了天。他们还有第三套方案，计票结果出来，如果对潘三玉不利，就闹场子，让选举不成功。

选举，不提候选人，直接从党员中选出五名委员，委员再投票选出支部书记和一名副书记，其他三人再分工组织、宣传、学习委员。乡里来人把白纸发给每位党员，白纸左上角还现场盖上了村党支部的公章，算作记号，以区别其他纸张。

张主席、马一腾离开座位，分散巡视在会场，监督指导党员写票。

高且源坐在门口，刚才发言的激动还没有完全平息，对潘大金兄弟们的不满甚至是愤恨也于心中不断培植、扩大，月光下老槐树的疏影也仿佛随着他起伏的心潮在不疲地晃动、摇曳。不论当上当不上支书，回村就要变为现实，时光将于小村里，于这片瘠薄而又丰厚的土地上度过，金戈铁马、阳光灿烂？暴风骤雨、泥泞坎坷、挣扎苦斗？开弓箭难回，只有追寻、探索、大无畏前行了。摸起笔，他唰唰唰写下五个名字，也恨不得都写成"高且源"三个字，恨不得抓过别人的选票，都替他们写了。

潘三玉还坐在主席台上，心潮汹涌如波涛，酸甜苦辣杂陈。你高且源有钱我不嫉妒，你想要老学校建厂子我给你，一分钱不出也行，可你为何要争我的饭碗？我还能干什么？能离开半截楼村？他甚至后悔早年没有趁年轻出去闯荡，如果那样了，还能落到这进无路、退深渊的地步？他把五个早在心里酝酿百遍的人名写完——当然，也和高且源一样，他把对方排斥了在外——他真想再写上"高且源"三个字，不过要划个大红叉，要括上括号里面写上"此人万万不可任书记"。抖着手折两折，又一只手压住，眼睛不自觉地扫整个会场。

高拧筋识字不多，又眼花，一握笔手就颤，基本不会写、不能写。他招呼过来乡里的一名工作人员，拿出一张纸条，让工作人员照着写。工作人员写毕，高拧筋把纸条压在选票上，摸出老花镜戴上，先查人名个数，五个；再查每个名字字数，正对；最后看每个字的头、脚丫，都像，放了心。在看见潘三玉正瞧他时，他朝他悄悄晃晃大拇指。没错，写你了。高拧筋纸条上的五个人名是潘大金事先写好的——当然，高拧筋也让高且源写了个纸条，说到时候让乡里的人抄，不过现在他掏出的却是潘大金写的——给高拧筋写纸条时，潘大金怕工作人员有意抄错，变成高且源或其他人，他又教给高拧筋以上的比对办法，还把"潘三玉"三个字着重写出好几种字体，怎么辨认，教了高拧筋好大一会儿，说："潘"，身边有水，下面有地，上面插一株高粱；"三"，三根筷子，三根筋，比"二拧筋"多一道子；"玉"看清了吗？这一点是什么？腰里有钱，有金子、玉石、元宝。说高拧筋，你老了，脑子不好使，我必须多教你几遍。高拧筋听他刚才说"二拧筋"心里早不爽，又听到他后面这话，更是来气，道，就这三个熊字，没上过学的也会写，猪脑子也能记住。

高占巧写票，像是遇到了不会写的字，凝望着潘三玉背后的墙面。那里挂有一面党旗。多年了，高占巧都没有仔细打量过党旗，现在，在明亮的灯光下，他看到那把镰刀真像他刚磨过准备下地割麦子的那把，锋利，闪光，耀眼。他也想起当年在党旗下面举着拳头，记得最后一句话好像是"永不当叛徒"。他的心七上八下的。这一凝望正好与潘三玉目光相撞，像遇到一把利剑，把他刺得目光收回，头低下，写下"潘三玉"三个字。他又想，高且源是自己爷们，还想以后去他厂子里干活，不写他，见面说话都会脸红，心里都会有疙瘩，于是又写下"高且源"三个字。媳妇常说他，满眼里都是好人。他说哪有坏人？他实在地想，世界很美好，人们都不错。

开会时，潘大金、潘二银、潘四钱还有张亚仙，都分散坐在会场里，这是潘大金的有意安排，说，瞅着左右的人，瞅得他不好意思不写潘三玉。三麻子、高占坡也作了同样安排，他俩，还有高占巧、高拧筋也都分散在会场里。

潘成功左手边高拧筋，右手边潘大金，两双眼睛都不时地瞅潘成功的手。潘成功想，如果在他们的瞅瞅之下，在高且源、潘三玉二人中选其一，肯定会得罪一家，如果两人都写上，得罪的会更厉害，两家。他不知道高拧筋已发誓不选高且源了。左右为难着，他忽然嘟哝声肚子疼，随后捂着肚子，拿着笔和选票，跑出屋子。再回来，他把选票投进了票箱。

他选了高且源。

马一腾宣布投票、开箱、查票。两位党员监票人上阵，两位乡里来的工作人员上阵，计票开始。

工作人员念道：潘三玉一票，高一级一票，潘成功一票，相兴旺一票，张亚仙一票。

潘三玉心头一喜，高且源心里一沉。

工作人员又念道：高且源一票，潘成功一票，相兴旺一票，张亚仙一票，高挥舞一票。

高且源心头一喜，潘三玉心里一沉。

潘三玉一票，张亚仙一票，潘成功一票，相兴旺一票，高且源一票。

潘三玉的心一起一伏。

高且源的心一起一伏。

墙上贴的两张红纸上，相兴旺、张亚仙、潘成功、高一级四人的"正"字一横一竖地向上添，一个"正"字一个"正"字地向右伸，而高且源和潘三玉，却像力气相当的两个人拔河，你拉过去五十公分，我拽过来半米，两个人的"正"字，你添一横，我加一竖；你加一竖，我添一横，谁也不能比谁多出一道子。

高且源看着，心里想，老爹分析得真对，可能要选不上了，也好，选不上，把老学校租过来，一心一意干厂子。党员，农村党员，别觉得他们觉悟多高，不了解你，不见实惠，说得唾沫能点灯，能相信？谁相信？厂子建起来，挣了钱，给党员、群众做些好事，盼下届吧。还盼下届？下步不到城里去发展了？

潘三玉看着，心跳得突突的，没有章法地乱跳，一会儿左边跳，一会儿似乎右边也跳，满腹腔都跳。有一阵子好像还停止了，有一阵子又好像要蹦出来。他觉得像钻进了闷热的玉米地里，喘不过气来。

墙上统计出了计票结果：潘成功、相兴旺、张亚仙、高一级四人都超过半数。高且源、潘三玉各得二十六票，都没超过半数，并列第五。

马一腾跟张主席商量后宣布："根据这次选举办法，潘成功、相兴旺、张亚仙、高一级四人不容置疑地都当选支部委员。潘三玉、高且源二人票数相等，也是没过半数人中票数最多的。第二轮投票，从潘三玉、高且源二人中选一人。"

纸张又发下来，三个字，人们不一会儿写完，投进票箱，再次开箱计票。

这轮，高且源、潘三玉二人展开的还是拉锯战。但票计到三分之二多一点，高且源比潘三玉多出一票。像长跑中疲惫的第二名，潘三玉的"正"字，怎么也不能冲到高且源"正"字的前面去。

或许这票，或许下一票，或许这两票都是。潘大金期待着，潘二银期待着，潘三玉期待着。

"计票结束。"随着工作人员的报告，潘三玉的"正"字咯噔定格于五个。

高占巧这次写票，先写下了潘三玉，沉思片刻，又拿笔把那三个字刷刷刷涂成一个辨别不出字的黑疙瘩，换成了"高且源"三个字，叠好票，他还长舒一口气。永不当叛徒。

"潘三玉"三个字，是高拧筋自己憋出来的，唱票人员把乎半天，又让众人辨认才确定的，急得高拧筋差点把"是'潘三玉'，我写的"，这句话叫出来。

马一腾看着墙上的计票结果，心里暗喜，但也担着心。他们真上访可就麻烦了。

张主席默然坐在那里，像一位平心静气的垂钓者。

马一腾与张主席商量后宣布："第二轮投票，高且源当选。"他又招呼新选出的五个委员，"投票选举书记、副书记，分工。"

五人写票、投票。

统计结果，相兴旺得书记票两票，副书记票三票。分工投票时，他见潘三玉没有进圈，心里还高兴着想当书记，于是自己投了自己一票。

张亚仙见三大伯哥没进圈，当书记无望了，满心痛苦、失望，望着他们哥弟几个沮丧的面孔，她直想哭。绝不能让高且源当书记。于是在书记一栏里她带着气写下"相兴旺"三个字。

潘成功和相兴旺一起干了三年，见相兴旺小家子气，也是手长之人，有好处便捞，把票投给了高且源。高一级和高且源是本家，自然也投了高且源。

再加上自己一票，高且源得书记票三票，胜出。

赢了。高且源长出口气。大幕拉开了。

天啊，他怎么选上了？我多天的东奔西忙不是白费了？不变成瞎操心了？钱啊，四万块。高拧筋恼得突着眼球望着那盏明晃晃的灯泡，似乎要用目光把它的光芒压下去。

潘三玉额头上滚下几粒豆粒大的汗珠，砸在桌面上。他感觉后背更是湿漉漉、黏糊糊的。躺下多舒服。好好睡一觉。现在回家，到家就睡。没心事了。睡三天三夜。布谷叫得真好听。有花香。梧桐花开了？槐花、还有麦花，都香。花开花落，一切都好。值得拥抱，拥抱住一切。潘三玉进入了幻梦之中，像被什么压迫着，一床棉被？一把锄头？一垛柴草？一口袋粮食？一座山峦抑或日积月累的一个个日子？反正他动弹不得。又像那次滑冰掉进冰窟里，抓住一个边沿咔嚓一声破碎了，抓住又破碎了，上不了岸。那次是父亲拽上来的，现在谁伸手拉他一把？他感到胸口刺疼，想抬手按按，手却不听使唤。救我，他说。他喊，大哥、二哥、四弟、马科长、张主席。但他说出的、喊出的话，准确地说只是他思想里的这些话，没人能听得到。或许睡一会儿就好了。

潘大金在叫："有人作弊。"

潘二银叫道："选举无效。"

潘四钱叫："推倒重来。"

潘四钱的几个小兄弟站在了门口。

喊叫声惊醒了潘三玉。我睡着了？睡了很久？实际上他的盹打了没有二分钟。他忽然清醒过来。我完了？想坐正身子，想扶桌子从椅子上站起来，走回家，但魂魄已不在他身体里，指挥不了它，飘了出去，躯体也只是一个没了内核的坚果腐朽的壳。而此时，这壳也啪一声破裂了。

人们听到扑通如泥墙坍塌的声响，惊呼起来。

潘三玉不再理睬满屋子的惊呼声。

七

半截楼村村委会换届选举，定在后天举行。

这天夜里，潘大金又召集他们弟兄们。这次他没有打电话，而是弓着腰、低着头、倒背着两手（这是他走在街上、田间的惯常姿势，高拧筋说他忧国忧民，在考虑怎样拯救全人类），先到了潘二银家，说商量商量。二人又一前一后到了潘四钱家，说商量商量。最后三人来到潘大金家里。

他们要商量应对村委会选举的事，参加的自然没有了潘三玉。潘三玉没救过来。

潘大金扫过潘二银消瘦和潘四钱没有思想的脸庞，暗叹口气。如果三玉还在，即使没当上书记，主任还不是手到擒来的事？唉，人争一口气，佛争一炉香，人活着就要奋斗，斗，像鸡，不挠不吃。他看眼似乎要打盹的潘四钱，说道："你三哥没了，你要挑起大梁。"又转向潘二银，"四钱必须留在村里，干上村主任。"

潘大金又掰着手指头分析必要性、可行性。"不在村里干上哪里干去？二银在城里混多年不还是回来了？毕竟是一方'诸侯''土皇帝'，这么大一片土地养不活咱？"潘大金比画得比他面前的茶几还大，"高且源，他有厂子，他不挣钱了？他又不憨熊，不会时时刻刻想着村里的工作。他靠不住，咱当主任不是跟当书记一样？再把他架空了，咱说什么是什么，想干什么干什么。唉，你三弟，你三哥……"他想说假如潘三玉干主任，摆弄高且源还不是像捏面团？把这话咽进了肚里。"我也算透了，他那么精明，绝对不会在村里干多长时间，指不定一年半载几个月，新鲜头一过，几个难事一摊上，抹拉抹拉腚就走，不干了。四钱在村里干着，占着位子，掌握着动向，他一走，咱接书记不是水到渠成、自然而然的事？到时候半截楼的第一把交椅还是咱坐。"又转向潘二银，"你也不能出去打工了，四钱在村里支乎着，咱什么事都好办。"又看眼屋外的漆黑，"高且源，就要斗倒他，咱老辈的都没怕过他们，对不对你俩说？"

"对对，咱还得翻身，"潘二银右手拿着一个钥匙环，套左手食指上摘下来，摘下来再套上，反复着，"咱这一窝土拨鼠就要在这片土地上、这个洞里拱。"

潘大金皱皱眉。

"就怕我不会干，干不好。"潘四钱打提提溜①。

"你又不是没在村里待过，有什么干头？"潘大金有些生气，但还是给他打气，"多锻炼，人没有生而知之的，都是学而知之的。麻雀也不是生下来就会飞。"

潘二银也道："有咱大哥你怕什么？还用你动脑子？"

"大哥的嘴，我的腿。这几年我跟着三哥也学不少，干了，三天把他讹走。"潘四钱兴奋起来，还握紧拳头晃晃，马上要上阵似的。

潘大金为着两个弟弟能听说听到而高兴，也觉得潘四钱还欠料理。

"做事不能急。韩信有胯下之辱，越王勾践有吃胆之苦，我们要有东山再起之志。急什么，三年河东三年河西不行？"

"君子报仇十年不晚，"潘二银道，"大哥常说，人要立长志。"

潘四钱："我看不顺眼他。"

潘大金："小不忍则乱大谋，有咱扬眉吐气的时候。"

他们决定依然按照多年前潘三玉当村主任时的办法办。

潘大金说："咱分开街巷，烧香到庙上，能说着话的，一户不落地拜到，大叔二老爷地喊。"

"辈分低的怎么喊？"潘四钱又难为情，"有时见了年纪大的，我觉得还不如咱辈分低好拉呱。"

"叫爷们，"潘二银交代，"好爷们。"

"女的呢？"潘四钱追问。

潘二银说："侄媳妇，孙媳妇。"

"都是老嬷嬷。"潘四钱笑着做个龟龟着腰身走动的动作。平时，走在街上，他跟称呼他的老人拉呱，都是呼哩哈啦的。他娘说他，该称呼

---

① 打提提溜：胆怯，拖后腿。

人家什么称呼人家什么。他眼一瞪，说，都叫我四老爷、老老爷，我叫他们孙子、重孙子、孙子媳妇、重孙子媳妇？又小声嘟哝一句，谁让你们辈分这么高的？

"你跟着你二哥。"潘大金不耐烦，"显得热情、客气、低三下四、有求于人就行。哼，选上再说。"

潘四钱又提及是否再给些油面粉什么的，潘大金、潘二银不出声。在这事上，他们俩都没有了潘三玉时的豪气、冲劲。分家过日子了，你当官，你不出钱，谁出？

潘大金来找高拧筋，因为高拧筋有主动找潘三玉、给潘三玉出力的"前因""渊源"。潘大金给高拧筋提了两样东西：一箱火腿肠，一箱啤酒。这次选举，潘大金他们只对村里能算得上人头的，重点打点打点，不能像以往那样了，以前基本上每家每户，多多少少都送点东西。一盒烟也好。一盒烟别人也觉得是看得起。

高拧筋一手接过一样礼物，还让潘大金看得出地掂量两下，往屋里走着。

"大叔你真是客气。"心里想，真好，东西又回来了，以前还赚了条烟呢。村"两委"一年、几个月换一次届才好呢。

潘大金见高拧筋晃开两膀子，走得趾高气扬，跟大爷似的，心里多不是滋味。求人低三分。又想，高拧筋，你觉得我是在巴结你、孝敬你？知道不？要想不被狗咬，要么打怕，要么喂熟，要么和它主人站在一起。鲁迅先生怎么说的？痛打落水的丧家的资本家的乏走狗。你高拧筋是街上乱窜的得了狂犬病的不认人的疯狗、野狗，越打越狂、又没有主人的拧筋狗，我要喂熟你，叫你朝我摇尾巴。

"侄子，咱是老爷们了。"潘大金进来屋开口对高拧筋说，说完又忙改口，"不不，我该叫你叔。"看着高拧筋怔在那里，又连忙提醒道，"转不过来弯了？我姨妹是你近门的侄媳妇。"语气里带着不容置疑，还有几分得意和自豪。

"对对对，像你那天说的，我真老了，这脑子笨的，反应不过来了。"高拧筋拍着脑袋瓜，把各个环节往一块儿串，"你姨妹，周什么来着，对对对，周小莲，高占巧的儿媳妇，我侄子高来金的媳妇，你姨妹叫高占巧爹，我和高占巧是叔伯兄弟，对对对，你姨妹叫我叔，见面就这样叫，叫得那个甜，比蜜甜，甜蜜的事业，你随着她叫是常理。"像是拐了多少弯的关系，高拧筋掰着手指捋顺一遍。捋着，内心里的高兴劲冲荡得他禁不住咧嘴笑，还朝一旁的媳妇努努嘴，挤挤眼，意思是说，怎么样，原来我说什么来着？见了我恨不得喊我叔，现在不是实现了？真喊了？

媳妇见高拧筋眉飞色舞，绊倒捡块狗头金似的，怕他嘴里又要冒出什么不得体的话，一抿嘴，赶紧走开。

潘大金听高拧筋嬉笑着拐七拐八地理一遍，知道他是有意的，脸上原本的笑容像冻在冰块里的一条小鱼，僵住不动了。

这之前，潘大金提一盒酸奶到了高占巧家，说来看看姨妹。潘大金的姨妹周小莲，潘三玉介绍后，来高占巧家相了亲，后来，高占巧的儿子高来金在高占巧的督促下，有事没事给周小莲打个电话聊聊天，甜言蜜语的。有时，高占巧就在旁边听着，交代着怎么说。高来金在高占巧的督促下又不时跑到周小莲娘家，挑水扫院子，很勤快地干这干那。周小莲的娘私下对周小莲说，不孬，人多勤快。周小莲也觉得高来金可靠，可以依托，也想，人家还没结过婚，还是"童男子儿"，又想，死了男人的寡妇，在娘家长住也不好看，也不是长法，找个人嫁了算了。高来金再给她打电话叫她来，她来了，高来金说别走了，高占巧也说在哪里不是住？她便住了下来，没再走。高占巧喜得嘴都合不拢，选个吉日请了几个近亲，还有三麻子、高占坡、高拧筋，家族里的几个人，办了两桌酒席，算是成亲结婚了。不几天，媳妇又带来五岁的女儿，一家人过得其乐融融的。

起初，潘大金见姨妹真要跟高来金，百般阻挠，劝姨妈，劝周小莲，说，那是家什么人家？结巴的结巴，病秧子的病秧子。姨妈说，她三姨哥介绍的，不会有错。潘三玉死了，潘大金没法让潘三玉给她们说"会有错"，便不好再开口，只暗憋着一肚子不舒服。现在村委会要换届选举，潘大金觉得高占巧家有好几票，也能影响高家一片人，便憋屈着来认亲。高占巧见潘大金叫他"大叔"，忙说，还改口？各亲各叫呗。潘大金连声说，不行不行，我姨妹叫你爹，叫我哥，你再叫我叔，那不乱套了？占了这点巧的高占巧也喜得脸庞鲜花盛开：你叫我叔，我叫你叔，谁身上也不会多长块肉夯拉着，想叫就叫吧。潘大金说，姨娘亲，姨娘亲，打断骨头连着筋，咱是近亲了。心里想，底翻上我低了三辈，奶奶个头的！但他嘴上还是"大叔大叔"地叫着，说这次村委会选举，得让四钱当上村主任。高占巧说，这几天我睡不着觉一直这样心思，正想找你去说去，你想，我想四侄子选上主任，且源又是书记，村里还不都是咱的人了？潘大金嘴上说着那是那是大叔，心里想，高且源，提他干什么？不过嘴上依然说，咱干还比他们干强得多，您老人家多费费心。高占巧拍着胸脯说，咱是亲戚，还说外话？小莲的户口也迁过来了，光我们一家就有四票。潘大金说能说进话的你跟他们说说。高占巧抬手向空中划拉下：这一片儿邻居我都说，都听我的。潘大金又问高占巧，高拧筋那里去不去？高占巧说，去去去，必须去，你也知道他嘴大舌长①的，

---

① 嘴大舌长：说话不加限制，信口开河。

是话不是话的，在什么人面前都敢胡哕哕①。你不光去，也要改口，也叫他叔，叫他高兴。潘大金心里说，都叫你们龟孙叔。

"你多帮忙，二叔。"潘大金对高拧筋吐出"二叔"两字，感到比他这个年纪对媳妇说出"亲爱的"还要别扭、拗口，坐在高拧筋沙发上，像原先高拧筋坐在潘三玉沙发上一样拘谨。

"唉，三叔没那个命。"高拧筋也和原来潘三玉一样坐在高椅子上。话说完，感觉到顺口叫潘三玉"三叔"了，连忙掩盖，"对三玉侄子，我东跑西颠，给他出多少力？也好，也该当四钱侄子是当村主任的命。"这次他用了长者口吻，心满意足。

"三玉在天之灵都会感激你。"对于高拧筋最后那句话，潘大金觉得很是中听，心里有许多宽慰，"有你这句话齐了，二叔。"

高拧筋在心里"哼"一声。

高拧筋到半截楼的村委会办公室找过高且源，那是高且源正式就任支部书记后不久，他是专门去邀功的。办公室墙壁粉刷一遍，办公桌椅也都换了新的——高且源忌讳潘三玉的曾经停尸，他自己掏腰包置办的。高拧筋进来，见高且源正一个人坐在办公桌前，桌上还放着一架飞机模型，欲展翅高翔的样子，高且源正对那飞机模型凝视着、抚摸着、沉思着。高拧筋见了，心里说，找到当官的感觉了？好不？搬椅子门口坐下，开了口，说第二轮选举我看着相兴旺，要他写，相兴旺才写了你。高且源点头。高拧筋为什么要这样说相兴旺？他想得很明白。相兴旺是副书记了，以后要和高且源搭班子一起干，他要给高且源心里添堵，让两人产生矛盾，工作起来摩摩擦擦，磕磕巴巴，让高且源不顺心，更不顺手，最后干不下去。那四万块钱可不是小数目。

---

① 胡哕哕：哕，干哕，呕吐。胡哕哕，嘴里乱喷，胡说，瞎说。

高拧筋又往屋里挪挪椅子，很近乎地对高且源说，村委会主任很重要，像居家过日子，书记是男人，主任是媳妇，两人要能搁磨到一块儿去。就说你，还要建厂子，建起来还要管理，一摊子事儿，选个村主任要紧要忙要能顶上。你觉得谁当好？

对这事，高且源早有分析。潘四钱年轻，在村里干了多年，情况也熟，又能把"村主任"当成职业，能在村里蹲得住。潘家也是一大家族，让潘四钱当了主任，好团结潘家的人，也利于把潘大金拉拢过来，对于村子稳定、工作开展都有好处。还有一点，自己万一厂子里有什么事脱不开身，村子里有副书记相兴旺、再加上主任潘四钱两人配合照应着，也不会耽误事。他见高拧筋，自己的亲叔问及此事，为着能让潘四钱当选，透露出了自己的心事。这让高拧筋心里有了数，心想，你且源年纪不大心眼不少，算盘打得怪如意，找一个小毛孩子多好支使，你让他干什么他干什么，喊爹都行，你可以蹲那里充老爷了。想得倒美。不选潘四钱，让他当不上，潘大金兄弟们便会找事、闹事，你且源便不得安生。你想怎么着，偏偏不让你怎么着。还是得让你干不下去，赶快走人。

此时，高拧筋听潘大金一通说完，手挥着："你找我算找对了，我们家族的人我都给他们说，他们都听我的，让他们都给四侄子投票。"言毕，眉头又皱出一个疙瘩，头摇着，"他们爷们不好办。"

潘大金明白高拧筋说的是高占坡、高且源父子，问道："'老一'什么意思？"他指的是支部书记高且源。

"什么意思，你想也想得出来。"高拧筋把头一扭，随后身子向潘大金倾斜过来，头伸得像血鳝①，说道："那天我专门去村办公室找他，说让

---

① 头伸得像血鳝：血鳝，鳝鱼的一种，身体似蛇，背部红色，浑身上下充满"血性"，拱着头前行。比喻头向前探得长。

四钱当村主任最好，我说了一大堆理由，你猜他怎么着？头摇得像货郎鼓，还差点把我吃了，说潘大金那个熊样，整天像死十八个爹的脸，谁欠他二百似的，能让他四弟当？让他当了，小大金不更上天？想起来我就想扁了他。这些都是他说的，侄子，如果我说半句瞎话，天打五雷轰，烂我的舌根。"哈哈，天也打不了我，五雷也轰不了我，舌根也烂不了，我说的不止半句瞎话，而全是瞎话。借着高且源的口气，痛快地骂一顿潘大金，高拧筋心里畅快得不亚于照脸给了潘大金几巴掌。知道我的厉害了吧？

潘大金听了，恨得咬牙切齿。高且源，小乖乖，不论选上、选不上，骑驴看唱本——咱走着瞧。我深扎根于半截楼村，你漂浮来的，我吹口气你就得滚蛋。

高拧筋继续道："他为什么不想让四侄子当？还记恨着你们和他打架，怕你们争权。"

潘大金暗下决心，求爷爷拜奶奶也要让四钱当上。想着，也把头伸过来问高拧筋："你老人家还有什么好法？"还没忘记叫一声"二叔"。

"谁不喜欢钱？"高拧筋想，让潘大金给高且源送钱，让高且源有"短儿"，有"把柄"，他抓住了，高且源再不听他的，他可以随时揭短。

潘大金沉思一会儿："钱，四钱哪有？"

"你怎么能那样想？不只是四侄子一个人的事，你们弟兄仨的事。再说，你还想背一化肥袋子钱送去？先意思意思，给他说过后重谢，选上了，还谢个屁。"

"有道理。"潘大金一边应着一边沉思，以前都是撒芝麻盐，现在高且源在半截楼村也算是"一手遮天"，呼风唤雨，重点攻他一人也行，他只要收，说明他给办事。相兴旺当主任时，潘三玉不是给他出了大力？再一说，收了钱不办事，办不成，叫他高且源加倍吐出来。"来找你，二叔，看起来真没找错，你是'内部人'，掌握的情况多，也了解他。真是'一语点醒梦中人'，照你说的办。话不传六耳，二叔，传出去，我抬不起头来。"

高拧筋哈哈哈……

八

·

这次半截楼村村委会换届选举还是在老槐树下进行。

老槐树站在半截楼前，向南有一片开阔地，自有这个村子到现在都是人们集合的地方。

坐在老槐树下，看着熙攘的人们，想着大集体时的热闹，连那时夏天的夜晚也像天上的繁星挤满乘凉的人们，五老奶奶自言自语道："天天这样热闹多好？有天天热闹的时候。"

没人搭话。

看见搬椅子、架桌子的高且源，她又找话说："孩子，把你身上喝茶的裰子①脱了，放这里，我给你看着，少不了。"见高且源只笑不答，又叹口气，"城里人也来受这份洋罪。"

高且源咧嘴苦笑。我怎么成城里人了？

张主席和马一腾还有乡里安排来帮着选举的乡干部来到现场。

一夜让酒精摆弄得头脑混涨欲炸的马一腾见到潘大金，低头欲走进

---

① 喝茶的裰子：做客时才穿的比较好的上衣。过去庄稼人喝不起茶，只有走亲串友去当客人才能喝上，要穿身好衣服装装门面，体面些，有的相亲还借别人的衣服穿。

人群。他不想见潘大金弟兄们，真想化昨晚之事为一场游戏，一场噩梦。

昨晚，马一腾给潘大金兄弟仨在乡驻地龙腾大酒店办了一个酒场。办那酒场，是因为前天晚上的事。马一腾正欲睡觉，忽然手机微信来了条信息，是潘三玉的微信号发来的，也是潘三玉的口气，说他在坟墓里寂寞，想跟马一腾说说话。马一腾毛骨悚然，起一身鸡皮疙瘩，半信半疑中弱弱地问有何事，"潘三玉"倒是直截了当，说让潘四钱选上村主任，马一腾回信说选民投票选举的事他怎么当得了家？"潘三玉"发来一段视频：马一腾正和高且源碰杯喝酒。马一腾想起是支部换届前夕在半截楼村的小饭馆里，高且源请他吃饭。"潘三玉"微信里说马一腾，工作时间喝酒，违反工作纪律；吃参选人的请，算是受贿；说不让潘四钱当上主任就把视频传出去，发给各级纪委，事不大，他看着办。马一腾紧张出一身冷汗，想，一定是潘大金兄弟们所为。他猜测的不错。潘三玉身亡，潘大金往村委会办公室架潘三玉的尸体，摸到了潘三玉的手机，心想还有话费，便把手机装进了自己兜里，那天晚上闲得无聊，拿出来摆弄，看到了那段录像，他觉得用这"罚酒"比给马一腾送礼，求马一腾要强一百帽头子零两席夹子。于是立即把潘二银、潘四钱召集来家，兄弟仨商量着给马一腾以潘三玉的口气发了微信。马一腾想把事情摆平，办了那酒场。酒场上，酒过三巡，菜过五味，都晕晕乎乎中，喜爱拜把子的潘四钱提议他们四人磕头拜仁兄弟，马一腾包括亲弟兄的潘大金、潘二银都没提异议。潘四钱挑块辣子鸡里的鸡血捣碎放四个酒杯里，又手机放着《三国演义》里的《这一拜》，四人当场磕头成了仁兄弟。他们各有想法。马一腾想的是，仁兄弟了，你们还能再把视频传出去，还能再操人？潘大金弟兄们想的是，仁兄弟了，选举你还能不出力？半夜清醒过来，马一腾满脑子的懊悔、懊恼、义愤，早晨起来，还照自己头给了三巴掌。拜什么把子！

见马一腾走下车来，潘大金立即走上前去，伸出两手逮住马一腾明显不想伸出的手，借着大喇叭乐曲的掩盖，悄声说："三弟，怎么样？"潘大金开口的同时，马一腾也开了口："大哥，怎么样？"

拜把子时，潘大金自然排行"老大"，排行"老二"的是潘二银，"老三"是马一腾。潘大金当时还想，后续赵子龙了。

高且源走过来，潘大金握住马一腾的手还不松开，找话题说着，看着高且源，环视着周围的人们。他在表示，他和乡里的人，和上面的人有关系，关系不一般。

手被潘大金握着，马一腾又见高且源站在一旁，显出十二分的不自在，极力抽回着手，也表现出跟潘大金打哈哈的姿态，说道："好好好，老潘比以前精神多了。"

张主席走下车。

"老潘同志，支持好选举。"

"老领导来了。"潘大金丢下马一腾的手，又慌忙逮住张主席的手，摇晃着，"放心放心，老领导，您打哪里我指哪里。"

张主席拍拍潘大金肩头，哈哈哈，好好好。

张主席、马一腾的车子一来，潘大金跑过去跟他们握手，还那么热情，谈笑风生，勾肩搭背，老伙计似的，相兴旺看在眼里，心生几多嫉妒和愤懑。小乖乖，逞什么能，最后谁笑、谁哭还不一定呢，选不上，大不了我再出去干泥瓦匠去，你们这窝子猪还得在半截楼村里打腻①。继而他又暗叹口气，还能出去干？唉，好好的班子，好好的村子，挤进来一个人，全乱套了。不过，他对参选的事还是信心百倍。

相兴旺决定参选村主任后，还是像上届那样请了几个酒场。第一个

---

① 打腻：在泥水里翻滚、扭动，使身上粘上许多泥水。

酒场，宴请的是他相姓家族的人。相兴旺亲自挨家挨户通知，说几点在何处集合，不要结伙，不要声张，单独去，悄悄去。他相姓家族在半截楼村只十几户，一户去一个当家人，还有在外打工的，还去不齐，七八个人像地下工作者，趁着夜色向后村的一个小酒店聚集。酒过三巡，相兴旺说指望大叔二老爷兄弟们了，我还想继续当村主任，干了不能给咱捞好处，起码不能让咱吃亏。相兴旺近门的二老爷，也算人头，他说一百个赞成兴旺继续干，半截楼村的官不能光是高家、潘家的。他说，本户族的，谁不选兴旺别姓相，姓张王李赵马冯孙去。他说，写票也要讲技巧，除写相兴旺外，其他的写憨巴二孩，写聋子，写钢蛋，写不想参选的、选不上的，姓潘的姓高的一个不能写。他说，滤滤外姓的，谁能跟谁能说进话去，明天就去说，像给儿说媳妇，不能省点力。相兴旺家族人少，却很团结，喝到最后，有的哭，有的叫，有的骂誓，"咱一定再当上""谁不选兴旺，是乌龟王八蛋"。摔一地酒杯碴子。

第二个酒场是半截楼村其他几个小姓人家有头有脸的。他们都说，咱应当团结起来，不能光让高家、潘家当官。第三个酒场宴请的是潘家，选人很慎重，是相兴旺和家族的几个人商量、争执一下午选出来的，坚持既要和相家走得近，又是和潘大金家不睦的。这一场办得也很成功，参加的人都纷纷说潘四钱不能干，干了再跟他三哥一样，不知要把村子作践成什么样子，说非得选相兴旺不可。第四场请了高家，高拧筋、高占巧都参加了。相兴旺觉得几个场都办得非常成功，当主任把握极大。

会场主席台上方悬挂着"半截楼村村民委员会换届选举大会"会标，会场四周连老槐树周身都张贴着标语，"坚持公平竞争""选好村干部，共奔小康路""行使好权力，选好当家人"。这届换届选举参加的选民比以往几届更多，人头攒动，像是春节前的年集。

选举按程序按部就班进行着。

领票、写票、投票以村民小组为单位，每个村民小组有两位大会推选出的监票员监督，村民小组长拿着花名册挨家挨户唱名，唱到名的在花名册上按个手印，领票，去秘密写票处写票，再投票。半截楼村选举办法规定，选民可以代自己家人领票、划票、投票，但包括自己在内，最多只能三个人。办法规定得很细，自己家人是指一个锅里摸勺子的，儿子分家单过日子的都不算。半截楼村有八个村民小组，用塑料棚搭建八个秘密写票处，每个写票处由乡里一名工作人员指导填写选票，不会写字、不能写字的可以由自己相信的人或乡里来的人代写。

高拧筋拿了三张选票，犯了难：潘四钱是高且源推荐的，不能选；相兴旺那次请酒时拍着胸脯说和高且源合作好，也比潘四钱有些能力，选上了，到时候会给高且源出憨力，高且源会干得得心应手，顺风顺水，会干下去。前掂量后思量，他下了决心，潘四钱、相兴旺两个人一个都不选（别觉得要你们的东西、吃你们的饭喝你们的酒了），只选选不上的、不想干的。选不出主任，让高且源一个人干，单枪匹马，看他有多大能耐。握着笔，他歪扭七八写下五个名字：聋子、二瘸子、五秃子、三憨子、狗蛋的娘，还把"聋、瘸、憨、蛋"四个字写成了错别字。

马一腾大半个上午的时间，一口水都没来得及喝，慌慌张张，从一组到八组秘密写票处，再从八组到一组写票处，转来转去，吆喝指挥。他想，即使帮不上潘四钱的忙，也要表现得出了力、真事似的，以后也有话对潘大金兄弟们说。转到潘大金所在的第三村民小组写票处，聋子一手拿着工作人员填写好的选票，一手拿着一张字条，比对着，念叨着："这字长得怎么不一样？"

马一腾要过聋子手里的字条、选票，看出了其中的蹊跷，但还是故意问聋子："怎么不一样？"

"这个字在这里这样写，这个字在这里这样写，这里这样写的，这里这样写的。"聋子指指选票，指指字条，指指"潘四钱"三个字，指指"相兴旺"三个字，说得绕来绕去的。聋子手里的字条，主任是相兴旺，副主任是潘四钱，这是聋子专门让儿子留住写的。儿子想来投票，聋子说他瘸腿拉胳膊的，怎么来？而乡里来人代写的正式选票上，主任却变成了潘四钱，副主任是相兴旺。

"写法不一样，"马一腾心里发虚，"一个是简笔，一个是不简笔。"

聋子不是死聋，只是耳背，又极认真，抽身向高且源、张主席那边走着说："我让他们看看去。"

马一腾紧张起来。这事张扬出去，整个选举还不翻狱、不推倒重来？他忙给乡里负责写这票的工作人员使眼色。

"检查检查。"

这工作人员机灵得很，一把拽住聋子："我校对校对。"抢过字条、选票，把选票朝着大众撕了，撕成碎片，又领来三张选票，"我给你板板正正地写。"按照纸条上的职务、名字写了，举到聋子眼前，"一样了吧？"

聋子接过来，把乎半天。

"一样了一样了。"

工作人员拍着聋子肩头说："没文化真可怕。连笔、正笔，简体、繁体，楷书、隶书、篆书、草书，章草、狂草、大草、小草，写法都不一样。"

聋子嘿嘿。

聋子可不是不识字。他识字，还识字不少，平时还喜欢抱着本唐诗看，他说读着顺流，他说像"风来了／雨来了／蛤蟆背着鼓来了"，多好？因为老了，手颤，不能握笔，没法写字，才让乡里来的工作人员代笔。工作人员见聋子七八十的老头，窝囊，聋三拐四，误认为不识字，不明白，便按照马一腾事先安排的，把聋子的意愿篡改了。聋子一生小心，高拧筋常说他小心得过河攥着屙①，此时，他也没有再声张。

"投去吧，票箱里。"马一腾把聋子推去。

聋子边走边嘟囔："你们真有文化。"

高且源坐在主席台，看出了些端倪，没吱声。他想到马一腾或许在帮潘四钱拉票。昨天晚上，高且源也接到了和马一腾一样说法的"潘三玉"的微信，他也担心那录像被捅出去，那样不光是支部书记不能当了，还会给人留下话柄，丢人难看。他想，让潘四钱选上更好。

相兴旺看着不对劲，但摸不清怎么回事，气得干转悠、跺脚。

按照《选举办法》规定，到了投票截止时间，作为村选举委员会主任的高且源宣布"结束投票"，话音未落，潘二银从会场外一边跑来一边叫着："俺大娘来了，还没投票。"

潘二银说的大娘，是潘大金他们近门的一位老太太，丈夫去世，闺女出嫁，一个儿子带着媳妇在外地打工，只她一人在家，又有些疯癫。为了拉来投票，潘二银满山坡找了大半个上午。

"怎么办？"马一腾问张主席，问高且源。

高且源说："召集村选举委员会的五个同志商量商量。"

"时间截止了，不能选。"相兴旺叫道，"再说，她知道选谁"？他当然明白她要选谁。

潘二银叫道："想选谁选谁，她有选举权被选举权。"

潘大金的大娘流一大襟口水，咧嘴傻笑着："选小狗、小猫，选俺

---

① 过河攥着屙：比喻小心过度。

孙子。"

高且源对选委会其他四人说："截止时间一到刚好来到，也算不违背《选举办法》。"

有人附和："她家三票，放谁身上也不会影响选举结果。"

"选吧。"

相兴旺垂头丧气。我选不上再说。

潘二银领着大娘领出三张选票，正准备进秘密写票处，相兴旺又叫起来："有人代别人写过票了。"选举中，相兴旺一直盯着潘大金、潘二银、潘四钱兄弟们的举动，他知道潘大金他们兄弟仨都替别人写过一次票。

高且源问潘大金的大娘："找谁写？"

"麦草。"潘二银抢先说。

潘三玉刚死一个多月，麦草本不想来投什么票、选什么举，但耐不住潘四钱软磨硬缠：我们要给三哥报仇。此时听潘二银让她代写票，她又想起村里给的六万多块钱，到现在她一分也没见，除去发丧花掉的，她算着还得剩三万多，但却还在潘大金手里。想起这，她有气。选你奶奶个头。领着大娘走进写票处。

"大娘你说，我写。"

潘大金的大娘还是咧嘴傻笑着，把自己刚才说的又说一遍。

"小狗，小猫，小羊，鸡飞了，没牛了。"

麦草真的把这些写在选票上，投进了票箱。

太阳偏西，计票结果基本出来了：相兴旺得主任票最多，也过了参加选举的选民半数，村主任非他莫属了。看到这结果，相兴旺脸上的笑容怎么也掩盖不住。他不再走来走去把乎计票的那几面墙了，坐在了张主席面前，掏烟、递烟。

潘大金、二银、四钱分别把乎着唱票、计票的三个组。有一张票有相兴旺的名，没潘四钱名的，只写了三个人名，潘二银叫起来："废票。""官司"打到张主席这里，张主席说："五人以内，包括五人，都有效。"又有一张票上面写着"小狗，小猫，小羊，鸡飞了，没牛了"，潘大金说："潘四钱乳名叫小羊，小羊就是潘四钱。"潘大金也猜出了这张票是谁写的，心中涌起不少愤恨。"官司"还是打到张主席这里，马一腾却接话说："村里还有叫小羊的吗，乳名？"

"没有，俺弟兄四个大金、二银、三玉、四钱，"潘大金说，"有时婶子大娘也叫四钱乳名，小羊。"

"好多时候人家都这样叫我。"潘四钱也叫道。

"村选举委员会再商量。"张主席说，"写乳名、小名，只要没有重名的，按说可以。"张主席知道大局已定，不能再因为一张选票乱了整个选举。

村选举委员会最后认定：给潘四钱加三票。

"我们不是争一票两票，我们争的是理，是法律。"潘二银说。

潘四钱得副主任最多，也过了半数。

统计计票结果。潘大金看到，他把乎的这组在统计潘四钱的主任票时，有一个"正"因为拐行不显眼，负责统计的人忽略了，没有统计进去，潘大金不作声。等到三个组的票合计起来，潘大金大叫起来："有人作弊，把四钱的票故意少统计。"潘大金想搅局、乱场子，推倒重来。

随着潘大金叫声，有染黄发、红发、绿发的，有身上刺龙、刺刀、刺枪、刺剑的，几个小混混冲进会场，把张主席、马一腾、高且源还有计票人员围起来。高且源见状，抢起一条长凳。

"村民同志们围住他们，别让他们跑了，我把腿都给他们砸断。"

相兴旺似乎早有准备，转身抓起一根长棍，对着一个身材硕大健壮的小混混劈肩头砸下，随着一声哎哟，几个"黑社会"仓皇而逃。

潘大金见势，慌忙解释："不关我们的事。"

"有什么事我们商量着来，哪里出错我们纠正，你'黑道''白道'再多，没有'红道'多。"高且源叫着说。

"告诉你们，老子不是吓大的，割下我的胆，比你们的头都大。"几个小混混跑了，相兴旺还叫着。他是叫给潘大金兄弟们听的，也是得着意叫给高且源的，你不支持我，我不照样选上了？

"好了，老潘同志，你说哪里算错了？"张主席问。

潘大金泄了气，拉着那组计票人员到计票的那面墙。

"这个'正'字没算。"

选举结果，相兴旺任半截楼村村委会主任，潘四钱任副主任，还有其他三人当选村委委员。

高且源叹声气。

马一腾倒吸一口凉气。

潘大金、潘二银、潘四钱垂头丧气。

高拧筋没了脾气。

第二部

五老奶奶坐在半截楼前的老槐树下，常给孩子们讲这样一个故事。她说那年村里一个老太太刷锅用过的刷秫——高粱秸头捋下高粱米后，七八十几根绑在一起，用于刷锅、刷碗、扫桌子，很便宜很便当——老太太用秃一个撂在老槐树下，用秃一个撂在老槐树下，用了七个撂了七个。冬天的一天鼻子出血，老太太随手拿起刷秫头擦鼻血，擦一个扔在老槐树下，擦一个扔在那里，七个都擦了。一天夜里，忽然七个小姑娘漂亮得仙女似的，推门到了她屋里，喊奶奶，要东西吃。第一夜老太太没多想，给了她们吃的打发走了。以后几夜都是如此，老太太费好大劲也没想起谁家有这么七个闺女，全村集合起来也没有一般高长相差不多的这么七个闺女，越想越害怕，请来一个老和尚。老和尚嘴里念念有词，屋里屋外、院里院外看一遍，教给她一个法子。到夜里，七个小姑娘又来了，老太太不慌不忙给了她们吃的，又每人发给一根红头绳，说扎了漂亮。七个小姑娘高兴地扎了，嬉嬉闹闹地走出老太太屋子。第二天老太太到老槐树下，看见七个刷秫头还在，只是每个上面都绑了一根红头绳（正是她给的那根），吓得她一腚坐在地上。几个大男人赶来，点起一把火，烧那七个刷秫头。刷秫头开始有些蹦跳的样子，后来卷曲，后来成灰烬，最后，地上一滩血。再后来，老太太家再没去过那七个小姑娘。为什么给她们红头绳扎？五老奶奶说，拴住了，不拴跑了，祸害人。

一

半截楼村，原叫榆树村，只因村里有座半截的小楼，外村人包括本村人便慢慢叫成了半截楼村。那年市里村名普查，市民政局地名办公室的同志说，就叫半截楼村，有文化底蕴，还有历史内涵。

这半截楼也是有来历的。民国年间，村里一潘姓人士，也就是潘成功、潘成家的大高祖父，早年在外地读书，参加孙中山先生创办的同盟会，后在民国政府任职，现在省辛亥革命志士名录里有他的名字。

潘成功他们大高祖父的三叔去世，因其没有子嗣，族人和潘成功的大高祖父的父亲商议，由潘成功的大高祖父继承了一百多亩田地。他们的大高祖父想，自己也不能在家耕种，钱财要那么多也没用，不如给家乡做点事，让孩子们读上书，让文化改变命运，让乡亲们过上体面有尊严的日子。"三辈子不读书，活像一窝猪"。于是，他拿出其中一部分田地作为善款善田，剩下五十亩捐作学田，计划创办小学。选好场地，购物买料，十二间教室完工，计划地下一层、地上二层、局部三层的办公室小楼刚盖到一半，因为他思想进步，反对军阀割据，遭到军阀缉拿，只好变服逃难。建校的物料多被损坏，小楼成了半拉子工程。

一九二八年北伐成功，潘成功的大高祖父又回到村，继续操办办学事宜，一年后的春天正式招生开课，他自任董事长。

这期间，奉中共省委指示，县特别支部委员会成立。特支委不久认

083

识了在这里教书、与中共党组织失去联系的一名教书先生，又陆续介绍两名党员来学校教书。后批准，他们三人成立党支部。而后，积极开展党的地下工作，传播马列主义和进步思想。潘成功他们的大高祖父对这事也有耳闻，只是睁一只眼闭一只眼。

一九三七年，日军全面侵华。三名党员继续以办学为掩护，宣传抗日救国思想，创办"农民抗日训练班"，后来组织起"抗日义勇队"。一九三九年，该地下党组织遭到日军围剿，日军的炮弹把小楼削去半个，一名未来得及逃离的党员被炸牺牲，该地下党组织惨遭破坏。一九四五年抗日战争胜利后，解放区成立区公所，收拾收拾破砖碎瓦，在半截楼里办起了公，半截楼村的农民开始过上喜洋洋的日子。解放军大军南下，一个师部又住在半截楼里办公，指挥追击国民党的残部。

一九四九年中华人民共和国成立，半截楼村建立党支部、村公权，修了修楼顶，抹了抹墙体，半截楼又成了村的办公场所。

二十世纪六十年代初，高且源的爷爷当了村支部书记，每天走进村大院，每每都要在那里站立好久，打量好久，还要常常围着半截楼转一圈，几遍地抚摸墙体的一砖一石，一道道砖缝，还有多个枪眼，几处弹痕，感慨万千。"文革"开始，有红卫兵拿着镢头、铁锹、大锤要平了半截楼，说是反动派的残渣余孽，旧势力统治、愚害人民的象征，罪恶的堡垒。高且源的爷爷说，老辈人最初建设这小楼，是为着办学、惠及民众，说明半截楼村的人好善乐施、追究进步，它寄托着人们对美好生活的向往和追求。又说，全县第一个农村党支部在这里成立，还牺牲了一名党员，半截楼更浸染着共产党人坚忍不拔、艰苦卓绝、浴血奋战的斗争精神，不光不能拆，还要一代代保护好它。他组织民兵与红卫兵对峙，日夜坚守，又让人刷上"毛主席万岁""共产党万岁"的红色标语，阻止了红卫兵，让半截楼得以保留下来。

其后，他想把半截楼修建完整了。改革开放后，高且源的爷爷苦心经营着村子，村里的"三提"资金能少花则少花点，各项承包金能多收则多收些，到二十世纪八十年代中期，村里有了几个积蓄，正准备着手修建半截楼，乡里来了人，说这是一个大力发展乡村集体工副业项目的年代，好多地方工副业项目支撑起了经济的半壁河山，把修建半截楼的钱用于发展经济项目，挣了钱，别说修建半截楼，就是盖新楼，就是让全村老百姓都住上高楼大厦也不在话下。高且源的爷爷听乡里的话，又想也是这么回事。这时一个在县酿造厂干过技术员因贪污被判刑刚释放的人找上门来，说负责技术、生产、管理、销售，建厂子，造酱油，保证让半截楼村赚得钵满盆满，到时候想建什么建什么。经过数月筹备，盆盆罐罐、泥缸、草苫子等一切用具买了一院子，大豆、小麦、麸皮等原料购了三间屋，半年时间造出几缸酱油。东村吃喝西村卖，人们却不买账，便宜些分给本村人吃，几缸酱油也没销售出去。再加上那技术员还像对待大厂子，吃喝招待大手大脚，经营管理跑冒滴漏，又半年，厂子关闭，修建半截楼的钱变成盆盆罐罐、泥缸，分给了全村各家每户，还欠下八九万元外债。到二十世纪九十年代，高且源的爷爷不干书记了，欠债才还上，修建半截楼的愿望在他的叹息中被搁浅。

到九十年代末，高占坡当了书记，高且源的爷爷说攒钱把半截楼修建了，高占坡说攒攒攒，修修修。一段时间高且源的爷爷说一次，每次高占坡都说攒攒攒，又说想攒，攒不下，订报刊，这达标那达标，这工作那工作，这检查那检查，这招待那招待，根本弄不够花的。那年，因为漏雨，努了努力，半截楼后挖了下水道，还用石头砌垒了起来。楼顶又铺了层牛毛毡，泼了层沥青，进行了简单修缮。到高占坡不干书记，也没攒够修建半截楼的钱，村里还欠他三万多块，到现在捏着欠条。

潘三玉时，上级有加强村级阵地建设资金补助，但只补助给建新的，潘三玉算来算去，如果新建办公室补助资金根本不够，想拆了半截楼，用旧砖盖四间平房，高且源的爷爷知道后，拿着棍子来跟潘三玉讲理，后来干脆躺在脚手架下，阻止了潘三玉拆楼。

五老奶奶常坐在半截楼前老槐树下的那块石头上，说一百多年了，还这么牢固，都是因为地基坚实。

现在的半截楼，左边一棵老槐树，右边一根石头电线杆，几番修缮楼顶、灰抹墙体，在鲜亮、光彩的小村里，如一位穿着件打了不少补丁、灰不留秋的棉袍子，戴一顶破旧毡帽，从遥远年代走来，站在繁华都市的一位饱经沧桑的老者，石头线杆像它的拐杖，老槐树似给它遮风挡雨的一把雨伞，抑或记忆着往日荣华高贵的华盖，目光呆怯，又几分暗淡，几分萎缩，几分无辜和无奈。

关于老槐树，五老奶奶常颤抖着手伸出一根指头说，一千多年了。拍拍她坐的石墩又说，她奶奶坐这儿说的，康熙爷也坐过，那时跟野外一样，树后一户人家，三间青瓦房，康熙爷躲在树下避雨，一只野兔跑来，也想避雨，却撞树上死了。村人说那是守株待兔的故事。高占巧口吃着替五老奶奶辩解，说，真事真事，我见了乡长，说话还别咕嘴①呢，什么见了皇帝不腿肚子转筋，吓昏头脑？

老槐树真是千年的样子。村里的文化人潘大金常拍着树干说，它见识过一部书的风雨。

村人们相传，北宋时期半截楼村（那时叫榆树村）出了一个高姓有功名的人，官做到一品，辅助皇上，安抚百姓，做了不少利国利民的事。到晚年，他欲辞官回家，来照顾年迈的母亲，皇帝再三挽留也无济于事，又念及其功劳，便御驾送他回乡。来到村子里，赐金匾"厚德堂"，并令

---

① 别咕嘴：（由于激动或紧张）说不出话来或说话不连贯。

人在其家门前高高竖起写有"厚德堂"的大旗，武官见旗下马，文官见旗下轿。五老奶奶常坐的那块石头就是当年插旗杆用的石座，现在露出地面近半米高，周身浮雕着几条龙，栩栩如生，中间有插旗杆的洞，碗口粗，一二尺深，有孩童时常爬上去撒尿，惹得五老奶奶一边用刷秋头把尿撮出来，一边骂厌恶羔子。皇帝又亲手在他家大门两旁栽上两棵树，一棵柳树，一棵槐树，取"挽留、怀念"之意。柳树早已不复存在，槐树却慢慢长成了老槐树。现在，树身需两三个成人合围才能揽过来。人头高处，又分出两条枝干，一条伸向东南天空，暮春、夏时及多半个秋天都枝繁叶茂，郁郁葱葱；一条枝干斜插向西北空中，已干枯多年，却还高举着，冬天夜里迎北风发出铮铮之声。南向的树身现出一个空洞，炭黑，如树的眼睛，高拧筋说是嘴，说他那天夜里从树下走过，听见吧唧吧唧的声音，像在吃东西，也像在说话，在念经，吓得他头上摸出一把火。男人头上有三把火。

村里人都觉得老槐树有神灵。五老奶奶说，那可不，人老为精，物老为怪。潘成家的爷爷小时候"娇苗"①，他爷爷领着他认老槐树作"干爹"，到潘成家，小时候也是整天病快快的，那时是二十世纪六十年代了，不让信迷信，潘成家的爷爷夜里偷偷领着他也认老槐树"干爹"。现在老槐树在村里有干儿子十几人，一家活着的三代都叫老槐树"干爹"的也有三四家。谁家小孩吓着了，大人把他领到老槐树下，蹲在那里喊着乳名叫着：××唻，别害怕；××唻，吓不着；××唻，魂来了。吓大吓小，拽拽耳朵就好——这叫叫魂——叫完，摸摸头，回家喝上一大碗白开水，晚上睡觉便安稳了，不哭闹了。

也是二十世纪六十年代，村里人都很穷，一个人为卖几个钱上树摘

---

① 娇苗：指孩童身子弱，常生病。

槐米，回到家便发烧不止，昏迷不醒，三天后吐血而死。其后再没人敢动老槐树一叶一棒，每有叶片落下来、干棒儿掉下来，人们都要捡起放在它的根部。人们打赌，也往往对着老槐树发誓。那次，高拧筋又跟别人抬杠，那人气急，说高拧筋你敢对着老槐树发誓吗？说的不对遭天打五雷轰？高拧筋听后打一个寒战，不再吭声，摸摸头皮走开。这是高拧筋第一次，也是唯一一次抬杠没和人家抬到底，没抬过人家。

一九五八年"大炼钢铁"时，人们烧火做饭，让山上寸草都没有了，炼钢铁的小高炉面临着停火。公社书记来督查，说刨老槐树烧。村支书唯唯诺诺，找村里的基干民兵，扛着镢、锨、镐、锛、大锯，折腾一下午，扒开一层土，断掉老槐树几条老根，天黑下工，欲第二天一早上工接着挖。村支书早早起来，看到挖断的老槐树根部有一滩湿痕，鲜红，像血，是血——五老奶奶到死都没说，她晚上杀了一只鸡——村支书披着两个胳膊肘处露着棉花的棉袄，蹲在坑沿抽了一袋烟，手还有些颤抖，最后说别刨了，再找找别的树杀吧，别论粗细大小，别问房前屋后、院里院外、谁的。公社书记再来，见小高炉炉火正旺，也没提及老槐树的事，让它得以存活下来。

到现在，五老奶奶坐在树下常说，这树能刨吗？拐棍敲敲老槐树躯干又说，大存、二柱、三疯子，看看，不都毁了？她说的那几个人都是当年参加刨树的，一个五十多岁，山崖上掉下来摔死了；一个五十多岁时，媳妇被驴踢中脑门死了；一个多年前偏瘫了，说话像外国人，咿啦哇啦、嘀里嘟噜。高拧筋又抬杠，说那是巧的爹打巧的娘——巧了。五老奶奶说他，那时候你刨，也早不得好啦。高拧筋说那时候我还扛不动镢头呢。

半截楼右边的石头线杆，就是当年高拧筋和其他几个石匠解体高拧筋看不惯的界定山山顶上那块"勾勾石"得来的。

那年，公社要给半截楼村户户安小广播，需架设线杆。那时物质匮乏，水泥线杆极为稀罕，广播线杆要用石头的，让半截楼村自己想法解决，还规定了期限。当着支部书记的高且源的爷爷正着急，村民兵连长上来献计说，山顶上的"勾勾石"正可模，也容易打，准能又快又好打出电线杆。"勾勾石"，是站在界定山顶一块呈"7"字状大石头。高且源的爷爷一拍脑袋瓜，说对。那时高且源的老爷爷，高且源的爷爷的爹还活着，说高且源的爷爷，那石头你也敢动？高且源的爷爷说，公社里急，只好这样。随后派民兵连长带领十三个年轻石匠，其中就有高拧筋，背着錾子、大小锤子（俗称炮锤、手锤）、干粮上了山。他们从"勾勾石"当顶开始，两边下来打了一百多个錾眼子，然后用手锤把钢楔子一个个轻轻敲进去，再拿炮锤稳准狠而又均匀地、颠起劲来一个个往里砸。"勾勾石"先是发着挣扎似的裂帛声，慢慢裂开一道缝隙，最后，好似实在不支，呼出一声像哀号的咔嚓声，轰然变成两瓣。对那一幕，多年后高拧筋还很自豪，说那茬，那石块齐整的，像快刀打的豆腐块，谁有那本事？花了二十一天时间，包括民兵连长共十四个人，吃住在山上，把"勾勾石"先变成两瓣，再变成四瓣，再变成八瓣、十六瓣，最后得线杆二十二根。村里又组织青年男劳力上山，十四个人抬一根，七天时间全部抬下山。又三天，一溜二十一根线杆齐整地栽在了村里的主街上。架上广播线后，晨曦或落日的余晖里，不时有一群群麻雀落在上面，像五线谱，好长一段时间都是村里的一道风景。

本来打出二十二根线杆，有一根往山下抬时，一人跐滑了脚，线杆连那人，连那十三个人都往山沟里滚，线杆滚两滚从跐滑脚的那人身上碾过，摔成两段，那人被线杆追着碾出了脑浆，当场不喘气。那人就是先提出打"勾勾石"的民兵连长。死时，周岁二十一，虚岁二十二，准备十四天后结婚，和上面提及的一些数字恰好吻合——当然，这些都是多年后人们才想起来算的。

小广播淘汰了，石头线杆也完成了它的历史使命。半截楼村用水泥线杆架设电线时，顺便把石头线杆拔了出来，随便让人们拉了去，有的用作支猪圈，有的用作撑羊窝，有的架了鸡棚。到半截楼前这根时，三麻子对当支部书记的高占坡说留着吧，"勾勾石"没有了，留着它也是个纪念，况且，还是那个时代的产物。

现在，那根石头线杆孤零零地立在那里，上头还挂着一截生产队时敲响集合社员们下地干活的钢轨头，有孩童时常拿石块投去，投准投不准的，投准了，发出当的一声响。

二

像经过了两场兵刃相见的厮杀，村"两委"换届完成了，人员配齐了，高且源组织开展起正常工作。每天他开车早早来到村里，精神抖擞，有时围着半截楼转一圈，还时常拍拍老槐树、石头线杆，感慨就要从心里往上涌起。爷爷当书记几十年，父亲十几年，现在他成了半截楼的主人，坐镇"大堂"，成了全村的领路人，就要在这片土地上描绘美丽蓝图，要把他的设想、理想，变成人们眼前实实在在的景致。

村委会办公室里，他和相兴旺、潘四钱三人坐在了一起。这是高且源上阵以来第一次召集村"两委"主要成员坐在一起研究工作。他要把他的思虑灌输给二人。此时，他的思想也像他刻意摆在办公桌上那架飞机模型——曾在他厂子的办公桌上摆放多年——有展翼欲飞之势。

相兴旺没当上书记，但主任选上了，也算如愿以偿。潘四钱上届是村委委员，这次当了副主任，尽管弟兄仨的愿景没有实现，但比上届升格了，一步一个脚印，几届后谁说不能升为书记？所以他也心满意足。刚才相兴旺见潘四钱像鸭子一样跩跩地走来，看得出他是端着"官架子"，想笑，也想自己怎么拿捏不出来，带着几分羡慕，伸出"俩夹"欲握潘四钱的手，见高且源也在他们面前，还对潘四钱说，兄弟，我们跟着高书记干没说的了。还有什么说的？潘四钱一边说，心里一边想，你那手能握？你不参与我官当得比这大。手依然背着，抬头看天，不伸手给相兴旺。相兴旺只好顺势拿"俩夹"的小指头挠头皮。你再跩，还是副主任，还在我之下，得听我的。

高且源把那架飞机模型摆弄好，朝着窗户的方向，随后说道："村东的界定山是我们的优势资源，搞好旅游开发，定能给村里经济发展找到一条好路子。"

潘四钱频频点头。

相兴旺赞同："村里应多头捞摸，有了钱什么事都好办。"

高且源接着说："我们的旅游开发应该是大开发，界定山是龙头，山下薄地，我想村里成立土地合作社，坚持群众自愿原则，统一规划，统一经营，建设采摘园、观光园、开心农场。村里以半截楼为中心，建设两条街，一条红色记忆街，一条农家小院街。农家小院，空闲的院落，和农户达成分成协议，原始打造，吸引想来体验农家生活的人士，增加人气，增添村子活力。"

"农村可不能衰败了。"相兴旺觉得很是有道理。

"没有了咱村子，我上哪去？"潘四钱担心地道。

"高书记给你建城市，还用你操心？"想起潘四钱刚才的跩，不跟他握手，相兴旺还不忘挤对^①他一句。

"这段时间我们把村里的承包地、承包山林，还有其他形式的承包理顺一下，也便于以后旅游开发。"

"早该理顺。"相兴旺道。

高且源把怎么组建土地合作社说一遍。相兴旺连声说："好法子。有想种地没地的，有有地不愿种、种不好的，什么问题都解决了。"

潘四钱也道："我一下地就发愁。"

"现在着手宣传，让村民了解。我最近把宣传提纲、章程、合同起草出来。"高且源说。

相兴旺暗想一会儿，又说："承包费他们一定都没足额交，都撵他们滚蛋。"

高且源说："先找出合同，摸清情况，村'两委'再研究意见。"

"好说，好办，我办。"相兴旺道。潘大金，你们弟兄还跟我争主任不？我现在就要治你们的咳嗽^②了。

老大老二他们都有承包项目，这样一弄不毁他们了？唉，都怪三哥，死什么？也怪我没当上主任。潘四钱起身，不自在地给高且源杯子里续上水，正欲放下水壶，听到相兴旺把自己的杯子在桌子上蹾得啪一声响，又转身给相兴旺加水，还故意加满，溢出来。

"还有一件事，"高且源说，"我们形成个规定，从现在起，山上、荒坡、荒地，耕地更不要说了，一律不能再对外卖坟地。"

相兴旺的心一沉，像有一个呃闷在肚里打不上来，憋得他两眼直勾

---

① 挤对：拿话掂量，使其服从。

② 治咳嗽：本意是治疗咳嗽。在本地一人和某人不和睦，见了某人干咳一两声，表示没工夫理睬，愤慨。听见的人想（或者说），你朝我咳嗽（弄样）？我（什么时候）治治你的咳嗽。表示要修理、揍他一顿。

勾地盯着高且源好大一会儿，却转头开口说潘四钱："你懂不懂礼貌，酒要斟满、茶要斟浅？真不懂人事。"他不问潘四钱撇嘴不撇嘴的，伸头对着杯子吸溜一口，好像把那呃泛了上来，又看着高且源说，"高书记，你那是怎么想的？你没在村里干过，可能不知道，多年了，村里都是指望卖点坟地收入两个，不卖，咱这些人的工资，还有吃喝，还有这事那事，怎么开销？光靠你垫钱、我垫钱？潘三玉死，我还拿了五千，怎么还？"

潘三玉身亡，相兴旺出了五千元，高且源也拿了两万，先暂且把事情平息了下去。

支部换届选举临近结束，潘三玉突然倒地，惊慌中人们以老经验有喊掐人中的，有喊握腿、掐胳膊、揉肚子的，潘大金一边拨开众人跑到潘三玉身旁，一边喊给灌几口开水，潘二银捏鼻子掰嘴，潘四钱灌进去些茶水。村医赶来，按胸部，做人工呼吸。人们忙作一团，乱作一团，又有几人一边接连拨打"120"，甚至"110""119"，一边把潘三玉抬上乡机关干部开来的拉张主席、马一腾他们的面包车，向市医院疾驶去。路上遇到"120"，急救人员掰掰潘三玉眼皮，起搏器几次胸击，最后摊开两手说他们尽力了，说急性心肌梗死。

把潘三玉尸体从半路上拉回村，潘大金愤愤地直接拉到村委会，停放在办公室的一张长椅上。潘家族人们闻讯赶来，在潘大金指挥下，从村小商店里买来白布、白纸，两张白纸把潘三玉从头到脚盖住，又大门、屋门上贴白纸、挂白布，整个村委会院顿时被收拾得像发老丧似的。蹲在潘三玉尸体旁，潘大金流着泪，垂头丧气，唉声叹气，跟潘二银、潘四钱说，不能轻饶了他们，要使劲闹、大闹、特闹，闹好了，或许高且源不敢干，也或许乡里怕事，把书记再给咱，让四钱干。继而他又摇摇头，如果高且源真干，先制服他，叫他知道我们不是好惹的。

接到潘大金手机里说潘三玉死了，睡在乡政府办公室里三张椅子上的马一腾惊慌地跑到张主席办公室兼卧室，二人给李书记打电话汇报，李书记连夜召开乡党委会，批复高且源当选半截楼村支部书记，要让高且源连夜上阵，冲锋在前处理此事。

高且源接了马一腾的电话，急忙来到村里，见村委会院内明晃晃的灯光下，潘大金弟兄仨还有潘三玉的媳妇麦草，还有潘家家族的人正团团围住马一腾，麦草鼻涕一把泪一把往马一腾身上抹着，说赔我男人……张主席和乡里来的十几个人又团团围着潘大金兄弟们，怕马一腾挨了厮打。外围又是一圈圈民众，里三层外三层的，成一人疙瘩，像是一个巨大漩涡，中心拥挤、推搡、撕扯、咆哮。马一腾的白衬衣被拽出裤腰，两个扣子也不见了，露着白肚皮，退缩着，慌叫着，说有事好商量好商量。

高且源没见过这阵势，惊慌失措，挤进人群，对潘大金说，大老爷，人死了谁都痛心，光吵闹不能解决问题。潘大金见到高且源，如见仇敌，问高且源，你说咋办？高且源说，商量着解决。潘大金追问，商量？和你商量？你算老几？！

见了高且源，马一腾来了些底气，听潘大金说高且源"是老几"，才得空摸出乡党委文件，晃着说，高且源是村里新当选的支部书记，这是乡党委的批复，现在就上任。

潘大金听到乡党委批复高且源是书记了，怨气、怒气、愤恨和原来尚存的一丝希望，立刻化为熊熊怒火，蹦着跳着叫，好，谁伸头我们找谁，谁当书记我们找谁，找能行的^①。没有一百万不算完事。

有本事争书记，就有本事处理这事。潘二银朝高且源高叫，人死了，

---

① 能行（的）：能说能干，有作为。横行霸道的人。

拉他家去。

叫他发老丧。潘四钱也大喊。

敢到我家门口就扁了你们。听他们狂言，高且源毫不示弱。

你……潘四钱冲过来，推搡高且源。

高且源侧身，躲过潘四钱，一边道，打架我包你们兄仨。高且源人高马大，长得方正，又正年轻力壮，潘大金兄弟仨也不是他的对手。

潘大金见状，一边叫着打人，一边拿头撞向高且源。

三麻子高喊一声，打！你们敢对着且源来！随后棍子落在潘大金腿上。三麻子七十多了，还是火爆脾气，年轻时又摆弄过棍棒，现在还是得理不饶人的人。昨夜，得知潘三玉没救过来，高占坡说麻烦了，不行且源别干了。三麻子说选上了不干？他们敢找咱的事，我饶不了他们。

潘大金冲来，高且源躲闪中顺手牵羊，再加上三麻子的那一棍子，把潘大金结实地摞在地。你们弟兄们都上，我全包了。他拉开架势，心里还想着，制服不了你们，我以后书记还怎么干？

相兴旺选上了副书记，晚上回到家高兴地弄二两白酒，对媳妇说愿望实现一半了，又叹口气，高且源怎么选上了？和他一起不好干。又说，潘家一定会争村主任，人家家族大，人多势众，一定是一场恶斗，也许无望了。又叹息，兴旺兴旺，你相兴旺什么时候兴旺过？此时，挤在人群里，他见高家、潘家打斗起来，心里暗暗高兴，都头破血流才好，鱼死网破才好，两败俱伤，玉石俱焚，同归于尽，你鸡飞他蛋打，我是渔翁，稳坐钓鱼钩（钓鱼台？）鹬啦蚌啦，都白捡，书记、主任一头放一个，哈哈嗒嗒地挑着。商量着办，他想着，也开了口。副书记，不说句话可不行。

高且源来了，出面了，高且源的三爷爷上阵了，高家的人围上了，这可是张主席想要的结果。老经验告诉他，一个村子里出了事，如果书记、主任都是软皮子蛋，唯唯诺诺，没有三把叉，躲在后面不敢出头，出头不敢说话，事情不揽过去，靠乡里来人冲锋陷阵，活扣也会变成死扣，还会疙瘩越解越大，整个乱了套越。现在这事成了高家、潘家两个家族之间的矛盾，乡里的人处在了调停位子上，好办了。

谁再动手，让派出所马上抓起来。张主席振臂一呼。

他这喝声是行动的号角，乡政府的来人明白，到他们该出面、出手的时候了，随即鱼贯插进人群，形成一道人墙，把潘家、高家两个家族的人隔开。

张主席高声说，同志们，谁也不想出事，这事出了都痛心，出了要商量着解决，打斗、吵闹不能解决问题。又转向潘大金，老潘同志，你是家里的老大，你们有什么想法、什么要求，我们坐下来慢慢说，慢慢谈。你也是老党员了，党纪国法都懂，停尸办公场所已属违法，再出什么事你好看？能对得起死者？

潘大金看到高占坡、三麻子，还有高占巧、高拧筋，还有高家其他人围了一圈，自己家族的人则躲躲闪闪，他明白，潘三玉一死，自己大势已去，高且源正得势，真动起手来肯定吃亏。听张主席这么说，他就坡下驴，说到，行，解决不好我们拉乡里、拉县里去。人死不能复活，潘大金考虑到现在要紧的是争些利益，又说，三玉死在工作岗位上，要算因公殉职，要赔偿丧葬费、遗属补助、一次性抚恤金，孩子要供养到十八岁……

马一腾听潘大金如此说，接过话，潘三玉不是公职人员，怎么能谈得上赔偿？

你是公家的人，你现在死了能赔偿。潘大金抢白马一腾，参加选举是工作吧？三玉是死在工作岗位上吧？是"因工"吧？

马一腾听潘大金诅咒自己，也见自己的势力占了上风，要上劲，被张主席拦阻。让老潘同志说完。

潘大金接着说，要算牺牲，追认"优秀共产党员"，钱，我昨夜哭一夜算一夜，总共得给二十万。潘大金说得很是坚决，还有，村委会快换届了，要让四钱当村主任。

张主席问，还有吗？

潘大金说，想起来再说。

相兴旺听潘大金要二十多万，还要让潘四钱当上村主任，吓得心慌，气得心疼，说道，大金大哥，人要讲良心，你说村里有二十万块钱？哪里值二十万？

人都没了良心，人刚死就欺负我们孤儿寡母。屋里传来麦草的哭叫声。

相兴旺的脸遽然红到脖子根。他可是在潘三玉家，在麦草面前，信誓旦旦说过几次，他要和潘三玉绑在一起干，支持好潘三玉的工作。

张主席把高且源、相兴旺还有半截楼村新选上的其他三个支部委员叫到一边，说，事情光僵持着不行。潘大金他们现在争的是利益，商量下怎么办。潘三玉的死，可以认定为因公殉职，但根据有关法律，又不能算作工伤，不能获国家赔偿，也就是说，各级政府、团体都没有赔偿责任。但从另一个方面来说，潘三玉毕竟是死在工作岗位上，从法理和情理上讲，村里都应当给死者家属适当补偿。

想着潘大金兄弟们刚才的所为，高且源还气得胸脯一起一伏的。就这样向他们低头？但眼前的一片哭声、满院的悲恸又让他有些心软。自己是村支书了，不能再跟人家一般见识，要大度些，不就是两个钱的事？他说，照他们兄弟们那阵势一分钱不给。想想一个人都没有了，村里考虑给点。

张主席问，多少？

万儿八千的。相兴旺道。

张主席又问高且源。

高且源道，三万五万吧。

他能值那么钱？相兴旺不满地说，他又不是英雄，不是让枪打死的。

张亚仙红肿着眼圈瞅相兴旺。

张主席说，人都死了，不要计较了，给六万吧。

还六六大顺呢。相兴旺说，村里没钱。

你们几个人先凑些。张主席说。

我拿两万吧。高且源说。

你们几个多少？张主席问其他几个支部委员。

唉，还要下步参选主任，不能打坠坠溜。相兴旺想着，说道，五千吧。

潘成功、高一级又分别拿两千，张主席、马一腾也都拿了一千。张亚仙抹着泪，哽咽着说不能拿。

息事宁人，先把这关过去再说。高且源想着，回到屋子里，换上一副愁容，对潘大金说，大老爷，你的心情，你家庭人员的心情，我们都能理解，好好一个人没有了，谁不心疼、难过？张主席也说，人没有了，村里不能再斤斤计较。钱重要也不重要。这样吧，给三奶奶一次性补助六万元。高且源叫的"三奶奶"是潘三玉的媳妇麦草。张主席、马科长也都拿了些。现在正组织来的机关干部，还有村民捐款。先给你们三万元现金，把丧事办了，让死者入土为安。

犯到他手里去了，潘大金想，还不知道以后会怎么拿捏，人在屋檐下不得不低头。他内心已全面溃败，但嘴依然不软，问道，四钱当村主任的事儿怎么办？

老潘同志，你也是明白人，群众参加选举的事谁能保证？张主席说，包括你提的追认称号的事，你心里没数？能够格？况且这是意外死亡。

潘大金真没了招，彻底偃旗息鼓。我跟他们商量商量。

春天的气息伴随着叶儿们的清香溢进屋子里，令人怡情。然而相兴旺义愤填膺，侃侃谈出那么多理由，还提及在村里干不干的，很是让高且源心里不舒服，更不服气。我在真空里生活的？目光这么短浅，以后村子怎么能大踏步发展？走到院子里深吸口气，高且源看到东面的界定山如一巨龙，似在等待腾云。院门口，留住摇着残疾人三轮吱吱呀呀闪过。再回到屋里，高且源对相兴旺道："相主任，我们搞旅游开发，把山变成了公墓，谁还愿意来？坟地有卖完的时候，到那时，我们光给人家当守墓人？旅游景区只会越建越好，子子孙孙都能受益。你也看到了，以前卖的那些坟地，植被毁坏多少？树木砍了多少？多叫人心疼？山，它自己也会疼。我们这里，山上有泉，河里有水，你家门前的河道里，冬里夏里不是都不断流？当然有污染，但是我们可以治理。咱这里有一个宜人的小气候，空气好，水甜，种出的瓜果蔬菜粮食都比其他地方的好吃。说句不好听的，得癌症的都少。这都得益于我们村东的山，得益于山上的密林。界定山是我们的宝山，不能只顾眼前利益，挖它，啃它，掠夺它，觉得是块肥肉，恨不得一口把它吞肚里去。"

相兴旺从兜里摸出支烟点着，一口气吸得烟头冒着蓝莹莹的火光，像他心头的怒火。好家伙，你想那么远、那么多有什么用？全国那么多山，就差我们这个小乱石堆？高且源是能人，原来坏点子也这么多。你和马一腾合伙不让我当村主任，现在我花钱费神地弄上了，家族好看是一回事，另外一点，不就是图着卖点坟地能捞摸点油水？现在倒好，你连油花子也不让我沾了，你不是有意跟我过不去？以后还能怎么干？

他也想起那天的事。

天傍黑，他从村办公室回到家刚坐下还没来得及喘口气，给他看过宅子的风水先生来了，还领着一个人。那人很"土豪"，拆开一盒好烟给相兴旺递一支，没有像小气鬼那样再装兜里，而是大大方方撂在茶几上，没有再拿走的想法，随后说要在山上买块坟地，张口就是半亩。风水先生帮腔说，建豪华墓地。相兴旺说现在还是一平方四百元，没涨价。风水先生和那人都说照顾照顾，相兴旺吧嗒吧嗒地吸烟不开口，停一会儿起身去厕所，风水先生跟出去。在厕所门口，风水先生掏出一纸包钱，说着一万元，递给相兴旺，又说高书记刚上任，摸不清情况，还得靠你多照顾。相兴旺见过大钱，曾经用塑料编织袋背着十几万元给跟他干活的人发工钱，但他没收过人家的大礼，没尝过收大礼的滋味。风水先生递过钱的那一刻，他脑子里立刻闪现出这样一个念头：还是当官好。风水先生递着说拿着。相兴旺丝毫没迟疑伸出手接过来，却因手颤抖钱还掉在了地上，他连忙弯腰捡起揣在怀里，问没事吧？风水先生说能有什么事？原先经我手给潘三玉的多了，不是到他死也没事？（潘三玉当书记时，相兴旺尽管也干主任，但好处都让潘三玉一手遮天给收了，相兴旺顶多弄几盒烟、几瓶酒，抽抽喝喝。）相兴旺连声说好好好，说高书记摸清情况我也得当家。风水先生说好好好，以后咱就这样合作，有埋人的我就往你这里拉，你要价低些，别人知道我能买低价地，都会找我。我图的是干点儿我的营生，"活马跑林""点穴"什么的，挣点儿技术钱，你挣操心费。相兴旺说谢谢谢谢。风水先生说谢你谢你。回到屋子里，相兴旺指着风水先生说没外人，这样吧，一平方三百。风水先生又帮着说话，相兴旺又说这样吧，凑个吉利数，一共八万，八八八，发发发。风水先生说好，咱都发。相兴旺说都发都发。

相兴旺起身去厕所，连一滴尿也没撒。他这一遭是跟潘三玉学的。他清楚地知道，以前有买坟地的，在村委会办公室，在那么多人面前，怎么讲价，潘三玉都不会松口，讲到一定程度，潘三玉就要起身去厕所，买主或者中间人也会跟着去，再回到办公室，价格便降了下来。当然，潘三玉还要故作难为情的样子，说价讲半天了，我走哪里你跟哪里，让你两个吧。最后好孬让让，就比他们送出去的要多。当然潘三玉的让价也是有尺度的，基本上是按倍数算，给一万让两万，给两万让四万。最后皆大欢喜。

高且源，界定山是宝山不假，相兴旺心里说，可是现在你不让我挖，宝不废了？我的财路不断了？你这么办，你自己干好了。

昨天夜里，风水先生和那人走后，相兴旺拿着那一万块钱喜滋滋地朝媳妇晃，媳妇一把夺过去，我保管着，你别拿着在外头找了"小的"。把钱放柜子里后，转过身来又说出相兴旺想的那句话：还是当官好。又说，以后有人来找你，你不在家我替你收，也尝尝收礼的滋味。相兴旺喜得连说行，说收了钱可别忘了对我说人家求的事儿。

那钱还没暖热乎，现在也要没有了？我可是生来就是为发财的。

三

半截楼西一街之隔，原来是村小学，几年前学校合并到了前村，校园便空荡下来，夏天杂草没人高，冬天又像破落，一片衰败荒芜。老学校里一溜两排几十间二十世纪八十年代中期建起的砖石瓦屋，现在还巍然屹立，但除了住麻雀、飞燕子，就是老鼠白天黑夜地乱窜，入无人之境。还有一处民国时期建起的三间瓦屋，横梁粗壮，椽子结实，屋面上铺展的一块块小瓦，平平展展，没有一点下陷迹象，几只脊兽仿佛还发出着叫声。那三间瓦屋，是潘成功、潘成家的亲祖父留下的。

高且源组织召开村"两委"会，研究他要占用老学校建厂子事宜。

"我计划签订三十年合同，每年交租金五万元，先一次性交六年的，三十万。"高且源不看众人，只顾摆弄着他办公桌上那架展翅欲飞的飞机模型，一边说着，一边又拿起桌上的折叠纸扇，哗地打开，扇几下，又哗啦一声合上。

大将风度，大腕风范。

相兴旺"俩夹"手则摘下挂在他办公桌一边墙上的席夹子，呼哧呼哧扇几下。怎么样，我早料到了，一上任就得干自己的，还口口声声为老百姓办点事，谁信？话谁不会说？但转又一想，一把到账三十万，够村里吃喝拉撒一届的了，并且还都得经我的手开支。

"我赞同。"他首先表态，"咱村里多有几个大款多好，把村的所有土地还有空宅子都租出去，都是非农业，月月领钱，天天树荫里打麻将、摔扑克、喝大茶。"

"我算什么大款？"高且源笑笑，"小打小闹而已。"

潘四钱说："我原来想高书记要老学校建厂子，可能呜呜嘎嘎①、不声不响地把学校弄过去，没想到还开这会商量，还交钱。"

众人也随声附和。

交的不少，放那里多年了，不是一分钱不见？

好事。

群众还能在家门口打工挣钱。

高一级笑着道："我给高书记看大门去，保证连只苍蝇也不让飞过去，还不误村里的工作。"

---

① 呜呜嘎嘎：形容遮遮掩掩，不声张。

"黑天白天靠那里，你有分身术？"相兴旺依然兴奋着，"村里的工作不干了？"

欢喜的氛围中，潘成功眉头则皱出一个大疙瘩，看着高且源又似乎是看着高且源背后墙壁上的那块黄渍，小心地问道："你都用？连那三间老瓦屋？"

"全部。"高且源手一摆，不容置疑地说，"那三间瓦屋，我装修装修当厂里的办公室，冬暖夏凉的。"

"这样行不？"潘成功继续以商量的语气道，"那三间瓦屋空出来，单独留个院，你也省两个钱。"

"那怎么成？"高且源不等潘成功说完，把话接过来，"省钱不省钱那是小事。现在我还嫌场地小呢，我建厂子，不是作坊式的，是现代化的。同志们，说心里话，我一个方面为了自己发展，另外一方面，也为咱全村老少爷们着想，就近挣钱。"

又为全村！相兴旺暗想，吹就吹吧，反正你给村里钱。

多年的"小地主羔子"身份，再加上跟高占坡干了多年，现在又跟着高且源干，练就了潘成功唯唯诺诺、听说听道的性格。此时，他在心里叹口气。一切打算都泡汤①了。

潘成功尽管脸上尽量拿捏出些笑意，但高且源还是看出了他内心的沮丧、懊恼和浑身的不自在，在心里笑笑。

"同志们如果有意见在会上尽管提出来，包括承包费交的少了，会后再说可不算了。"面对众人的沉默，高且源继续道，"如果同志们没有不同意见，四钱主任起草个合同，找个时间我和村委会签了，就着手建厂子。这么定，散会"。

---

① 泡汤：馒头、煎饼等干粮泡进汤水里。指落空。

"要一手交钱一手交货。"相兴旺站起身，"俩夹"手还搓着左手拇指，有接钱的架势。还怕高且源反悔，又安排潘四钱，"合同，抓紧时间起草。"

在众人的思想中，厂子仿佛真的建起了，机声隆隆，小村热闹，村人们进进出出挣大钱，一大笔也落进了村集体账户里。

然而高且源却是跨马扬鞭虚晃枪，在虚张声势。

前段时间，他对建厂去找专门机构环评咨询，人家看他老半天，看得他又是整衣领又是掠头发，觉得自己哪里出了毛病。人家答复他，村里不宜建厂。一瓢冷水劈头浇下，他发烧多日的头脑一下子冷静下来，设想、计划又变成泡影了？

村西的平原一望无际，麦浪推搡到地平线处，又汹涌到眼前。大地被似火骄阳炙烤着，升腾起淡紫色氤氲，让万物变得模糊、虚幻。田埂上一株喇叭花爬上一株青蒿，似乎在向高且源讲述这片土地亘古不变的饥贫与丰厚、播种与收获。一只蝉儿脱壳在地头的杨树半腰，不知飞上了哪个高枝。人们笑脸谈着，不再手握镰刀，只摩拳擦掌，在接纳又一个丰获的季节。相兴旺领着一队收割机轰隆隆开来，朝高且源挥挥手，说今天开镰，三天内全村的麦子全部收割完毕。脸上尽是自信与自豪。开班子会研究麦收时，相兴旺就以"老把式"口吻大讲干部们怎么分工、机械怎么组织，高且源一脸茫然，插不上话的。相兴旺心喜地想，庄稼活你懂？村干部不就是抓这些？跟我好好学学吧。

土地上曾经的经历，现在真是让高且源茫然，感到远隔了，是那么的生疏、遥远、不真实。这是自己向往，打算干下去的乡村？

想到自己无着落的厂子，高且源觉得他是被随手抛了的玻璃球，落地上弹起来，弹起来又落下，靠着惯性，跳跳落落，但一次却比一次低，最后可能会啪啪连跳几下，地上一滚，再不能弹起，偃旗息鼓，无声无息。

站于田埂，如落寞者，他回望绿树环绕，似乎在生长的村落，呆望着勃勃生机的田野，在苦思，这片熟稔的故土上，难道就没有安放他一爿厂子的角落？

忽然一个意识从遥远的边缘慢慢呈现，并越来越近，越大越清晰，越光亮，聚焦到一个点上，越让他有万分的激动。何不投资正考虑的界定山旅游开发？然而目标越靠近、越明朗，难题越清楚地摆在他面前。仅靠自己那两个资金，想要动作一座山，把它变成金山、银山，开采不尽的富矿，真无异于蚍蜉撼大树，做大槐国之梦，异想天开。招引资金，合作开发？他思虑周边的人，最后心思落在潘成家身上。

然而对于潘成家，尽管他们是一个村子，但因年龄段不同，再加上潘成家早年就去了关外闯荡，他们接触甚少，高且源担心，直接找潘成家提及投资的事，恐怕他不光不会同意，还会被耻笑没本事，疤瘌眼照镜子——自找难看。他也清楚，潘成家一直想要老学校（前天，三麻子还交代高且源说，潘家一定要老学校，说什么也不能给。他们老辈的，以前怎么对待咱的？）有心把老学校卖给潘成家，高且源又没有冠冕堂皇的理由，开不得口，也怕价格要不上去。何不引蛇出洞，让潘成家自找上门来？

大地及它承载的万物又靓丽起来，浸染着麦香的热浪也变得几许温顺，吹在身上几分温柔、舒服，那只脱壳的蝉儿一定是憋足了劲，隐于一叶后，吱地亮开了嗓子。聋子走过来，对高且源殷勤地道，今年村里统一组织收割忒好了，省劲了。高且源挺了挺胸说，大叔，好日子还在后头呢。

于是，高且源便组织召开了这次村"两委"会，虚张声势地研究他占用老学校之事。

村人们、村班子里的人，都蒙在鼓里。

在半截楼村，潘成功、潘成家往上两辈就是大地主，他们的高祖父是鼎盛时期，办学留下那半截楼的是他们的大高祖父，现在后人都去了国外，没有联系。他们的亲高祖父也有二百多亩地，三进三的院落，四槽大牲口，长工三四个。五老奶奶坐在半截楼前的那块石头上常给孩子说，潘成功、潘成家他们奶奶的奶奶嫁来半截楼村时，送亲抬嫁妆的队伍排了二里多路——当然，两个罩子灯、一把茶壶也要两个人用盒棋子抬着——五老奶奶说，给他们奶奶的奶奶临装嫁妆时，她娘家的爹左想右想，忽然想起嫁妆里还缺个砸核桃吃的小锤，连夜找人做了一把，纯金的。五老奶奶说着，两手比画着小锤的样子，她见过似的，叫人看着她的比画，都觉得很可手、很可爱，似乎也看到了闪闪的金光。五老奶奶嘴里又发着啪啪声，空手往空地上砸几下，还馋得咽几口唾沫。

村小学的那三间老瓦屋，就是他们的亲高祖父盖的。他们的大高祖父在街东动工建学校——现在的半截楼——他在街西建自己家的房子。

到他们的爷爷那辈，家道依然殷实，但兵荒马乱的，日子整天过得提心吊胆，粮食、猪鸭鹅、牲口不时就让日军扫荡了去。新中国成立后，他们的爷爷自然被划为地主，包括他们的父亲，没少挨批斗。

潘成功、潘成家和潘大金兄弟，他们一个曾祖父。他们的曾祖父有两个儿子，潘成功、潘成家的爷爷是老大，潘大金、潘二银他们的爷爷是老二。

潘大金的爷爷四岁时，潘成功、潘成家、潘大金他们的高祖父盖瓦屋，六岁的老大，也就是潘成功、潘成家的爷爷帮着搬砖，四岁的潘大金的爷爷却用一根树枝挑着两块砖从院子里吆喝到大街上：买砖不？买砖不？卖砖了。他爹见了，十分寒心，哀叹一声说三岁看大，七岁看老，这家有可能败坏在这小子手里。接着吩咐泥瓦匠，垒墙少加石灰，预备着拆墙买砖的那一天。这话还真让他爹说着了。潘大金的爷爷长到十七八岁，更是想干什么干什么，游手好闲，地里的活一点不沾手。他爹也曾对他严加管教，还打折过他一条腿。娶媳妇后，他还是由着自己性子干事。后来，他爹被气中风，不久离开人世，他哥见他不过日子，只好分家，把那三间瓦房分给了他。分了家，更没人管了，他不光吃喝嫖赌，还吸上了大烟，没出三年，地卖了，牲口、家具、农具卖了，后来真拆墙买砖买瓦，开始买了一间，后来剩下的两间干脆直接买了，连宅基地也没留，一家人住进了两间场院屋里。不久解放了，他自然划为贫农，还分得了他大哥，潘成功、潘成家他们爷爷的房子、田亩，还有几件农具、家具。看着大哥挨斗，他常想，省吃俭用还不如我吃喝嫖赌的。有一个时候潘大金问爷爷，怎么过穷了没当上地主？他爷爷说，你看当地主好？毁了几辈子人。又说，怎么穷的？都是他们那支人家讹的。他指的是潘成功、潘成家的爷爷，他不说他不过日子的原因。

如此这样，现在尽管没有矛盾冲突，没有多少利害交集，但由于爷爷说的原因，在潘大金弟兄们的意识里，还是留下了和潘成功弟兄们不和睦的因子。

早先几年，潘三玉当书记，潘大金说，"三十年河西，三十年河东，一点不假，现在不是转了？"他也期冀潘三玉把书记当下去，兄弟们在半截楼村都发大财，最好能比潘成家的钱多。所以潘成家想在村里搞些动作，潘三玉便压制着，让潘成家一直没能如愿。这也是潘成家反对、阻挠潘大金兄弟们在村里当官的原因。

潘成功、潘成家他们爷爷的地主成分，直接影响到潘成功、潘成家弟兄俩。潘成功到了三十多岁还没找上媳妇，后来，从村里那个被枪毙的人贩子手里，花钱领家去个比他小十多岁的南方女子，组成家庭，一家四口，闺女大学毕业又考上公务员在省城工作，儿子在关外协助他二叔潘成家干管理，一年也挣家来不少钱。潘成家上学时，时常被同学叫小地主羔子，影响得他学也没上好，小学五年级毕业在家干一段时间农活。"金十七，银十八，过了二十豆腐渣"，眼看要过去找媳妇的最佳年龄，逢上改革开放，他一气之下去了关外，起先跟早年去关外的舅舅出力干泥瓦匠，后来当小包工头，再后来干大了，现在在黑龙江有自己的开发公司。村里人说，哈尔滨太阳岛一侧，牡丹江市的江边，还有其他几个地方，都有他开发的住宅小区，资产几个亿。又说，在哈尔滨一带踩得呼哧呼哧的，一提起他的名字，没有不知道的。

潘成家又从关外回来了。

"巴结巴结相主任。"潘成家进来相兴旺的家门，一边说着，一边随手递给相兴旺一条好烟。

"你大老板，我巴结你。"相兴旺见潘成家来家，哈着腰握手，满脸都是感动和激动，又像那次接算卦先生的钱，烟都没接住掉在地上。看见相兴旺那样子，媳妇撇着嘴在心里说，和绅样，奴才相，跟人家扛长工扛出来的。

在半截楼村，潘家和相家，到现在也就是潘成功、潘成家和相兴旺走得很近。这种走得近，多少又有些是潘家的一厢情愿。他们现在都住在村子西南角一隅，东西隔着一条小巷，潘家在东，相家在西，潘成家和相兴旺还东西向对着大门，都是在村里数一数二的白瓷砖包外墙的二层小楼，争奇斗艳，争着显赫。新中国成立前，潘家地很多，相家也有十几亩，维持生活，年年略有结余。相兴旺的曾祖父小时候得过小儿麻痹症，罗锅蜷腰的，干不了多少重活，相兴旺的曾祖母又得过一次大病，家里又失过一次火，三折腾两折腾，十几亩薄地慢慢变卖了，让潘成功的曾祖父买了去，到了相兴旺的爷爷，只好给潘成功的爷爷做长工，住在潘成功爷爷的菜园子里，也就是相兴旺现在住的地方。

"文革"时忆苦思甜，让相兴旺的爷爷上台说说自己新中国成立前吃的苦受的罪，相兴旺的爷爷没文化，走上台，诉起苦来，被撵下了台。当天夜里，趁着夜黑，潘成功的爷爷瘸着批斗时被打伤的腿，来到相兴旺的爷爷家，说兄弟，你是好人，全村就你一个好人，说实话。我家那时地多，也是一点一点买的、攒的，你说是不是？你爹他老人家卖给我爹他老人家地，也是我爹他老人家救济你爹他老人家急着发老丧用钱，你说是不是？不解放，我打算用你的工钱抵了慢慢把地还给你，你说是不是？相兴旺的爷爷说，谁知道日子过着过着就穷了？还越过越穷？相兴旺的爷爷忆苦思甜那句话，让潘成家的爷爷很是感激，也直到现在影响着潘成功、潘成家，相兴旺在关外当包工头时，潘成家给了他不少活干。

所以相兴旺参选村主任时，潘成家专门从关外赶回来，给相兴旺站场、拉票、投票（潘家起了内讧，潘四钱焉能选上？）但对于潘成家的"厚爱"，相兴旺总觉得很是别扭，像是被施舍，但在潘成家面前，他又不能直起腰杆来，理直气壮、底气十足地回绝了。怎么回事呢？他不解。

"找你帮帮忙。"潘成家坐下来开口道。

相兴旺慌不迭地说："你大老板，还要我帮忙，我能帮上你什么忙，在半截楼这地方，在水汪乡，你什么事办不成？"

"老学校不是还闲着？"潘成家明知故问。

前天村"两委"会一散，潘成功垂头丧气跑回家，立马给潘成家打电话，说刚开了会，老学校高且源要了建厂子，那三间老瓦屋也要，我怎么说都不管用。现在正起草合同，你赶紧回来看看怎么办。接了电话，潘成家便急忙赶了来。

潘三玉干书记时，潘成功，特别是潘成家就惦记着那三间祖屋，想要了回去，建他潘家史馆。他有种落叶归根情愫，也有种把根在半截楼村扎深、扎牢的想法（他常想，祖根在半截楼村，这里是厚土，是他发迹之源地之支撑），他想把他天祖父、高祖父、曾祖父、祖父一直到他父亲，都供奉进去，写部家族史，征集以前的物件也放进去。当然，他也想到了他这辈，更要留下浓墨重彩的一笔，让他潘家后人记住他们的祖先，记住他，他（们）的光辉和不容易。现在他找了人，正给他写传记。要那三间老屋，潘成家以前曾跟潘三玉说过，说建起来咱潘家列祖列宗都进去，让后人永远记着。潘三玉跟潘大金一说，潘大金说他们老辈的多有能耐，现在他又有钱，建起来，不是埋汰咱这一支？其后，潘三玉便以给乡里汇报为借口，拖了下来，直拖得潘成家干生气，拖得没脾气，拖得他极力阻挠潘四钱当主任，支持相兴旺当村主任，以便促成此事。

相兴旺听潘成家要老学校，大惊状说道："老学校？高且源，高书记要用，马上签订合同了。"

"他要？"潘成家几分气状。

"是啊，他要。"相兴旺像是自言自语，"他先占上了，他建厂子，你也建厂子？"

"建厂子？他建厂子？我建厂子？"潘成家不屑地摇着头，反问道，"什么眼光？！这地方像个闷葫芦，进不来出不去的，能建厂子？我要了建我们潘家史馆。"语气里充满自豪，"那地方原来就是我们潘家的。"

相兴旺听潘成家打算干这事，心里咯噔一震，多少年郁结在心里的疙瘩又大起来。又要牛逼了，跟羊蛋样又要跩了。半截楼村原来大部分地还是你们的呢，不是分了？你也要回去？我再给你扛长工？你建潘家史馆，给我爷爷塑个给你家耕地拉犁的蜡像？但转又一想，你想要，高且源也要，龙虎相斗，你们争去吧，有好戏看喽。

"你怎么不早说？"相兴旺抱着坐山观虎斗心态，也显现着跟潘成家近乎、自己能办事的姿态，"现在恐怕不好办了。"

"你心里没数？"潘成家道，"让你当主任……"

潘成家话还没说完，潘大金走了来，还提了一盒酸奶，见潘成家在，一愣。"成家什么时候来的？"尴尬地把酸奶放在门后，又道，"我没事来串个门。"

村里要清算承包费，潘大金来找相兴旺打探打探消息，想让相兴旺多周全，他少交点承包费，承包的鱼塘别收回了。

潘成家跟潘大金点个头，说得更有气势，也更来气。

"不论怎么着，我都要定了。"

潘大金听明白了怎么回事，帮腔道："咱祖上的咱不要？"和潘成家站在了一起，"后来我听三玉说，乡里同意咱建史馆了，可惜，还没来得及办。"叹口气。

屁话，你们兄弟们那点小心事谁不知道？你们不挡着，不早办成了？潘成家想着，说道："不论多少钱。"你高且源仨瓜俩枣的，在我眼里还算单位？这事，在半截楼村办不成，我潘成家还走南闯北的，不白混了？

"高书记三十年交一百五十万。"相兴旺道。

"那不是你们嘴说为定（腚）？拍卖，"潘成家拍着自己大腿，"二百万起价。钱，不就是几个小钱？"

乖乖，二百万还小钱。好，好吧，一千万才好呢。相兴旺心里暗暗高兴，嘴上说道："怎么给高书记说？"

潘大金道："你是法人代表，说什么说？怎么不能说？合同你不签字他也没俩法。"有钱你们比着花，比着烧包。

"开拍卖会。"潘成家直盯着相兴旺，"在半截楼村，谁也不能一手遮天。"

相兴旺被盯得明白了潘成家的意思。是啊，他给我拉票，叫我当选，不就是为了给他出力？

"我把你的意思给高书记说说？"

"必须按我的意思办。"潘成家依然财大气粗的口气，"不行，我给乡党委李书记打电话，给市里张市长打电话。"

摆不平他？！

来到村办公室，相兴旺摘下他出门就扣在头上的那顶席夹子扇两下风，喘两口气，把席夹子又挂墙上，像半截楼的墙体凸出的一个包。

"麻烦了麻烦了高书记。"转悠几转悠，他找到开头语，开了口，还拿出很难为情的样子。

"什么麻烦了？"高且源问。

"潘成家回来了，刚才找到我，说老学校他非得要。"

"哦？"高且源显得惊异，但却掩饰不住内心的狂喜。见效了，上钩了，成功了。只要击中要害，抓住牛鼻子，庞然大物也好，没上过套的野牛也罢，都会被击倒，都会乖乖听使唤。相主任，这些招你有？你懂？犁子扶得再正，镢头扬得再高，也不过是摆弄二亩地的土坷垃，收几筐稻谷。高且源高兴地想着，却把欣喜压在心中，还呈现出一脸愁容。"潘成家？关外那个？他来了？他怎么知道的？"

"班子会都开了，这事还能捂着盖着？"

"我建完他知道也罢了，怎么开完会就知道了？你没说村里研究了，定了？"

"他老大潘成功不能给他说？"你别认为我是饶舌娘们。相兴旺想着，又几分义愤地道，"我怎么没说？什么没说？不说不要紧，一说他更来劲。他说你们开会算个屁，你们的嘴算个腔。"又一脸委屈相，"在我家里，你没见，张牙舞爪，吹胡子瞪眼，要不是我笑脸陪着，他把我茶几子都砸了，把我都吃了，好像是我从中捣了鬼。"

"我厂子怎么办？"

相兴旺不语。我知道你怎么办？想上哪里建去上哪里建去。

"你没说我一年交五万、三十年一百五十万？"高且源追问。

"说了，都说了，什么都说了，越说越上劲。我一说，他大腿一拍。"相兴旺拍下自己大腿，"你们自己当家、内定能算事儿？公开拍卖，二百万起价。"

"二百万，说？"

"看样子他好像背着钱来的，多少他都得要。"

"怎么办？"

"怎么办？"

"给他？"

"给他？给了他，他鼓捣那玩意，群众不翻狱？再一说，你想，在半截楼村，潘家是大户，你们高家不也是大户？我们这些小户脸又往哪搁？还有，你厂子不建了？老百姓不打工了？"挪步到狭小的窗户前，望一眼巴掌大的蓝天，相兴旺又像是自言自语，"毛主席说'变天账'的问题真没错。"坐回来，又道，"再一说，给他，村'两委'开会研究了，定了，还有点严肃性？咱还有点权威？"好戏还没看呢，岂能收场？！

高且源也站起身，转了两圈，道："给他说，合同签了，生效了。"

"那怎么成？刚才我还说没签呢。"

"想个办法。"

"想办法和他斗。"

然而高且源没有和他斗的意思。

拐弯抹角了解了潘成家的真实想法，高且源心里有了底。尽管他清楚他和潘成家陌如路人，清楚潘成家财大气粗的盛气，说句实话，他心里还有些胆怯，也极不情愿，但要真正办倒潘成家，他必须出面，直接面对。或许是一场唇枪舌剑的谈判，一场用尽心眼的谋攻，而最后收场为体无完肤的溃败也未可知。

"找他去。"高且源像是下定了决心。

"找去，说什么也不能给他，不能瓤了他①。"和他斗，你高且源是指望钱还是指望人？你们真斗起来，我可要躲得远远的，血别溅我身上了。哼，不用我出手了，自有人缠你，斗败你，让你撂挑子，走人。

"高书记驾到。"潘成家见高且源来家，站起身，不冷不热、不咸不淡地迎过来说道，似乎也看到了相兴旺，又轻描淡写地说，"还有相大主任。"

"来拜望老板二叔。"高且源几分虔诚地说。

"我该去拜望你，大书记。"

潘成功、潘成家他们的爷爷、父亲当地主挨批斗，自然是高且源的爷爷当支部书记时的事。他们的爷爷、父亲戴着纸糊的高帽子，胸前挂着写着他们名字又打了红"×"的大牌子，头被人摁得勾勾得像烧鸡，地上跪着，这一幕幕，潘成功能像过电影一样，说在脑子里走一遍就走一遍。不过，二十世纪八十年代，发展村办经济，建酱油厂，高且源的爷爷见潘成功有经济头脑，让他去了厂里。酱油厂倒闭之后，让他留在村里干，后来又介绍他入了党，还当上村委委员，再后来跟着高占坡干，

---

① 不能瓤了他：意思为不能软给他、输给他。瓤：带瓜子的瓜肉，软不拉塌，撑不起来。引申出下列意思，不好，弱。不硬，软；不粗壮，不结实；和的面含水分太多

当上了支部委员。现在，时间这把刷子，把过去的一幕幕，在潘成功脑子里抹得变成了一幅幅清淡的山水画，有些地方已被岁月的尘埃所覆盖，模糊一片，或成留白。况且因为能在村里干，他对高家还生出不少感激。

而对于那时七八岁的潘成家来说，过去的一幕幕，却像是刻印在他脑子里，挥不去，抹不掉，并越放越大、越定格、越清晰。现在每逢过春节，兄弟俩包括和他们的孩子们团圆在一起，几杯小酒下肚，他还要时常谈起对他来说那不堪回首的往昔。他几次说，我最记得小时候看着爷爷头被打破，血直流，弄得一大襟都是。父亲被人家一脚踢到台下，趴那里爬不起来，疼得直咧嘴。我那时小，什么忙都帮不上，光吓得哭。在关外，起初干泥瓦匠拿瓦刀砍着砖我就想，砖头是当年斗爷爷、父亲那些人的头颅，要砍它成两瓣三瓣，砍碎砍烂。也发狠一定多挣钱，必须翻身，到时候走在半截楼村的街上，不能说耀武扬威，最起码也要挺直腰杆，让他们看到我们重振的雄风。人不能没有志气，没有志气便会一事无成。志气是风是帆，有了它，就有了向目标进发的动力。现在怎么样？高家当官，那官在我眼里算屌毛①。又说，三十年河西又转河东了，如果再说置地，那可不是几百亩而是几百顷上千顷的事，半截楼村能有几个？

这是潘成家在心里对高且源有磕绊的缘由。三麻子三爷多次给高且源说潘家老辈的如何，现在他们又如何记恨着挨批斗，也成了高且源心里的磕绊。

此时，潘成家说欢迎高且源，"还有相大主任"，对相兴旺像是附带，像是顾客买了个大物件，又赠送了个小挂件，这让相兴旺心里很不受用，笑出满腹苦瓜味。

---

① 算屌毛：表示轻蔑，看不起。

潘成家的家与相兴旺的家东西隔着一条小巷。相兴旺的是二层小楼，潘成家的也是二层小楼，不过，潘成家学了关外的建筑风格，中西合璧，上面又竖了两个尖顶，似待发射的两枚火箭，如果说相兴旺的小楼是骄傲的家鹅，那么潘成家的则是傲慢的欲展翅的天鹅，样子可比，但风骨有巨差。高且源看到，潘成家院中还有一处鱼池，几条金鱼游弋，还闪亮着金灿灿的微波；两棵银杏树，正放着嫩绿的叶片，几株冬青，吐故纳新。这些都是有讲究的，有风有水，年年有余，常青不老。室内，豪华装修，高档电器，一架书橱，几本好像没翻过的名著（抑或酒店里摆设的书壳），又几件常人辨别不出真伪的古董，一副认不清落款何人的山水画中堂。打量着，高且源不禁啧啧称赞道："有品位。"

"穷家乱收拾。"潘成家说，"平时老人家居住，我也只是过年来落落脚。"

"你穷家，我还能过？"相兴旺道。

屋里一坐下，高且源开门见山道："相主任说你也想要老学校？"

"我想多年了。"潘成家头一扭，对高且源的话一副不值得回答的神色，"那原来就是我们祖上的。"

"村里开会定了。"

"是啊是啊。"相兴旺随声附和。

"村里开会定了，谁不知道你们开会的形式？还不是一个人说其他人听，最后都点头说没意见、同意，这么大的村子，什么事能一两个人说了算？"潘成家摸出自己的烟点着火抽上，以尊者教训卑者的口吻道。

"你说怎么办？"高且源压住火气，问道。有钱就牛逼。村里开会你能管得着？我开会还是好的，连会也不开，我自己占了，谁人能说什么？说了谁人听？但一转念，高且源心里又坦然了。你有钱，我现在就是来挖你钱的，擓你一爪子，擓得你在舒舒服服中掉毛，自动掏钱。

"还是我给相主任说的那句话，拍卖。"

"老板二叔，"高且源好像被潘成家的盛气镇住了，叹口气，"你想想，拍卖，我出价能出得过你？咱村里又有几人能伸头出价？"

相兴旺听着潘成家带刺又盛气凌人的话，见高且源还腆着脸笑，心里想，还真能吃气，嘴上依然"是啊是啊"，搓搓指头，自己从桌上摸起潘成家的烟抽出一支，点着火。

不抽烟的高且源也接过相兴旺递来的一支，吸一大口，吐出。

"我知道二叔您是豪放、大气之人，咱又一个村的，老邻居本舍的，老学校拍卖也好，你争我夺也好，输赢都只会是我们俩，要不，我让你。"又是摇头又是叹息的，几分无可奈何状。

完了完了，泄劲了。相兴旺可是挑着火罐来的，他要添柴加风，把火烧旺，看他们斗得头破血流、你死我活、两败俱伤，现在见高且源偃旗息鼓，主动退出，夹尾巴要逃，心里想，你就这能耐、这本事？还没过招就软了？嘴上却道："商量着来。"

潘成家睁大眼睛看着高且源。我原认为你是多难剃的头呢，三下五除二不就给你解决了？

"那好，只要商量着来怎么都好办。还是我跟相兴旺说的，不让你们村里吃亏，也不会比你高书记出的少。"转向相兴旺，"相主任，听到了吧。"开会定了，你们算个屁，我把半截楼村都买下来，"准备合同，立即签，还是我说的那个数，二百万起价，没人拍就二百万，一把交齐。"拍拍胸脯，那里好像装有支票。

相兴旺不表态，直盯着高且源。

"让四钱主任重新起草合同。"高且源道："老板二叔，在那一片我们村打算建设新时代文明实践中心，整个规划有村民文化广场，后面建村史馆，打造乡村记忆一条街。你想啊，现在教会都有教堂，我们共产党领导群众建设社会主义，就没个我们社会文明、文化的承载体、活动场所？"

你建天安门也跟我无关。潘成家暗想，又说："人应当提高眼界。"

高且源接着道："你建了潘家史馆，能和村的整体规划融合一体，到时候参观的人会络绎不绝。赚大了，老板二叔，赚大了，弄好了，你都能单独卖门票。"又来一句，"可不能鼓捣祠堂什么的。"

"我图那仨瓜俩枣的？"事成了，潘成家心里笑，"祠堂，前村有了，我还能再建？"

"我把我爷爷的那架马车也拉村史馆去。"相兴旺开口道。

"放我们潘家史馆。"

相兴旺说完，又听潘成家说这话，脸不觉红起来。那架马车可是潘成家他爷爷的，相兴旺的爷爷替他驾了半辈子，土改时，他说有感情，要了，相兴旺一直存放在柴屋里。

潘成家心里得意，情绪平静下来。

"你厂子怎么建？"

"我另想办法。"高且源作一脸苦情状，"不行转行，不干厂子了，搞咱村东的界定山旅游开发。"

旅游开发？你高且源盯着半截楼村这块肥肉也好瘦肉也罢，反正得咬一口。潘成家想着，问道："怎么开发？和谁开发？"

"南方一个老板想投资，给乡里打了报告，乡里同意，合资。"高且源回道。

"对对，这事高书记开村班子会说过。"相兴旺道。不就是说过？什么时候定了，还南方老板投资？

又是开会定了，你一个小村庄，级别都没有，自治组织，还省政府、国务院呢。潘成家又激动起来，抽出烟，扔给高且源、相兴旺各一支，自己也点上。

"咱村的资源怎么能叫外人参与，让外人沾光？"

这几年潘成家就盯上了界定山。他想过，在半截楼村开发一座山，那实力不显赫到天上去了？能彪炳千秋，流芳子孙后代千万年。他想发挥自己建筑特长建一片别墅，对外出售，但土地手续不好办；想搞旅游开发，但鉴于潘三玉不懂行，不会干事；又鉴于他弟兄四个如饿狼，怕投资被吃空，如猛虎，被讹了，他都没有动作。现在见高且源想开发，还引进了外人，他岂肯善罢甘休？你高且源年纪不大，脑子里生意经不少。

"撵走他们，咱干。"

又杠上了，好，这次你顶住，高且源。相兴旺想。

"不好吧。"高且源又难为情，"意向书都签了。"

"谁投资不是投资？"相兴旺给潘成家帮腔，也是给他钢火。

"又是那话，又是定了。"潘成家不屑，一边说一边摸起手机，"我跟乡里李书记、市里张市长打电话。"

"别别别，"高且源忙阻止正找号码的潘成家，"你一惹谑①我书记也干不利索了。"

"这样，"潘成家没有商量的余地，"咱干。你匡算总投资多少？"

"做了前期工作，有了规划。"高且源说，"第一期投资一千万，能对外开放。"

"我拿五百万多点，占百分之五十一，你们，"潘成家指指高且源、相兴旺，"不论谁拿，怎么拿，四百多万，一万块钱一股，股份制。"

"对对对，股份制。"相兴旺高兴。吃肉喝汤，都得沾点。

---

① 惹谑：戏弄、调戏，其意又比前两者轻，比玩笑、玩耍重。

"这两个事明天都落到纸上。"潘成家下指示。

回村委会的路上，相兴旺在高且源一侧慢半拍地紧跟着，一只狗从一农户家窜出，相兴旺一步赶在高且源前跺跺脚，怕狗咬了高且源，把狗赶走，接着讨好地说道："高书记，旅游开发我拿五十万。"怕高且源不同意，又解释，"这几年挣两个钱，搁那里也是搁着，存银行也见不了几个利息。在村里干，又不能出去挣钱。"

"我厂子也不干了，拆迁赔偿加以前挣的，二百万，全部投进去。"

"这事不能宣传，一宣传准得争破头。"

"潘老板给村的那二百万，一部分建设村广场，整治河道，不能再像垃圾场了。留一部分日常开支，应急。我算着还能拿出一百万投到旅游开发中去，参与分红，村里收入也能死水变活水。"

"高书记，"相兴旺又甜言，"山上开发的活我干，我泥瓦匠出身，保证干好。"

高且源笑笑。

相兴旺思考一会儿，又道："我觉着村里不是拿潘成家的钱挣钱？"

"怎么能这样说？老学校不是给他了？"

"是这个理，"相兴旺说着又摇头，"也不对。不过村里反正挣钱了。有道道，这里面一定有道道。"

哈哈哈。高且源大笑。

四

外来承包半截楼村土地的，一户老冯，原来一直在乡兽医站工作，又当几年站长，那时还实行内退。没内退时他多次跟潘三玉打招呼，说到五十岁内退后要在半截楼村租一片地搞养殖。他想把自己的养殖之长在有生之年都发挥出来，干到爬不动，挣一大刮子①钱，多给子孙们留下些财富，也把自己的人生价值实现透。潘三玉看着有地理优势的村，沿路卖宅基地，向外租地建厂子，村里能有些收入，正愁着怎么在自己村的土地上做文章，老冯一提及这事，潘三玉自然爽快答应了，说一定要来。随后，他以招商引资名义一口气把村东的地，也就是高且源的爷爷领着建的八块大寨田收回了四块，还作了长远打算。老冯内退的第二天背着铺盖来了，放眼一望说要这一片，潘三玉把手一挥说划给你，说让你把余热都发挥在半截楼村这片土地上。老冯撸胳膊卷袖子建起八个冬暖式大棚，每个占地将近一亩，养肉食鸡、蛋鸡，又在他圈的百把亩地上，栽植树木，树林里散养草鸡和鸭鹅。老冯的做法还引来乡党委、政府和市有关部门的肯定，两级几次组织召开现场会，鼓励村里调整产业结构，发展养殖业。领导带人来参观学习，老冯总要介绍说上班时才数几个钱？现在每天数到半夜。实际上，他的养殖，好的年份也确实能赚几个，但行情不好时，连本也保不住。去年的一天，他和潘三玉还有相兴旺还有村里的其他几个干部，在他养殖基地从中午喝酒喝到太阳压西山头，买好的疫苗忘了给鸡打，第二天早起一看，几棚鸡都趴了窝，他挖了几个大坑才含着泪埋掉。这些年平均下来，也只是保本赚吆喝，兜里没落下几个钱。

另一户老马，市林业局内退的一般干部，没退下来时和老冯有工作上的联系，是朋友。老冯在半截楼村安营扎寨之后，想起了老马。老马也正想着找个打发退休生活的去处，听老冯介绍后，想起种植香草园，

------

① 一大刮子：厚厚的一叠。

花中穿、绿中行，怡情又挣钱。老冯把老马介绍给了潘三玉，潘三玉握着老马的手说欢迎欢迎，心里想忒好了，把半截楼村的地都租出去才好，便又给老马划了一大片。老马这几年香草园种的，不是天旱香草长不起来，就是开花一大片，到了霜打得凋零了也没有几个人来看。要不是种点地瓜、花生、山豆角弥补些，他定会折得跟大水淹的样①，村里的承包钱自然也没能交几个。每年过年过节提着烟酒去潘三玉家，他唉声叹气，潘三玉总会安慰他，慢慢来，会好的，你那百把亩观赏苗木，赶上城里大绿化，准能挣上一沓子钱。老马说我真的指望那打个翻身仗。心里想，收上来本钱赶快跑路。潘三玉想我们也指望你快卖了能交上承包费，不然，你鼓捣的那些玩意儿不能吃不能喝的，让老百姓随便刨了烧柴都没有人愿意刨。但是到现在苗木还按兵不动长在地里，受苦受难的样子。老马领的退休金几乎都砸了进去，落得老婆埋怨，孩子不喜。

潘三玉一死，老冯、老马的心都悬了起来。指不定村里什么时候就来要钱了。

这天，相兴旺和潘四钱便来了。他们先来到养鸡场，找到老冯，潘四钱还抱着账本。

"老冯哥，算算承包费。"

相兴旺进来屋子找高椅子坐下，大腿架在二腿上颠着，抽着老冯递过来的烟，吐出一大口烟雾，又摘下头上的席夹子扇几下风。

"算清了再说以后的事。"

老冯抽屉里摸出一个小本本，用脚把马扎勾到屋门口倚门框坐了，又把手里的老花镜架鼻梁上，开口道："我也正想找你们算算。"手指蘸些唾沫，翻开一页，开始念，某年某月某日，交给会计潘四钱现金多少；

---

① 大水淹的样：大水漫过庄稼，减收或绝收。

某年某月某日，潘三玉书记等人来，烟酒饭菜花费多少；某年某月某日，潘书记三玉拿笨鸡蛋多少斤，老公鸡几只，折价多少；又某年某月某日，某某某拿什么什么多少，折价多少。翻了十几页，老冯最后合计出，这几年应交承包费多少，已交多少，多交了多少。

老冯念完了好一会儿，相兴旺没说话，潘四钱没说话。烟头烧着指头了，相兴旺才反应过来，狠狠扔地上。

"潘主任，账面上你收多少？"

潘四钱弱弱地回道："他还欠八万元。"

"八万元我欠？拿的东西算没算？谁拿的这上面记得清清楚楚，都有签字。"老冯把本本敲得扑哧扑哧响。

仿佛敲在潘四钱脸上，潘四钱不吭声，心里打着鼓。老冯念的那一长串事儿，潘三玉经手的最多，他潘四钱经手的也不少。这还不是主要的，他最担心的是，他不养鸡，不赶集下店买卖，但家里却常年论月不断鸡蛋吃，时而也炒顿辣子鸡，那可都是他从老冯这里拿的。认真对起账来，可要了命。

"谁签字问谁要去。"相兴旺说，"欠村里的必须还上。"

"天底下有这理儿？"老冯生气，"潘三玉书记我怎么要去？"

"能赖就能要。"相兴旺头一扭。

"相主任，你……"老冯说半句打住。他给相兴旺留了面子。经相兴旺的手，从这里拿的鸡蛋、小鸡也不少，昨天拿的还没念。

"我怎么啦？"相兴旺怕他再说下去，忙打断他，"这些年你也挣够了。"

老冯两手一摊："相主任，你想想，鸡鸭鹅，人类都豢养几千年了，要是能发大财，老祖宗们早把它们养得满地都是，恐怕现在连插脚的空也没有。"

"说没用的没用，"相兴旺说，"钱你交也好不交也好，承包地必须收回。承包费交不齐，地面上附着物你一点也不能动，都归村里，还要和你上法院打官司。当过乡干部，到时候难看不？"

尽管他和潘四钱来找老冯之前，高且源和他们二人商议时就交代说，像老冯、老马这些退休人员，要想法设法留住，他们是一种资源，对半截楼村能起宣传推介作用，也能为今后土地合作社经营、界定山旅游出一把力。高且源想要干的，相兴旺就极力反对、阻拦，暗地里使心眼。他有他的想法，旅游开发现在有了眉目，把高且源挤走，潘成家又不会时刻蹲在这里，他弄个经理当当，油水不淹到脖子？别说承包工程出憨力挣钱了，就是夜里看工地，伙房做做饭，买个针头线脑，这事那事，只要涉及钱，蛤蟆蝌蚪戴眼镜——沟里壕里都得看着。退一步讲，搞不成旅游开发，可以继续卖公墓，又不操心劳力，只白手拿鱼，跷着脚丫子就干了，多痛快自在？！这个社会，容易的钱不挣，真是憨熊。

"相主任，我没挣钱，你们再讹我一顿？"老冯委屈地道。

"不论你想什么法，不论怎么搅和，三天内交上承包费。"相兴旺撂下最后一句话，又和潘四钱去找老马。

一根线宽的田埂上，相兴旺、潘四钱一前一后地走着，各人想各人的心事。潘四钱在想，怎么能堵住老冯的嘴，别把他的事儿抖漏出去。相兴旺在想，他收人家一万块钱了，怎么把坟地给人家划了。

"潘主任，以前的账怎么弄那么乱？"相兴旺停下脚步等着蔫蔫的潘四钱赶上来。他要先给潘四钱捏个错，"你可是要负责任的"。

潘四钱正在心里想着账怎么抹拉平，相兴旺这话，顿时叫他手脚慌乱。

"我见钱记账，一点不乱。"

“老冯那些东西都拿哪去了？”

“你不知道？”你没拿？

“一定有问题。”

潘四钱不语。

“现在人家再交钱还能不能入上账？”相兴旺问。

“他们交，记上就是了。”

他俩说的是两码事。

相兴旺在心里骂句“笨蛋”，继续说：“高书记不让卖公墓，村里怎么开支？”

“不好开支。”

“前两天我联系一个主儿，他要买半亩坟地，八万块钱，潘主任，你说怎么入账？”

“跟高书记说，入。”

相兴旺不再兜圈子：“跟高书记说肯定不成。这样，潘主任，你跟高书记说以前你三哥定的事，人家押金都交了，你再开个几千块钱的押金条子，让人家攥着。”这是相兴旺几夜想出来的法子，他想让潘四钱把那几千块钱偷偷入了账，再把那八万明入账，再给买主划片坟地，自己净落一万元。

“押金交了，钱呢？”

“我让人家给你。”

潘四钱明白过来，你这不是让我作假账？“以前的账走完了，入不上。”

“你想想办法。我再让人家给你买二斤好茶叶。”

“账目不能改。”潘四钱心想，你相兴旺一定是早贪了人家的东西了。

“再让他给你两条好烟。”

"我怎么跟高书记说？"潘四钱心里有些活动。

"都推你三哥身上。"

"说他收的钱？"

"就这样说，在高书记面前我再替你说话。人非圣贤，孰能无过？"相兴旺心情开朗一些，"说不定以后还有这样的事，我们还要配合，要配合好。咱是村委会，主任、副主任管财务，管事务，他党支部管党务，管党员和群众的教育，咱要一心。说实话，我是为着给村里挣些钱。"

二斤茶叶，还有烟，这算不算贪污？潘四钱走着，想着，一个趔趄，差点滑沟里去。

这两天，潘大金觉得他像攀岩去够山顶上的太阳，累得气喘吁吁，筋疲力尽，大汗淋漓，还矢志不移，不辞劳苦，然而太阳却越离越远、越升越高，他自己还被悬在了山崖，抓着一根枯藤，向上攀登是徒劳，向下溜是深渊，停止不动则是胆颤、是惊魂、是战栗。支部换届，书记没弄上，还搭进去一条鲜活的人命（一套方案、两套方案，那时怎么没想起把高且源揍走？四打一打不了？）村委会选举，攻拢筋头，摆中间派，觍着脸求高且源，不顾廉耻拿下马一腾，各路神仙甚至小鬼都拜到了，本认为那轮鲜红的太阳够着了、能抱住了，可到头来，却是一个腥臊的猪尿泡。即使这样，能安无声息地过日子也罢了，然而树欲静风却不止，现在村里又要收回承包的鱼塘，还要清算承包费，半截楼建设，村广场建设，还要把家门口坑塘填了，搭建的羊棚拆了，这不是明摆着跟我过不去？气数完了？不！人生来就是要奋斗的，不与天斗，不与地斗，与人也不斗？鱼有鱼路，虾有虾路，蝼蛄没路也要泥土里拱一道缝，人在屋檐下，就要把屋檐顶出一个窟窿，露出一方蓝天。

收承包费，他想到老马、老冯是两个外来人，又是内退的市乡机关人员，说话或许比他有分量，便想到他们绑在一起对抗村里。他电话把潘二银叫来，又叫老马、老冯。老冯、老马都收到了相兴旺、潘四钱三天交齐承包费走人的最后通牒，正坐不住，接了潘大金电话，二人相约，一人提只活鸡、十来个鸡蛋，一人提两瓶白酒，来到潘大金承包的鱼塘。潘大金迎出，说一起想想怎么对付他们。

田野里、山坡上，淡紫色蒸气腾腾升起，似乎要把东面的界定山架空了，让它升腾去。知了被炙烤疼了似的，嘶鸣不止。而风掠过鱼塘水面，穿过树丛，来到浓荫匝地的长堤，变得清凉了许多。

潘大金池子里摸鱼，老冯杀鸡，老马掌勺，潘二银剥葱洗菜抹桌子搬凳子，功夫不大，鸡鱼肉蛋几个鲜亮的菜做好，四人树荫下开瓶对饮。

潘二银端起酒杯，叹口气开了腔："咋办呢？"

潘二银总没有踏实之感，总觉得脚没有踩在地上。他一直想过上城里生活，最初选择的实现途径是写小说。十多岁时害过一场病，身子弱，春夏秋天，甚至半个冬天，人们都去了责任田，父母佝偻着腰身也去了责任田，他却坐在家里，三间三垄瓦的瓦屋木格格窗前看书。潘大金说他地也不下活也不干不想找媳妇了？他握握拳跺跺脚说当了作家想找什么样的媳妇找什么样的媳妇。潘大金说你就做白日梦吧。父母替他说话，二孩身子弱，想"坐家"就"坐家"吧。一段时间里，全村乃至周围几个村子里的人，都知道他要成作家，都叫他"坐家"。聋子在街上遇着他问，坐出什么来了吗？他说在作在作。聋子遇着再问，他扭着头不耐烦地说，你觉得是你种地一季子就能收几口袋粮食粒子？聋子点头称是，说鸡鸡二十一，母鸡孵小鸡还要二十多天呢。

这条路径没走通，他便又选择了去城里收废品，想收废品发了财再住城里，再写小说。然而，天不随人愿，出了车祸，废品也不能收了，回到家里，他也想过再去城里，收购废品也好，开个小餐馆也好，跟别人打工也好，就是不想在半截楼村蹲。他说，我的梦想是城里和小说。但考虑到在外也着实不容易，再加上腿脚不灵便了，有打算，没行动，一直承包着山脚下百把亩果园。果园里大都是二十世纪八九十年代栽植的老果树，苹果、梨、栗子、大枣、山楂、核桃，结出的鲜果有的个小，有的酸涩，人们都不大买账。不过他也更新些品种，但不成规模，这里三五棵，那里七八株，管理也跟不上，基本上是"放羊式"的，任其开花结果，叶绿叶黄。

他想挣大钱、发大财，想攒足钱在城里给儿子买了房子，他也住进去，走出闭塞，结交诗朋文友，继续写小说。有时他拍着树干说，桃树啊杏树啊，栗子核桃树啊，快快长，多结果，让我卖个好价钱。除了果树，他便在空地里栽地瓜、点花生。农活忙时，找几个人帮工，平时他自己干，整天蓬头垢面的，胡子，十天半月不刨一回，想起来，拿他剪果枝的剪子铰铰。媳妇说他，看看哪像五十多岁的人，整个一个六七十的干巴老头了。他只指望种地卖些钱，也指望不交、少交村里承包费省些钱，每年下来，也能净落个三五万。他把钱看得很死，媳妇买身衣裳也要向他要，不过一要就给，他疼媳妇，给个百儿八十的，还要说省着花，还要接着说使劲花。挣的钱，他都用折子存了银行，绝不用这卡那卡的，他嫌看不见上面的数字。有时晚上他便避开媳妇把折子拿出来，手指头指着，个十百千万地数数，数得他心里痒丝丝的，小腹发麻，总要跑到厕所里撒泡尿。媳妇有时问多少了，他说不多不多，还不够养老的。又说，到时候给儿子买个城宅，再留一些养老，再剩下的你可着劲地花，雪花膏啦衣服啦金项链啦手镯啦，想买什么买什么。媳妇说我老太婆了花不动了买什么还有什么用？他嘿嘿笑。

那天，相兴旺找到他，说不交齐村里的承包费就吃官司，到时候法院一封他银行账户，他一分钱也捞不着。潘二银听了，急得抓住相兴旺胳膊不让走，说我现在就收拾收拾衣服去坐牢，别打官司告了，我没钱，也正好在监狱里写小说，或许出来就是大作家了。想起法院封他账户，他也想从银行里把钱取出，但又算计利息，想着放家里老鼠啃了或别人知道了偷去，好几夜他直瞅着放存款折的抽屉，到天快明时眯瞪一会儿，还做梦，大街小巷都贴满通缉他的通缉令。

他喜欢城里，他说不是喜爱现代摩登都市里响起轻音乐的咖啡屋，灯光暗下来神秘的电影院，偌大的广场，拥挤的火车站，琳琅满目的商场，他喜欢城里小巷里那家小酒馆。在城里混迹时，阴天下雨不能出工，他常去那里，一个位子也好像是固定给他的（他说是他的观众席），坐在那里慢慢小酌，看街上的熙攘，路灯光的摇曳，看陌生人演出的一场场陌生戏。偶尔遇到身上还溅着水泥渍的泥瓦工，收购废品的同行，进城的乡下人，他也不和他们递话，更不话桑麻，只是暗暗瞅他们，听他们说被老板克扣了的争执，卖主不地道的愤慨，今年土豆又没卖好价钱的叹息，咂摸他们的心理。他坐那里，他说看人间百相，为小说收集素材。那时，他越来越觉得他的生活是美好的，他爱头顶上的太阳、蓝天、一片云朵，爱脚下平坦的柏油马路，身旁飘过的女人胭脂、粉的香味，还有像小时候的那感觉，汽车尾气排出的汽油味也好闻。他爱家，爱妻儿。

而归家来，来到这片故土，他说他似乎走进了一片荒无人烟的滩涂，左边荆棘丛，右边刺刺秧，前后是举起利刃的乱石，乱石岗，下面或许还藏有嗖嗖吐着信子的蛇，举目茫然。他被困住了，想披荆斩棘杀出一条希望的路，一条血路，一条生路，但手无寸铁，徒手拼搏，不是被绊了住，就是扎破了手脚，生疼，让他寸步难行。他渴望一片平摊，渴望城里，渴望他在城里租赁的那间小屋，渴望发了财继续写小说。

此时，接着潘二银的话，老冯、老马几乎齐声说："你们是坐地户，我们靠你们俩了。"

相兴旺跟潘大金谈话要承包费之后，潘大金围着鱼塘转了一圈又一圈，转了三圈，考虑多时，其后给马一腾打电话，说三弟，高且源要治我的事。他心里想，俺弟兄仨跟你拜仁兄弟，这关系还有说的？选举弄得一塌糊涂，这点事还不能办？他把村里准备收回承包地、追缴承包费的事跟马一腾细说一遍，又说，咱不交，留着喝酒也是好的。马一腾一接潘大金兄弟们的电话，头就大了。净给我找麻烦、添心事，我该你们的还是欠你们的？树枝上的老鸹窝——算哪枝（支）人烟？但他还是耐着性子跟潘大金说，拖拖看，我跟高且源打个招呼，你也想想法。他还不能得罪潘大金，和高且源喝酒的录像，他们当着他的面删了，但谁知哪里还有没有存的？拜把子又是勒在他嘴里的一根嚼子，撒绳捏在潘大金兄弟们手里，别说尥蹶子了，即使不听使唤，恐怕他们也要拽拽，勒得嘴疼，吐又吐不出，吞也吞不下。潘大金打电话，马一腾也想，怎么跟高且源打招呼？这事我能开口？

这时节，麦收已完，该种的种了，地里没活，高拧筋闲逛了来。

"好有闲情！老远就闻到酒香了。"高拧筋扇扇鼻翼又嗅嗅，"一闻辣子鸡这味，就知道是大金侄子炒的，又辣乎又咸乎，好吃。"

高拧筋是不愿"攀上"的人，潘三玉当书记时，他不和潘大金兄弟们来往，潘三玉没有了，他却和潘大金、潘二银"拧"在了一起，有事没事常来潘大金这里坐会儿，有时二人一起弄几杯小酒。高拧筋说着，也不客气，自找酒杯、碗筷，又从狗窝旁搬来一块石头，拿把干草铺上，坐了，斟上酒，呷一大口，咧咧嘴。

"村里要撵你们滚蛋？"

老冯、老马呆住。

"我们滚蛋？谁能把我们撵出半截楼村？"潘二银让酒精烧得满脸通红，筷子指戳着碗里的咸鸭蛋，"有本事把我们迁城里去。"又指指老冯、老马，"人家怎么办？投那么多资，说走让人家走？天理良心。"

"好酒。"高拧筋又灌下一大口，"问题就在这里。"

"高书记是你侄子，"老冯讨好地说，"你给添几句好言，地我们不承包了，钱，看看能不能少交点。"夹块鸡肝放进高拧筋碗里，"好嚼。"

潘大金举杯碰下高拧筋酒杯："二叔帮着想想办法。"

"你憨？"高拧筋说潘大金，"真是聪明一世糊涂一时，四侄子现在不还是会计？"

潘大金怔怔地看着高拧筋。

高拧筋拿筷子比画出写字的样子："几张字条的事。"拿筷子的手又握成拳头往桌子上戳几下，做个盖章动作，"这不就完了。"

潘二银眼睛一亮，盯着潘大金。

老冯、老马默然无声，瞅着潘大金。

潘大金连连摆手："我们是正经人，使不得，使不得，犯法的事。"他们都明白高拧筋意思，让潘四钱做假账。

这一招潘大金想过。昨天晚上，他把潘四钱叫到自己家里，说开几张收据，就说承包费村里收了。潘四钱问光有账没有钱咋办？潘大金说，再开几张支出单，签上你三哥的名，花了。花哪了？吃了。吃那么多？乡里天天来人吃。潘四钱说让我想想。回到家跟媳妇张亚仙一说，张亚仙不愿意了，说这不是让你往火坑里跳？领塘的不济瞎一犋^①，什么事不是他领着头弄毁的？死一个了，还想再死个？都死光、坐牢？潘四钱接着跟潘大金打电话说不行，怕坐牢，潘大金忧郁一晚上没睡着。

老冯说："咱还是走正道。"

"我们走人算了。"老马说。

---

① 领塘的不济瞎一犋：一犋牲口（三头牛）耕地，最右边的为领塘的，走在塘沟里。扶犁人的撒绳拴在领塘牛的耳朵上，指挥领塘牛，领塘牛带领其他牛。指头人不正干，一帮子人都干不好（尤指亲兄弟）。

潘大金想，不怨天不怨地，只怨高且源，一切皆因高且源的出现，让他平顺的人生道路上有了坎坷和荆棘，甚至是大石头，让他的小车不好推了，颠簸了，绕不过去了，快散架了。高且源是克星，他潘家的克星，克得他家破人亡。要想好，非得制服克星。想到这，一计从他心中生发：让你后院起火，不战自乱，自取灭亡。他脑子一转悠，想出了第一步的实施计划，转头对老冯、老马说："咱还得靠二叔。"

高拧筋把一块凉拌黄瓜嚼得咯吱吱响，弄得两嘴角都是汁液，听了潘大金的话，摇头晃脑，一副很受用的样子："人都有一百个心眼，大金侄子也有一百个心眼，还坏心眼少，只一个，剩下的九十九个都是好心眼。"

潘大金被夸，咧嘴笑。

高拧筋接着说："不过，大侄子坏心眼在上面，一用就用坏心眼。"

潘大金举手要夺高拧筋手里的筷子。还想着，我刚才的想法，这东西看出来了？又道："你老人家是吃孙喝孙不谢孙①。"

"辈又低了？"高拧筋继续玩笑。

老冯说："说正经的。"

"二叔，你看这样行不行？"潘大金严肃起来，还作个数钱动作，"给他们？"

潘二银从盘子里捏起一个鸡爪子，一边歪着头啃，一边说道："这上面肉不多，但筋好吃。城里人都说是凤爪。"牙咬住一根筋，手撕扯着，"吃什么补什么，我需要强筋壮骨。"拿手背抹抹面颊上的油水，"吃鸡爪子也是一件乐事，凡是有乐趣的事都得使劲享受。"吃得那份认真、仔细

---

① 吃孙喝孙不谢孙：孙，孙子，孙头。比喻理应吃人家喝人家，占人家便宜。比欺负人程度低。

劲，像他度过的一个个日子。

"看俺二侄子多会说。"高拧筋摸下潘二银的头，又朝潘大金卖关子，"我不好说。"喝口酒，咧咧嘴，"世上哪有跟钱有仇的？"

"二叔，咱这样，"潘大金把高拧筋、老冯、老马、潘二银四颗头颅勾得聚在一起，"老冯、老马也都不是外人，我们一人出一万块钱，二银穷点，出五千，总共三万五，二叔你留五千，给高书记两万，相兴旺一万，把事摆平了。"说着，手往空中一抹，已天下无事的样子。

潘大金想的是，只要高且源接了钱，事情就好办了，不让他下地狱，也叫他进监狱，最起码党票没有了，支部书记不能干了。还有相兴旺，也别充人了，村主任还不给撸去？到时候说不定潘四钱就书记、主任一肩挑了。

五千块钱，多少亩麦子？白手拿鱼，不拿白不拿。到时候给高且源万儿八千的，相兴旺三千五千的，剩下的还不都是自己的？看起来，且源当书记，还真指望上了。高拧筋想着，说道："我用钱砸不倒他，用巴掌扇倒他，小样。"

"皇叔出面还有办不妥的事儿？"潘大金又想起《三国演义》，给高拧筋戴高帽、加钢。心里却想，收麦子的事你都办不成，这事你有能耐？

今年麦收前，潘大金还想和以前一样，承包全村的麦田，组织机械收割，从老百姓手里每亩地收取十块钱的操心费，再克扣些外地机主的。但他知道高且源当书记了不好办，想把高拧筋拉进来。高拧筋听说能挣钱，几天挣好几千块，信誓旦旦、信心百倍地去找高且源，高且源却拒绝得让他一塌糊涂，垂头丧气，在潘大金家里喝潘大金的酒，直喝得他吐，喝得潘大金心疼。最后村里统一组织的收割，老百姓一分钱没多要，机主一分钱没扣。

此时潘大金想，给你个棒槌你还真当针了，喝二两猴尿^①不知道自己姓什么了。钱给了你，再想退回来可没那么容易，到时候让你、让高且源、让相兴旺浑身是嘴都说不清。

"一个叔顶半个爹，"潘二银已醉醺醺的，"世上哪有侄子不听叔的话的？"

"二侄子说得对，我也是你叔。"高拧筋说完，哈哈坏笑。

"去，叫它叫去。"潘二银指指潘大金养的看夜的趴那里的黄狗。

夸奖加酒精，让高拧筋早晕乎起来，好像他真成了皇亲国戚，成了半截楼村一人之下千人之上的"皇叔"。他不理会潘二银的玩笑，只心里乐着自己的想法。且源没跟我过不去，老人家那八万块钱，且源也一直没说不给我，都是他爹比我还拧筋，觉得全国党员就数他优秀。现在收个两三万块，说不定以后什么时候又有人要托我办什么事，这不成了一桩桩的买卖？接连不断，今天弄点儿，明天弄点儿，遗产，屁，不提了，不要了，让且源支配去，他干好了，能干下去了，我靠当中间人发财。家里有个当官的真好。

"有你这句话好办了。"潘大金拍着高拧筋肩膀说，"事情越快越好，明天，最迟后天我们把钱交到二叔你手里。"

"明天。"老冯说。

"快刀斩乱麻，省得夜长梦多。"老马说，"喝个定酒。"

热浪阵阵袭来，枝头上知了叫得更欢。

"你说，"高拧筋转向潘大金，"你大老爷说宝物的事是怎么回事？"他说的是他爹。潘大金以前管高拧筋的爹叫大哥，现在顺着高拧筋叫，该叫大老爷了。这些天来，高拧筋对他爹说的宝物，一直在思索，但总

---

① 猴尿：指酒，有深恶意味。

134

不得其解，村里村外旮旮旯旯都瞅遍了，也没找到藏有宝物的痕迹，他想起潘大金有文化，趁着酒性，也顾不得保密了。

这些天来，潘大金也一直琢磨宝物的事。他想到，高且源的爷爷让修半截楼，一定是为着寻找宝物，宝物就在半截楼里，但他不能跟高拧筋说实话，撒个谎道："山上。"

"老牛窟里？"

"也许是，也许不是。"潘大金道。万一真在那里呢？"也许在哪个石头底下、树下，草丛里。"

高拧筋心里像有了数，又忽然站起身："坏了，忘了，羊还在河边。"说着起身就走。

潘大金他们四人的目光拧在一起也拽不住高拧筋。他们眼瞅着高拧筋跟跟跄跄跨上电动自行车，就着下坡的劲，飞快、径直地往水库里栽去。顿时，一大片水花埋没得高拧筋不见人影。

潘大金蹿起来，边跑边叫："完了完了。"

潘二银跌跌撞撞，哭嚎着："娘啊，钱要赔多了，赔光了，钱啊。"

四人跳到水里，拽头发的，架胳膊的，抱腿的，七手八脚把高拧筋弄上岸。

老冯急急地说："我干兽医的，我懂得，控水。"一边指挥其他三人，用一根棍子垫住高拧筋肚子，头朝下抬起来，喊着号子颠。不一会儿，高拧筋打开了"阀门"，水、酒、饭菜哇哇吐一地，手脚蹬歪着，示意众人放下。

高拧筋坐地上，擦擦满嘴污秽和两眼噙着的泪水，咳嗽一阵子。

"刚才明明看着是大道，金光大道，后来当不了家了。"站起来拍拍满是泥巴的屁股，又跑到水里扑哧扑哧洗两把脸，"没事，骑车子照样杠杠的。"电动车打不起火，他只好湿漉着身子，推着车子，找他的羊去。

走老远了，潘二银还对着高拧筋的身影喊："那事办利索。"

潘大金的黄狗美餐了高拧筋的呕吐物，原地转三圈，哼哼几声，又跑七步，卧倒，放弃追咬自己尾巴的蠢事，不省狗事。

五

"老马要拆房子走人。"张亚仙急急忙忙跑来办公室告诉高且源。

高且源正因昨晚妻子的哭闹、逼问、"追杀"，弄得一身疲惫，满腹心事，更多的还有伤心和懊恼。

昨晚回到城里的家，一向"欢迎"的场面不见了，室内昏暗，锅灶冰凉，妻子蒙头在床。高且源认为妻子身子不舒服，刚要问安几句，妻子却猛然坐起，眼圈红肿，面颊上印着泪痕，劈头对高且源发了话，你挣着命去当书记，原来是想去当𤞃猪①？高且源摸不着头脑，妻子又逼来一句，离婚。高且源心里想，妻子原先在厂里风风火火，现在或许因为赋闲在家，或许因为厂子建不起来烦闷、焦躁，发脾气，使小性子。他好言劝慰，妻子稳定下情绪，哭哭啼啼断断续续诉说道，天傍黑接到一个男人的电话，张口就说你准备离婚吧，你男人在村里都成公共𤞃猪了。抹把泪水，狠狠地问高且源，说怎么回事！又哭泣着道，手机微信上都有这样的段子，说一个村的小孩都长得像支部书记。男人都外出打工了，你不方便了？想找谁找谁！高且源听后想哈哈一笑，心里却泛起些许酸楚，咧嘴笑不出来。这是何人从哪里搬弄出的是非？他想对妻子解释、

---

① 𤞃猪：没骟过的公猪，留作公共种猪。

说清，但想不出风自哪个空穴而来，不知从何说起，焉能说得清？高且源默想，近一段时间以来，厂子没干，谈不上和谁有生意场上的矛盾，在村里得罪人了？潘三玉参选书记身亡，选主任，尽管给潘家许了诺，但他们却没能如愿，现在又清理承包费、承包地，都涉及到潘大金兄弟们的利益，他们所为？

高且源猜测得不错。

潘大金和老冯、老马还有潘二银、高拧筋在鱼塘里一起喝酒时，觉得都是高且源的出现搅得他的生活不顺序了，波澜四起，亡人损财，酒精刺激得乱转悠的脑子，在想完几人筹资给高且源送礼的计谋后，在村办公室里看到的那一幕情形又浮在他眼前。

那天，他知道了高且源开支部班子会支持潘四钱参选村主任，来到村委会办公室，想当面感谢高且源。办公室里，张亚仙正拿着一个本子站在高且源面前，汇报贫困户的事，高且源站那里交代着，潘大金走进来，醉醺醺的眼睛看到的却是高且源正欲搂抱张亚仙，因为想着潘四钱要参选主任，他没有发作，但却是酸溜、气恼填膺。他想起一个段子，说电视台记者采访新当选的村主任有何感想，新主任说一个感想，想 × 谁 × 谁。潘大金恼怒地想，乖乖，才上任几天就下手了？无怨想让潘四钱当主任，原来是为了笼络人心，笼络女人！张亚仙离开后，潘大金再没心思把那钱给高且源（潘大金兄弟仨筹集的，潘大金、潘二银各出五百，潘四钱出了一千，按高拧筋说的，准备给高且源送礼）。潘大金还给高且源撂下一句话，日后让张亚仙好好谢谢他，弄得高且源一头雾水。

在鱼塘里喝着酒，想起那事，一个灵光便在潘大金脑子里闪现出来，给高且源的媳妇打电话，绯闻可是每个人的软肋。高且源，你跟我过不去，我就要让你祸起萧墙，让你鸡飞狗跳、鸡犬不宁。这计谋想出之后，他还暗自笑了笑，看起来读《三国》真没读亏。几人散去，他也想让潘二银实施这计谋，但看着潘二银蔫儿吧唧的样子，心里多有厌烦。鸟用没有。想让潘四钱去做，有潘四钱错砸桃木楔子之事，他又大为不放心。废物一个。必须亲自出马。天傍黑，酒力还没散，骑上他那辆嘎嘎响的破旧自行车，穿过两个村子，跑五六里路到另一个村子里，先用自己手机给潘四钱打电话，拐弯抹角询问得知高且源刚刚离开半截楼村，还到不了城里的家，便抓起公用电话，拿捏着声音，给高且源的妻子打电话，说了高且源的妻子上面说的一通。又说，干脆跟他离婚，分割财产，凭你那姿色，跟一个下三烂干吗，找谁谁不愿意你？男人尽挑尽拔。

一晚上，高且源的妻子都忧伤、气恼。她说，现在厂子还没着落，不干了？还想那花花点子？！人家越干越大，你越混越小，最后混到村里、混到了家里，干脆天天蹲炕头算了。你别解释，解释也没用，无风不起浪。家，我不管了，天天跟着你，看着你，看你能作成什么样。又哭泣，我还得打扮得漂漂亮亮的，看看哪个狐狸精把你缠住了，迷住了，把她比下去。呜呜。

看着伤心的妻子，想着近一个时期以来的工作，高且源有一种小时候玩纸船的感觉。折叠一只小船，上面写着"驶向理想彼岸"的豪言壮语，放进村前的小河里。小船颠簸、歪扭着顺流而下，可不一会儿，一叶水草挡住了，拿草棒儿拨拉开，再航行一会儿，又撞滩靠了岸，拾起检视，却已是软踏踏的，不能再下水，不能再于汹涌波涛中波澜壮阔地远航了。自己现如今也像那只小纸船？理想、设想、七彩的梦，盯住目标坚持不懈的奋斗，站在人生辉煌之巅峰，所有的一切也要搁浅？

翻个身，他又想，就要把自己预想的界定山开发、村子建设，打造成一只木船、铁船，一艘巡洋舰、航空母舰，任凭风吹浪掀，海陆空围追堵截，也要直挂风帆，也要开足马力，向着理想的彼岸驶去。潘大金，你跟我作对，给我玩，我当着书记，不能跟你一般见识，不能专门掐亏给你吃，但村里的光，也不是你想沾就沾的。这工作那工作，你看不顺眼，我就要干下去，干出个样子来，让你看看我高且源也不是吃鼻子屙脓①的。你觉得你识几个字，有文化，井里的蛤蟆见过多大的天？世界发展到什么地步了？智能思考，你那点文化早已腐朽过时了。

他转过身对妻子说，你要理解我，没有你的理解支持，恐怕一个村的工作我也干不好。我干支部书记绝对不贪不占，不嫖不赌，不走邪道，不当鬼，做一个堂堂正正、清清白白的人。

此时，高且源把自己的心事暂且放一边，和张亚仙一起来到老马承包种植的香草园。

一片紫色，半空芳香，老马却满脸印记着酱紫色。

高且源说："老马，你没理解我们村的意思？真想走？"

"没点办法。"老马摇头叹息。和潘大金喝酒，本想对承包之事求解，但都醉醺醺的，叽叽歪歪，谁也没说出个道道。高拧筋又横插一杠子②，牛皮吹到天上，现在不光人影不见，还惹一腔臊，要赔高拧筋看病和修理电动车钱。刚才，相兴旺、潘四钱、张亚仙又来催要承包费，有逼命的劲头。老马垂头丧气，跟相兴旺他们说，算清了，我扒袜子卖鞋一分不欠你们的，我走人。镢头砸着地面，又说，上你们这来，我倒八辈子霉了。相兴旺依然不依不饶，倒霉不倒霉，是你自己的事，我没请你来，谁请你来的找谁去。潘四钱更是手臂一挥，要走马上走。老马气呼呼的，屋角处扛出梯子要上房揭瓦。

"前天开村班子会，高书记说，最大限度照顾你们，不让你们吃亏。"张亚仙说，"你和老冯都放心，别觉得是外来的，村里讹你们，高书记说

---

① 吃鼻子屙脓：窝囊无能。鼻子，鼻涕。

② 插一杠子：做某件事或说话有人中途插入，有打扰、搅乱的意思，与半路杀出个程咬金相当。

了，都一视同仁，俺村里不会讹任何人。"刚才，和相兴旺、潘四钱来说交承包费的事，她还没插上话，三人就杠上了，老马还要拆房子，收拾东西走，她劝不住，只好跑去给高且源汇报。

潘三玉身亡，高且源当选书记，有一段时间张亚仙也像潘大金兄弟们那样，把不满、愤恨都记在高且源身上。后来，见高且源支持潘四钱参选主任（没选上可不是高且源的错），也见大势已如此，潘大金为着自己不出好点子，便改变了对高且源的看法，也对潘四钱说，你看着市长局长怪好，咱当不了、当不上就别想，想得累袄脑子都没用。人随王法草随风，跟着高且源干吧，等时机吧，别想七想八了。

"潘三玉书记口口声声说要搞旅游，骗我来了。又说今天开发，明天实施，唉——"老马又叹气，又摇头，拉着高且源，抬手指着，"高书记，你看看，这一大片，投入多少？我才收几个钱？折掉裤子了。现在你们真要开发了，却要撵我走。"

相兴旺心里想，好处我都沾不上，还能让你沾？

潘四钱还想说什么，张亚仙用眼神阻止了他。前两天她曾说潘四钱，怎么相兴旺叫你干什么说什么，你就干什么说什么？潘四钱说，相兴旺交代说他是主任，我是副主任，我们村委会是一伙的，我要听他的。还说，等到高且源不在村里干了，他当书记，我当主任，我当书记、他当主任也行。张亚仙说多长点脑子。

"老马，旅游开发，正像你所说，马上实施，你这片香草园还有观光苗木正好能跟界定山旅游衔接起来。我们不是看着有好处了收你们承包的地，更不是撵你们走，是想规模经营，成立土地股份合作社，更好地把土地利用起来，也是想把股权划给全村群众，让群众都有收益。当然，在半截楼村你和老冯都没有地，但搞了一些建设，又有技术，像你，还有那片观赏苗木，都能入股。"高且源说。

140

前天，高且源组织村班子人员开会，兜清了情况：老马欠承包费八万，潘大金欠八万，潘二银欠四万，老冯，根据他的账本，又让经手人一笔笔对照，最后核实欠五万。当然，潘四钱拿家去的鸡、蛋，没有细追究出来。考虑到以前经营情况，村里决定，地面附着物折价，可以抵扣承包费，也可以作入股资金。像老马，苗木折价后，仅欠村里一万多块钱。村里也规定，欠款不能一把交齐的，先交百分之五十。高且源说，半截楼村的发展环境不能毁了，像老冯、老马这样的退休人员，又有一技之长，村里要想法设法留住他们，以后还要吸引更多人来参与投资经营。

相兴旺和潘四钱几次来要承包费，这些事都没有说清，相兴旺不想说清，只想把他们撵走。

高且源把村里的意见仔细跟老马说一遍，问道："老马，如果你还有别的想法，可以提出来，我们商量着解决。"

老马听着，心里开朗许多，也盘算着，界定山旅游开发成了之后，他的香草园一定会成为一个挣钱的亮点。不能走，承包费先给村里交四万，那片苗木都入股，自己再在这里干着，还能挣劳务费，还能分红，自己也能有个过退休生活的地方，一举几得，多好。

"我和老冯再商量商量。"老马脸上阴转晴，感激地跟高且源握手。相主任早这么说我不早明白了。

相兴旺见老马高兴，心里自然不高兴："你要捡个大便宜了。"

老马刚想要说相兴旺几句，转头看见了高拧筋的媳妇，高且源的婶子，脸又立时转阴。

"唉，找事……"

高拧筋的媳妇见高且源在，也不避讳，好像高且源还给她壮了胆，对老马道："我是来拿钱的。"

老马拿出一个要蹦跳起来发火的架势，但看着高且源在，想着高且源一定会护着高拧筋，护着他二婶子，也只好跺跺脚，把火气好跺进泥地里。

"真倒八辈子霉了。"

昨天，高拧筋骑车栽到水里，回家脱光湿衣服，几瓢清水把自己冲洗一遍，躺在床上酒醒了一半，想，快六十的人了，喝点酒说话还没点把门儿①，给高且源钱，他要？自己瞎吹的那事，累劈腔门子也办不成。他又想起潘大金他们许下的"丰厚回报"，不能死心，迷迷瞪瞪中他想，这几个人这几年在半截楼村也吃满葫芦头②了，挣了不少昧心钱，必须让他们掏几个。一个主意在他心里生发：病了，电动车不能骑了，每人拿一千块钱给看病，给买新车。把媳妇叫过来，如此这般交代一番，让她去找潘大金四人。潘大金刚给高且源的妻子打完电话，正穿行于夜色里，突然接到潘二银在手机里说，高拧筋正倒气，要死了。潘大金"爹啊"一声，一紧张走了神，一头栽进了路边沟里，左边的脸还蹭出了血。赶回村，忙和潘二银一起叫上老马、老冯，四人筹钱买了点礼品到了高拧筋家。

高拧筋躺在床上，打着吊瓶，昏昏睡着的样子。四人问候，高拧筋也不搭理，却突然冒出一句话，说阎王老爷，我不想跟你去。手脚乱扑腾一阵子，像他下午在水中的挣扎。高拧筋的媳妇说，看了吧，不是假吧，真要死了。还呜呜两声。除潘大金外，其他三人都心里发怵，都说，

---

① 没把门儿：把不住门。门，有嘴的意思口。比喻说话不经过考虑，经常说些不该说的话。知道什么就到处乱说，不能保守秘密。

② 吃满葫芦头：头像葫芦，人用嘴吃，吃得掖不下去了，是说吃饱了。有对人贪、沾、捞了一把的轻蔑意味，也稍有狗黑子吃饱不认大马勺的意思。

我们现在拉他去乡卫生院。高拧筋的媳妇说，你们一人拿五百块钱，明天我拉他去市人民医院看医生去。高拧筋哼一声，媳妇连忙改口，说他的命不能那么贱，一人拿五千。几人面面相觑。潘二银说，二婶子，你这不是砸杠子①？喝酒，俺没喊他，他自己去的；没灌他，他自己喝的；钱，他没掏，我们掏的；我还剥葱剥蒜，他什么活都没沾手，一腚坐下来白吃白喝，你还怨我们？高拧筋大喘粗气，还举起没打针的那只手横扫着，说道，阎王老爷，一个不能放过，统统的。高拧筋的媳妇几乎指戳到潘二银的脑门，说死了拉你二银家去，叫你戴着孝帽子哭爹。潘二银慢慢退缩到其他三人身后，不敢再吭声。

潘大金是有心之人，召集其他三人来之前，他先去村卫生室打听了，村医说不碍事，发点烧。但现在明明知道高拧筋在装病讹人，潘大金也毫无办法，毕竟一起喝酒了，毕竟高拧筋栽水库去了，毕竟电动车不能骑了，毕竟现在吊瓶里的水滴答滴答地往他身子里流。况且，高拧筋如果抱着头喊头疼、蛋疼，医生有神本事也查不出来。再装成神经病，天天往四人家里窜，天天跟着腚要钱，麻烦更大。再一说，栽水里没淹死他，就是万幸，都是万幸，真那样了，人家张口每人要个十万八万的，再怎么讲价还价也得掏个两三万。

潘大金想着，板起脸来真事似的说，二婶子，多亏二叔命大福大造化大，你也知道，小坡的媳妇就是骑自行车栽那水库里淹死的，多年轻、多漂亮？滋盛②得像一朵花。二婶子你也知道，咱村里死双不死单，死个男的就死个女的，死个女的就死个男的，说不定小坡的媳妇活着时看上二叔了，也可能活着时二叔，嗯，就……那个和她……那女鬼一定是

---

① 砸杠子：杠子，挑、抬笨重东西的用具，比棍子要粗些。古时拦路抢劫，扛着杠子，见有来人，一杠子砸闷（昏），再抢（收拾）东西。比讹人重些，但玩笑些。

② 滋盛：滋润，花儿样盛开。比喻脸面好看，也比喻衣服新而好看。

想拉二叔去配阴婚，二叔那样了也是个风流鬼。潘大金说着，心里想着，高拧筋，二拧筋，村委会选举前你借你侄子高且源的嘴骂我，我现在就借着鬼臊你，臊死你。

躺在床上的高拧筋听了，心里暗骂，小龟孙羔子，你这样埋汰我、褒贬我、诅咒我，等明天我操死你。

潘大金不问高拧筋在想什么，继续道，这样吧，俺四人一人四百块钱。高拧筋媳妇听潘大金这么一说，心里发狠地想，这老东西原来就和她有揽？还想做个风流鬼？有些怨气，也有些毛骨悚然，但嘴依然硬着说道，他死了想娶谁娶谁，反正下辈子我不跟他过了。又说，小大金，你二叔的命不能这么贱，四百不行。高拧筋恨不得坐起扇媳妇两巴掌，但为了钱，他还是忍了。老冯、老马明白了潘大金的意思，息事宁人。老马说，六百吧。老冯怯怯说八百。你们是买猪买羊买牲口讨价还价？一人一千，不能再少了，谁再讲价拉谁家去，高拧筋媳妇蹦一蹦说。一人要一千块钱，这是高拧筋和媳妇说好的，高拧筋说这是底线，说以前轧死潘二银的一只羊羔子，那熊东西要了一千块，现在得要回来。四人你看看我，我看看你，最后都点头，说晚上操兑操兑钱去。四人离去，高拧筋坐起，哈笑，小二银，你想讹我？小大金，你觉得我是那么好讹的？

老马支支吾吾地述说，高且源的婶子指指戳戳，还不时一蹦老高，不想让老马说下去，又有誓把老马缠倒、制服气，把钱拿到手之势。

从他们的争执、辩解中，高且源听出了事情的大致原委，感到真是又好笑又可气，也在心里进一步证实了他对潘大金所作所为的判断，打电话挑拨他和妻子的关系。高且源心想，潘大金憋着一口毒气、恶气、怨气，时刻都想着找机会发泄，今后还不知要出什么坏点子、歪主意。

二叔因为区区八万块钱，和父亲产生矛盾，有了隔阂，把账也记在了他头上，与潘大金绑在了一块儿。再看看此时的相兴旺，两手抱膀站在树荫里，看天看地看庄稼，看那只举着一片苍蝇的翅膀过不了坎的蚂蚁，好像眼前的一切都与他无关。高且源弄不明白，这片小时候泥沟里滚爬、离开不长时间的故土，这片土地上被他称呼为父老兄弟的人们，怎么变得这么不能让人理解了，还把他当作外人，当作有序队伍中的插入者，草料不多的石槽里伸进头争食的驴子，推搡、排挤，也恨不得一脚踢他到五行外。他真想借着此事，让二叔跟潘大金纠缠下去，甚至想暗中给二叔使把劲，把潘大金缠倒，也拆散了他们的"小团伙"。但看着老马可怜兮兮、无可奈何，又想到还想留住他和老冯，还想让这片土地火热、有生机起来，高且源又于心不忍。他想起早上还听见二叔在家哼唱"解放区的天……"，知道他在装病讹人，便对婶子说："回去让二叔好好打针，在卫生室记上账，打好了，让他们结。"

"且源，亲顾，亲顾，你就这样顾怜你二叔？"真和你爹一样坏。高拧筋的媳妇说着，想着，想着又道，"那是你亲叔，死了找你？"

"我叔能活一百岁。"高且源不能跟他婶子当真。

"你……"高且源的婶子举起手，仿佛要给高且源一巴掌。

"来打我。"随着话音，高且源的妻子插在了高且源的婶子和高且源中间，"当书记，当书记，这样当的？"看见了张亚仙，委屈、嫉妒、不满又陡然大增。可能是这骚货，这狐狸精。继续挖苦高且源，"整天西装革履、看着人五人六的，怎么不办人物事①？"

高且源的妻子昨晚哭闹到半夜，说"时刻跟着高且源"，一早高且源开车来村，她也开了自己的小车尾随而来。

———————————

① 人物事：人物，在某方面有代表性或具有突出特点的人。人物事，正事，大事，漂亮事。

相兴旺瞅着高且源妻子一双红色高跟鞋，下身白色短裙，上身淡黄色T恤，略施粉黛，用她自己的话说，真是"打扮得漂漂亮亮"的，如此风姿，几分迷人，又见她那红色的小轿车和高且源的车显摆似的前后停在地头，心里说，高且源，你说你崴在泥窝窝里，受这份洋罪图嘛？城里你混得多好？现在你怎么不能在城里混？

高且源的婶子见是高且源的妻子，脸上的愤怒变成了微笑："侄媳妇？越来越年轻、越漂亮了。"

"黄脸婆了，没人要了。"高且源的妻子道，"猪是该打。"

"我哪能打他？哪里是打他？"高且源的婶子把举起的手拍在自己屁股上，随后拉住高且源妻子的手，又说，"还黄脸婆？看看，细皮嫩肉的，不干庄稼活就是好。"

"跟他们老高家，享福享的。"高且源的妻子继续说气话。

"走，到家拉呱去。"高拧筋的媳妇拉着高且源的妻子，走出几步，又回过头来朝老马说，"钱，我还来要，不给，蹲你家门去。"

高且源的妻子也回过头来，剜一眼高且源，说道："别真当猪。"

众人听不明白她意思，高且源却涨红了脸。

六

今晚，半截楼村召开"七一"民主生活会，党员济济一堂。

高占巧依然提着他那只茶锈斑斑的玻璃杯子，瞅瞅主席台桌子上，又瞅满屋子人。

"多年没有过了。"

"没什么了？"高拧筋知道高占坡瞅桌子找茶叶，接他话茬，逗他说，"茶叶？我杯子里有，给你倒点儿？"一边又撇嘴，"形式，走形式。"

高且源从抽屉里摸出自己的茶叶放桌上。高占巧咧嘴笑着："尝尝高书记，俺侄子的好茶叶。"

"走走形式也能听听上级声音，"潘大金的近门大爷，一位二十世纪六十年代入党的老党员，拄着拐棍走得颤巍巍的，倚着门框大喘几口气，才接过高占巧的第一句话，"参加个会，才觉得自己是个党员。孩子还不想让来。"

"那可不？"一位老年女党员说道，"那天小孙子问我，奶奶奶奶，你整天说你是党员，我怎么看不出来？不是和姥姥一样，光知道做饭吃饭下地干活？当党员不是都当官？他一说，我脸还发烫呢。今天我说开会去，党员会，他还想跟我来，说看看景致。"

会场没有支部换届选举时的沉闷、严肃，有的是多日不聚在一起的说笑。

民主生活会主题，按照市委和乡党委安排，重温入党誓词，党员尤其是支部班子成员开展批评与自我批评。马一腾作为乡党委派员参会，他说，要挖思想根源，要把开展工作和解决思想问题作为结合点和落脚点。

中午，高且源在老家跟父母吃过饭（他来村都是跟父母吃饭，他说柴火饭真香），来到村委会办公室，沐着从半截楼老式木格窗透进的热辣阳光，躺在沙发上打了个盹。睡梦的迷迷糊糊中，他似乎迷路了，来到一条小河边，看见青青芳草地上站着一头忧郁着眼神的黄牛。他认出那是原来生产队里饲养、役使过的耕牛，因为腿短、头小、半截尾巴，肚子又特大，拉犁又没力气，社员们都叫它"菜包子"牛——体型像大蒸包，也有"菜""不中用"的意思——那年秋种，聋子套着一犋三头牲口犁地，里面就有"菜包子"，矮小地夹在两头肥硕的黄牛中间（不能偷懒）。到骄阳挂在头顶了，蝈蝈们被炙烤得此起彼伏，直向太阳叫板，牛们则像醉汉，步子蹒跚、踉跄，但因为抢墒情，聋子还没歇工，还不停地吆喝着，不时举鞭子在空中抽响，发出警告，当然鞭子有时也落在"菜包子"屁股上。"菜包子"脊背上、两肋处、肚子上、愁思一样紧锁的额头上，汗滴一粒粒往土坷垃上砸，水淋淋的像水牛，呼呼喘得像愤慨，四条腿像四根搬不动的石柱，深扎泥土。突然扑通一声，"菜包子"结实地把自己掀翻在地。聋子吆喝、抽打，急得跺脚，围着那三头牲口转圈，"菜包子"都是一副连生死也置之不顾的姿态。这时有人出主意，火烧。一抱玉米秸在"菜包子"屁股后燃起，"菜包子"腾地往前蹿，但背负着沉重的犁铧，也只是迈了几步，随后又像坍塌一样卧倒在地，任凭风浪起，再也不起身。聋子无奈，向生产队长汇报，只好给它卸了套，把一头还满地跟着母驴跑着玩耍的小驴驹夹在中间继续犁地。"三秋"一结束，村里给公社打了个报告，批准了"菜包子"被杀的报告，全生产队家家分得几两牛肉，人人喝了顿牛肉汤。聋子窝在队院草垛里一边撕咬着从生产队锅里"走后门"得来的毛巾一样的一块牛肚，一边抹泪自责。高且源则偷吃了一只牛眼。他还记得，"菜包子"被杀时，泪水从那眼里流得哗哗的，他还不敢看，但牛眼吃起来喷香。那时他五六岁，整天跟着当饲养员的父亲在饲养院里玩。

此时，牛还像高且源记忆中的那样，忧郁而湿润着目光，但却开了口，说道：且源，你又回到土地上了？

高且源惊愕牛会说话，惊愕它说出这话，回答道我一直没离开过。

牛说，鞋帮上不沾土星，身上没有土味，岂能算在土地上？

高且源说，那时冬天你们牛屋子里暖烘烘的，真好。

离开的好。牛自顾自地说，人类既有情又绝情。役使了我们几千年，现在用不着了，让我们耕牛们快绝迹了。摇摇它那半截尾巴，也哞一声，算是它的笑。

高且源想，苦笑？

从我们耕牛不再被崇拜，一个后乡土时代便开始了。

乡村在变。

人们纷纷离开乡村，我说是逃离，逃离家园，向往城市。有的能在那里混迹下去，并融为一体，成为其中一分子，随后自称为城里人，或被人叫作城里人，几代后便称"老城里"了。有的是出于无奈、随大溜，为挣钱，也可能挣不到钱，挣不挣钱，终将归去来兮。当然也有故土难舍的，离不开的，不愿离开的。

乡村还会发展。

牛反刍一会儿，像是它的沉思，继续说，不会消失，但总有会被淘汰的。这是一场变革、重组，在这其中，能顺应的，就能蜕变、蝶化、升华，以新姿态重新展现。而僵化的，裹足不前的，只会衰败、消亡。你不要叹息，千百年来，你们人类打造的一切，除了耐磨损的石器，看不见的所谓文化、思想，都不是永恒不灭的。在这片轮回的土地上，消亡的必定消亡，生长的一定茁壮生长。

牛怎么走的，什么时候走的，高且源不记得了，睡梦中只见它站立的地方卧着一块卧牛石。

转头又看到一老者，好像是爷爷，头戴一顶耷拉着帽檐的草帽，怀抱一根枯枝作鞭子，蹲在那块卧牛石旁，有眼没眼地瞅瞅他的羊群，悠闲自在。高且源惊喜地叫声爷爷。那人应了，还说高且源瘦了，黑了。高且源说更健康了。老者抬手指着说，看我的羊群，那是头羊，那是牧羊犬。头羊，只管领着羊群向水丰草肥的地方去，跟不上趟的，走散的，它一概不管不问。牧羊犬，负责整个羊群，跑得快的它截住，慢的它催赶，走散的，撵回来，不让一个掉队，它忠诚于我。高且源想说也想牧羊。不知是那老者使了眼色，还是因为高且源摸了老者手中的枯枝鞭子，牧羊犬不愿意了，扑来。高且源求助地望一眼老者，老者却视而不见，不加理睬。高且源见老者白须飘然，想起爷爷是不留胡须的，眼前的老者或许不是爷爷，只好拔腿便跑，牧羊犬却穷追不舍。眼见要被追上，高且源在睡梦中清楚地想着，要像小时候梦中那样，蹬腿，扇动两只胳膊飞起来，但这次他脚蹬手刨，却总不能起飞，最后借着一处高岗，费尽九牛二虎之力，起飞了，却还是高不过屋脊，高不过树梢，连那三尺高的蒿草也没高过。牧羊犬一蹿，咬住了高且源的脚后跟。

高且源激灵醒来。

他还躺在办公室的沙发上，后背湿了一大片，支在沙发扶手上的右腿发麻。透过老槐树枝丫的一缕阳光正洒在他脸上，也洒在半截楼爬不上去的那半截楼梯上。而梦中的奇景，虽像一团云雾，轻飘飘摸不着，却着实塞在他心里。

此时，他说："我们村班子要加强团结，拧成一股绳。"他拿起那架飞机模型抚摸着，"像这架飞机，像我以前干厂子时的每台机器，一个部件与另一个部件的结合，不是电焊吱吱地焊死的，就是用螺丝紧紧拧在一起的。传输动力，用传输带，用好几根三角带，再打上粘稠剂，谁也不能耍滑头，不使劲。再精确的，用齿轮，钢牙铁齿，咬合、咬住、咬死，转起来咔咔咔一个声音，一个节奏，车也好，刨也好，铣也好，钻孔打眼也好，精确到毫厘，最后出来一件件精良、合格产品，又组装出一台台机器。我们就要像机器一样紧密结合，牢固成一体，做机械运动。"

他动情地说，上任几个月了，经济发展、计划给群众办的事，虽然有了些门路，但还没有落到实处。他说追其原因是自己没有真正当成半截楼村人，早晨开车来，晚上开车走，像浮萍，水上漂。他说下步不再天天回城，不再当"走读村干部"，要扒了袜子鞋干。自己的根在半截楼村，要继续扎下去，扎深，扎实，扎牢，汲取半截楼村这片土地的养分、阳光，和父老乡亲们抱成一团，长成参天大树。

他也细致讲了界定山旅游开发是龙头，组建土地股份合作社，村西的地建设高标准农田，村东的山岭薄地，和界定山旅游结合起来，建设采摘园、观光园和开心农场，"两园一场"。村子里，以半截楼改造为中心，建设"两街一场一走廊"：民俗、红色记忆一条街，农家小院一条街，农民文化广场，河滨休闲走廊。

他要求党员宣传好，积极参与。最后他说："如果我不能一心扑在村里的工作上，不能找到村集体和群众经济发展的路子，带领群众共同致富，过上一个个好日子，党员同志们可以轰走我。"

高且源讲完，或许因为激动，那把折叠纸扇也没有打开得哗一声响，不过这并没有影响他的好情绪，椅背上一靠，像卸了千斤重担，舒一口气，紧盯着飞机模型好大一会儿，想，干吧。

相兴旺听高且源说感到内疚，心里高兴。你感觉到老虎吃天无法下口了吧？村里工作这么好干？趁早收摊子走人，农村，我呆了多少年，二十四节气都能倒背，什么时候种什么收什么闭着眼都能知道，你懂？再不，你只挂个虚名，什么事别问，找地方建你的厂子去，闷着头发大财，我操心我挑头干，名誉都是你的。当他听到高且源说要在半截楼村扎下根，他的心不觉又凉了半截。看起来他不想走。跟着他干捞不到一点好处，只白出力，出憨力。高且源，你怎么想的跟别人不一样？给老百姓办事，咱沾点光怕什么？沾光，不是贪，更不是贪得无厌。或许他

151

在说大话，屎壳郎垫桌子腿——硬撑。

相兴旺发言。

"我想，我们村班子就是一犋牲口，是用松软的缰绳套在一起的。"他不同意高且源的"机器论"。"这天这几头牲口拼一犋，明天可能那几头拼一犋，有时领墒的也要换。拉起犁来，说句不好听的，有的是'老牛上套不屙就尿'，有的是小鞭子抽着，缰绳也可能拉不直，没毛病。"

他给高且源提意见。

"要想着村集体创收，手里没米难唤鸡。看看，开个会连一盒烟、连斤茶叶都买不起，党员心里不凉？"说着，他也想到要表现得积极些，巩固好自己地位，为今后铺好路子。"尽管我们是草台戏班子，但也不能你打我不敲，乱打乱敲，敲当啷匙也要使劲，敲到点子上。伸头算一份，高书记说扒了袜子鞋干，我相兴旺扒了光脊梁干。"

高且源清楚，相兴旺还纠结着卖公墓的事。也想，我们班子如果是松散的一犋牲口，草台戏班子，活还能干？真是"土八路"。

潘大金听着高且源讲话，心里几多反感。看看，半截楼村这点儿养分、这点儿阳光他也争着吸收，争着承接。还扎根，是撒种吧？让全村的小孩都像他。潘大金想着，又不自觉地瞥一眼他弟媳张亚仙。他说不天天回城了，是在给她递暗号，他们要方便了。看看，她听懂了，假装写什么，不好意思抬头了。写嘛？他讲的有什么好记的？抓着你们再说。

潘大金原准备凑这个场合说几句刺激的话，打击打击高且源，但想到犯不着明着对抗，暗地里使个绊子比什么都好。他也听潘四钱说，那天高且源的媳妇跑到地里找高且源，脸绷得像火石，还说了一通外人听不懂的气话。潘大金暗想，我那点子还能不管用？不过怎么还没离婚？离婚才对。此时，他脑子拐了弯，开口夸上了高且源，说高且源有水平，有能力，公正廉明。又夸相兴旺是一头老黄牛，出力流汗，拉车拉犁。

把他们夸晕乎也不失为一计好谋，让他们飘飘然不知所以然，再冷不丁一个别腿把他们撂倒，让他们栽跟头。把自己情绪调动起，他接着道："十九大提出乡村振兴战略，是党中央对我们农民、农村最大、最直接的关怀，作为一名党员，我一定要成为参与的积极分子。"笑笑，又道，"《三国演义》开章明义，话说天下大势，分久必合、合久必分。一解放成立互助组、合作社，后来是人民公社，再后来又分田到户，现在又成立这合作社，那合作社，都是为了解放和发展生产力"。说着，喜滋滋的目光扫过全场，心里还说，你们有这水平、这高度？

接到召开民主生活会的通知，潘大金就想要说点什么。找出一本最新的《党章》，摸起老花镜，就着灯光读一遍又读一遍，重点句子还划上道道。一边读他一边摇头晃脑，心里说，不比读《三国演义》差劲，上面说的确实是这么回事，党员都照此做了，共产主义便不再遥远。发言时好好说说，别让高且源那东西看不出我的文化。

潘大金的夸奖，并没有让相兴旺感到高兴、自豪，相反，他听到他和马一腾那次一样，说他是老黄牛，心里暗生气。这龟孙在褒贬我没点子，没尝过我的厉害，老黄牛，一角抵死你。

会议进行到了晚上十点钟。没有上烟，茶叶还是高且源拿自己的，临时上的，高占巧几次打着哈欠，觉得很不受用。要是在以前，他进来办公室先看桌上有没有"公家"的烟，有，拿一盒放在自己面前，没有，开口要潘三玉上。开着会，他要抽掉三五根，剩下的，散会后装进自己兜里。今天这会可真是白参加了。

三麻子摸把自己的秃头，说道："听听上级声音，听听大伙儿的争论，心里真亮堂。"

高拧筋在心里发笑，光头发亮吧！顺着自己想的，笑意上了脸庞。你头上的虮，还用摸，不是明摆着？要不是他是他亲三叔，他真要说出口了。

那三间老屋给了，潘成功又想起以前高且源爷爷的好，想起高占坡对他的器重，听着相兴旺不同意高且源的观点，开了口："我赞成高书记说的，咱就要团结一心，拧成一股绳，干出个样子来。"

听着别人发言，潘四钱想自己是三把手，不能光闷着头不吭声，该说点什么。挠半天头皮，确定了主题：夸奖高且源，褒贬相兴旺，他想这也符合会议要求的批评与自我批评。抠索好词，说道："咱当官，不能是洋鬼子看疮——胡治。"潘四钱抠索词语时，想起了老师教的比较作文法，以黑衬白，以孬衬好，以绿叶衬红花，不知怎么的，开口说的和自己想的不是一回事，他准备在后的句子却先蹦出了口，叫他顿时慌了手脚。特别是他又看到众人的诧异，看到潘大金正拿眼瞪着他，后面再想转折，想说高且源怎么怎么好，相兴旺怎么怎么只知道顾自己，却是想好的一肚子词，穿不成一串，又像一个个窃贼，见到灯光，四处逃散，不见了踪影。而此时，马一腾却在瞅着他笑，让他觉得马一腾是赞同他，让他似乎找到了靶的，连忙说："马科长三哥就不这样。"

马一腾笑出一脸哭相。

高拧筋扑哧笑出声来："对，都不能胡打歪蹿，不能说得比唱得还好听，要干实际事，别小家子气。"

马一腾总结，夸奖高且源、相兴旺，界定山旅游开发要马上组织开工了，建设期间，老百姓不用外出打工，就能挣到劳务费。

这之前马一腾给乡党委李书记汇报了半截楼村要进行界定山旅游开发，说找到了投资人，高且源、相兴旺也都出资，共投资一千万元。李书记自然高兴。自从他任职水汪乡以来，至今快五年了，一直想做这篇文章，但苦于没人牵头，更苦于没有资金，没能如愿。他鼓励马一腾要靠上、盯住、抓实，尽快见效。受到书记表扬，马一腾的高兴劲现在还没减。他说，建成后，人流如织，络绎不绝，比赶大集都热闹，摆个地摊，卖地瓜、卖花生、卖奇石、卖泥人，随便卖什么都有人买，都能挣钱。他说，乡里成立了指挥部，他任总指挥，高且源书记任副总指挥，相兴旺主任也任副总指挥，还兼任施工部经理，党员同志们一定要不遗余力地支持好。

高拧筋想，我跟着上山打石头去。又想，揍死也不打石头了，看看有什么轻巧活。

潘大金想，折腾吧，不知道又想什么歪点子。寻宝？

整个会议期间，潘二银都是坐在最后面一排的角落处，一声不响，一言不发，眼睛直勾勾地盯着主席台，只是谁发言嗓门高了，他才扭过头去，转动下眼珠子，看一眼谁。听着，他走着神。城里小酒馆里我常坐的那座位有人占了吗？什么时候还得出去，去混城里。拖着这不争气的残腿又怎能出去？仅仅看看那坐席，我的观众席？要一碟花生米小酌一杯？然后再晕乎乎、轻飘飘，带几分勇气和精神，带几分醉眼打量出的美丽，回到果园里我那山风围着呼叫的小屋里？

日子啊，你是这么可爱，又是这么不叫人喜。晴天也行，刮风下雨下雪也不怕，你不能一个调子不变？那样，我还用今天担心刮风、明天担心下雨？

马一腾正讲到兴头上，潘二银突然看见从潘三玉以前常坐的位子上，也是现在高且源坐的位子上，或者简直就是从高且源身体里冒出来的，一缕魂魄袅袅升腾起，眼睛、鼻子、嘴巴、耳朵，整个脸庞都清晰可见，可触可摸，还拖着一条长长的尾巴，美人鱼？或者就是人面蛇身，打着旋儿直扑他脑门而来。他清楚地感觉到，魂魄啪的一声撞开他天灵盖，钻进他脑袋瓜里来了。他已预感到将会发生什么，左右两手分别抱住自己右边左边肩头，使劲往下摁，但却像发出或接收了一个相反的指令，两手把身子提了起来（亦许是没摁住，身子挺了起来），站那里。他连忙拿手捂捂嘴，想不让它张开，但却还是漏出了声音。

"马科长，你停停，我说几句。"

"我讲完二银同志。"话被打断，马一腾不高兴，做个下压手势，要把潘二银压回到座位上。

"什么二银同志，"潘二银做个潘三玉常做的甩手动作，又拿着潘三玉的腔调说道，"我是三玉同志，潘三玉，以前的潘书记。"

众人大惊。

张亚仙娘啊一声，扭头看一眼潘二银，身子往人们外围撤着，脸扭曲得要哭出来。

高占巧一个激灵从瞌睡中醒来，还把茶杯碰倒，茶水洒他一大腿，烫得他哎哟一声。

高拧筋似乎反应过来："不好了，鬼附体了。"

"你家有鬼？鬼附你高拧筋的体？"潘二银指斥高拧筋，"小高拧筋，你骂誓赌咒说给我出力，说选我，你真给我出力了，真选我了？"

"谁没给你出力不得好死。"高拧筋被"鬼"吓蒙了，昏了头脑，没考虑高且源、高占坡、三麻子都在场，都在眼前，惊慌失措中以起誓来证明自己，忽然又想起话说毛了，急忙改口，"选你个鬼。"

"选我也好，不选我也罢，我还记着你在我家说的话，保证我当上书记，我相信你，感激你。"潘二银或者说潘三玉抱抱拳，"高拧筋，现在我在阎王爷那里当司酒师了，你快点去，我恭候你，天天偷酒给你喝，琼浆玉液，保证你没尝过，让你顿顿喝个够。"

这龟孙，不是在作践我？又是惊骇又是气恼，又是担心高且源爷们听出了其中的道道，高拧筋气得浑身发抖，三角眼瞪得圆圆的，鼓得像蛤蟆的，直想冲过去，一拳把潘二银（潘三玉？）打倒在地，再狠狠踹上几脚，让他不喘人气。他也想到，那次骑车直往水库里冲，自己根本当不了家，是潘三玉拉的、推的？多亏弄二两酒胆大，多亏命大。

潘二银（潘三玉？）见高拧筋缩着身子，不敢再说话，换了话题，"高且源，我原本是雨点敲出的波纹，被你这块石头的波纹覆盖了，我简直就是一把绿藻，在那里静浮着，你把我波及上了岸，晒干了，焦干，煳了。我说，你有本事干你有本事的事，混城里，开厂子，挣大钱，让人羡慕，我没本事干点我没本事的事，在地上捏泥碗碗。人不都是这样？能出去的出去，不能出去的窝在土坷垃里，但都是各得其所，都能吃上喝上，悠哉乐哉。你偏偏搅动，也像公共汽车上挤满了人，在摇摇晃晃中慢慢都找到了自己的位子，哪怕是站着，金鸡独立，都在趋于平稳、平静，你倒好，偏偏挤上这破车，把我挤下去，简直是从车窗里把我扔出去。平稳打破了，平静没有了，你日子好过了？还有你，小马科长，那次叫你小马你还觉得小看你了，憋着劲拿酒灌我，你不就是年轻？你不觉得你头上那顶乌纱帽很小、是纸做的？当然，你看不见，你摸摸，连帽翅都没有，没品。"

马一腾惊骇。那次喝酒确实因为他叫他小马而在心里暗生气，他怎么看出来了？那么点小事也记着？是没当上书记在怨我。真是小气鬼，小心眼的鬼，成不了大器。

潘二银（潘三玉？）说个没够。

"我是什么？上面有一个会胡思乱想、想七想八，想出来的东西、事儿不能摆在眼前就往南墙上撞的像葫芦像番瓜、倭瓜的所谓脑袋，中间耷拉着几挂不歇息的乱七八糟的脏器，有的红有的还黑了，下面两条腿，把包裹着肮脏脏器的皮囊，所谓的身子，搬到这里运到那里，两只手除了睡觉时停会儿（有时睡觉也不老实），就知道时时会会地扒拉，即所谓的奋斗、工作，扒拉出几斗稻粮再扒拉进肚子里去，我不就是这样一个物件？不过这物件比其他物件多了两个能进气出气窟窿，叫作动物；又比其他动物想烦心事，会寻烦恼，便叫我人。图什么？钱财、权力、女色、舒适、快活、卖笑、淫荡、疯癫、酒鬼、圣徒？像我一样两眼一闭，两腿一蹬，什么都不是我的，媳妇跟了别人，儿女喊人家爹，房子人家住，床，人家睡。四钱你笑，笑嘛？我说错了？亲弟兄又怎样？"目光搜索到潘大金，死盯着他，"天天说人不为己天绝地灭，我现在算是明白了，坑兄灭弟。气死我了……"潘二银（也或许潘三玉在孤寂的坟墓里想了好多话没处说，没人听），停不下地说着，还顿足捶胸，似乎满肚子里都是气，想撸出来。

"快掐人中。"三麻子叫道。

"掐胳肢窝，"潘大金近门的大爷，颤巍巍起身，向潘二银移动着，还撸起袖子，准备下手，"胳肢窝里一定有个肉瘤子，找到，掐住。"

"掐什么掐？！"潘大金一边说，一边几步上前，拨开众人，拉开架势，高举起巴掌，照着潘二银的脸扇过去。伴随着啪一声脆响，潘大金的手掌模清晰地留在了潘二银消瘦的脸庞上。

这一巴掌，潘大金是实实在在下狠劲打的，没遗余力，心里还说，叫你胡啰啰。

潘大金是按照范进的屠夫岳父的做法做的。他见潘二银犯了迷糊，立时想起他教书时教的《范进中举》里的事。打完，潘大金还直觉得手掌、手腕连整个胳膊都麻木了。文曲星打不得，鬼魂也打不得。

"对，揍死这妻侄羔子鬼。"高拧筋也窜过来，照着潘二银胸口，来了个饿狼掏心拳。小龟孙，咱俩说的事，你说到死也不说，没想到你死后还是说了。

潘大金见高拧筋结结实实地给了潘二银一拳，心里疼，拿胳膊一扫，把高拧筋扫了个趔趄。我能打，你也能打？还下手那么狠、这么黑？

不知是掐人中还是掐胳肢窝还是潘大金那一巴掌高拧筋那一拳起的作用，潘二银连打三个大喷嚏，把唾液喷得潘大金一脸都是，又放个响屁，一声"哎哟真累"，椅子上一瘫，不再言语、动作，昏昏睡去。

"没事吧？"有人急问。

"有心跳。"

"还喘气。"

"天，可别再出了三玉的事。"相兴旺蜡黄着脸。

高且源向高占巧要了一支烟（高占巧还暗想，你不上烟还吸我的），点着，吸一口，又大口吐出。亲叔也没投我票？潘三玉是因我而死、至死不忘、死不瞑目？或许我是错的，一潭平静的净水让我搅动了，搅和了，搅浑了。潘三玉，如果现在我退出你能活过来，我情愿立马退出。怎么才能让这潭水再次平静下来？让没有挤上车的都上来，安稳下来，都有个座位？

"这孩子从小就屏气瓢，一定是什么精，老鼠精、黄鼠狼子精、树精、花草精什么的缠上了。刚才叫你们掐住，你们不掐住，掐住了，问它在哪里，或者树下，或者花丛里、墙角里、屋旮旯里、粪坑里、草垛里，就能找到它，看见它在那里发抖。"潘大金的大爷还念念不忘他说的事人们没照办。

马一腾浑身哆嗦着："发抖怎么办？"

"逮住，捏起来摔死。刨了，烧。"高拧筋还气呼呼的。

"行了，"三麻子一肚子气，呵斥高拧筋，"都是鬼，都不省人事。"

"那都不是法。"潘大金的大爷又慢半拍接着高拧筋的话说，"用红绸子绑七天，什么鬼都能送走，哪里来那里去。"

"这熊东西，凶我。"高拧筋不理睬三麻子，"鬼说鬼话，我能选鬼？"他要洗白自己。

潘大金狠狠盯一眼高拧筋，不语。

"怎么也凶我？"马一腾说，"我没事吧？"

"鬼怕恶人。小妖小精小怪，怕屏气硬的。"潘大金的大爷继续说。

第三部

五老奶奶坐在半截楼前老槐树下那块石头上，又开始给孩子们讲故事。一天，二狗子半夜起身，挑着自己编的席夹子去集市上卖。走到界定山半腰，鸡才叫头遍，天还早，他想歇一会儿再走。放下担子，蹲在小道边的一棵槐树下，掏出烟袋、火镰、火石、火信子，准备打火吸烟，这时不远处传来叮叮当当声响，他起身去找，找来找去找半天，找到一块四四方方的大石头，石头东边有一个缺口，正从那里往外淌铜钱。二狗子高兴极了，这回该我发财了。他正要拾那些铜钱，忽听到东边有两人说着话走来，他想，如果他们知道了，见面分半，我不少摊了？——见面分半，是咱这里的规矩，捡到东西，见者有份。不行，还是先用石头堵上，等他们走过去再拿开石头让它往外淌。想到这儿，二狗子找块石头堵上了缺口。

　　等来人走去，二狗子去拿那块堵洞的石头，说来也怪，那石头像长在上面的，怎么也拿不下来。这时，只听见那块四四方方的石头里面有人说话："伙计，钱柜漏了。"另一个说："不用急伙计，我花二百铜钱堵上了。"

　　二狗子把地上的铜钱捡起来数了数，不多不少，正好二百。他心里想，这财可不是硬想的。

一

　　高且源对村班子的人说，旅游开发要全面开发，大开发，不是为了拉架势、做样子。结合组建土地股份合作社，村西的平原地，建成高标准农田，发展粮食和高效农业生产；村东的地，与旅游相衔接，建采摘园、观光园、开心农场，吸引人气，聚集人气，留住本乡人，引来外乡人。整治村庄，把半截楼村实实在在地建成文明、生态、美丽乡村，让这片土地变得生机勃勃，生动起来。

　　昨天，村里出了规定，成立合作社，群众自愿加入。并规定，村集体以农业设施、集体土地等集体资产评估折价一千元一股，折合一千零二十五股，土地入社面积三十三点三公顷。农民成员也一亩地折价一千元一股。每十名股东推选产生一名股东代表，组成合作社决策机构；股东代表大会选举产生由五名理事组成的理事会，作为合作社的执行机构；选举产生由五名监事组成的监事会，作为监督机构；聘任职业农民、专业财务人员，进行生产、财务管理。在不改变农民土地承包经营权的前提下，把土地转化为股权。再经过清产核资、合同签订、股权界定、章程拟定、股东代表推选等工作，让土地合作社运营起来。

　　村里贴出的公告上也说，成立劳务合作社、社区股份合作社。劳务合作社将从土地上解放出来的八百名劳动力，按自愿原则，根据个人专业技能、身体状况，结合劳动强度，安排就业。计划其中四十人在土地

163

股份合作社打工，三百余人在周边企业就业，二百余人输送到外地务工，三十多名老年社员在村内从事公益岗位。社区股份合作社，将全村经营性集体资产，包括门面房、山林，以每十元为一股，能划分出二十万股，以本村户籍人口为依据，人人持股。三个合作社先保证劳务分红，再保生产投入，最后是投资分红。

高且源向班子成员算了笔账：村集体每年收入能达到五十余万元。高且源说，钱，用作班子人员工资，用作集体公益事业。村班子人员都高兴，说村集体就活起来了。潘四钱说有干头了。

告示上说，在半截楼村要实现"家家有资本，户户成股东，人人有股份，个个能就业，年年有分红"。

方案一公布，人人心动，街头巷尾，议论纷纷。

村集体的东西我们也能分红了。

村里收入能心里明白了。

可以一心打工了。

新班子还真有办法。

是有公道心。

高且源组织人形成合作社《章程》草案，把潘大金叫了来，参与起草。高且源想，你潘大金整天四处放风说土地合作社有问题，就抓你蹲这里，让你了解了解，受受教育。潘大金见高且源能用他很是高兴，但给高且源出力又多有不情愿。

"高书记，这个法忒好了。"潘大金违心地说出这话，又直想扇自己两个嘴巴。原来你潘大金也会阿谀奉承，见人说人话，见鬼说鬼话。但他还是违着心说下去，"今年我也想入社，一看地里种的庄稼跟人家的不一样就没参加，以后一定加入。"

潘大金没拿地入社，但他承包水库时，拿钱在水库里打了一眼机井，又铺了近千米管道，卖水挣钱，折价后让他以这水利设施入了股，他算了一夜，觉得没有吃亏。潘大金嘴上这么说着，又见潘三玉当书记时的桌椅板凳都已撤换掉，堆在南墙根，经受不了风雨的样子。小楼还在，小院还在，老槐树和它荫下的那块旗杆石还在，物是人非，物非人非，心里生出几多落寞、惆怅，也愤然。

高且源见潘大金似笑非笑、似哭非哭的面容，暗自高兴，说道："那就多给群众正面宣传。"

折腾吧，你说不定哪天就陷进去了。潘大金暗想。

股东代表大会还是在半截楼前的老槐树下召开。

老槐树，槐树槐，

槐树底下搭戏台；

人家的闺女都来了，

俺的闺女还没来；

说着说着人来了，

骑着驴，打着伞，

抱着孩子，挽着纂儿。

五老奶奶坐在老槐树下又唱起这首童谣。

聋子见老槐树朝向蓝天上那朵白云的老枝，又发了一根嫩绿的新枝，正罩在半截楼头顶上，展示似的摇曳着。越活越带劲了。聋子嘴里喷喷着自言自语，又瞅眼挂在石头线杆上的那截钢轨头，心里叹口气。

钢轨头原来是聋子家的。他对它真是爱恨有加。

聋子原先不聋。

聋子的爹，一九四二年的某一天赶集回来的半道，趁着夜色，溜进了日本鬼子占领的半截楼村西八里地的一个小火车站，想看看他们整日在那里捣鼓什么，发现了钢轨头。聋子的爹想，钢铁、钢刀，好钢用在刀刃上，金银铜铁锡，铁没有钢硬，还排在锡前面，钢轨更是好东西。想着，他猫着腰把钢轨头拉到沟里，扛起来便跑。这时日军的探照灯明晃晃地照过来，随着一阵密集的枪声，子弹飞过来，要不是钢轨头被打得当一声响，聋子的爹后来说，他的头恐怕早解瓢了。背着枪声，踏着夜黑，他不丢弃那钢轨头，飞跑着，红肿着肩头扛回家。他爹常捂着胸口说，日军怕遭埋伏不敢追，要不他早报销了，和地蝼子搁伙计了 ①。钢轨头扛回家，他爹把钢轨头挂在院子里那棵枣树的一股枝杈上，聋子时不时地拿锤子或石块当当地敲响。每当这时，他爹便满脸灿烂成一朵花，说使劲敲，敲打日本鬼子。敲钢轨头玩耍，时常引来一群小伙伴围着聋子，他俨然成了王，很有优越感。

一九五八年大炼钢铁，大队组织基干民兵挨家挨户搜铁器，有的大锅、小锅、铁鏊子，灶台上揭了地上啪地摔破拿去，有的大镢、小镢、铁锹、锄头、小粪耙子撂排车上拉走，有的更是连门鼻子、箱子、柜子上的铁把手，拴羊的铁链子、铁橛子也卸了、拔了。聋子家的钢轨头，自然更是不能幸免。那天聋子放学回到家，听说基干民兵把钢轨头搜走了，初生牛犊不怕虎，十一二岁的聋子还不知道天有多高地有多厚，跑到大队炼钢铁的地方，见民兵连长正抱起钢轨头要往小高炉里捣，一头撞过去，想夺回他的钢轨头。他一撞，民兵连长一趔趄，钢轨头砸向小高炉上，顷刻，小高炉倾倒，半生不熟的铁汁火红着遍地流淌，民兵连

---

① 和地蝼子搁伙计了：地蝼子，金龟子的幼虫，学名叫蛴螬，别名白土蚕、核桃虫。白色，半圆柱状，生活在土里，吃农作物的根茎，害虫。此处指死了。

长连蹿带蹦，还是让铁汁烫透了一只棉鞋，烫得他脚面子上起一个大包。民兵连长缓过劲来，反正两巴掌清脆地扇在聋子脸上，聋子顿觉像铁汁烧烤了，腮帮子火辣辣疼，两只耳朵嗡嗡响，两眼吱吱冒金花。哭着跑回家，他爹喊他叫他问他凶他，他头摇着，说听不清他爹在说什么。他爹拽他去找大队，想让大队赔聋子的耳朵。大队支书说你敢来找正好打你成破坏大炼钢铁生产的反革命分子。聋子的爹害怕了，只好和大队和民兵连长达成和解协议：让聋子以耳聋换回钢轨头，"鸡蛋换盐，两不找钱①"，以后谁也不追究谁的事。从那时起，聋子的世界变成了不响亮的世界。那时的顺口溜现在还有不少人记得，"五八年，炼钢忙，铁锅、鏊子遭了殃；杀大树，锯屋梁，支高炉，火烧旺；炉倒铁汁满地淌，打得大孩耳朵聋，烧得民兵连长喊爹娘。"大集体时，还是生产队长的三麻子，给聋子记了三天的工分，要了钢轨头，挂在那根石头线杆上，敲响集合社员们下地干活。

此时，聋子似乎听到半截楼在说他，你越活越带劲了。我老东西了，不中用了。

聋子笑笑说，这社会多好？没有活得不带劲的理由。

钢轨头嗡一声说，我更是无用的东西，还不如当年把我炼了，现在或许是一把菜刀，一片马掌，一根钉、针。

半截楼哈哈大笑。钉、针、马掌都是铁的，炼了你，也是好钢用在刀刃上。

聋子又听到老槐树接过了它们的话茬，说道，你们也算老？

冬日的阳光里，夏日的炎热里，在半截楼的墙根前晒暖，在老槐树下乘凉，聋子对人们说，他时常能听到老槐树、半截楼、钢轨头它们三

---

① 鸡蛋换盐，两不找钱：延续多少年的物换物交易方式，一个鸡蛋换一斤盐。

个一起说话。高拧筋抬杠，人家都怎么说来着？关上窗户开开门？（关上一扇门，打开一扇窗，他不会说。）老天爷让你听不见人话，光听见鬼话。聋子不跟他抬，或许没听清，笑笑，继续道，它们说世事变迁，人间沧桑，有时我也插上几句。夜深人静时，有时路过这里，也听到它们在感慨时光的飞逝，还劝它们好大一会儿，说早点睡吧，明天太阳照样出来。高拧筋继续抬杠，没问问你的聋什么时候好？聋子又笑笑。

此时，聋子又看到听到老槐树摇摇枝丫，继续它的话。它说，你们见识过多少时光？一场场风雨过去了，一个个人走去了，一个又一个朝代写进了历史，又一场场炮火血腥，一阵阵迷茫狂热，都烟消云散去。现如今不兵荒马乱，不饥饿逃荒，赶上了一个风和日丽、风调雨顺的好时代，风清气正，政通人和，我喘气都顺溜了。你们，百把年，七八十岁，小着呢，正年轻呢。

半截楼哈哈笑。我们都使劲活。

钢轨头说，我想再一次跳进火海，变软、卷曲，被提出血淋淋头颅，让铁打的汉子大小锤复仇一样轮番暴打，铁钳手腕一样掐脖子深水中往死里摁，让我已久的昏昧，哀号出战栗、窒息的快意、刺激。我要再成一回器。

嘻嘻。

哈哈。

老槐树、半截楼都笑。

聋子也咧着嘴笑。

好好活。

对于这次代表大会的事项，村里事先贴出通知，通过《章程》，选举产生理事会、监事会，聘请职业农民、专业财务人员，让土地股份合作社尽快运转起来。

代表们胸前别着艳红的代表证，脸上写满喜悦和自豪。

有些过大集体味道。

那可不一样，你种的庄稼长不好，脸上有光？

都为自己干的。

不是以前选生产队长，认真点，别糊弄自己。

老冯、老马没有土地，但和潘大金一样，有农业基础设施投入，老马还有那片苗木，也都成了社员，他俩还被推荐为代表，来参加选举会。

高占巧的地都入了合作社，是周小莲当的家。周小莲说高占巧，不入社你自己种。高占巧说我一直想入。心里说，儿媳怎么说怎么办，只要她高兴，孩子高兴。人还不是为孩子们活着，一辈一辈过香火？高占巧原想去高且源厂子里打工，现在见高且源的厂子没了着落，死了这条心，还向三麻子卖乖说，咱不能给且源添麻烦。这次村里成立土地合作社，他看到有理事会、监事会，想弄个职务，觉得像大集体时，出力大小不论，只要出工就给记工发钱。他挪到潘大金跟前，悄声道："大侄子，你选我，我选你，咱都进监事会，做个监工，看着他们干，好不？"

想着高且源弄得这么风光，潘大金早生妒意，把不满发向高占巧，说道："你不是代表，我不是代表，你怎么选我，我怎么选你？"看你那样子，还勾肩搭背的，真把自己当成叔了？别忘了，你以前叫我叔。

高占巧拍拍脑袋瓜，做出明白样。

潘大金又说："你最好找高且源。"

高占巧口吃着费劲地把话说完："咱不托人，靠本事。"

你有上天入地的本事。潘大金心里说。

高拧筋也入了合作社，却仅拿出一亩地，河边的那块靠天收成的薄地。高拧筋的心事是，上次醉酒栽进水库里，本来想讹潘二银他们几个钱，高且源却让相兴旺去找他。相兴旺到了高拧筋家，高拧筋正躺在躺椅上，扇着芭蕉扇乘凉。相兴旺说，你好好的，问人家要什么钱。高拧筋不能再装病，说电动车不能骑了。相兴旺说修修，多少钱让他们拿。高拧筋想村班子里和高且源不睦了，再得罪相兴旺，没人替他说话了。他说逗他们玩的。又问相兴旺，你"二把手"，当点儿家不？相兴旺知道一拃没有四指近，不能跟高拧筋多说什么，只说，我记着选举时说过的，有时你真没钱，还真想喝点小酒，给我招呼声记上账就行。心里想，天爹祖老爷，还不是我得掏钱。高拧筋连声说好，就等你这句话呢。后来，高拧筋花百十块钱把电动车修了修，又能打起火上路了，也没值得再找潘大金他们要钱。不过他想，这事高且源不搅和，真真假假就把潘大金他们讹了，关键是不讹潘二银不解气。

　　前年秋里的事高拧筋一直怀恨在心。那天，高拧筋开着机动三轮车拉一车玉米从地里家来，往胡同里拐，忽然一只羊羔窜出来，径直往车下钻，咩一声，弄了高拧筋一车轮子血。高拧筋跳下来，提起羊羔一条后腿：还动弹吗，今晚就喝你的汤。他话还没落音，潘二银走来，二话没说抓住高拧筋领窝子挥起拳头：我先扒了你的皮。高拧筋见惹上茬儿了，身子退缩着说有话好说有话好说。潘二银说赔一千块钱。高拧筋说十几斤的羊羔子值一千块钱？潘二银说你憨熊，母羊羔子！长大生小羊再长大再生，多年后你说多少钱？高拧筋看到潘二银瞪着的眼睛握着的拳头，也看见潘大金抱着膀子在静观事变的样子，不敢再讲价，乖乖溜回家拿出一千元钱：买冥纸烧去吧。嘴硬着向潘二银脸上一扔。高拧筋转身的功夫，潘二银飞起一脚踢在高拧筋屁股上，让高拧筋跟跄到家门。潘二银还不饶高拧筋：给羊羔子烧，你哭爹。晚上高拧筋喝一肚子酒，憋屈着对媳妇说：不就仗着他兄弟三玉是书记？媳妇说少灌点猴尿吧。高拧筋更来劲，又喝一大口，咧咧嘴咽下："气死了，我说给他一千块钱，羊羔子算我买了我拉去煮吃，你猜二银熊羔子怎么说？"高拧筋把酒杯往桌上猛劲一蹾：你轧死我爹你也拉家里发丧去？听听，那熊羔子说得什么话！媳妇说你不会别给他钱？高拧筋不屑地瞅媳妇一眼："娘们见识。好汉不吃眼前亏！你想让我头破血流、腿断胳膊折？"

现在，他又怨恨高且源。我是你亲叔，你当书记了，我没沾上光不说，你还时时处处跟我过不去

高拧筋没有被推荐为社员代表，来看热闹。

"多年没看大戏了，看看今天演哪曲。"他想，最好乱起来，最好都选虾兵蟹将。看到聋子，问道："地，都入了？"

"是个新事，"聋子没听清高拧筋的话，岔开话题，另起炉灶，"我全家都赞成，你看着不好？"

"聋死你。"高拧筋道。

聋子嘿嘿两声。

"你不入社，我给你打工去。"

麦草正愁一个女人家怎么耕种，听说村里有这事，也加入了。潘大金开始劝阻她，你参加，以后你有什么事我们不问了。麦草扭头不理，找到村里，不找高且源，找相兴旺，说我也参加合作社。又说，多亏你主持公道，让恶霸退给我钱。她一直称潘大金为恶霸。她说的是，潘三玉最初的赔偿给了潘大金，发丧后，剩余的钱潘大金一直拿着不给她，村里又把他们拢在一起算清了账，退给她两万多。她又说相兴旺，你是好人，要是他绝对不给这么多。说的是高且源。相兴旺一脸的受用。

天气燥热，大槐树下一片阴凉，一片热闹。

集体耕种机械好用了。

不再时刻操心了。

高且源真是干事的人。

人家有脑子。

有脑子的多了，不为咱想事。

一轮投票，出了结果：理事会，相兴旺是理事长；监事会，高且源为监事长。另外八人分别为理事、监事。

高占巧看着选举结果，自言道："出邪了。"他给不少人打了招呼，说选他，保证监好工，可现在却只得一票。他想可能是儿媳周小莲投的。想着自己的儿媳当了理事，又满脸堆笑，"一样一样。"

高拧筋说他："你想垂帘听政？"

高占巧涨红脸。

几人哄笑。

大运十年，小运五年，潘大金在想，今年净走霉运，算计的事一个一个都不成。自己磁场消失了？

按照《章程》，作为理事长的相兴旺讲话，聘请经理人。

"合作社土地分为四个种植区域，一个种植区聘请一位经理人。我提议，老冯同志为采摘园园长。"

"好。"代表们齐举手，一致赞同。

"老马同志，观光园园长。"

"好。"

"周小莲同志，开心农场场长。"

"好。"高占巧的喊声压过代表们的声音。喊完，又连忙把头缩在高拧筋背后。

潘大金把高占巧拽过来，往前推着，说道："坟上要冒青烟了。"

相兴旺又提议一人为高标准种植园园长。根据报名，综合考虑身体等状况，念出聘请的四十名职业农民。

都是老把式。人们议论。

没存私心。

我们放心了。

老冯走上主席台。

"我很激动，我不是半截楼村的人，但村干部没拿我当外人，村民同志们没拿我当外人。我一定发挥好自己一技之长，把这里当成自己家的，带领我的社员们把采摘园种植好，经营好。我给自己定了个杠杠，每年每亩地不比以往多盈利五百元，我一分钱的工资不拿。"

"老冯说的也是我要说的，"老马接过话茬，"我每年每亩也要多盈利五百元。"

"好。"会场一片欢腾。几朵白云驻足观看。

大喇叭里，聋子没有听到自己名字，到主席台前找到高且源。

"我也要干农民。"

"你祖宗八代都是农民。"高拧筋对聋子喊。

"农民就得种地。"聋子咧着嘴嘟囔。

高且源拿过话筒："我们刚才成立的是土地股份合作社，用工四十人，剩余人员，不出去打工的，我们成立劳务合作社，根据个人专业技能、身体状况、劳动强度，结合自己愿望，一是安排在界定山旅游开发工地打工，二是村里联系市里劳务输出部门，集体向外输出用工。界定山旅游开发后，根据需要，愿意去的也可以安排。像聋子大叔这样的，六十五岁以上还能劳动、还不愿意闲着的，我们成立老年公益队，岗位有村里环境卫生、看山护林、道路维护这些轻巧活，给适当报酬。我们讲求力所能及，老有所养，老有所乐，老了不能再受难为，每一天都开开心心。"

"我什么都干，"聋子依然站在主席台前，看看一张张笑脸，又讪讪改口，"叫我干什么我干什么，反正不闲着。"

二

上苍在缔造这片大平原时，或许觉得太平坦、空旷，太广袤无垠、一望无际，会让人们觉得单调乏味，信手拈来一撮泥沙搁在这里，于是平地上便隆起了被人们称作"山"的这多石少土的堆积体。界定山，于无边涯的这片大平原一角，突兀而起，不依不连，以俊秀、挺拔、孤然傲立展现在人们面前。

村东的这片土地，村人们叫它东坡，虽然在山脚下，但却不属于山地，至多算是丘陵，还不是那种裸露着块块卧牛般大石头的薄地。"青石山前，沙石山后"，界定山是沙石山，这片土地在山后，这样的地方不伸山腿子，山根随山体戛然而止，下挖都是土，黄土，很厚。前几年村里有一座烧粘土砖瓦的窑场，挖到七八米十几米深，只见泉水，也不见石头。高且源的爷爷常说的整出的八块大寨田，就在这里。

一九五八年"大炼钢铁"，山上树木被砍伐精光，六十年代初，高且源的爷爷当了村支部书记，每年一开春，便组织全村社员上山植树造林，一连十多年，植树上千万棵，又安排专人日夜看山护林。在少米缺柴的六七十年代，也只有春节前放行两天，让社员们上山捡捡枯枝、割割老草、扫扫落叶，权当柴烧。界定山，在高且源的爷爷眼里是宝山，高且源对相兴旺说一草一木一石都是它的筋骨毛发，谁也别想动，就是跟爷爷学的。

潘三玉当书记时，想点伐些山上的树木补贴一下村里的开支，高且源的爷爷找到潘三玉，说你敢卖我就敢把你告到北京，阻止了下来。他活着的最后几年，还当了一段时间的义务护林员，每天都要山脚下转一圈，看看有没有砍伐树木的，放羊的。最近这几年，不知从谁口里传出的，说山上有狼，聋子还说得有鼻子有眼的，说听见过狼嚎。现在，山上松树、柏树、槐树、橡树，茂密成林，大多数树龄在四五十年以上。春夏秋冬，山涧泉水叮咚，林中鸟鸣莺莺。五老奶奶说的"老牛窟"就在南面的山坡处。

潘大金几年前在市报上发表过一篇关于界定山的小文，现在还经常拿出来给人们看。

空中炎日高悬，山间微风徐徐。紫气半山生兮，玉带翩翩。青云山巅绕兮，锦冠楚楚。临之兮，如仙境，亦梦亦幻；处之兮，驾祥云，欲翱欲翔。古谚曰：界定山起云，不用问神。山石有性兮解人意，涧水有情兮随人愿。甘霖普降兮，万物滋润；人们欢愉兮，心田酣畅。春风起，似锦繁花争艳奇，芬芳馥郁沁心脾；夏木长，如盖林荫蔽天日，清凉幽静怡心智；秋水长天兮，谷黄菜绿，瓜果香逸；冬雪漫卷兮，山舞银蛇，树木铮声。携孩童一二采摘樱桃于暮春，其乐融融；携友人二三沐浴林荫于仲夏，其情深深。品野味于秋，情趣盎然；赏雪景于冬，望峰息心。拜一石一木，读懂昔日七十二禅院普天灵化；饮一茶一酒，品尽今日九十六方圆人杰地灵。辟迳而登，攀援自己，胜人生真谛之求索。观石，石嶙峋千姿百态；赏花，花斗艳万紫千红。聆鸟鸣兮，假于小寐而忘忧；听风啸兮，浸于大音而希声。目所及兮景景赏目，耳所闻兮声声悦耳。真可谓，山光水色，怡然田园。归去来兮，吾将不返。

聋子说，写得不孬，他都会背了。

界定山旅游开发，与潘成家达成协议后，高且源又召开村"两委"

班子会议，摆全国各地旅游开发火热之事实，描绘界定山开发之美好前景。他说，一次性投入，一劳永逸，一本万利，天天瞅等着数钱。相兴旺争前恐后，把五十万元的存折塞到当会计的潘四钱手里，众多村干部，不少民众，纷纷抱来钱入股，二万三万五万的，仿佛放进了孵化器，一枚鸡蛋孵出一只母鸡，一只母鸡每天下蛋，不长时间就拾了一箩筐，又慢慢孵化出一个现代化养殖场。高且源看着这踊跃场面，喜得合不拢嘴，也暗下决心，脱一层皮，也要把开发工程建设好，见效，盈利。

"这条件很好，在外不能讲求享受。"这天，在界定山旅游开发工地板房作的临时指挥部里，张风旋拍拍办公桌，敲敲办公椅，又瞅眼那张木板床，说道，"还有空调，吹山风就可以了，多清爽。在多少工地，我们都是讲求艰苦奋斗。"

张风旋是潘成家的外甥。根据协议，潘成家的股份占百分之五十一，他任董事长，便把跟着他干的亲外甥派了来，任总经理，全权代理，并反复交代他，要全面掌控，什么情况都要随时给他汇报，没有他的话，一分钱不能动，更不能枉花，不论是谁。

"先苦后甜。"高且源不离手的纸扇打开扇几下，"指挥部建好后，给你两间大办公室，总统套房。"纸扇合得也哗啦一声，很有气势。

筹集先期投资，搭建扣板房，和相兴旺一起组织施工队伍，前期一些准备工作，高且源忙得脚不沾地，干得不亦乐乎，也兴奋得几乎夜夜睡不安稳，现在终于要动工了，像筹足了钱，要着手买机器，买面粉等原料，准备烤制面包了，似乎酥软、焦黄、喷香的面包就要出炉，就要进嘴、卖钱了，高且源岂能不高兴、不兴奋？

"生活上有什么困难，尽管提出来，我们村里，还有乡里张主席、马科长帮着解决。"相兴旺在关外干泥瓦匠时，和张风旋接触不少，自认为近乎，"俩夹"手十分灵巧地夹着席夹子扇两下风，指着张主席、马一腾，满脸高兴地说道。

"老张，我们绑在一起把这活干好。"这几天，乡里大小会上，马一腾被李书记好几次表扬出来的兴奋劲一直没有减退，现在还高涨着。

"外甥，有事大胆说，没外人。"潘四钱怕被遗忘了似的，说得又近乎又满脸自豪。

随着潘成家，张风旋对潘大金兄弟们也都称呼舅舅。听潘四钱一说，张风旋腼腆地一笑，露出一对小时候一定显得可爱，现在却叫人看着不成熟的虎牙。

"在姥娘门上，舅舅们怎么说我怎么干。"

"不好意思跟领导们说，跟我说。"相兴旺继续道。

张风旋说："都一个锅里摸勺子了，一家人，别拿我当外人。"

"女人我可不能给你解决。"相兴旺开句玩笑。

张风旋又笑出一对虎牙，也一脸尴尬。

张风旋，早年高中毕业，考上中专，毕业后分配在外地一个县级市的局机关上班，后来当上一个小科长，负责的工作直接和房地产开发商打交道，不用张口，项目审批，过年过节，一年弄个十几万几十万不成问题。"男人别有钱，女人别有时间"，男人有钱和女人有时间一样，都会向邪路上走。张风旋也没有逃脱这一"真谛"。酒场多了，结交的多了，什么人都有，一来二往和酒店的一位服务员勾搭上了，后来变成他的"小三"，还买了一处小商品房，置办了锅碗瓢盆，过起了偷偷摸摸的日子。这"小三"谙世不深，又年龄不大，初中毕业进城打工的，跟着张风旋过着"昏天地暗"的日子还很知足，多次搂着张风旋的脖子撒着娇说，不图你的钱，不图你的财，也不争"转正"，只图你的人。张风旋觉得遇到了红颜知己，每天工作起来更卖劲，当然贪腐起来更是不遗余力。

后来，"小三"的事被原配知道。原配性格刚烈，人长得又彪悍，跑到张风旋单位，大闹一场，砸得他办公室稀巴烂，也殃及得局长办公室乱七八糟，闹得整个局机关翻江倒海。原配还不解气，一封检举信投到市纪委，某年某月某日某时，何地收何人现金多少，手表几块，还有港币、美元、金条、字画、古玩，详详细细。纪委没多问讯，一落实一个准，小窟窿里抠出了个大螃蟹，随后移交检察院，提起公诉，张风旋被判刑八年。在监狱里，原配离了婚，出狱后，当然不能再去找，试着去找"小三"，人家已跟别人过起了日子，说你坑害得我也行了，我黄花大闺女给的你，你也够本了，我不能再上你的当了。已是年过半百的张风旋，心灰意冷，什么"缘"啊"分"啊，虚的、假的、空的，清风明月，落花流水，人面桃花。看破红尘，他决定出家。但在一处寺庙里没过上一年，享受不了里面的"清福"，又想起四处"云游"。后来他看到现今好多地方搞旅游开发，便想，自己化缘占一处山头建个寺庙，也不失为一个即可盈利又可栖身的好办法，但他总不能化多少缘，总没有找到栖身之地，后来只好找到他舅舅潘成家。他入狱坐牢的事潘成家自然知道，但当和尚的事却不了解，他也只说没脸见家人，给人家打了几年工。潘成家知道他聪明伶俐，能说会道，会来事，又是自己的亲外甥，便安排他在他的公司里协助管理，界定山旅游开发，便让他来了，全面负责。

　　高且源、相兴旺知道的，是他当过科长，因贪污被判过刑，村里人都说他有本事，仅此而已。

　　现在，对于如何开工建设，高且源手拿纸扇空中摇晃着，激情地道："多组织人，遍地撒开，全面开花，整体推进，台阶、庙宇一起建，抢时间、争速度，尽快见效益。"钱在那里搁着不能生钱，必须把景区尽快建起来，运营起来。

　　马一腾赞同地说："工作就要有只争朝夕精神。"全面开花，立竿见影，李书记来了见有看相，岂不更好？

相兴旺摸把脸上的汗水，转个圈，席夹子又往脸上、胸脯上扇几下。

"高书记，咱要一步步来，先从下往上建台阶，建完，再说山顶上的庙宇。"

高且源不屑："我们要有经营理念。像一台机器，发动起来了就要全速运转。"他脑海里又浮现出厂子生产的火热场面，机声隆隆，员工有序，产品流水样出来。

"对，全速运转，快马加鞭。"张凤旋迎合着高且源，"特别是庙宇，越早建成越好。你们想啊，今日老百姓生活富裕了，日子好过了，心灵却空虚了，还信什么？什么都不信了。佛教讲因果报应，教育人行好积德别作恶。建庙宇，塑大佛，给老百姓一个精神和心灵寄托、慰抚之地，我们做了善事，也能迎来八方来客，财源滚滚，一箭双雕。"

当过一段时间和尚的张凤旋，对建庙宇自然情有独钟。潘成家让他来时他就想——甚至一路上都想得眉开颜笑——庙宇建好后，如果香火旺盛，他再度穿上袈裟在这里当主持，甚至做到方丈也不是没有那个可能。

"像耕地，这里一犁子那里一耙，成什么样子？"相兴旺说，"遍地开花要枉费多少劲？"不过他转又想，也好，反正活都是我领着人干，早完工，早挣钱。"高书记真想这么干，咱就这么干。"

"就这么干。"高且源最后拍板。

乡党委对这开发很是重视，让马一腾靠在这里，也让张主席在这里坐镇。

见他们争论，高且源又最后拍板，张主席瞅瞅天，看看地，说道："注意安全，保证质量，不能出现任何纰漏。"

盛夏的界定山，泉水叮咚，满山滴翠，一片氤氲。旅游开发项目正式开工建设，漫山遍野热闹了起来。

高且源陪伴张主席走在山间。

"这样不错吧，主席。"高且源满心高兴。

"资金要监管好。"张主席说。

"一定把好关，绝不枉花。"

"张风旋签字？"

"他替潘成家，潘董事长签。"

"是啊是啊，摸不清的人。"

高拧筋年轻时是石匠，有力气，有技巧，大集体时给铁路上打枕枕木的长条石，挣不少工分，也受不少累，两个脚趾还被那块"勾勾石"挤了去，曾发誓这辈子不再跟石头打交道。相兴旺牵头成立施工队，高拧筋想，跟着叮当①着干挣几个小钱也不错，专门到村委会找相兴旺报了名。叮叮当当正把一块石头磕得有边有楞的，见张主席走来，连忙觍着脸把张主席拉到一边，悄声说："主席大人，您跟且源说句，让我在工地做饭。"

张主席哈哈一笑，叫高且源过来："让你叔做饭去。"

高且源还没来得及开口，高拧筋便把锤子、扦子收拾装进一个化肥袋子里，肩上一背，颠颠地向仅在地上垒了一口大锅的工地"伙房"走去。

高拧筋在村里开过小饭馆，张主席在他那里吃过饭，现在村里谁家有个红白事他也跟着帮厨，大厨算不上，煎炸烹炒却比一般人要强不少，

---

① 叮当：不主谋，不出大力，不真出力。

当个"二把刀"绝对没问题。"人蹩搅①了损财，牲口蹩搅了损力。"在农村人们下饭馆，家里来客要个菜，都讲求实惠，大鱼大肉整鸡整肘子的上，炒个肉丝也要多见肉丝少见其他拌料，还要满满一盘子。可高拧筋不，他说现在谁还缺营养？都吃出"三高"来了。他做家常菜，豆芽豆腐豆腐皮，人造鹿角花生米，嘴里一套一套。甚至白菜帮、地瓜秧的菜豆腐给人家上。人家点个辣椒炒鸡蛋、炒肉丝、炒干巴鱼，看到的几乎都是辣椒。你要的是辣椒炒肉丝，不是肉丝炒辣椒。他一肚子理由。潘三玉还当书记时，领着一位副乡长去他那里吃饭，那位副乡长走进去哄起一群苍蝇，又见灶台、桌子油渍麻花②的，说这么脏怎么吃？高拧筋听见了，正熬着的半炒瓢油也不熬了，随手一翻倒进灶火里，蹿出来的火苗还烧光了他的眉毛，烧焦了他额头上一缕头发。他一边大叫不能吃拉倒，一边把潘三玉他们拥出去。饭馆开张没三个月，关了，锅碗瓢盆在他家南墙根堆一堆，有时他把那生锈的炒瓢踢得叮当响，抱怨说农村人就是农村人，没品位，没档次。

　　高拧筋前几年也外出打工，泥瓦匠、石匠、木匠、铁匠、伙夫都干过，东北三省、甘肃、青海、新疆都去过，因为拧筋脾气跟谁也干不多长时间。媳妇说他挣点儿钱都交给铁路了。高拧筋说从人家手里拿钱那么容易？出力流汗挨褒贬，给钱时又恨不得搲你一爪子。高拧筋现在想起来还唉声叹气，眼泪汪汪的，心里发狠，外边有钱在那里放着让他去背，他也不去了。

　　想在工地伙房干，高拧筋也找过高且源，高且源说做个大锅菜，不用什么技术，工资还低。遭委婉拒绝的高拧筋干生气。此时张主席开口

------

① 蹩搅：别扭，使性子，固执倔强，乱发脾气，不寻常规。

② 油渍麻花：油腻污迹。

了，高且源便不好再阻拦。做个大锅菜也没多少油水，不能让他觉得总跟他过不去。

高拧筋心里掠过一丝对高且源的感激。家里还是有个当官的好。

工地上，高占巧是瓦工，垒墙，建景区办公室，潘二银跟着高占巧打下手，和砂灰。高占巧一声"二孩来灰"，潘二银甜甜地答着"来了大叔"，右脚一点一点的，把一盆水泥灰浆端到高占巧跟前，二人配合默契得像一对老搭档。潘二银还要说"不好用给我说大叔，你放心大叔，我眼里有活大叔。"小鸟依人样，一口一个大叔地叫。

"二孩干泥瓦匠也在行。"高占巧夸奖潘二银。

"大叔，跟收废品一样，都是力气活。"潘二银说得很得意，又拍拍手上的砂灰，拍出一片灰尘，迷了眼。一边揉着眼睛，潘二银一边又道，"不过，收废品是做生意，得要嘴皮子，有时价讲得两嘴白沫，干泥瓦匠就不同了，是出憨力，不用脑子。"

"哪个好？"

"当然是收废品做生意好了，用脑子，锻炼人。俗话说，十年能考个秀才，十年不一定能练成个生意人。"

"二孩就是聪明。"

潘二银咧着嘴笑。

"还想去城里不？"爱说话的高占巧口吃着逗潘二银说话。

"在那儿一辈子过不够。"

"赶明儿再去二孩。"

"再去。"潘二银点着头很肯定地说完，又叹一口气，"只是我的腿不行了。毁了以后收过一段时间的废品，不利索，人家见了还潘瘸子潘瘸子地叫，说潘瘸子来了，给的价公道，不压称，卖给他。话说的倒是不孬，就是不好听。"

高占巧要灰里加点水，潘二银端满满一盆，又一歪一点着右腿送过去。

"大叔，我一直想搞个发明。"

"你说二孩。"

"把一个人的过去都刻录在一张光盘上，想回到哪段时间里去，找准年月日时，一按电钮，就能回去，重新过上那段时间的生活。"

"啧啧，快发明二孩。"

"在那里，想过一年过一年，想过一个月过一个月，过一天一小时几分钟都行，想回来，一摁电钮回来了，只是在那里过的时间要翻倍地减去现世的阳寿。"他怕高占巧算不过来账，解释道，"像你大叔，能活一百岁，在那里过了一年，回来就只能活九十八岁了。"

"好日子短点儿没事。"

"大叔，你想过以前哪段日子？"

"娶你大婶子那天。"高占巧笑道，"还能再领回来个吗？还像那时候年轻的？"

潘二银深思着摇摇头。

"大叔，你回去一趟给我领一个婶子来，回去一趟领一个来，回去十趟八趟，满屋子都是俺婶子，不打架？不怨我、找我的事？"

"嘿嘿，我给她们分好工，叫她们都有活干，都围着我转，吓唬她们不听话就送回去。我天天赊吃坐喝，树凉荫里跷着脚丫子喝大茶。"

"大叔，你说我聪明，实际上还是你聪明，能领来又送回去这个功能不孬，我还真没想到，尽量发明出来。"

"二孩，你想过哪段？"

"当然是城里了。"潘二银脱口答道，"阴天下雨不能出工了，到那个小酒馆里——我一去老板就给我搬凳子、抹桌子——喝二两，晕晕乎乎像神仙，看街上人来人往。你不知道大叔，那滋味多好。"

"在家里也能喝。"

"不是那个味大叔，在家里都认识，喝得晕晕乎乎在街上走，人家不说是酒猫子①？再说了，家里有什么看头？"

"看女人？"高占巧扭过头来看着潘二银问。

"不是那回事儿大叔。"潘二银否定高占巧，"你不了解我，大叔，我那是观察生活，积累素材，为写大部头小说做准备。"言毕，潘二银陷入沉思。

"快上灰二孩。"见此话题不投机，高占巧又接着原话题说，"快发明，发明出来别忘了送我一台。"

"先让你试用大叔。"潘二银说，"不过大叔，你用也得给我钱，我发明出来可不易。"

"还要我的钱？"

"亲爹祖老爷，谁的钱都得要。咱村卖肉的三孩，你知道大叔，他爹到他摊子上买一斤肉，到家一称只有九两，他爹找他，说他，我是你亲爹你也不给够称？你猜三孩怎么说大叔，三孩说，你不是俺亲爹我只给你八两。你想想大叔，都是这理。"潘二银右手背在左手心里拍拍，做出无奈状，"唉，大叔，我有时也昧良心，收废品，有几次藏人家几张报纸，不过秤。"

"二孩，你也是城滑子了。"

潘二银无声地笑笑。

在自己嘴上点着一支烟插进高占巧嘴里，潘二银又说："大叔，我

---

① 酒猫子：嗜酒的人。

现在又想起一个事来，你跟高且源兄弟说说，咱晚上看工地行不？大叔，我有在山上睡觉的经验。"

高占巧拿瓦刀把一块砖一下砍成齐茬的两半，在垒了半米高的墙上摁好。"这想法不错。"随后又摇头，"找你且源兄弟不成。你看不出来？他什么事也不给咱办。"

"我找马科长。"潘二银想起他和马一腾的磕拜关系，"大叔，需要上灰你大声叫我，山有回音，我能听见，我现在就上山找去。"

不大一会儿工夫，潘二银红着脸蔫蔫回来，去时的高兴劲好像被路上的刺刺秧刮擦掉了。高占巧问成了？潘二银嘟哝句，仁兄弟，瞎狗屁。高占巧问谁跟谁仁兄弟。潘二银叹口气，不作声。

潘二银跑到半山腰找到马一腾，马一腾正领着一班人拉着皮尺撒灰线。潘二银把马一腾拽到一边说马科长三弟，说个事儿给你。马一腾满手白灰，拿小臂抹把满脸汗水，不耐烦地盯着潘二银。潘二银嗫嚅着，我想晚上看工地。马一腾听了，一脚把一块石头蹬到山沟里。这点破事儿我值得张口？潘二银怔怔地站在那里，心里寒着，想，他没叫声二哥，还说得那么生硬。马一腾一边走又一边说，找高书记、相主任去。他们都听你的。你自己找去。

潘二银蹲地上闷着头大口大口地抽烟，高占巧几次喊"二孩上灰"也不灵了。潘二银满脑子里都是马一腾，还呲牙咧嘴的，还蹦起来指着他鼻子。

"发烧？"高占巧走过来要摸潘二银额头，"路上摔倒了？"

潘二银一激灵，把高占巧的手打一边，一大声"哎哟我的娘"，吓得高占巧后退两步。他又咕噜打出一个大呃，泛上来一口浊气，像是缓过了劲。

"憋死了，不易过了。"

"挨揍了，你？"

"说找相主任。"像被山压得，潘二银吐出游丝般的气息。

"对，找相主任。这点熊事儿，把你愁成这样？不行，打着马科长的旗号找，他能不听他的？"

"你不知道。"潘二银一边摇头，一边把仁兄弟的事咽下去，又说，"你找。"仁兄弟，瞎狗屁，明天摔香炉子拔香根。

"咱一块儿找。"

"你找。"

"咱一块儿找。"

三

村里结合半截楼改造的文化广场建设，民俗、红色记忆一条街建设，还有农家小院一条街、河滨休闲走廊建设正式启动。村"两委"研究，并下发告示，村民先自行清理规划范围内的树木、杂物和乱搭乱建。

村前的小河，人们叫它界河，穿峡过谷从界定山一路走来，在村前打了个弯，撇下一片滩涂。实行土地家庭联产承包责任制后，聋子刨茅草、搬石头，流一个冬季的汗水，开垦出不到二分地的沙土地，年年能收一袋子花生或两袋子地瓜或玉米棒子。地头，自生自长着一棵杨树，一棵柳树。柳树躯干七拧八歪，枝干常常被村人们砍了做哀杖。杨树生长有七八个年头，三四把粗，夏天枝繁叶茂，人们玉米地里钻出来，敞开怀，树下一坐，咕嘟嘟一碗凉开水喝下去，抹把嘴，有给个神仙也不换的味道。现在杨树卖三四百块钱没问题。村里贴出村子整治的告示后，聋子找来买树人，要把杨树卖掉，把那片滩涂腾出来，交给村里。聋子的儿子留住，坐在轮椅上，跟他爹连说带比画，好让他爹听得清楚。

"村里怎么说咱怎么干。"

聋子点头，又拿比柳树躯干还粗糙的手，拍着柳树身上那个怪疙瘩，说，"它不能刨，正好在河边，不碍事，也算风景。"又说，"刨了，村里死了人找不着哀杖啦。"又指着枝头说，"那根，往东北伸的，碗口粗，老老支书用了；那根，看看茬儿，擀面杖细，潘三玉用了，他儿小，拿不动粗的。"聋子又指着另外一根，"等你给我用的时候，用那根，不粗不细的，放轮椅上，不用拄，累，哭两声就行。哭下天来也没用。"

一阵热风吹来，柳树、杨树抖落几片黄叶，还哗啦啦几声，很赞同聋子似的。

现在聋子对村里说的事，高且源说的事，都听得入耳入心。他说，村支部、高且源还能把咱往黑窟里领？

买树人吱啦啦拉开电锯刚要下手，高占巧冲了来，夺过锯，关上油门，说道："先讲后不争，卖了钱给我一半。"

聋子支起耳朵也没听清高占巧的意思。

"拿点去喂羊吧。"他岔开话题，说高占巧拿树枝、树叶。

留住却不愿意了，举起拐把高占巧手里的电锯敲下去。

"凭嘛分给你？"

"你家的树，几年，树荫遮了我的地，树根扎到我的地，我每年少收多少？"高占巧口吃着，把"多"说出一大串，"少"一绷嘴带过去。

聋子刨树卖树，高占巧开始不知道，也从没想过要向聋子要几个钱。一家人，男人聋、老，女人老、不明白，还一个没脚的，过的什么日子？潘大金见聋子对村里这建设那建设很是积极，还第一个行动起来，心里气不过，在地里找到高占巧，说，大叔，人家都说这些年连聋子都讹你，不问他要几个钱，俺姨妹也得说你窝囊。不占巧就觉得吃亏的高占巧，冲着"聋子都讹他、儿媳妇也说他"这两句话便来了。

潘大金也凑过来，从树身望到树梢，摇头。

"现在刨亏了，再过几年五六百块钱，现在行情不好。"

聋子听清了。

"村子整治，村里说刨就刨。"

"什么整治！"潘大金像被提及了仇人，"越老越糊涂。"又说留住，"你爹聋三拐四的不明白，你也不明白？"

"我不刮费你①。"高占巧对聋子一字一句大声说，"你的树遮我地的阴，给我几个钱。"拇指食指中指，三根指头捻着，数钱的样子。

平日里，聋子听别人说话，都要用一只手罩在他那只还有点听力的耳朵上，以便让声波极大地鼓动耳膜，听出别人意思。真听不出，他也从不"什么什么"的追问，他不好意思，也觉得别人不好看，只是嗯啊两声笑笑，点点头，表示领会了。再不就换话题，不顺着别人的话说。这次，他两只手罩在两只耳朵上，想努力听见高占巧的话，但还是没弄明白他什么意思，嗯啊两声后说道："怎么好怎么办。"

高占巧转头对留住说："听见了吧？你爹愿意了，给我一百块，我不问你们多要。"

"那是愿意？俺爹没听清！"

留住脚没了之后，在周边几个县城瘸腿拉胳膊地讨过多年饭，说是讨饭，实际上是讨钱，挣钱。高且源当书记后，安排他在开心农场干，说，别出去乱跑了，有什么困难村里帮着解决。留住说，高书记，我也不想出去，在外面，人家连正眼都不看一眼，还拿着当猴耍。这几年，

---

① 刮费：占别人便宜。可以当客气话说。也可当气话说。

留住没讨到多少钱，却练就了一副好嘴皮子，嘴的功夫自然要比口吃的高占巧强得多。他不饶高占巧。

"'讹人不富，赖人常穷'，这个理你不知道？"

"你小子不听老子的？"口吃的高占巧嘴皮子耍不过留住，气得一步跨过来，有把留住从轮椅上抓起来摔在地上的势头。聋子比高占巧高大，见他要对留住动手，七十多岁的人了，拦腰抱住高占巧，又肚子一鼓顶起，向侧一摔，把高占巧摞在地上。留住趁机举起拐，照着高占巧的屁股狠狠打下去。正撅着屁股想爬起来的高占巧哎哟一声，就势趴下，干脆不起了。"腿断了，"叫着，还顾着滚过一道地瓜沟，躲到留住的拐够不着的地方，"聋子爷俩打毁我啦。"

村文化广场建设，半截楼改造，都要触及潘大金的利益，这几天他没闲着，心事让他闲不下来，大街上走，小巷里串，见人就说建什么文化广场，胡折腾，多少年老辈的不是都过来了？此时，见围了一圈人，他又开口说起了风水，"以前，咱村的风水多好？都破坏了。据说，山上原先有棵灵芝草，让南蛮子挖走了，要不，唐朝都城都会建在咱这里，小雁塔现在还会在西安？半截楼更压风水，得扒了。"又指着聋子大声道，"你真憨！"又转向留住，"你爹聋，耳不聪目不明不知道什么，你也没长脑子？"

"这里面是吗？"留住拍着自己的头，"它听了高书记说的，给我说干吧。"

"就你那憨熊样，还找媳妇？！"潘大金直击留住要害处。

"你不要媳妇？"留住反击潘大金，"不光找，还要找好的。"

众人大笑。

潘大金的气变成了笑，还笑得他夸张地直不起腰来。

"找恁姨？"

留住辈分低潘大金一辈，叫潘大金叔。在村子里，"骂大会^①"是很正常的，拿"姨"开玩笑，也不是多大的事儿。

潘大金喘上来笑得憋住了的那口气，继续说："恁姨还给你领着孩子唻。"

众人又一阵大笑。

聋子见众人笑，也跟着咧嘴。

"怎么好怎么办。"

高占巧已由卧式变成了坐式，两手伏地，两腿盘坐在葱绿一片的地瓜秧上，如荷叶上蹲着的一只随时准备出击捕蛾的青蛙，抹把笑出来的眼泪，说："小留住，拉我去医院。哎哟，头晕，疼。"作倾倒状。

"挂个车斗，拉你去。"留住拍拍自己坐的轮椅。

"爹，你歇着也坐个树凉里。"周小莲走过来，说高占巧，又叫声潘大金，她姨哥，"大哥。"

"哎呀，怎么坐这啦。"高占巧看见儿媳，一骨碌爬起身，挪到小道上，又拍打掉粘在身上的草叶、地瓜叶，拽拽褶皱了的衣裤，"看你聋子大爷刨树。真可惜了，以后地里干活没个乘凉地儿了。"他不能说向聋子要钱的事，更不能说是被聋子打倒在地的。没面子，丢人。

众人捂嘴哧哧笑。

潘大金问周小莲，也是问高占巧："你家那几棵树不刨吧？"

高占巧不言语，周小莲接话说："刨。"

"不是以前了。"像有人插管子吹的，潘大金觉得肚子里的气胀得鼓鼓的，还上不来，下不去，又来一句，"不是以前了。"潘大金前一句话是警句，说给周小莲听的，以前你三姨哥在，当书记，能照顾你，现在

---

① 骂大会：表叔爷们之间在一块儿互相戏谑性地谩骂取笑。

他没了，谁顾你的事？能得什么好处？他后一句话是感叹句，在叹息，以前三玉在，不论三玉说什么还是他说些什么，别人都听，现在是落地的凤凰、平阳的虎了。

实际上聋子早听出其中的道道，看出了端倪，只是装糊涂，现在还装着糊涂，说留住，说买树人："刨，村里怎么说咱怎么干。"又说高占巧，"给你一个大枝子。"

电锯吱吱响起。

因为几个注定得不到的小钱，自己狼狈成这样子，丢人现眼，不值不值。"刨吧，刨吧。"又转向留住，"我也是看着你可怜。"高占巧说着，拍拍腚走了。

"唉……"潘大金跨上他那辆破旧自行车，洒下一田埂吱吱嘎嘎。

四

采摘园、观光园、开心农场是缺水地块，浇灌仅靠两处塘坝，肩挑人抬和潜水泵拉上人们称之为地龙的长长的管子，还有潘大金原来承包的一座小型水库，天不帮忙水库干枯见底，解决水的问题是保证"两园一场"枝繁叶茂、有效运转的基础，是压在高且源心头的一块巨石。他开车拉着相兴旺还有潘四钱一起几次拜访市水利部门领导，又找到乡里，各级都大力支持，立了项，能给部分扶持资金。但一眼井需要二三十万元，按照水务部门设计，保证东坡土地全部变成水浇地，保证旅游景区用水，至少要打三眼井，需要资金近百万，扣除扶持资金，尚缺五六十万。高且源跑了几趟农商银行，想以村的名义贷部分款，银行领导说贷款可以，需要抵押，村里有什么能抵押的？回到村，高且源左思右想，找信息，翻政策，看到农民可以以土地作抵押，心里不禁一亮，村里不是有土地股份合作社？再联系银行，银行说很管用。要签订贷款协议，相兴旺把攥着心，说真打不出水来打个干窟窿咋办？到期真还不上款咋办？作为法人代表，他不愿意签字。高且源道，合作社董事会研究了，还能赖你身上？最终，高且源以个人名义写了保证，还不上款与相兴旺无关，以他财产作担保，让相兴旺攥着保证书，相兴旺才抖着手在贷款协议上签下自己大名。

打井队开进了半截楼村。

钻机轰鸣，像是人们对这片土地的热切呼唤。然而，已下钻一百多米，钻机不知疲倦"咣当咣当"钻着，却依然是坚硬的砂岩层。

村里不少人跑来，看稀奇似的围观着、议论着，也担着心。老年义工队的十几个人也都来了。三麻子蹲在一个土堆上一口接一口地抽烟。真不出水且源就不好办了。聋子围着钻塔转两圈了还在转，不时抓起一把钻上来的沙砾，手指摸着仔细瞧着，又盯着泛上来的循环水嘟哝着，快变清吧，清了就泉水了。

刚才在村里，三麻子和聋子还有老年义工队的其他人商量，东坡打井了，这是村里多年没有过的大事，咱出不了大力出点小力，去挖挖沟、抬抬土帮帮忙。有人说现在都机器干活了，人帮不上忙，去慰问还差不多。人们七嘴八舌议论。一个说，村里把咱组织起来，给点活干，让咱干点好事，还给些补助，咱要讲良心。一个说，村里现在正儿八经了，咱得支持。一个又道，俺亲家那天来看我，一进村说吓一跳，说怎么变得这么干净了，像城里。我心里笑着说，就你们城里好，整天喝烟吃尘的？

最后，他们十九个人，你八块我十块的筹集二百块钱多一点，买了两捆啤酒、五包火腿肠、一塑料兜方便面，剩下的钱又买几包孬烟，呼呼啦啦十几人都来到钻井工地——不让谁来谁不愿意，那将不能在高且源面前表现，泯灭了成绩——打井队的李技术员激动地对高且源说："你们村的人真好。"

聋子怕李技术员独吞了那些东西似的，说道："你们都吃。"

三麻子离开他蹲的那个土堆，走向高且源。

"可能有水，别忒担心了。"

庄稼们虽是干渴，却还是在努力地生长着。一只蚂蚱张着墨绿色大嘴，啃噬着蔫了的叶片。

高且源朝三麻子点头。

"有水有水有油水，"潘大金把话掂量着说，"有水多好？油水真好。"

"什么有水有水油水？"聋子听清了，说潘大金，"整天没点正经话。"又说三麻子，"怎么可能有？肯定有，'黄河之水天上来'。"

"有有有，别跩了。"三麻子说。

"羊蛋能不跩？"潘大金嘴上说聋子，心里说高且源。

老年义工队里有人接潘大金的话，挤对潘大金。

"有人跩得更厉害。"

"现在想跩跩不起来了。"

又接聋子的话。

"就是有水。"

"老天爷能不睁眼？"

"跩，都跩吧。"潘大金见在这场合众人都替高且源说话，再待下去沾不了光，夹起自行车一边走，一边说，"跩掉了就毁了。"

听着潘大金刺激的话，高且源生气几分，但看着众人都站在他这一边，心里又热乎乎的。多好的民众。

太阳把那棵杨树的影子越拉越长，最后隐匿了起来。又一个夜晚降临了。高且源劝相兴旺："你回家睡会儿，我在这里。"开钻三天两夜，他们两人守候了三天两夜。

今夜可能出水，让我回家，你想多报几米，自己弄几个钱？相兴旺想着，但嘴上却说得冠冕堂皇。

"你走吧，我干工地熬夜惯了。"我还想弄几个呢。

"你们都回家睡觉去。"李技术员说，"我给全市多少村打井，也没见过村干部像你们这么认真的，整天守着。都回去吧，有情况及时跟你们汇报。"又玩笑地说，"打井也没什么工可偷料可减。"

低矮的帐篷里，高且源、相兴旺还有钻机队的几人，有的石块上坐着，有的地上蹲着、站着，谈论着。相兴旺的媳妇忽然走来，冲着相兴旺大呼小叫："还过不过日子？"看见高且源，似乎更来了气，"一会不在家，什么事也不问，家不要了？"墓地不能卖的事，相兴旺跟媳妇说了，媳妇说，他不是故意跟咱过不去？有这样恶毒的？我堵着他家大门口骂去。听相兴旺哼一声，她又改口道，上村办公室门口骂去，骂街①。

"老娘们，我日着过。"相兴旺没有好气地说。像似不给媳妇留面子，实际上他是有气往外撒。

"以前在关外包工，一年半载不回来，你不更想他？"高且源开玩笑。

"好东西，我指望他？"相兴旺媳妇道，"当什么官？钱没往家里挣一分，还填进去不少。"

高且源不言。

李技术员开玩笑说："不会是给哪个女人了吧？"

---

① 骂街：在大街上不指名对象地谩骂。

"让他撒泡尿照照，浑身绑上钱有人要？"媳妇撇着嘴，"也就是我瞎眼了，跟他，还整天杠杠的。"

相兴旺扭头一边。

嘴快活完了，相兴旺媳妇接着道："你那好儿子，又不干了，又回来了，媳妇气得哭。"她说的是他们的儿子，三十岁多点，已结婚，前几年相兴旺在关外干，儿子跟着去干，这几年，相兴旺让他自己干去，儿子不愿去，在城里打几天工回来，打几天回来，说家里好。

"这王八犊子。"相兴旺真来了气。

"想干什么？"高且源问。

"当书记、乡长没那个本事。"相兴旺别扭着说。

相兴旺媳妇道："说种地，说在外地学的，要种大棚。看看多有出息①？"右手背在左手心拍几下，随后摊开空空两手，似乎她儿子的本事、出息是空的。

高且源转向相兴旺："我们合作社高标准农田，我一直想，必须改变一麦一棒种植模式。他想种大棚忒好了，你安排下，规划一片，让他种。"

"他不想让人管着。"相兴旺媳妇说。

"想当什么官儿相主任当家，"高且源一笑，"在半截楼村这块地盘上。"

相兴旺心里说，这句还算人话。

相兴旺媳妇一边往回走，一边又说："干干干，受这份洋罪，图吗？还不如闲着看蚂蚁上树。"

李技术员跑到村里小卖部买回些熟食，又把三块石块高低不平地拼

---

① 出息：前途或志向。

凑一起，把塑料袋里的熟食摊在上面。花生米、豆腐干、猪头肉、甜酱，还有他顺路在人家地里拔的几棵大葱，摘的一把青辣椒、红辣椒，加上三麻子、聋子他们送来的啤酒、火腿肠，招呼高且源、相兴旺。

"够丰盛的了，今天我请你们两位领导。"

"没听媳妇说，多大的熊官？"相兴旺带着气，"还领导，领谁导？领着导？"说完，摸起一瓶啤酒用牙打开盖，对着瓶嘴像吹喇叭喝下去半瓶，说李技术员，"真打不出水，不给你钱。"

"不知道说的是不是你？"李技术员开相兴旺的玩笑，"说一个人在东北干包工头，人家给他一张图纸，他接过来就干，完工，叫人家验收，人家问'干的活呢？'他指着一口井道，'那不是？'人家晕倒。图纸垒烟囱他看成打井了。"

"打井？说的不是你？"相兴旺道，"不懂机器乱膏油。"

"哈哈哈。"高且源大笑，嘲笑，急笑，震得那一天繁星似乎也抖了抖。

李技术员说他们："全市的村哪有几个像你们，把公家的活当自己家的事儿干？好多村子，上级布置点工作，先盘算自己有没有好处，能得到什么。没有好处，这困难那困难，这价钱那价钱，推三推四。实在推脱不了，糊糊弄弄，应应付付，给洋鬼子干的似的，有几个伸着头主动找事干的？不具体说哪个村了，给他打井打五十米，他说要对外说八十米。你们想想，这里面什么道道？"

"人不能光为钱。"高且源说。

"人也不能不为钱。相兴旺说。

五

周小莲负责的开心农场做得有声有色。

开心农场规划了三百亩，二分地一份。也是高且源开车拉着相兴旺、潘四钱跑到市电视台、广播电台做了广告，又找一广告策划公司在城里大街小巷做宣传，吸引来不少城里人，他们有的有土地情结，有的想让孩童体验农事，也都想自给自足，吃上绿色无污染蔬菜。现在大部分地已租了出去。

平日里，从市里来半截楼村的路上，车流人流都会川流不息，络绎不绝。到了周末，更是人流如织，开车的，骑车的，还有为了强身健体大步流星的，男人、女人、孩童，兼有老人，有的全家出动，人在花中走，车在绿中行，欢声笑语洒一路。又招呼着，"去半截楼村？""种地去。"农场里，松土、锄草、捉虫、打杈、施肥、浇水、采摘，个个都"老把式"似的，满头汗水，满心愉悦，悠哉乐哉。又一株豆荚，一朵茄花，一块泥巴，一只翩翩飞的蝴蝶，一只举起"大刀"的螳螂，一群拉着苍蝇翅膀的蚂蚁，都要引得孩童们惊呼、追逐，动着小手摆弄。孩童们盼着天天都是星期天。

高占巧去山上工地的路上，看到眼前的这一幕幕，发着感慨："像有了自己的'一亩三分地'。"

高拧筋不屑地纠正说："像当了地主、庄园主。看那老头，咋咋呼呼，指挥来指挥去的，几辈子没种过地似的，可能觉得自己成了帝王国王。"

"要这也算帝王国王，"高占巧结巴着说，"我们不早就是了？祖上都是。城里人的乐子原来这么简单，只不过是一块泥巴而已。"

"什么城里人？往上三辈，甚至两辈一辈半辈都是捋锄杠的①。"

高占巧一阵嘿嘿笑。

　　留住和麦草都在开心农场里跟着周小莲干。

　　村里"精准扶贫"，对贫困户入股土地合作社的，实行兜底，每年每亩地至少分配一千元。留住家三亩多地都入了合作社，一加一减算来，不投劳、不投资，还能净落三千多元，比自己种还要多收入不少，聋子高兴得嘴合不拢。这社会，日子越过越好了，以前想都不敢想。留住来村委会找高且源，找相兴旺，说你们对我这么好，我光吃闲饭过意不去，想干点活，不讲钱。

　　高且源在村班子会上说，像留住，虽有残疾还能劳动的贫困户，又愿意干点什么，应当安排个合适岗位。相兴旺有异议，干活不利索，耽误生产经营，别的社员会有意见。高且源说，我们要理解贫困户的苦，理解他们的难，将心比心，以心换心。他们把我们当领导，当自家人，我们说话他们听，做事他们信，没有理由不为他们着想。不能嫌弃他们，更不能抛弃、放弃他们，要带着他们跟上大伙儿。给点活干，每月能领几个钱，像活水，有源之水，他们也有成就感，高兴。人穷了，便没了精神头，没了和谐，没了文明，也没了尊严。扶贫，不光是让他们生活、经济上富裕起来，思想上的"贫"，意志的"贫"，精神的"贫"，也得扶，扶出他们的幸福感。跟着开会的周小莲说，我要留住，让他来开心农场干吧。她觉得村里聘请她主持开心农场，对她这么信任，理应替村里分忧，替困难、贫困人群解些难。村里又实行党员对贫困户的帮扶制

---

　　① 捋锄杠：本意是锄地，左右腿前后倒换着前行，左右手在锄柄上前后倒换着滑动，把锄杠拉动，锄掉野草。整个动作像对锄杠捋来捋去。比喻种地的农民。

度，两个党员帮扶一个贫困户，让贫困户更是看到了明亮的希望。

留住在开心农场里负责管理农具，晚上睡在农场，值班守夜——老马承包土地时建的房子入股给了土地合作社，留给开心农场用——留住白天也到地里帮着租户们除除草、浇浇水，指导种植、管理，不闲着，跟租户们混得很熟，他们都说他是个好管家。

这之前，麦草找到相兴旺，说不想在家里待着，想去土地合作社干活，热热闹闹的，不再想那些烦心事。相兴旺说给高书记说声？麦草不愿意。相兴旺道跟你姨妹干吧。麦草便来了。

开心农场里，忽然一位"农场主"大叫起来："我的茄子少了一个。"

"我的辣椒少两个，红的，鲜红。"又有人喊。

"豆角，那根长的，没有了。"一个人又叫。

"我瓜秧上有条大虫。"

"这里有脚印。"

"有贼。"

"有强盗。"

"有人搞破坏。"

"这农场不地道。"

"找场主。"

"找书记高且源去。"

开心农场办公室前，人们蜂拥，挤作一团，吵吵闹闹，刚才满地的愉快、喜悦，似乎被那阵热浪吹了去。

"我们退租。"

"退钱。"

"包赔损失。"

周小莲慌了手脚，连忙说："有事好商量，有事好商量。"经营开心

199

农场，周小莲不敢有丝毫松懈，"地主们"不来，她和她的"长工们"替他们小心地侍候着庄稼，"地主们"光顾，又小心周到地侍候着他们，唯恐出了什么闪失，惹恼租户。她也安排晚上守夜的留住，腿脚利索些。说得留住干笑。周小莲对手下人说，我们是"长工"，吃的是租户、"地主们"的饭。不想现在出了这纰漏，周小莲不禁紧张出满额头汗水，有一滴顺着发鬓流到面颊。退租，赔钱，不折大了？跟村里怎么交代？

"咋办？"她低声问麦草。

麦草小声嘟囔："我咋知咋办？"

留住拄着拐一瘸一拐颠来。

"地主们，场主们，这确实是一件盗窃案件。"他把两只拐都交到左手里，右手挥着，"昨天傍晚我真逮着一个汪洋大盗。"他来个深呼吸，把人们胃口吊起来，继续说"蒙面，膀大腰粗，骑着毛驴，戴着草帽，扛着一柄长矛，不过，我一枪把他打下了毛驴。"舞拐比画一下，"撂他地上，审讯他，他战战兢兢交代说，在电脑上玩开心农场玩迷了，想来点真的，偷点真东西。他说不多，坚持像电脑上一样，一块地里偷一两样，还带了一瓶害虫。"留住说着，晃晃手里的一个矿泉水空瓶子。

"真的？"孩童们瞪大眼睛好奇地问。有孩童围着留住转，还晃晃他手里的拐，似乎要撼动了他。

"那还假？"留住回答得毫不含糊。

"编吧你。"有大人不满。

"让叔叔讲。"孩童阻止大人，督促留住。

"送公安局没？"有孩童继续问。

"你想啊。"留住道。

"哈哈哈。"

"叔叔，再讲。"

"场主们，地主们，我们来开心农场就是寻求开心的。"留住俨然成了大侦探、大法官，大鼓动家，"你们都是城里人，大款，谁在乎三块五块钱？现在辣椒萝卜葱烂贱，一块钱能买一箩筐。来这里，一是为了土地情结，一是为了锻炼身体，也一是为了能吃上绿色蔬菜，不就是图个开开心心、欢欢乐乐，老老少少高高兴兴？要不，我们为什么叫'开心农场'，不叫'忧愁农场''忧郁农场''断肠农场''找麻烦农场'？"

人们一阵笑，一阵议论。

我们也种迷了。

都是按电脑上来的。

哈哈哈。

众人散去后，周小莲对留住说："你不解围，真成'麻烦农场'了。"

麦草则带着一脸疑惑还有掩饰不住的半脸惊慌问留住："小偷你真逮住了？"又追问一句，"看见什么了，你？"

留住微笑着看一眼麦草："哪有什么小偷？哪里逮去？骗小孩的话你也信？"

麦草两腮绯红着走开。

其实，留住说了假话。他看到、看清楚了一切。

"地主们"所说之事是麦草干的。

多天来，麦草躺在床上总是不能安稳地入睡，睡着一会儿也是激灵醒来，脑子不能闲下，一个片段一个场景地浮现，乱七八糟，她自己也不能弄清是在梦中还是在迷迷糊糊的思想里。那天看电视到半夜，上了床，她又进入似梦非梦、似想非想的境地，像刚看过的电视里的地下工作者，穿一件碎花长裙（不是旗袍，她翻箱倒柜找几遍都没有，她记忆中是有的），斜挎一个红色背包，顶一把遮阳花伞，来到玉米地头，四周看看无人，啪啪啪拍三下手，玉米地里探出一男子，头戴奓拉着帽檐的麦秸草帽，上身一件汗水湿透又满是泥污看不出颜色的衬衫，脚下一双沾满黄泥巴的塑料凉鞋。那人说出口令"玉米棒子"，她对出"地瓜干粮"，麦草认出那人是潘三玉，那人也认出了麦草。暗号对上后，他们没有久别夫妻的激动、热情和冲动，有的只是敌后工作者的严肃、矜持、小心翼翼和照令办事（或许在麦草的意识中潘三玉是死了的人，阴阳两隔了）。潘三玉开了口，说这次来交给她一项艰巨而光荣的任务，打入敌人内部，制造矛盾、纠纷、瓦解他们。麦草认真地点头后又问还有什么，潘三玉说没什么，说这项工作难如炸掉一个碉堡，完成后给她记一大功。麦草没忍住还是问他在那边是否又找人了，潘三玉直摇头，说一直在等她。麦草一阵激动扑向潘三玉，紧紧抱住他，摇晃他，呼他名字，说想他，想死了。潘三玉却像一截枯木，任凭麦草拥抱、摇晃、亲吻，柔情拍打，口中喃喃，一点反应也没有。麦草稍稍清醒过来，发现满眼苍黄，哪里有什么三玉？她抱着的也只是一捆枯萎的玉米秸。

醒来，她正紧紧搂着枕头，枕头还让泪水浸湿了一大片。

老人们常说托梦托梦的，这是潘三玉的托梦？在那边他没找头，还等着她，这让她很是激动。又想，打入他们内部，让他们起矛盾、纠纷，又是何意？思想到鸡叫，她似乎明白了什么，但似乎又什么也没弄清楚。

昨天上午，高且源来到开心农场，手里的那把纸扇，扇几下合上，合上又扇几下，很是洒脱。又一会儿指东，一会儿说西，说都要认真负责，让租户们满意，把开心农场办成整个旅游景区的亮点。张望一下四周，目光落在正叮着树上一颗烂枣的马蜂上——麦草感觉一定看见了她——高且源又交代周小莲，抓好人员管理，像经营企业一样经营开心农场，能计件的计件，能量化的量化，按地块、按沟畦落实到每个人头上，不负责的、不出力的撵走，不用。麦草缩在那棵枣树后，听着高且源的话，心想一定是在说她。她又想起潘三玉，如果还活着，她还受人家支使、看人家眼色？她也想起潘三玉的"托梦"，让他们不得安宁，他们是谁？村干部？高且源？定是他，是他们。天黑人们走后，她穿行于暮色里，这块地里摘根豆角，那块地里摘个辣椒。她要发泄私愤，让租户们气恼——她是在电脑上开心农场学来的，周小莲说咱负责开心农场，都要在电脑上种开心农场，电脑上怎么办咱怎么办——这般柔弱的发泄，她也觉得是报了深仇雪了大恨，回到家一觉睡到大天亮。

留住躲在暗处，看着麦草——他常常明里暗地里看她，简直是在欣赏她——把麦草的作为看了个清。但他没说，不说，他保护麦草，从心里。

不是高书记、相主任，我能在这里干？这么惬意？留住想着，一边把镢头、锄头、铁锨上的泥巴抠掉，又抓起一把一把晒蔫的野草擦拭着，一堆堆农具便锃亮起来。

留住每天如此，把用过的和久不用的农具一一擦拭干净，再一排排摆放好，让它们静候它们的主人——城里来的租户——随拿随用。那些小用具，刀、剪、铲、镰，留住也像对待一件件艺术品，丝毫不马虎地擦干抹净，整齐地排成一队。留住说，它们脏兮兮乱七八糟的，他心里就长草。

留住腿瘸，确切地说是从脚踝往下没有了。

那天，他拘谨又坦荡地给麦草说起了他的瘸。

那年他在关外干泥瓦匠，到年底领了一万多块钱，心里敞快得去火车站是哼着歌去的。他想，马上回到家里，把钱交给他爹，再加上以前的积蓄，一开春就盖房子，要盖两层半的小楼，比他前面那家要高出半层，把他们比下去。他也想到下步，盖上小楼，托人给找个媳妇，娶回家，再生个儿子或者闺女。到那时，媳妇在家种地，他每年还要出去打工，会更卖力，不管脏活还是累活，只要挣钱就干，一年挣上个几万，到春节就回家，路上想着媳妇抱着孩子或者牵着孩子的手，在村头翘首以盼。当然他也想到，包里不能光是他的脏衣裳，还要有给媳妇买的新衣服，粉红色羽绒服就好看。还要有孩子的小花衣、玩具、糖果。巧克力？棒棒糖？到村头，孩子一见到他就扑上来，爸爸爸爸地叫，媳妇还要悄悄地碰碰他手指，还有几分羞涩。人，活到那个份上，多幸福！

麦草听着留住诉说，脸上显出好久没有的笑意。

可是留住接着给麦草说，他的梦让人家给打破了，他说也是自找的，自己给自己打碎了，碎得很响，像他有一件宋代官窑的国宝级瓷器，正抱着去卖，忽然跌倒在地，失手了，嘭的一声，两手空空了。碎片刺得他心疼。

他哼着歌走着，一位女子穿着粉红色羽绒服迎面过来。他说很妖冶，叫他大哥，问他休息不。他还没来得及回话，她便掺住了他的胳膊，也扑来一阵香味，让他浑身一阵酥麻。

麦草捂捂脸。

留住继续说，那香味很迷人，他长那么大都没闻过，整天闻的都是酸臭的汗味。他被迷魂住了，想，上车还有四五个小时，休息一会儿也好，才要五块钱，便跟着那女子去了。

不干好事。麦草说。

七拐八拐，稀里糊涂，到了一家旅社，走进一个房间，床单煞白，红灯昏暗。走进去，那女子没有立即离开。他说，也好，再闻闻她身上飘来的香味。陶醉着，正暗暗使劲地再嗅一口，突然门被踢开了，几个虎彪大汉冲进来。

跑啊。

他说，他是兔子的老爷也跑不了。逮胳膊的逮胳膊，掐脖子的掐脖子，摁住了他，让他跪地上，说他勾引人家的女人。他张开一口黄牙说，看看他这副嘴脸，不是吃天鹅肉的。但最后还是头破了，血流了，他又稀里糊涂，躺在了车站广场上。一觉醒来，一摸兜里，钱没有了。一分都没有了。

麦草低下头。

他说他欲哭无泪，但还得回家。绕了一下午，从下水道里爬进火车站，看见有拉煤的货车正呼哧呼哧地要开跑，他爬了上去。三天两夜，没吃没喝，最要命的是冷。他说，关外的腊月天，又在呼啸的货车上，风嗖嗖的，没点遮挡。后来他便什么都不知道了。到现在也没弄清是在哪个火车站把他卸下的。他说出了地址，车站的人安排他回了家。

回来以后的事，村里人都知道了，他捂着脸说，他爹用排车拉他到市人民医院，医生说要保命得截肢。哧哧几声锯响，他再被拉回来，把鞋子省了。

人活着都不容易。麦草抽动着肩头，抹眼泪。

在开心农场里，麦草经常和留住一起坐在地头上，说说话，拉拉呱。麦草身上也有香味，尽管不像留住在车站上遇着的那女人的香味，浓香扑鼻，不过留住感到也好闻，时常搅得他的心像雨点敲打的水面，荡起一圈圈涟漪。

这些天，留住常坐在屋前那棵枣树下，一边给"地主们"烧开水，一边收拾农具，还一边瞅着田野里。

西移的太阳把它金色的光辉洒满东边的山峦，让绿更深，一片片的红似火。田野里，一朵艳艳的黄瓜花一动不动，凝望着它旁边的麦草，也仿佛像他有无限的心事。麦草穿了件粉红的短袖衫，衬在一垄垄豆角的深绿中，更显出柔和、亮丽。她迈着敏捷的步子，在菜地里走来走去，又灵巧又轻盈。一会儿弯下腰，看看灯笼一样的绿的紫的红的辣椒，一会儿又直起腰身，轻抚下一串串嫩嫩的豆角。她也是这土地上的一株庄稼，留住想。

一个生了虫子的大枣落在留住身边，他捡了起，把核和虫咬烂的半个抠掉，手里擦下，嚼出满口的甜。

透过旋转着彩色光环的一束阳光，留住眯起眼睛看看满树的枣子，目光又落在麦草身上。我该去爱一个女人了。

在寂寞漫长的玫瑰色的黄昏里，在人们都走后田野里的寂静，他更是想麦草。有一次，他完全沉浸在他的幻梦中。麦草又坐在地头，他也坐那里，坐在麦草身旁，眼睛直盯着麦草。麦草面颊蒙上一层薄薄的红润，低下头。他说草儿，我觉得我喜欢你爱你。麦草微微一笑。她的笑，给他一种冲动和勇气，让他猛然搬过她的肩头。麦草闭上了眼睛。他轻轻吻她一下额头，她不动，他便狂吻，她的秀发，她的面颊，她的颈脖，她的唇。

他醒来还倚着那棵枣树，太阳的温暖从树干上传到他的后背，唇上似乎还有麦草唇上的湿润。但就是这似梦非梦的幻想，也使他兴奋得痴醉，变成了他日复一日下定的决心。我该去爱她，像对待一棵庄稼那样好好对待她。我后头还有不少日子呢。但他一回到现实中，一想到自己的残疾，空空的两手，想到潘大金兄弟们，想到世俗的眼色，又会变得垂头丧气。不过，却似乎又有一个声音在对他说，不要怕，只管爱。

月儿爬上树梢，洒下如水清辉，让远山更幽静，旷野笼罩在一片神秘里。留住走出屋子，伸出粗粝的两手，试着掬一捧月光近前看看。踱到田头——这片田麦草下午刚打理过——盘腿坐那儿，抓起一块土坷垃朝正有虫儿啾啾的地方掷去。他要熄灭那啾啾声，他想一片宁静，他要听嫩黄的黄瓜花、淡紫色的豆角花、白的紫的茄子花、辣椒花，所有花儿们的柔声细语，他要跟它们交谈。他觉得生长着的万物都有灵性。种自家地时，他专门留了二分地实验过，种的玉米，他把它们当作当年讹他钱、致他残的那几个人，不给它们好气，不给好脸色，还拿镢头往地上砸着，恐吓、诅咒它们。到了秋季，他眼看着它们长的就不怎么样，歪儿吧唧，猥猥琐琐，结出的玉米棒子，个小，籽粒秕。后来他想，它们为他生长，不能把气撒在它们身上。第二年，他对那二分地的庄稼态度好了，夸它们，有时给它们唱歌听，觉得再种出的玉米就苗壮了，结出的棒子比其他地块也大不少。

此时，凝视着透过叶儿们落在地上的细碎月光，他又和庄家们和花儿们说话。好好生长，她照顾得你们多好，我怎么变不成你们？她对你们好是吗？嘻嘻，她好吗？嗯嗯，她好。我在她面前怎么才能说出她好？帮帮我，让我说出来，明天给你们浇水、施肥、唱歌，让你们不受一点委屈，没有一点烦心事，你们也帮我去掉烦心事好吗？

"谁帮你？什么烦心事？"

冷不丁的一声，吓留住一跳，"我的娘，你？"留住看清来人是麦草，刚才起涟漪的心顿时起了波涛，"怎么又来了？"

麦草哧哧笑："和哪个女的拉呱？"

"遍地女的。"留住目光漫过朦胧月色下满地的庄稼和庄稼们的花儿、果儿。

麦草犹豫着坐在留住身旁。

"我听了半天，以为你找了个女人呢。"

"找女人？"

"嗯。"

"唉……"

"唉……"

"这么晚，有事？"他问完，又有些后悔。来的不正好吗？

麦草盯着留住，不言。

这些天，麦草一躺在床上，脑子里除了转悠潘三玉，眼前就会浮现出留住温情又火辣的目光，心里充满逝去多年的喜悦。她感叹曾经的过去，也思虑前面还有的不少日子。人需要怜悯和爱。那天他还替我摆平租户们，不然事情闹大了，闹到高且源那里去，闹到"110"那里，我又不担待事，拘留十天半月，再颠颠回家，还有脸见人？左邻右舍不指戳烂脊梁骨？但一想到他的瘸，她又少了底气。不过又想，我又能怎样？人老珠黄了，人们暗地里还说我克夫。唉，再烦再恼，只要有口气日子还得过。

麦草给自己找着和留住好的理由，像在荆棘中的挣扎，她要摆脱一切的束缚。

今晚，在家吃过晚饭，收拾停当，照顾儿子睡了——大女儿上了初中，住校。打开电视，却怎么也不能安心地坐下来，走进电视里卿卿我我的生活。她索性上床。然而透过窗的皎洁月光又在她眼前明晃晃的，好像热火，搅得她心里燥热。她又索性起身穿衣，轻开家门，踩着街上房屋、树木的阴影，悄声走出村子。又踏出满乡路轻柔的沙沙声，走进空旷的田野。她不知道自己怎么就来到了她日日守候着的这片开心农场。

月亮时而隐没在青灰色的云层里，时而露出脸，把淡蓝色的温柔的光，撒在周遭空旷的寂静里。几滴露珠挂在豆荚叶上，一闪一闪地亮着，仿佛天上掉下的几颗星星。除了虫儿的低吟，庄稼们吱吱的生长和微风的沙沙声，没有什么扰乱此刻的安宁了。

"刚才我在跟这些花儿拉呱。"

"花儿能听见？会说话？"

留住不正面作答。

"这花瓣，你看，娇嫩得叫人怜悯，花蕊中这茸须，你忍不得心去触摸。人如果能小下来，住进去，就真是仙子了。仙子有男的吗？"留住瞅着麦草，继续说，"月下，有时我坐在地头，我不能变小，可我能把心矮下来，放进花蕾中，就能听见它们在私语，轻软、甜蜜得像纯情的小公主。我听到它们在叙说自己的心事。当然，相对于我们人类来说，它们也没有什么大不了的心事，只是一门子想法，说好好生长，长大、开花、结果，说要对得起主人们。"

"听见了？真这么说？"麦草惊讶地看着留住。

"真说了。"

"说你没有？"

"说你了。"

"我？什么？"

"对它们好。"

"我怎么听不见？"

留住沉默。

麦草叹口气："我变不成仙子了，要变，也是老巫婆。"笑笑，又追问留住，"还说什么？"

淡淡的花香和庄稼、青草的芬芳四散着。

"你好。"

"好？苦吧？"麦草掐几朵狗尾草，编织出一只小狗，抚摸着，轻柔得像抚慰一个婴儿入睡。

"你想过没有？这些庄稼们都不娇气，要求也不高，旱点、涝点，刮场风、下场雨，低低头就过去了。我们也要像它们那样。人活着，哪能不遇到些难处？像这株豆角，根扎着扎着可能要遇着一个石块，怎么办？不扎了、不活了？那可不是它的性格。拐个弯，绕过去，伸长，深人，说不定就是一块沃土。人，心里不能老是装着旧事、烦事。心里这些事一多，就装不下好东西了，就蔫了。"

"怎么不是！"麦草转过脸，看留住一眼，又看茫茫夜色，"可，说是这么说，火炭不落在谁脚上谁不知道疼。"

"我一直被火烤着。"

"我是在火坑里。"她把编织的狗尾草小狗拧得首尾相接，好像转几圈咬住了自己的尾巴。

"麦草。"一种冲动撞击着留住的心。她也难，也不容易，不能再等了。他声音发颤，"草儿，我是癞蛤蟆，想吃你。"情急之中，他冒出这话，身子往麦草这边一靠，紧紧拦住麦草肩头，搂进自己怀里。

六

村里的"两街一场"建设，高且源看到不少村民按照要求，刨树、清理杂物，行动了起来，披一身灼热的阳光，走在街上，不少人朝他竖大拇指，让他听得那一老槐树麻雀的叽喳也是欢快的。他又组织召开村"两委"会议，研究建设资金问题。潘成功把那老瓦屋要了去，如意了，替高且源说话，提议高且源的爷爷那八万元也算捐款，让群众都知道，再发动群众捐款，能捐多少是多少，他说也算是个宣传，凝聚人心，不足部分再想办法。

那八万多元真的要捐出去修建半截楼，高拧筋知道了。

这段时间，高拧筋干得可谓是称心如意，他说半生了没干过这么享受的活。中午吃饭百十号民工，有两个帮厨，负责刷锅、洗菜、切菜、烧火等全部下杂，高拧筋算是大厨，负责灶口。除了晚上一顿张风旋吃饭外，没有小烹小炒，都是大锅菜，炖菜，不需要多少技术，地里摘来的新鲜茄子、豆角，铲下的白菜，刨的土豆，熬好油，煸好肉，半盆葱、姜、花椒、大茴香、小茴香、干辣椒倒进去，几勺酱油一冲，香味顿时吱啦一声弥漫半个山坡，高拧筋大铁铲子一敲锅沿，帮厨的两人抬来洗净、切好的几筐菜哗哗捅进去，他再大铁铲数次翻动，菜蔫了，加水，放盐，煮熟，添醋，撒味精，分到十几个盆里。咸乎、辣乎、热乎，合乎本地人口味的"三乎"，就合乎了人们的口味。下工的民工，十人一摊，端一盆菜，找个树凉地，一人分一碗，一手抓五六个馒头或烧饼，就着闷热的湿润空气，吃出满头和满脊梁骨汗水，直朝高拧筋晃动大拇指。下午，他骑车到地里、街上再操兑①来第二天的饭菜，轻轻巧巧，一天的活完了。

除了活轻巧，高拧筋和两个帮厨还能沾些光。像原来潘三玉在村里给村干部开伙一样，碗里往往是一层蔬菜盖着的半碗肉，蹲在一旁吃得满嘴流油。高拧筋干得悠哉乐哉，暗想不错，心里感激高且源，感谢张主席。当然，感谢张主席，高拧筋还有实实在在的动作。张主席一直在乡镇工作，以前吃吃喝喝是常事，练得有些酒瘾。现在，各级规定中午不能饮酒，在工地吃饭又这么多人，大眼瞪小眼的，他便不能喝点。高拧筋理解张主席所需，把多些肉的那碗菜端到张主席面前，再拿张主席的水杯，说倒些水，却端来半杯有二三两白酒。酒香四散，众人心知肚明，马一腾还要扇扇鼻翼，但都不说破。老领导、老同志了。张主席也笑呵呵的，呡一口，说老高手艺不错。高拧筋搓着手，笑，好心情能受用好几天。

---

① 操兑：多方筹集钱物。

现在那八万元真要贡献出去了，高拧筋的好心情被打破了。高且源上任这么长时间，修建半截楼的事一直没动静，高拧筋想高且源可能忘了，可能觉得不易干放弃了，原先只是心血来潮。他也想什么时间跟大哥高占坡说说，把钱分了。不想，事实又摆在了他面前。

晚饭，高拧筋用心做了几个可口菜，又拿出自己买的几块钱一瓶的白酒，在临时指挥部前的空地上架起桌子，喊来张风旋。

"咱听党的话，不吃公家的，今天我请你。"

张风旋就着透过来的灯光，就着漫山野的月光，盯着小桌上的酒菜，哈哈笑。

"百把号人吃喝都是你买你卖，哪里抠不出几瓶酒钱？"比我当总经理的油水都大。

高拧筋立马涨红脸，把一个小凳子踢得翻了个个。

"那是怎么说的？我好歹是个党员，能那样？"又摆出一个大度、不计较的手势，"叫他俩来？"指看夜的高占巧、潘二银。

张风旋又一阵哈笑。

"好好好，不错不错，有觉悟，是革命的好同志。让他们来，都来。"

张风旋笑得让高拧筋瘆得慌。

现在，高占巧、潘二银如愿地在工地看上了夜。

那天他们商量半天，决定去找相兴旺。根据约定，收工后天一抹黑，二人便在村小商店门口碰了面，一人拿出五十元钱，凑够一百，潘二银拿出的还是四张十元的，九枚一元的和十枚一角的硬币，从小商店卖了一条香烟。

去相兴旺家的路上，不知是累的，还是让潘二银比试的，高占巧走起路来也一歪一斜。两人走着，同时向外歪，又同时向里斜，两步一抗膀子，商量着谁先开口、怎么说，来到相兴旺家。

相兴旺正一碟花生米、一盘炒鸡蛋在自斟自饮，看到二人，欠了欠身，说，正好，喝杯。高占巧搓着两手，很想把杯子捏起来，嘴上却说，不喝不喝，我们来想夜里看工地。潘二银把那条烟放在相兴旺面前的茶几上，也开口道，我在山里睡觉最激灵。

相兴旺拿出两只杯子、两双筷子，斟上酒，一人摁在一把小木椅上，说，喝酒，两三人才有意思。高占巧盯着酒杯，又搓手，说，我一个人不喝酒。又说，干活累了顶多二三两。潘二银咽口唾沫，不由衷地说，我自己喝，苦。

看到相兴旺给拿杯子、筷子，又安了座，再想到是在村主任家喝村主任的酒，高占巧一副受宠的样子，坐在那里，两手小学生样夹在两膝之间，轻轻摩擦着。他要摩擦掉手上的灰土，也要把激动和抖颤传递到腿上，传到地上，让手不哆嗦。心里却像灌了一大碗蜜水，甜。相兴旺几次劝，他才把手慢慢伸向杯子，端了起，小啜一口，嘴咂得叭叭响，道，真好，主任的酒真好。

潘二银一大口灌下去，好像一个火炭钻进了肚子里，随后，又一阵热流顺着脊梁骨腾地蹿上头顶，脑子里的灵光轰一下被打开，说相主任真是好人。

相兴旺心里蜜甜，拿出大领导口气问道，对村里工作，群众有什么反映。潘二银抢在口吃的高占巧前头先开了口，说，顶呱呱，没说的。高占巧不甘下风似的，举手拦着潘二银，口吃着说，都说好，说相主任又有能力，又能干，又不狂，心又正，见面说话拉呱都是笑嘻嘻的。看看，还让我们喝酒。

我和且源书记多次交换意见，相兴旺依然是大领导口气，我们想法一样，只想给兄弟爷们办点事。

你把我们的事办了，保证一木一石，一块砖头都不少。高占巧说着给相兴旺端酒、敬酒。

潘二银也起身帮着端杯子，还顾着说，俺爷俩不给你丢脸。

你们要维护好我的工作。

高占巧"是是是"，没口吃。

潘二银头点得停不下来。

看着那条烟，相兴旺暗想，不孬。

现在，张风旋、高拧筋、高占巧、潘二银四人又坐了一起，他们常坐在一起。

刚开始时，张风旋让高拧筋把中午的肉、菜偷偷留下些，人们都下工走了，晚上他们四人便坐在一起弄几杯小酒。张风旋几次对高拧筋、高占巧还有潘二银说，经手者自肥，近水楼台先得月，老祖宗留下的这些好词语、好话可不能让它废了。他也想起他当的那科长，真是肥差。每每他们四人都要喝得昏天地黑，大呼小叫，张风旋还要站在那高岗上，唱段京剧《智取威虎山》里的"打虎上山"、豫剧《朝阳沟》里的"咱两个在学校"，潘二银嘶哑着嗓子唱《酒干倘卖无》，高拧筋哼哼"解放区的天是晴朗的天"。有一次，喝得潘二银掉到山沟里睡了一夜，让蚊子咬得满脸、满身都是红疙瘩，还找高占巧的事。高且源知道后，下了规定，任何人不能再随便吃喝集体的，有时他还要到伙房里翻腾翻腾，看高拧筋又藏什么没有。现在四人收敛了许多，除了用点集体的油盐酱油醋，菜、酒都是靠自觉轮流坐庄，自己掏腰包。

高拧筋端起酒杯开了口："大师，给出个点子，看看我该咋办。"

白天，往山上背砖头、水泥、沙子等物料的女人们，常在上山半道的那棵橡树下歇一会儿，喘口气，张风旋常坐在树凉荫里的那块石头上，扇着芭蕉扇，等女人们上来歇息时，便说这个有福气那个命好，对有些姿色的女人，还要问八字，说鼻子说眼说面相，要给人家算上一卦，便得来"大师"这称号。

高拧筋又转向高占巧，筷子也指指潘二银："你们俩也帮我想想。"

潘二银像得了令，一块辣椒炒鸡蛋忙搋进嘴里，囫囵下肚，放下筷子，挺起胸，还辣得吸哈着嘴，连忙说道："你尽管说二叔。"好像高拧筋真需要他给支招似的。

高拧筋一口喝半杯酒，摸把嘴，开始讲述。他从头到尾把他爹留下多少钱留下遗嘱说想怎么着他大哥高占坡要怎么着高且源准备怎么着现在要怎么着，一五一十给三人一口气说完——这期间，高占巧、潘二银还有张风旋已比高拧筋多一杯酒下了肚——问道："咋办？你们说。"两手各伸出四根手指，"八万多！"一只手又拍拍自己胸口处的衣兜，好像要把那四根指头装进去，"一家四万多。"

张风旋大腿一拍："好事。"

"往外扔钱好事？"高拧筋起身做出掏张风旋腰包的架势，"把你的钱拿出来给我们，看你心疼不？屎力不出，一个月还领那么多。"潘成家和高且源、相兴旺商定，现在一个月给张风旋五千元工资，并给张风旋许诺下，以后核定领年薪。

张风旋坐在刚才高拧筋踢翻的那个小凳子上，高拧筋要掏钱，他躲避，却仰面朝天倒去。"别闹，硌我腰。"张风旋被潘二银拉起，又道，"我说的是真话，你爹的钱，不是你的，假如你爹当年吃喝嫖赌都花光了，你也说不着什么。"拍拍两手泥土，捏起几粒油炸花生米放嘴里，嚼得咯嘣嘣响。

"是是。"潘二银点头像石臼子捣蒜。

"是你娘的腔。"高拧筋抬脚把坐在两块砖上的潘二银蹬倒。

潘二银仰卧地上。

"不是不是，二叔。"

高占巧拍拍高拧筋手臂，像是要把他的火气压下去，说道："他老人家活着时，问你要几个你也得给。"

"老的无过天无过。"张风旋说，"遗言比圣旨，违背了来世做骡子，只让它开口叫不让它说人话，那个东西还不管用。"一脸严肃，真事似的。

高拧筋瞪眼。

"让你变成母骡子，连那个东西都没有。"

"说正经话。"张风旋知道抬杠抬不过高拧筋，正经起来，言道："你这样想，你能阻止得了？"

高占巧替高拧筋摇头。

"俺二叔是老实人。"潘二银酒杯不离手，替高拧筋说话。

"识时务者为俊杰。像搬山，你明知道搬不动还绞尽脑汁整天去想，累得头疼，还想费劲地去搬，那不是'半熟'①？脑子不会转个弯儿？愚公移山，怎么叫愚公？憨，傻，笨，蠢，呆驴，'半熟'。不会搬家，搬走自己？现在搬迁扶贫不就是搬走自己？"

"有道理。"高占巧道。

"俺外甥就是会说话。"潘二银放下杯子，两手拍着。

"给你哥说，你出面捐，多有面子？"张风旋又道，"那四万块钱，你可以再想想别的法。"

高拧筋这次没有跟张风旋抬杠，默不作声，像是在把脑子调个方向。

"听说电视台也来。"高占巧打个酒嗝道，"你露露脸多光彩？"高占巧不反对高且源，有时他还想，高拧筋拧筋得真够意思，为着两个钱，

---

① 半熟：熟，本地人发音 fū。半熟，原指食物没完全烧熟、煮熟，本地常用的骂人的话，指愚蠢、不明白，处事不成熟。加上说话人神情，了知骂的程度。

弄得自己不痛快，别人不舒服，真是穷急了，饿迷了。

高拧筋顺了他们的思维："真不知道上电视是什么滋味。"

"我上过，"潘二银早进入了酒的状态，"对着镜头、话筒说不出话来。"

理了理，高拧筋心里的疙瘩似乎解开了。事已至此，阻挡是阻挡不了了，不如顺水推舟，做个人情，日后再说。高拧筋晕晕乎乎地想，钱算王八犊子。

酒场散，高拧筋歪歪扭扭往家走。天上明月，地上清辉，夜风习习，高拧筋似乎第一次感觉到山里还有这么好的夜晚。白过了，白过了。跟跟跄跄，高拧筋滑到路边沟里。草真香，软乎乎的，在这儿睡会儿。明天上电视，说点什么……

山峦静处，树林森森，一阵猫头鹰的厉叫划破空旷，高拧筋猛然惊醒。

这是在哪了？他不敢翻身，怕掉下床，先伸手摸床沿，找床边，却摸到一把滑溜溜冷冰冰的东西。蛇！他脚手并用爬出泥沟，爬到路上，撒腿爬出几百米远，蹲在路边抽支烟大口大口地喘好大一会儿。怎么睡那儿了？昨晚说了什么？明天捐款？四万元要打水漂了？高拧筋的想法像弹簧没有了压力，又回到了原状。打工一年的汗水！四点了，天明了，对，像"大师"说的，脑子转个弯，给且源打电话。

"且源，借给我几个钱，你以前说过。"酒后睡了半夜的露水地，嗓子干得冒火，高拧筋声音沙哑，像是刚哭过。

高且源还在睡梦中。高拧筋想着的就是要不分时间，半夜三更打才好，显出自己的着急。

"真是没点办法，想了一夜，我，你婶子一夜没睡，商量来商量去，非得麻烦你。你知道我支持你，只是我急用。"

高且源也听出二叔好似一夜没睡觉的声音，问道："你说叔，多少？"

高拧筋顿时喜上眉梢，朝空中伸着五根指头。

"三万吧，原打算借五万。"他有意避开四万，心里想，那一万下一步再说，"这些天我又攒几个。"又加一句，"一早就用。"

高且源说："一会儿到村给你。"

事情原来这么简单？还整天愁得一头大疙瘩。看来，用刚强得不到的东西，以平和反而能得到。世间的事就得转个弯，摁着死蛤蟆捏尿，一头撞到南墙上，永远成不了气候，做不成大事，那真是"半熟"了。

电话后，高拧筋心情明朗得像东方将破晓的天空，颠颠地往家里走，一边又哼唱起"解放区的天是晴朗的天……"

这时，一只野兔忽然从北面玉米地里窜出来，跑到路中间。高拧筋看了见，停下脚步。野兔看见高拧筋，不仅没有逃窜，反而两个前爪支撑着，两个后爪放平了，屁股沾地，面朝高拧筋坐了下来，湿漉漉红润润的两只大眼睛还不眨地盯着高拧筋。高拧筋紧张、气急、败兴，跺跺脚要轰它走。野兔不理睬，咧咧豁嘴，像是在说什么，尔后，两只前爪抬起，朝高拧筋拱一拱，头又往地上点一点。这两个动作做得有模有样，几近完美，就是作揖磕头的动作。村里人很忌讳野兔在前面横穿路，俗称"拦路"。这一大早里，它不光拦了路，还又是作揖又是磕头的，高拧筋不禁起了一身鸡皮疙瘩，大喝一声小野羔子，一边弯腰摸起一块石头投去。野兔不慌不忙起了身，随后大摇大摆穿过路，颠颠地向路南的地瓜地跑去。高拧筋呆了，摸三把竖起的头发，又掏出一支烟，打火几次才抖着手点着。怎么回事这是？蹲路边一口把烟吸半截，回了回神，高拧筋突然跳起来，给我指点？

自从他爹留下只言片语说村里有宝物，高拧筋对于寻宝可以说到了痴迷程度，还经常做梦，梦见在小时候常翻腾的床头边的三抽屉桌内，找出一些古钱、玉镯、玛瑙、酒樽，还有其他铜器，急着醒来，摸摸床头，却什么也没有。他爹说的全村的"传家宝"的事，他可是一直放在心上，也几次地想，传说中的村里北宋时期做官的那位高姓人士就是自己的祖上（但不知谁是他的嫡系），他留下了宝贝？在家，下地，现在在工地干伙房，他都要时时刻刻瞅瞅四周，往远处，看看有没有特殊地形；跟前，见到些奇形怪状的石头、砖头，灰不留秋的碗碴、泥罐碴，也要捡起来把乎一阵子。他还经常看电视的《寻宝》《鉴宝》节目，看一档子，把家里的盆盆罐罐、桌椅板凳甚至锨镢锄镰摸拉一遍，看看有没有特殊的纹缕，有没有不像字的字。遇到件宋朝官窑瓷器、越王的宝剑，几十万几百万几千万的，不一下子发了？还种什么地？

　　想到野兔是在点化他，高拧筋疾步来到野兔刚才坐的地方，顺着它走去的方向追去。跨沟过坎，见到土坷垃踢破了，小土堆徒手挖了，直追到小河边，跑到原来村里的乱葬岗子，放眼一块块高低不平的青绿地瓜、花生地，除一座长满荒草的孤坟，不见野兔踪影，也没见什么是特别的。他又折回，钻进路北的玉米地，顾不得脸、胳膊被玉米叶刺出一道道血痕，顾不得玉米花粉和着露水沾他一头，给他打扮个大花脸，呼哧呼哧蹚好大一段粘泥，还是没有什么别致的发现。奇了怪啦。回到路上，打量着莽莽原野，高拧筋一脸茫然，也垂头丧气。赶走它，真是发贱。不过，他坚信野兔是在给他指点藏宝贝的地方。河岸的高崖上？那座孤坟里？夜里醉卧摸到蛇的那地方？看到有人陆续下地，他怕被他们知晓了，只好暗暗记住路边那棵歪脖子树，怏怏地往家里走去。

　　高拧筋带着几多兴奋也带着懊恼回到家里，媳妇问他喝一夜？他说好事好事，一边脱下泥污的衣裤，洗刷干净自己，又特意找件短袖白衬衫穿上，急忙来到村委会门口等高且源。聋子见到他，问道："又有喜事？"高拧筋有喜事大事，譬如吃喜酒、进城、走亲戚，才会打扮得这么整洁、整齐。

"天天有喜。"

挨着墙根，高拧筋走来走去。他不能停下，一停下来心跳得更慌。聋子有几次跟他说话，他都没回声。聋子的话没入他耳。高且源答应了，硬邦邦的三沓钱要到手了，晚上就着灯光数数，那光芒比金光还要亮，沙沙声比歌唱还要好听，那感觉，说不出来。世上没有比干数钱这活更舒服的了。不过他又怕高且源推三推四，拿不来钱，也怕高且源不给他好脸色，把钱往他脸上一扔：拿去。那样，他这张老脸就真没地方搁啦。

相兴旺招呼着布置捐款现场，横幅已拉起，红纸糊的捐款箱已摆上主席台，很耀高拧筋的眼。

高且源自驾车走来，高拧筋忙迎上前去："且源，我真没点办法。"两手摊着，像是让高且源看看他手里真是没有什么招，也像是说空空的两手可以拿钱了。

"三万，叔。"高且源把一个纸包递给高拧筋，"这段时间手头紧，你先拿用，不够再跟我说。"

"真是好侄子。"高拧筋拱拱手，跟刚才野兔一个架势，接过钱，眼圈唰一下子红了，"真好真好，且源。写个借条？"

高且源一笑。

钱，沉甸甸的，很压手，也压出高拧筋一些愧疚。唉，钱啊钱，你是亲爹祖老爷？叫人想你、为你、宠你、爱你、贪你、挣着命挣你，除此，亲情、面子、廉耻，甚至小命，都算狗屁，都一概不顾了。谁想起的造你、用你，揣着你像大爷？让你像野草一样多、一样疯长，野火烧不尽多好？像小孩骂的誓、跟别人说的疼一样，没点用处多好？

"钱？捐那么多？"潘大金见高拧筋抱着个纸包，凑上来问。

"药，中药。"高拧筋往腋下掖掖，又说，"是得捐款，是好事。"

"你病了，吃药？"潘大金问着，心里想，太阳打西边出来了，你说是好事。

高拧筋跑到家把纸包冲妻子一晃："要来了。"

"够了？"

"不少。"

把纸包锁进柜子里，高拧筋便来找高占坡。

"钱，咱捐吧。"

"又想捐了？"

"咱爹的话咱得听。"高拧筋说得很体面。他猜想借钱的事高且源是不会给他爹说的，从高占坡神色、举止上，也看不出他知晓此事。

"坛子一直没动，抱去吧。"

高占坡的话正合高拧筋心意，但他还谦虚谦虚。

"你是大哥，你捐。"又怕高占坡真出面，抢了他的风头，忙说，"咱一起去，咱爹的心愿。"

捐款现场，人头攒动。高且源在讲话："不强求，随心意，愿捐的捐；量力而行，能捐多少是多少，一块不少，一万不多。"

人们私语，观望。

聋子先走上台："我拿二百六。"四望着，咧嘴笑着，把钱高举着，"老年义务队半个月的补助。"

"钱不在多少，这是精神。"潘成功叫道，"我学习，我拿二千。"

人们睁大眼睛看着潘成功。

"我捐五百，老年义工队一个月的补助。"三麻子说着走上台。

潘大金来看热闹，悄声问潘二银："你捐？"

"咱捐点。"高占巧接过话说。

潘二银能在工地看夜，早想报答高且源和相兴旺，也说："咱捐点吧大哥，我想捐三百。"

"二孩，先借给我一百，我没拿钱。"高占巧对潘二银道，"你们大款，我不能比，我捐一百也不少。心到水也甜。"

潘大金说潘二银："捐那么多干吗？到时候看我的。"

高拧筋抱着坛子挤开众人，往主席台上走着，还没忘记招呼高占坡："大哥，跟上。"把坛子往桌上一放，"我们捐一坛子。"

人们吃惊。

这回大方了？

他爹留下的。

他爹留下的也是他们的。

"同志们，这是咱今天的重头戏。"相兴旺大声说，"咱故去的老老书记，一生省吃俭用，不吸烟，不喝酒，不吃嘴①，留下钱来，捐了修建咱村的半截楼。老书记高占坡同志，还有老党员拧筋二哥，遵照老老书记的遗愿，把钱一分不留地捐出来，我很感动，我们大家一定也很感动、激动。这是一个老党员、老书记公而忘私、一心想着我们的高尚情怀。别的我也不会说，让我们鼓鼓掌，给老老书记，老书记，拧筋二哥鞠个躬，表示我们的敬意，感谢他们对村里的支持，对我们村的关爱。"

台下掌声一片。

相兴旺昨晚在自家院子里转悠到半夜，想词，为今天主持捐款准备腹稿。他想表现出自己水平，不能让马一腾、潘大金整天口口声声说他"老黄牛老黄牛"的，也想让村民们看看，别光觉得高且源有能耐，一讲一套的，他也不比他差，也能说会道。他也想到，这段时间他尽管使了不少心思，但高且源却依然像扎了深根的一棵大树，晃晃不动，搬搬不

---

① 吃嘴：吃零食。嘴馋，贪吃。

倒，不如先顺了他，日后再作打算。又想到，工作上高且源没有拿捏他一头[①]，界定山开发还让他负责施工。还有那一万块钱的事，像一块石头压在他的心头，让他不能轻松，万一败露了，不指望高且源遮风挡雨，起码别让他觉得犯到他手里了，嘲笑，落井下石，痛打落水狗。而此时此刻，那么爱财、贪财、计较的高拧筋也大大方方地捐了钱，一泡尿的巧也不放过，也要憋着跑上里把路撒到自己地里的高占巧，还捐了一百元，让相兴旺更是感触颇多，甚至在想，什么时间把那一万块钱的事给高且源说了，能给人家划坟地，把钱交给村里，不能，干脆还给人家，不再受这份煎熬、折磨了。他想着，说道："我捐五千。"

又一片掌声。

"老人家一直有个心思，想把半截楼修建了，别再让人家半截楼半截楼地叫咱们村了。"高占坡说。

高拧筋见市里电视台的录像镜头对准了高占坡，忙挤过来。

"我支持俺爹决定，支持俺侄子，大哥说捐钱，我思想斗争多少天，想通了，这钱，俺捐。"

钱从坛子里倒出来，四个人数了半天，八万两千五百一十六元八角七分。

"好。"人们高呼叫好。

"我也捐，"潘大金挤上台，"十块大洋。"掏出十块钱，还晃着，塞进捐款箱。

人们哄笑："大金捐大洋"

"我不能超过俺哥，我捐八块。"潘二银原计划捐三百元，让他哥一褒贬，主意改变了，掏一把毛票，一张张数着，撂进捐款箱。

---

① 拿捏：刁难、要挟。

七

一整天，界定山都像被放在了天地间这个大蒸笼里，紫色的氤氲从山谷里腾腾升起，弥漫着苍翠的山峦，笼罩着碧绿的四野，闷热让蝉儿鼓噪得嘶哑，枝叶无力晃动，那几只蝴蝶，似乎被潮湿粘住了翅膀，栖息花瓣，不再翩飞。临近傍晚，忽然一阵狂风裹挟着漫天乌云，从东北天际呼啸而起。撕不开的黑云如浮起的莽莽山峦，劈着旷野，劈着界定山翻滚压下。不能再承受了，一把闪亮利剑，猛然划拉几道，划出一阵阵隆隆声响，把乌云撕裂，把天空劈开，谁捅了老天的篓子，雨，倾盆而下。

猝不及防。

麦草在开心农场走一圈，把排水沟的堵塞都扒了开，正要回开心农场的办公房，雨便来了，她只好顶着自己一片巴掌，过沟、爬坎，踉跄跑着。

站在临时搭建的扣板房指挥部门口，张风旋正百无聊赖地看着水帘样的落雨，想着他曾经辉煌的往昔，感慨着落寞的今日，山里的孤寂，看不见希望的来日。"大雨落界山，浊浪滔天，""坑塘里面没渔船，螃蟹小虾也不见，何以解馋？往事越十年，曾经挥鞭，惨淡记忆一片段。萧瑟秋风又要起，还能身翻？"他一边咂摸、品味，一边自我欣赏。

"麦草？"雨帘中闪现出麦草身影，张风旋不由得脱口叫出，随后两手做成喇叭状，大呼："麦草三妗子，快来避雨。"

听见喊声，麦草不及多想，跑过来，一头闯进屋子。

"下雨了，不知道？"张风旋说着，递过一条毛巾，"看淋的，妗子。"

麦草抹净头发上、眼睑上的滴水，才看清眼前的人是自己的外甥张风旋，忙整理下湿透的衣衫，难为情地说："说下下了。"又跺跺脚，拧拧裤腿，脚下便留下一汪水。

"我们当不了老天的家。"张风旋站在麦草身旁，手不知往哪放，"把衣服拧干，妗子？"又试探着，"换身我的？"

麦草大幅度摇头，身子往门口挪去。

"下到什么时候？"

"当来则来，当去则去，当停则停。"他见麦草哧哧笑，觉得她可能听不懂这禅语，又忙补充句，"阵雨阵雨。"

麦草这才打量下，自己进来的是张风旋的办公室兼卧室，一套像小学老师的办公桌椅，一对单人布艺沙发，一个衣架，一个橱柜，一张床，床上一顶蓝莹莹的蚊帐，除此之外，还有一屋子的老男人味。她不禁问道："你住这里？大叔呢？"她口称的大叔是高占巧。

"都回家了，没事。"张风旋答非所问，"他们也不来我办公室。"

"我走。"麦草说。

"怎么走？"

"反正湿了，去开心农场也不远。"

刚才，看着西北天际一片炫黑，高拧筋也没来得及给张风旋做晚饭，对他说句糊弄着吃口吧，匆匆回了家。他要把他那只要下崽的母羊牵羊圈去。看夜的潘二银、高占巧，一个要回家抱晾晒在院子里的衣服，一个要从平房顶上往屋里扒粮食，也都急着家去了。指挥部里只剩下的张风旋，看到麦草被雨水如一朵野花样敲打着，眼睛不禁一亮，心也几乎要跳出嗓子眼。

平日里，他到山上工地去，常有意拐个弯路过开心农场，去找麦草，见了就闲扯一阵子，还不时开几句玩笑，惹得麦草笑着说他没大没小①、没老没少。张风旋也笑说你辈分大不是年纪大。潘三玉还活着时，他们就认识。张风旋来潘成功、潘成家家走姥娘家，每每也到潘三玉家里坐一会儿。他年龄尽管比潘三玉、比麦草都要大个十来岁，但他对他们俩却三舅、三妗子地叫得很甜，让潘三玉听得很是舒服，端着茶、递着烟说，还是见过大世面的，懂礼貌。

那天，麦草弯腰撅腚在开心农场里刨地，张风旋又来了，站在田埂上闲扯一阵子，随后走下田埂，说我替你干妗子，接过（简直是抢过）麦草手里的镢头，还顺手逮住了麦草的手，捏一捏，麦草抽回手，红了脸。他却不当回事，说，三妗子整天干农活，手还嫩得像大闺女的。麦草又说他没大没小，又说自己老了。张风旋真真假假地说，三妗子，你天天待在这山窝里，也没吃肚里，也没穿身上，大城市也没去过，好山好水也没玩过，福没享，罪没少受，什么时候我领你出去转转，看看景致。麦草半真半假半忧伤半惊喜地问真的？张风旋说外甥还能对妗子说假话？麦草继而问你有钱？张风旋说妗子，恁外甥什么都缺就是不缺钱。麦草说拿几万块我跟你看看外面去。留住瞅见张风旋又来了开心农场，又和麦草说笑，瘸着腿走来——他常常提防也反感着张风旋来找麦草——说张风旋，留着钱你自己玩去。张风旋说留住，我反正不领你去，瘸腿拉胳膊的。留住举起拐要落在张风旋身上，张风旋也不生气，躲藏着说，在姥娘门上，恁想怎么打就怎么打。麦草捂着嘴笑。张风旋不把留住放在眼里，继续对麦草说，还给你买几身好衣裳，连衣裙，旗袍，你穿上能比死电影明星。又说，想要什么买什么。说得麦草笑得直不起腰，听得留住心里酸溜溜的，举着拐说，滚。

---

① 没大没小：责备别人没礼貌，不知道尊重长者。

另一个时间里，在开心农场的一片豆荚秧架下，张风旋又找到麦草，笑说三妗子，咱明天走吧？钱，我又多了。麦草笑问多多少了？张风旋道七八万了。麦草撇撇嘴，有一百万再去。又不屑地说，仨瓜俩枣的能干吗？

　　麦草上次几万现在又涨到一百万，听似玩笑，其实也是她的真想法，这与潘大金的背后指使、唆使分不开。

　　潘大金那次在山坡上见张风旋在开心农场旁边的小树林里，和麦草挨那么近说话，还捏着麦草的手，气呼呼地回到家，把潘二银、潘四钱叫了去，说，你们还撑不撑梗①？二人一头雾水。潘大金接着说，咱不能让是人不是人的都蹲在咱头上拉屎。那个癞熊留住，整天和她死在一块儿；那个不要脸的龟孙外甥天天戳娄②她，成何体统？欺负咱没人、不行了？潘四钱攥头皮，潘二银依旧把他那个钥匙扣套手指上摘下来，摘下来又套上，幽幽地说怎么办，留着她你又不能照顾。潘大金瞪一眼潘二银。越来越不会说人话了。没反驳潘二银，而是对潘四钱道，那个癞熊，抽空揍他顿，把胳膊给他卸下来，成肉骨碌。那个龟孙外甥，给他说清，再这样，把腿给他砸断。潘大金一口把手里的烟抽掉半截，狠狠地想着，张风旋，你舅牛逼，投资和高且源一起搞开发，就从你身上下手，先让你陷进泥坑里，搅得他们散伙。再猛抽一口烟，继续对潘四钱道，问问他，有几个熊钱？烧什么熊包？发什么熊贱？他钱多，问他要，拿五十万。叫你三嫂要。

　　其后，潘四钱找到麦草说，俺三哥死得多亏，问张风旋那个熊外甥要一百万。潘四钱涨了价。麦草说，你三哥死得亏，钱，问他能要着

---

　　① 撑梗：维持局面或场面（多用于否定）。支撑住，承受得了。
　　② 戳娄：挑拨，唆使，挑起事端。逗弄，戏弄。

了？潘四钱说，三嫂你憨？他弄钱还不是开发山的？开发山的还不是高且源的？弄了高且源的钱咱不就解恨、报仇了？麦草醒悟般地道，那天夜里你三哥托梦让我破坏他们，我正愁着不得法呢，你说的是理。

那天傍黑，潘四钱在一块大石头后，晃着拳头对张风旋说，你大舅让我给你捎个信，再跟俺三嫂你三妗子搅和就砸断你的腿捣腔眼子去。又说，有本事你弄个几百万给俺。补充说，给俺三嫂。

此时，看着雨水打湿了衣服，被勾勒出凹凸有致线条的麦草，张风旋脑子里立即闪现出两个词：天赐良机，莫失良机。

麦草四十岁多点，整日的风吹日晒，田地里劳作，还是白里透红的脸蛋，也练就出丰润的身姿，性格也像山野一样敞开着，山花一样尽情而多姿、淡淡芳香四溢地开放着。

"妗子，咱旅游去吧。"

"有钱了？"

"有的是钱，咱下半辈子花不了。"说着，衣兜里摸出鼓囊囊的钱包，又从鼓囊囊的钱包里摸出三张银行卡，"二百多万，三妗子。"

张风旋兜里确实有几个钱了，还不少。

这些天，高且源、相兴旺怕潘成家资金跟不上，误了工期，他们一边给潘成家打电话要钱，一边又督促张风旋打电话要。马一腾每天更是真的假的，讽刺、挖苦、良言逼劝：嘴张得跟哈叭狗子样，光知道吃、喝，给你二舅打电话要钱！张风旋也只有满脸窘态，说要了要了，快了快了。

张风旋真给他二舅潘成家打过几次电话，有一次他试探着说钱的事，潘成家则说刚签了政府一个绿化大单，又准能赚一大笔。又说账户上不是还有二百万？悄悄打过来，这边疏通关系急用。又说你在那里坐住镇稳住他们，赚了钱一把付清投资，下步旅游开发搞得给板儿样，经营你也在那里负责，年薪。张风旋觉得舅舅说的有些蹊跷，又偷偷给在潘成家那里干活的儿子打电话，问签订政府大单的事，问为何让他把那二百万打回去，儿子说舅姥爷这边资金链断了，要账的天天不断，快支撑不住了，旅游开发恐怕得先停下来。张风旋听出一身冷汗。亲舅舅还不给亲外甥说实话，还给画个大饼充饥，这不是挖个坑让我跳？还负责下步经营，还想建起庙宇再度穿上袈裟当主持、当方丈，看起来将是一场空了。

其后一段时间里，张风旋想，开发，相兴旺把工程当作自己的一亩三分地，让他这个当总经理的一点也插不上手、沾不上边，一分钱的好处也捞不着。高且源整天颐指气使的，什么事都明白（净充明白！）什么事都想当家。再一说，二舅的资不可能投了。想的鬼事大金舅们也看出来了，全村的人都会知道，看起来这里是不能待了。鬼事、人事知道不知道都是小事，世间事总有昭明天下的时候，但必须做下去，麦草必须弄到手，不然自己剩下的时日怎么过？孤苦伶仃一个干巴老头熬太阳？平日的接触，她也不是没有那个意。现今社会一个年轻的寡妇哪能不再嫁人？哪能没有人要？妗子？妗子怎么了，不就是个称呼、记号，况且又不是亲妗子。人，没有来生来世，要活在现世，痛痛快快地活在现世。

他更想到了钱。钱是硬的，没有钱，爱啦情啦什么都是奢谈，有了钱，鲜花啦牛粪啦癞蛤蟆啦天鹅肉啦什么都是真的。想到钱，他知道帐户上还有二百多万。装自己腰包里。但眼前一浮现出他二舅潘成家整天少见笑容的"死人脸"——他们几个当外甥的，还有他们的母亲都这样说潘成家——他心里还是一颤。但转又想，他那么多资产还在乎这几百万？外甥花舅舅的钱还不是应当的？再一说，我拿的不是他的钱，是高且源、相兴旺的钱。他们不是整天牛皮吹上天？再一说，谁的钱不能捞、不能花？谁不钻窟窿打洞地弄钱？怕死不得将军做。

想清楚了，他的歪心思也出来了。那天他神秘地对现金出纳潘四钱说，四舅，我把账户上的钱挪腾挪腾，看看能不能挪腾几个出来给你，你也没钱，过得也不容易。说得潘四钱还感激得红了眼圈。张风旋哆嗦着手填了单子，盖了章，又跑到银行，把账户上的二百万打进了他卡里，几夜睡不着觉，想着、等着、盼着和麦草缘分的降临。

麦草见张风旋晃着鼓囊囊的钱包，还晃着几张银行卡，听说二百万，惊讶地轻啊一声。

"哪儿弄的？你挣的攒的？"

"别问了，妗子，我是这里的总经理，想怎么弄怎么弄。"

麦草心里明白了个八九分。钱，那么多，怕是一个人都背不动吧。

平日里麦草也看出张风旋有歪心事，只是她想，那是外甥，也可能只是说几句笑话，不过她也试探过张风旋。那天，她装着不经意地说他，你这么能挣钱，你媳妇，俺外甥媳妇跟你享福了。张风旋叹一口气。麦草接着问，她还不知足？张风旋又叹气道，你外甥媳妇，没了，车祸，那个惨。说着，他还狠狠地想，跟我离婚，真出车祸才好，把脑浆轧出来才好。你……麦草没说下去。张风旋道，哪有合缘的。麦草沉默。

麦草对张风旋的了解，仅限于他是她外甥，对世界、对人情世故的了解，仅限于春风秋雨，春种冬藏，二大娘年老，三婶子年轻。

又一道闪电像成功的剖腹产手术，把漆黑的夜划开一道口子，随后又完美地缝合了。一声响雷像愤怒，震得山体抖颤。

她哆嗦一下。

"冷？"张风旋说着，一手轻轻捏住麦草手，一手搂住麦草肩头。

麦草抽抽身。

"妗子，咱看看外面的花花世界去，你想买什么买什么。"

麦草当然明白他看的意思。

我跟他跑？私奔？这念头一闪现出，她心里不禁咯噔一声。让人说妗子跟外甥跑了？还有三玉，梦里遇见他，他说在那边还没找人，还等着我。哦，三玉，我不是爱他，只是想跟他把阳间的日子舒舒服服过完。我知道你爱我——我也爱你——你爱我，也不想看着我下半辈子一个干巴老嬷嬷自己过吧？三玉，等到了那边我不再跟他，还是跟你，伺候你，报答你。那次你在梦里不是也对我说，要打进他们内部？我想了多少天才想明白，是叫我报复他们，报复高且源。现在你外甥拿的钱，一定是公家的，是高且源的，也是我想让他拿的。没想到他胆子那么大，拿那么多。不过话说回来，钱多了又有什么不好？我向他要，不时地要，要了就攒起来，供咱孩子上高中、上大学，毕业当大官，叫他们都有出息。拿了钱，山，他们就不能干了，我不正是替你报了仇？她又狠狠地想，高且源，你逼死我男人，不让我过好日子，你好日子也别想过，就得拿你的钱，让你哭，让你丢人现眼，让你家破人亡，让你卖孩子还，让你不能再在半截楼村充光棍苲子。

"我把卡都给你，妗子。"张风旋又道，"你保管。"

风疯了，雨如注，雷如暴跳，门口那棵杨树被摁得弯腰求饶，几条嫩枝还是再也不能忍受，依然脱离躯干，砸在地上，又被风一连揪翻几个个，滚到南边沟里。那棵枣树似乎想站稳了，护住一树才刚刚红鼻儿的枣子，但还是被敲打得痛撒一地。

麦草沉默着。她也想起了留住。他年轻，又诚实、老实，又爱她，她也觉得可以依托，但爱能当饭吃？她也知道留住今天一早进城了，还说问他爹要了钱，给她买"三金"去。看看，钱还得问他爹，又瘸腿拉胳膊的，就在这山窝窝里受这洋罪、过这窝窝囊囊的日子？跟外甥跑了，说起来不好听，各人过各人的日子，别人笑话又怎的？一走了之，闲言碎语听不见就是没有，谁说谁听。现世日子过得紧紧巴巴，更说不上享受，还夜夜饱受没有温存的难眠的煎熬，死后给盖三层楼高的贞洁牌坊又有什么用？吃好穿好玩好是一辈子，省吃俭用，天天累死累活也是一辈子，好事就摆在面前还能让它溜走？人，不就是这么回事？什么丢人现眼，穷才窝窝囊囊才丢人现眼！

张风旋见麦草不言语，知道她正在心里挣扎。

"妗子，三妗子，草儿，你不知道我多爱你，多喜欢你，三舅活着时我就看上你、喜欢上你了。咱走了，走远远的，找个大城市隐名埋姓，租个房子住下来，我不让你干活，不让你受罪，吃好的、喝好的、穿好的，钱尽管花。"

"孩子……"麦草又想起自己还上着学需要照顾的两个孩子，一脸苦情。

"咱有钱，寄钱，月月寄，也让他们随便花。"

麦草抹泪。

"一辈子都对我好？"

"草儿，妗子，我爱你一辈子。"张风旋紧拥着、轻摇着麦草，已语无伦次了，"一辈子都听你的，为你当牛做马做骡子。"到了这把年纪还说出这话，说得这么黏乎、动情、真事似的，说得这么言不由心、顺口流出，说得连他自己都不敢相信，张风旋心里一边甜蜜着，一边想笑。

"我下半辈子都交给你了。"麦草努力止住抽泣，给婆婆打了个电话，说到娘家去一趟，说照顾好孩子，抽泣一会儿，又低声道，照顾好孩子，永远……随后，悄悄跑到家，收拾了自己的衣物，又找出孩子们需要换洗的衣服，含泪叠好，放在床头，又跪在床前磕头，哭，嘴里念叨，再见了孩子；再见了捧我若天星的婆婆；再见了，熟悉的邻居本舍，大娘婶子们，姐妹们，妯娌们；再见了，龟缩在这里过了多年的村日子。

哭成泪人。

尾随而来的张风旋拉起麦草，二人顶风冒雨，翻山越岭，消失在茫茫黑夜中。

八

放亮的空中那半轮月儿还没有隐藏起来，高且源爬起床便给潘成家打电话。

"老板二叔，工程进展很顺利，办公区基本完工，台阶已具雏形，庙宇大殿地基已打好，找时间来看看。"

电话那头，潘成家哼哼哈哈。

"二叔，"高且源又亲切地叫道，"你那边资金什么时候到位？购料、民工工资都等着呢，快无米可炊了。"这是高且源打电话的真正目的。

前几天，高且源与相兴旺商量，按照工程进度，潘成家该第二次付款了。尽管账户上还有部分钱，他们都说要未雨绸缪。相兴旺更是害怕干了活欠工钱，说缸里有粮心里不慌，他负责打电话要（他自觉和潘成家走得近，潘成家相信他，听他的），然而电话几次打过去，潘成家都是火急火燎的语气，说正忙正忙，停会儿电话给你回过去。停好大一会儿，停一天两天三天，相兴旺也没有接到潘成家回的电话。再打，还是忙着呢忙着呢急什么急，啪地扣了。面子尽失，相兴旺脸红，让高且源打。

昨天雨天，傍晚，高且源给潘成家打座机，打手机，一直无人接听，思想焦虑一夜，这一大早起来又打，还好，潘成家接了。

"哎呀，高书记，你也是见过大钱的人，还这么急？咱一个村的，你还摸不清我，不了解我，不相信我？我这里最不缺的是钱，过两天，你那边报个账，我马上打过去。嗯嗯，再不行忙过这阵子，按协议额全部打过去，都放在你们那里。对对对，就怕你们不会花，工程进度跟不上，一天照三十万元花。哦哦，好的好的，放心放心，多上人，赶进度。钱，花，放开手脚大胆花，都一个村里还能糊弄局①？"

放下电话，高且源的心也放了下，听着窗外喜鹊的喳喳喳是婉约的，对着镜子刮胡须，看到镜子里的自己微笑着。

妻子瞅见了，开玩笑地说："偷笑嘛？想起'小三'了？"潘大金掀起的那场风波，叫他们夫妻二人斗气好长一段时间，妻子心里一直磕磕巴巴的。

高且源笑："比'小三'好，金娃娃。"

想着刚才潘成家怕钱不会花的话，高且源就想笑，也实在高兴。他仿佛看到了旅游开发完工后如织的游人，村账本上收入一栏里不断增加的数字，还有自己和其他投资人逐渐鼓起的腰包，还有村人们满意的笑脸。

"现在刚开个头，可不能胡来。"妻子说。时常提醒高且源成了挂在她嘴边的话。

"老婆大人放心，打工，建厂子经营，咱同甘共苦，风风雨雨，现在二次创业，不光是为了咱自己，还有全村老少爷们，我更不敢放松。"

"爷爷干得多好，到现在人家都记着他。你也要像爷爷，别有私心，别有孬心眼，光想工作，别想七想八。"

"我的脑子只够想工作的。"高且源开句玩笑，继续说，"父亲常说，爷爷对村里工作没点二心。想回去当书记，现在干着书记，我都受了爷

---

① 糊弄局：敷衍应付，勉强维持局面。

爷影响，也记着他老人家平时交代的话。"

"那时候党员真像党员。"

"这时候党员更是党员。"

饭桌上，夫妻二人正说着话，突然，高且源的手机铃声大作，急切得音符似乎都黏在了一起，再加上震动，手机好像要跳起来呼他。高且源抓起，还未来得及让"喂"传出去，里面便传来相兴旺发颤的哭腔："高书记，毁了毁了，张风旋不见了，台阶大雨冲走了。"

嗖的一声，高且源的好心情穿过窗子飞了去。饭碗一推，急忙跑出家门，发动车子，向半截楼村，向工地驶来。

路上急驶着，他想，一定是相兴旺情况不明，大惊小怪。想着，躲避一辆三轮车，猛打方向盘，车子撞到了路边的树上。哈哈嗒嗒着车擎盖，高且源来到工地。

高占巧、高拧筋和众多民工黑压压一片，在工地聚集着。

"怎么回事？"一下车，高且源板着面孔问相兴旺，还像相兴旺有了什么过错。

"怎么回事！"相兴旺穿一双水靴站在一汪水里，像被挑起了情绪的斗牛，把脚一跺，几滴泥水还溅到高且源裤腿上，"不吱拉声找不到了，手机怎么也打不通。"

"找去！"高且源叫。

张主席、马一腾也赶来工地。

"找去，找去。"相兴旺嘟哝着，前头颠颠地往张风旋办公室兼卧室那里走，张主席、马一腾还有高且源还有民工，踏着两脚泥，跳着一个个水坑后面跟着。进来屋子，相兴旺把张风旋常坐的那把椅子踢得晃几晃。

"看看看看，他有一个黑背包，不见了。牙刷牙膏一块香皂一瓶'大

235

宝'，都是我给他买的，没有了。衣服，挂这里，哪有？"

高且源听着相兴旺一样样道白，瞅瞅四壁，看看顶棚，心提了起来。"这东西跑了？"说着，走到床前，猛然揭起上面的席子——怕张风旋藏在下面似的，只一双没洗的硬得能挺起来的脏袜子——"真跑了？"抬手把桌子上那半截昨晚流了一身泪的蜡烛扫地上。

路上，他也想情愿相兴旺情况不明、乱报军情，不瞄乱放枪，打不准，到时候很凶他一顿，然而此时，眼前的情景让他凶相兴旺一顿的勇气没有了。他跑什么？谁得罪他了？我得罪他了？

高且源记起，那天开指挥部人员会，张风旋说建六角亭，高且源说建八角亭。张风旋说我们要考虑资金投入。高且源道要考虑整体观感和终极效益。他慷慨激昂、古今中外、引经据典，说咱这开发，建筑要讲求对称稳重、整饬严谨。他说沿着这条中轴线，前后建筑起承转合，宛若一曲前呼后应、气韵生动的乐章。建筑之美就响应在群山、松柏、流水、殿落与亭廊的相互呼应之间。他又举机器的例子。咱这一台新机器，不能这里红一块、那里紫一块，不能这里凸出来、那里凹下去，也不能做个旧壳罩上，不能贴个旧标签，既要讲求实用，还要讲求美观。张风旋坚持自己观点，不服地道，什么都你说了算，我这个当总经理的还有什么用？高且源说你当总经理也得听听别人意见。心里说，我没当过经理？我企业干得小？张风旋起身转个圈，心里憋屈着。这活怎么干？高且源似乎看到了张风旋的心理，想，不能干走了正好。

然而现在，张风旋真走了？

"不跑还钻地了？"相兴旺接高且源刚才的话。

"怎么让他跑了？"马一腾说高且源。

那一河汩汩西流的浑水似乎凝固了，流得无声无息。城里那只喜鹊似乎也跟了来，站在杨树枝头喳叫着，不过叫声不再动听，而是噪音，聒噪，叫人心烦意乱。

高且源呱巴呱巴嘴，无语。

"谁能让他跑？"潘成功替高且源说话，"能跑了他？跑什么？"

"台阶又怎么回事？"张主席问。

"台阶……"相兴旺说半句留半句。他担心的更是台阶。

听着半夜狂风暴雨，相兴旺躺床上睡不着。他的心一直在工地上转悠，拽不回自己身子里去。台阶都是他负责建的。今早一胧明他爬起来便往这里跑，到山上，眼见的一切叫他娘啊一声几乎跌坐在泥地上。他又慌忙向山下跑，去找张风旋。张总张总地喊着，闯进张风旋办公室，看到的却是人去楼空景象。他像是坐在牛车上被颠了下来，心咯噔一声砸在地上，还被车轮碾得啪一声碎了。掏出手机几遍拨打张风旋手机，程序小姐却耐着性子对他说对不起他拨打的手机已关机。我的娘，都坑爹！情急之中，相兴旺拨打了马一腾、高且源的手机。

"看看去。"马一腾说。

风，狂奔、呼啸一夜，似乎累了，静躺在草地上，搭在树叶上，窝在石缝里，熟睡了，没有了，不作浪了。而雨过天晴，碧绿的叶们，缤纷的花们，则举着蓝宝石一样的一滴滴晶莹雨珠，炫耀着，生长、开放着，也把它们的芬芳尽情地撒向半空。几只鸟儿鸣叫在枝头，似乎在用它们清脆的啼鸣，给翩翩起舞的蝴蝶们伴奏。爬上山巅的太阳，像被炉火烧了一夜，煞白，把它的炽热尽着性子往山石、树木、草地上冲泻，让山野和山野里的一切又笼罩在闷热的紫色氤氲里。

没人关心这闷热，这景致。

他们看到的是原先蜿蜒而上很有看相的台阶，现在一处又一处，灰浆被冲走，地基被掏空，如薄命一样悬着；一处又一处，像鏖战后的战场，一块块石条横尸山坡，残肢沟底。一块大石，那样子一定是费劲地翻了两个个，压在惨败的石阶上，有再不让台阶翻身的劲头。张风旋常乘凉的那棵老橡树，站又站不起、卧又不甘心地斜身拦住上山的去路。几面彩旗垂头丧气、无精打采，或立或偃，有一面还挂上了树梢，疑惑着它脚下人们的不解。

一切的败象都是在嘲笑，在挖苦，在疯癫，在幸灾乐祸，连那只大蚂蚱也停止了啃噬，呆望着它周遭的人们和周遭的一切。

高且源的心像被一只手紧紧地攥了住，往下一拖一拖的，拖得发麻，瘀乱，痉挛，绞痛。

马一腾一山路的上坡疾步，似乎空气不够用了，张着嘴大口大口地喘。头晕，眼前金星乱舞。

"好好好高书记……好好好相主任……"

高且源满脸汗水，那把纸扇垂在手里，没扇一下。

相兴旺后背湿透，"俩夹"夹着的席夹子，没摇晃下。

"高书记，你天天口口声声为群众操心办点事，这就是你办的事？"像点燃了引信的爆竹，马一腾不能再容忍，得爆炸，"相主任，你天天说盖过大楼，建过大桥，这就是你的本事？"

"怎么干的，相主任？！"高且源拿相兴旺撒气。

"怎么干的？！"相兴旺蹦一个圈，"恁都说全面开花，说赶进度，说先垒台阶再修排水沟，都恨不得今天开工、明天完工、后天把钱收上来。"

"让你干成这样了？豆腐渣！"高且源说着，一边弯腰拾起一个水泥疙瘩，手里搓着，"看看，土坷垃，一捻就碎，偷工减料了？"

"昨天的，没凝固。"相兴旺不服气。

"审计。"高且源道。

"审。"马一腾说。

"审就审。"相兴旺拍着胸脯说，"好工好料好人干的，审完还得多给我钱。"但他又怕真审计，这活，自己的活，私人的活，土工子活，谁都能按国家标准干？他转移话题，"干干干，干什么旅游开发？我说卖点墓地，糊弄两个钱，村里能转开就行。恁说一石一木都是山的筋骨、毛发，不能动。开发旅游不是动它？它想着你了？天想着你了？还说什么墓地有卖完的那天。卖完了，村子也消失，人都进城吃非农业了，守着这荒山野岭有什么用？不听我的，出事了，怨我了。"

相兴旺原来攒着这么多气恼，真是搁磨不到一块了。高且源想着，把手里的纸扇几乎要折断。

"没用的都别说了。"张主席劝解道。

"高书记，你说怎么办？"马一腾又转向高且源。挣着命干书记，你不干、不参与、不搅和，潘三玉不死继续叮当着，还有这旅游开发？能出这档子破事、烂事、丢人现眼的事？我几乎天天给李书记、谷乡长汇报说进展顺利，全市年底"回头看"能作为全乡的一个看点，我能再给他们怎么说？说老天捣的蛋？在机关里我还能抬起头来？我还指望这成绩提拔，还有望？"你不是坑我？"说着，眼圈发红。

"不好了，钱没有了，二百万都没有了。"潘四钱喘着、跑着、喊着、叫着，还让一根树枝绊得一趔趄。

张风旋不见了，张主席让潘四钱马上到银行查账、封账。现在潘四钱回来了，带来了这消息。惊天动地，惊得人们魂魄出窍，目瞪口呆。

还欠工钱呢。

三个月的。

我还送的料。

我指望这钱给儿盖屋。

"我的娘。"相兴旺的"俩夹"手没有捏住席夹子，让席夹子滑落地上。他一屁股坐在一块石头上，抱头哽咽。

"咋办啊，娘啊，别说工钱了，我投进去的五十万也要打水漂了，老天啊，五十万，血汗钱。"

"我五万，"潘四钱哭丧着脸，"都是借的。"

"十万。"马一腾更正潘四钱。

"十万，十万。"潘四钱又忙改口，还伸出满把手。

商量投资时，潘四钱听高且源账算得似乎投一万元一年就能挣一万元，投十万能挣十万，动了心，说拿十万，但找了几个仁兄弟也没筹够，给马一腾说了，马一腾说借给他五万，说机关干部不能经商，都以潘四钱的名义入股，到时候把本还给他就行。潘四钱说分红该怎么给他怎么给他。马一腾笑笑。还算你明白。

此时，马一腾沮丧地想，我一年的工资也要没有了？

"钱呢？"高且源捏着拳头问潘四钱。

"都进张风旋，张总经理的卡了。"潘四钱道。

"怎么进他卡了？"高且源逼问，"你不是现金出纳？"

潘四钱嗫嚅着："我哪知道。"

"蠢猪。"相兴旺跳起来，"蠢驴，狗，猪狗不如。"

"联系潘成家。"张主席道。

一线希望。

高且源稳定稳定情绪，拨通了潘成家的电话。

"老板二叔你好，"他开门见山，"张风旋回去了？"

"回哪儿去了？"

"他说去关外你那里一趟。"高且源耍了个心眼，他要掌握主动权，先发制人，把球踢给潘成家，"说给你汇报工作去。"

"没说，没见。"潘成家说得很是肯定，"汇报还要专门来？"

不能再绕弯子了。"张风旋不见了，联系不上了，账户上的钱也没了，二百万。"高且源急切地一口气说完。

"什么？"潘成家大惊的语气，"不见了？联系不上？二百万没有了？上哪儿去了？你们鼓捣①的什么？！"

"什么也没鼓捣。"高且源想在潘成家那里找到答案的期冀，像浪花上的一片浮叶，打个旋儿沉了下去。他又像挨了一闷棍，被打懵了，找不到合适的话。

手机里又传来潘成家的声音，简直是吼叫："怎么可能？这里面一定有问题，他跑什么？是不是你们嫌他碍眼、碍手脚撵走的？钱，我亲外甥，他敢拿？看看放哪里没有，你们的人挪用没有，偷了没有。"

"没有。"高且源断然地说，"银行查了，打进张风旋卡里了。"

"打他卡里了？"潘成家一阵沉默，"他还敢作？一定有共谋，查，逮住经手人一个个地问，审，交公安局。"

"我们报案。"高且源低声回道，又弱弱地问，"二叔，资，咱还得投，开发还得搞啊。"

"高老板，高书记，你让我说什么，怎么说？你说投资搞旅游，我投了，现在你们弄成这样，胡操一股烟②。听我说，先找着人，弄清账目，其他的事以后再说。弄不好，把我投的钱退回来，打官司，半截楼村我不去了，人，我丢不起。"

高且源脸扭曲得要哭出来。

"我的娘，跑了。"潘二银大呼小叫着跑来。

相兴旺正憋一肚子气，似乎找到了发泄对象。

---

① 鼓捣：仔细反复摆弄，研究，弄，琢磨。

② 胡操一股烟：胡操，不论好歹胡乱干事，捣乱，捣蛋。再加上"一股烟"，比喻离奇得没谱，最后没点好结果。

"你的爹跑了。"

"俺爹早和地蝼子搁伙计去了。"潘大金没有生气，还笑吟吟地说。昨夜大雨时，一直对高且源怀恨在心的潘大金想，高且源你牛逼轰轰，这法子那法子阻止不了你，我现在就上山，风高放火，夜黑杀人，我大雨天里把台阶扒了，如果没人，连指挥部也砸了。披上雨衣走到大门口，大雨让他四顾茫茫，他只好又退了回来，退到屋里，还默念着祷告，下个七七四十九天才好，九九八十一天才好，永远没有晴天更好，看你活怎么干，让你这计划那规划，蓝图也好红图也罢，都泡汤。一大早起来，听说台阶冲毁了，张风旋不见了，潘大金高兴地双手合十，天助我也，骑着他那辆破旧自行车，啪嗒啪嗒蹬来看热闹。现在潘二银又报人跑了，他想绝对是张风旋找不到了，有好戏看了。心里乐着，高且源，村里工作好干吧？你觉得是大展宏图、大显身手、要"光棍"、要面子的地方？罪，你受吧。相兴旺，逞能吧。

潘二银呼哧呼哧喘一会儿，才接过相兴旺的话。

"相主任，要是俺爹就好了，年纪大了，俺也不在乎。不是俺爹，是俺三兄弟媳妇，麦草。"

"谁？"潘大金吃一大惊。

潘二银见到大哥潘大金，似乎这才想起来悲戚，泪水哗地一下流出来。

"三玉的媳妇，大哥。小孩咋办啊，都上学，呜呜……"

"跑……了……"潘大金没有力气说下去。

"刚才咱娘叫我去她娘家，我去她娘家了，没有了。"潘二银叙说着，"咱娘说，昨天黑天她接她一个电话，她说她去她娘家一趟，她娘家有急事，她给咱娘说照顾好小孩。咱娘说她也没在意，照顾小孩吃了饭，在咱娘那里睡了觉。今天一早还不见她来，咱娘叫我打她手机，关机，一直关机。叫我骑车子到她娘家问，她娘家人说人影都没见。咱娘急了，又叫我砸开她家门锁到她家里，见她穿的一些衣服没有了，几件首饰没有了，存款折没有了，雪花膏没有了……"

"行了。"潘大金呵斥。

潘二银不说完他所听所知所想，就觉得胸里有一口气，憋得他气短、发抖。

"一街人都在猜析①，是跟张风旋跑了。在开心农场别人就常见他们搅在一起，昨天下雨还见她跑他屋里去了。恁都想想，"潘二银不解气，街上撒疯的老娘们一样，跳着，两手往空中拍着，似乎要扇走那朵悠闲的羽片云，"妗子跟外甥跑了，外甥领妗子私奔了，这算什么事，天底下能有这样的事？！呜呜……"

"再胡啰啰！"潘大金对着潘二银挥了挥拳头。

说脸打脸。我整天在街上晃来晃去、人五人六②的，说这个褒贬那个，现在好了，要让别人戳脊梁骨了。高且源，一切都是你引起的，都是你给我们种的苦瓜、结的苦果。你回村来干书记，逼死潘三玉，又搞什么土地合作社让我不能自自在在地生财了。我买点水，老百姓又需要，有什么不好？又搞什么旅游开发，把那个不要脸的娘们和那个熊东西扯在一起，让他们生出这丢八辈子人的事，你真是我们潘家的克星，我们的死对头。

"把孩大窝小的都拉村委会去，让他们养着。"潘大金大叫，"恁胡鼓捣，害得我家破人亡。"转过身，抹泪，控制不住自己，呜呜出了声，"恁良心让狗吃了？呜呜……恁想把我讹出半截楼村？"

---

① 猜析：猜测和分析的意思，比思考轻。

② 人五人六：装模作样，像大人物的样子。

"这龟孙，没想到长了个狼心犬肺。"潘成功满脸涨红，"我现在就去他家找他，把腿给他砸断。不是人也不能干这伤天害理的事。"

听说旅游开发出事了，留住也一瘸一拐地赶来，依着一块大石头悄悄地伤心又暗自高兴。伤心的是台阶毁了，钱少了，高且源书记当的不容易，替高且源难过；高兴的是张风旋走了，不再纠缠麦草了，麦草没有人打扰了——他明里暗里跟张风旋争斗多次，也思想不是他的对手——现在她清清净净是他的了，他们能结婚了。而此时，听潘二银说麦草也跑了，跟张风旋跑了，留住心酸得像吃了一颗青杏，苦得像喝了胆汁，不禁咧开嘴痛哭起来。

"我的娘啊，我怎么过啊。"

留住和麦草的事，潘大金早先也听到过风言风语，也狠狠地想，连那瘸子也欺负到他潘家头上来，也交代过潘四钱教训一顿留住。潘四钱还没来得及教训留住，就出了这档子事。

留住大哭，潘大金顿时火冒三丈。

"跟你娘过去。连你这样的熊东西也欺负我。"

"你不知道大叔，"情迷心窍，鬼迷心窍，绝望中求生。隐私不隐私的，是话不是话的，沉迷中的留住也顾不得了，朝着潘大金，朝着众人倾吐。"俺都说好了，我们结了婚，她爱我我爱她，照顾好孩子，也对你们好，大叔，当亲戚走，也对奶奶好。"他叫的奶奶是潘大金的母亲，"看看，我昨天进城给她买的'三金'。"说着，从口袋里掏出一条金项链、一只金手镯、一对金耳坠，两手捧着给众人看，捧到潘大金眼前给潘大金看，"我的娘啊，还有什么用？你想，恁都想想，她跟一个外地老头子跑吗？我得找去，找回来她。"

"三金"在太阳光下闪闪发光，刺得潘大金眼睛生疼，牙咬得咯嘣嘣的。

潘四钱冲上去，一脚踢在留住腿弯上，让他扑通跪在泥地上。

"我的娘，你把我踢残了养着我？"留住向前爬两步，弄得满膝盖泥污，到高且源跟前，又道，"高书记，我不能活了，得死去。"

好了，高且源，好看了。相兴旺蹲在那块石头上，低头抽着闷烟。他在为他的钱要打水漂而难过而焦虑、沮丧，又为高且源遇到这些难题而在心里暗喜。这一汪水都是你趟浑的，看你怎么再让它变清。

高且源立在那儿，呆如木鸡，如一截枯木，心里却如狂风中的海洋，波涛翻天。

完了完了，高且源暗自叫苦、自责、丧气。旅游开发是自己返乡创业、再图东山的一个支点，一根撬棍，是自己勾勒的一幅宏伟、绚丽的蓝图。筹资时，巧设计谋鼓动了大款潘成家，又向村干部和村民描绘出一张饼，一张硕大无边的饼，一张尽吃尽有尽可享用的香喷喷的馅饼，不少村干部还有村民拿出自己多年积蓄投了资。开工后，乡里李书记、谷乡长亲自过问、调度、督促，时刻不放松，让每个参与者都弦绷得紧紧的。张主席还有马一腾，天天靠在工地上，有时甚至帮着和沙灰、搬石头，添砖加瓦的姿态，弄得两手泥满身汗还干得乐呵呵的。相兴旺没黑没白，山上山下跑来跑去，劲鼓得梆梆的，指挥，调人，找工具，联系料物，出力操心。工程虽是在艰难中推进，但却没有耽搁，人人脸上写满笑意。现在，台阶垮了，张风旋跑了，二百万没有了，潘成家的投资也要黄了，怎么给村"两委"干部们交代？怎么给村民交代？连自己也对不起了。事情怎么不按自己的算路来，越办越糟了？

他也想起那次潘三玉的"魂"附潘二银的"体"时，潘二银（潘三玉？）的所言，想，我真是硬挤上公共汽车的？真是一块投入坑塘的石头，让平静的水不平静了？是外人搅得半截楼村不安宁了？

我是一只领头羊还是牧羊犬、牧羊人？如果说是一只领头羊，是一只迷途的、少判断决断力的、自私自利的领头羊？明明见到前面一片水丰草肥之地，颠颠地前头带路走，现在却是陷进了沼泽地，不，比沼泽地更残酷、更可怕、更无情，更让我这只羊无能为力。是掉进枯井里了，绝壁，绝望，等待死亡。如果说我是一只牧羊犬，是一只任性的、顽劣的、为所欲为的狂狗、疯狗？羊群里冲撞、撕咬，把啃草的、饮水的、反刍的、沉思的、打盹的羊们搅得惊慌，无措地呆望，不能安宁？牧羊人？恐怕也是一个为着工钱、盯着肥羊、甚至想偷杀偷宰偷羊肉羊皮的贪婪的毫无责任心、责任感可言的雇工。高且源，你到底图嘛？怎么干成这样了？

张主席又给高且源说了什么，高且源没反应。马一腾把气撒向枝头上在喳喳叫的那只喜鹊，捡石块投了去，高且源入定、入禅似的，不见，不闻。

如果说刚上任支部书记的一段时间里，高且源对他的厂子，他的旅游开发，他的设想、规划，他远大而宏伟的志向、理想和抱负和追求的信心与乐趣，还像一只充满气的皮球，一拍能蹦老高，有冲天豪气；还像一位大无畏的勇士、斗士，要与人、与天地，与发展慢、口袋鼓得不饱满斗一番，重整山河，誓叫日月换新天，那么现在，他却像一个被扎破了的气球，落在泥窝里只剩软扑扑的一层薄皮了；是一只鸡，一只斗败的公鸡，鸡冠血淋淋，收翅耷尾，要往鸡窝里钻，躲藏，逃避。

第四部

五老奶奶又给孩子们讲故事：孙猴子大闹天宫后回到花果山，玉皇大帝派杨二郎去捉拿。杨二郎带领天兵天将驾云头来到花果山。好家伙，他看到孙猴子正和小猴子们玩耍，还竖着一面"齐天大圣"的大旗，大吼一声："妖猴，好大的胆子，大闹了天宫，还自称'齐天大圣'，看枪！"孙猴子见到杨二郎，耳朵里掏出金箍棒，两个便打起来。

　　七七四十九个回合，杨二郎也没打败孙猴子，看看天色已晚，说道："今天休战，明天再来。"杨二郎可不憨，他知道打不过孙猴子，夜里叫天兵天将搬石头堵住水帘洞洞口，他想，这回猴头跑不了。谁知第二天孙猴子还是钻了出来，两个又战九九八十一个回合，杨二郎还是没有打过孙猴子。杨二郎又说："三天后再战。"

　　杨二郎回到天宫，玉皇大帝把他凶一顿，说他没本事。杨二郎说："明天我再去，搬座山堵住他的水帘洞洞口，一定能逮住他。"

　　杨二郎下到凡界，跑了好多地方也没找到合适的山。这一天，他看到一座凤凰山，高兴极了，心想，这回行了。他背起凤凰山就走。走着走着，又遇到一座山，界定山，比凤凰山大多了，又想，凤凰山我要，界定山我也要，用两座山，还能堵不住洞口？他找一棵苘，剥出两根苘劈子，捆上界定山和凤凰山，用苘杆子担起来就走。走到一条小河边，有个老太太正在洗衣裳。也该杨二郎倒霉，老太太说："哟，你真厉害，用苘杆子能挑两座山。"老太太这么一说，苘杆子啪一声断了。杨二郎想再搬，那两座山落地像生了根，怎么也搬不动。杨二郎看看老太太，生气一腚坐在地上，打打身上的土，磕磕鞋里的沙。

五老奶奶指指东面的界定山：看见了吗，那是杨二郎挑来的；又指指遥远的西面，那里也有一座山，凤凰山。指指北面：那土山是杨二郎身上的尘土打出来的。指指南面：那沙岗是杨二郎鞋里的沙粒磕出来的。

孩子们说："还是让杨二郎把山担走吧，我们不想爬山受累。"

五老奶奶说："傻孩子，咱这是界定山，有灵气。"

一

筚路蓝缕，以启山林。一副担子，一头一个荆条筐，一个里面有镢头铁锨，一个里面睡两个两三岁孩童。挑担的是男人，后头跟着腆着大肚子的女人。就这里吧，男人喘口气说。就这里吧，女人捶着腰眼说着坐地上。河边芳草萋萋，河里流水汩汩，岸边搭起三间茅草屋，男女过起了人家，有了以后的半截楼村。

这是半截楼村村史上写的。

村史是今年稍后，高且源安排潘大金写的。潘大金很乐意干这活，他走进不少人家座谈，收集材料（包括正史野史，包括民歌民谣民间故事，人文趣事，风俗人情）。在街上他抱着个记录本敲着说，看看，不论什么时候，不论谁，都离不开文化，文化到什么时候都有用，文化人到哪里都吃香。高拧筋撇嘴，门槛改棺材——挨半辈子操乘（成）人了。

村史上还写到，村子以人淳朴、忠厚出名，信奉"在家不打人，出门没人打""人不哄地，地不哄人""忠厚传家远，诗书继世长"。现在还信奉"幸福是棵树，和谐是沃土""真诚做人，守信做事""慈孝为先人伦乐，仁爱礼仪家平安""做文明人，办文明事"。新中国成立以来，只一个被枪毙的，一个强奸未遂判三年入狱的，此外再无罪犯。枪毙的，×××，二十世纪八十年代贩卖妇女，家里常常"存"妇女五六七八人，等着买主上门挑选，"一手交钱一手提货"。强奸未遂的，作案对象是他堂叔家的姐，是二十世纪八十年代初，当时两人在山上割草，滚在一起嬉闹，被人撞见，他堂叔家人觉得不好看，告了强奸。犯事的男人叫安生，当年十八岁，早已刑满释放，没找上媳妇，现今五十多岁，一个人过日子，没吵没闹，很安生，很少和人来往、说话，都是低着头走路。

年初统计，全村二千一百六十人，今年走了五个：老老支部书记，一位年轻媳妇，年轻的支部书记潘三玉，还有五老奶奶，还有三麻子。娶媳妇和生娃新增九人，一二四七村民小组四个男青年娶媳妇，二五七八村民小组四户人家一个头胎生女孩，两个二胎生男孩，另外一个二胎生龙凤胎，三六八小组有三个女孩出嫁。现在村人口为二千一百六十一人。

老老书记说村里有宝，到现在也没人找到。

五老奶奶活着时常坐在老槐树下叹息，越来越不热闹了。又说，会有热闹的那一天。现在热闹了，她却没等到。

老支部书记高占坡那天望着老槐树说，老槐树又发了一条新枝。真发了，葱绿苍翠，很有生机。

高占巧整天嘴里啧啧的，夸奖这个夸奖那个，说世界真美好，值得使劲活。

高拧筋一高兴就唱"解放区的天是晴朗的天……"

聋子说老槐树上麻雀多了，还多了以前没见过、也叫不上名字的小鸟，整天叽叽喳喳的，可好听了。鸟，红嘴，黄翅，蓝尾。

有一户计划生育双女户，两口子都五十多岁，领着双女户奖励，领着贫困户补助，土地又入了合作社，赎领钱，说这社会真好，什么都不干都能吃上饭。两口子常邀几个老头老嬷嬷在门口摔扑克，玩升级。那次因为对家出错了牌，还吵嘴，把扑克撕了几张。后来买了两副新的，继续玩。高且源书记说他两口子这样不行，让他俩去界定山当保洁工了，二人干得很认真。

界定山上的三面佛，那天，不少人看见它头顶上有七彩晕圈。

二

旅游开发工地停工，高拧筋无饭可做，闲得村头、地头转悠，当然也没忘记转悠他的"宝"。高占巧、潘二银除了晚上看工地，又增加了白天值守，工钱每人也多了二十，一人一昼夜六十元了，条件也比刚开始好了，不用在风一吹就呼啦啦响的工棚里睡觉，而是在干干净净的指挥部里，一人一张床，明窗净几，白天还能轮流着干家里的活，不耽误事。高拧筋见这情况，心想，亲侄子当书记，自己都不能沾点光，气不过，到村办公室找相兴旺说此事。相兴旺这几天心里正装满心事，自然给高拧筋没有好脸色好语气。

"想看看去，村里一分钱不给。"

高拧筋一听火冒三丈："我发贱？"扭头走出村委会办公室，在门口正遇着潘二银，心想，有了。对潘二银晃晃大拇指，又晃晃食指，说："他们都说了，工地你不看了，我看。"

潘二银脑子也不多转个圈，也没找"他们"核实下，对高拧筋的话信以为真，嘟哝着往大哥家里走，找到潘大金，按着他理解的意思跟潘大金说："大哥，二叔说不是以前了，咱不行了，工地他看，不让我看了。"

"哪个二叔？"

"拧筋二叔。"

高拧筋，你狗仗人势，欺压二银，欺压俺潘家？人善人欺，马善人骑，治不了高且源治不了你？打狗看主人，今天就打你这条疯狗、狂狗，你主人再厉害也不看了，就打你给你主人看。潘大金想着，大门后随手拿根棍子抛给潘二银，自己又摸起顶门棍。"叫上四钱，治治他的咳嗽。"冲出家门，冲到大街上，跑来村委会门口。

高拧筋只是图嘴快活，逗逗潘二银，说说而已，并没当真，正在那里和打扫卫生的聋子说笑，忽见潘大金兄弟俩拿着棍棒气势汹汹冲来，没觉得和自己有什么关系，还拿出长辈口气问道："侄子，怎么啦？"

"小妻侄羔子，谁是你侄子？"潘大金叫着，举起顶门棍往高拧筋腿上扫。

高拧筋急退。

"你敢打我？小熊羔子，我是……"

"打的就是你，你这条狗，丧家的资本家的乏走狗！"

"打你能行的。"潘二银也叫道。

潘大金话起顶门棍落。聋子见势用手里的铁锹一挡，拨开了去。潘二银乘虚而入，举棍将落，潘四钱冲来，将潘二银拦腰抱住，还甩得他一趔趄。

相兴旺赶来："老潘，你疯了？"

高拧筋躲避潘大金顶门棍，"我是你叔"还没出口，绊得仰卧在地，趁着聋子、相兴旺还有潘四钱的"救驾"，翻转几个个，连忙爬两步，躲开棍棒"漩涡"，起身便跑，跑老远停下来，一蹦三尺高，指戳着潘大金弟兄俩："小黄黄们①，真不孝顺，敢打我当叔的。"

潘大金顶门棍捣着地，大呼小叫："你不是光棍？今天就搋你的光棍。"潘大金说的是，你高拧筋有能耐、不窝囊、不"眼子"，今天就窝囊你一回，打打你的嚣张气焰。

"叫你再能行！"潘二银扶棍而立，一条好汉似的，"你再横行霸道？"又举棍指着高拧筋说，"从现在起改过来，你还是叫我们叔。"

"熊样，你给我弄八天大席也不改。"高拧筋道。

相兴旺拦着潘大金："你这是发哪门子疯？"

"看他到底有多光棍？"潘大金也一蹦老高。这次却是冲着村委会办公室喊话。

刚才，相兴旺、潘四钱听到吵闹声，立马跑出办公室。高且源也跟出，见是潘大金、潘二银围着高拧筋棒喝，抽身又回了去。他不能参与。听着潘大金他们叫骂声，高且源知道不少成分是冲着他来的。如果不是当村书记，别说拿话埋汰自己，就是冲着二叔高拧筋来，也要和他们理论一番。现在，高且源只是暗叹一声。

那天，老家小院里，天空瓦蓝，艳阳高照，一树麻雀欢腾，高且源却是一脸愁云，眉宇间拧出一个大疙瘩，他觉得以前抖着金翎威武地闲庭漫步的那只大公鸡，现在也头低了下，翅膀耷拉着，少了生气和活力、浪漫与自信。来串门的高且源的三爷爷三麻子几分心疼地劝高且源："干不动别干了，又不是自己家的事，犯不着犯这个难。再不，找个借口走了，半截楼村又不是你的，再混城里去。"

_____

① 小黄黄们：以长辈口气骂人的话，有小子的意思，比小子更轻蔑。熊羔子、熊蝗子也是这个意思。

"我早知道不怎么样，"高且源的母亲接话道，"恁原来还都鼓弄着他干。"

高拧筋要了高且源三万块钱，现在对高且源、对高占坡态度转变了，也常来高占坡家里说说话拉拉呱了。他不满地看一眼三麻子，说道："你当老爷的，那是怎么说的？干得好好的，不干？城里有什么混头？再过几年城里人都得搬乡下来住。"

高占坡屋里转到屋外，屋外转到屋里，替高且源着急，却依然给高且源施压。

"俗话说伸头算一份，干到这份上，难了，不好干了，抹拉抹拉腔就走？烂摊子谁收拾？老少爷们会怎么说？投的资，不光你的，怎么办？"

高且源点头不是，摇头不是，为难地低语道："钱是硬的。"

高占坡说："你当书记是来创业、干事的，不是耀武扬威、要面子、图好看、耍花花肠子的。遇到难事，不是有一句老话说，'用肋巴骨扦也要扦完'？"

村子支部班子换届时烧的那面院墙，虽经过了一个雨季的冲刷，但火烧烟熏的痕迹还在，如一片阴云，罩在高且源心头。他又看了眼屋里墙上，爷爷已变成一页薄薄的纸片挂在那里，却依然微笑着，像是在给高且源鼓劲。高且源转头对父亲道："要不，把城里的房子抵押了，贷款把开发干完？"

"城里一根头发丝你也别留。"母亲更来气，"房子卖了，连俺孙子也迁农村来，整天泥窝里崴，长大了再干农业社①。"

三麻子则气得哼一声，抓起一把花生本想吃几个，又撒到筐子里，啪啪拍拍两手。

---

① 农业社：老词，农业合作社的简称，代指农业。

"咱不能光给别人留活路，自己只剩一条死路。"

"开山不就是修路？"高拧筋和三麻子抬杠，"是活路，财源滚滚的大道。"

高占坡缓下来语气，交代高且源说："先把村子整治好，不能弄半个撂半个。"

高拧筋攥着拳头，给高且源使劲似的："干，且源，别听你三爷爷的，干下去，有什么难题我给你解决。"

界定山旅游开发停了摆。还好，高且源咬着牙坚持把一溜办公用房完了工，灰瓦白墙的明清风格建筑，掩映在一片翠绿中，点缀着界定山，点缀得这片土地有了片风情。而沿着残垣断壁的台阶和建设时趟出的山间小道，有些许游人的攀登、游玩，绿树红衣，歌声嬉笑。相兴旺有点自豪地说见效了，又伤感地道真建起来多好。

指挥部里，张主席在，高且源在。到中午，高且源看看天上那轮笑脸的太阳，自掏腰包让看护工地的高占巧到村小商店里买回些熟食，和张主席对酌小饮。

初秋了，山风没了夏时的黏稠，透了明，吹在身上几多凉爽、惬意，高且源也不再摇他那把纸扇。纸扇已折。山涧溪水里鱼虾可见，溪水翻滚浪花朵朵，叮咚咚向远方流去。遍地黄的、红的、蓝的、紫的野花，享受着温暖的阳光，尽情绽放、吐香。在土地、庄稼、野草、树木、太阳散发着温馨的秋的这将丰获季节里，张主席也兴致盎然。

"坐下坐下，好好好，说说话。"张主席跟高且源碰碗。酒水在碗里荡漾。

"说说话。"高且源呷一口酒，抹一把嘴，酒冲上头。

"不错不错，还有这一片房子在。吹吹山风，喝点美酒，神仙生活了。"

"神仙日子。"高且源道，"神仙一定事事都顺心如意。"

"哈哈哈。"张主席三根指头捻着一棵大枣，像在把玩一颗玉珠。

"怎么都勾心斗角了？"高且源掰着手指数着，"您看，主席，老相整天别别扭扭，潘家兄弟明地暗地较劲、使绊子，还有我叔，亲叔，领着头跟我过不去。"

"好好好。"张主席又一阵点头，"且源，村落是什么？村落是一个以土地为边际的共同体，是熟悉或者说是熟人社会。在城里住多少年，你或许也体会到，对门都很少交往，有的多少年不知姓甚名谁。而在乡村，从小相识相知，出门大叔二老爷地叫。在半截楼村，你尽管也是这里的人，但因为你不是一直生长、生活在这个共同体中——要不五老奶奶口口声声叫你'城里人'？——对对，你是外人，起码说是返乡人，你硬嵌入进来，打破了原有秩序。本来这个秩序还在转型、成型、定型中，还不牢固，潘三玉那次不是也说，他是雨点的波纹，让人家石头的波纹覆盖了？那次又说，人们挤在一辆公共汽车里，在摇摇晃晃中或坐或站，都有了自己位子，忽然又到站，又有人挤上来，人们不得不再次在摇晃中重新找位子。"

"我是硬挤上车的，还是城里人。"仅有一处房子的城里，也是我的了？而城里不接纳我。我对土地、庄稼、树木有感情。

"时代在变迁，之迅速、之迅猛，超乎想象，甚至难以置信，社会好像一下子从洪荒年代迈进了现代文明。这种变迁日益破坏着传统秩序，打破了个体内部、个体与个体之间原有的稳固。对对对。这还不是问题的全部和根本，根本问题是新秩序还没建立起来，人们就慌里慌张进入了后乡土时代，像从没进过城的山里人一下子空降到大都市，四处张望，惊慌失措，找不到东西南北。在这个后乡土时代，个人的特质需要成了第一位的，实现不了，便会变得空虚、烦躁。像潘二银，或许你也看得出，整天在心里和自己争斗。"

"还有科技的发展，人类利用科技的不断发现，让一切都置于阳光之下。天上没有了雷公雷母，月上没有了嫦娥玉兔，东海没有了龙王，传说、神话都已破灭，人，回归了自然属性，以目及的实物判断一切。"

"对对对，变迁如浪潮，一波又一波，从不同方向涌来，不能顺应者，无所适从，像浮萍，有的被摁下再起，有的顺流而下，有的被波及到浅滩上，连呆在一个地方千百年不动的石头，也可能受到冲击，被揪得翻几个个，挪了窝。"

"主席，我们村的小河，以前在村前发了一个叉，这叉很奇怪，人们叫它'倒流河'。河水本来都汩汩地向西流，而进入这河叉的水却转头向东流。绕，绕，"高且源比划着，"绕一个大圈，最后还是汇入主河道，随大溜西流去。有的人，譬如我，主席，也是在费劲地绕弯子？"

"你啊，且源，不是绕弯子，是在找空间，找适合你的位子。"

找位子？我是一只狼、一只羊？一条在城市或乡村或城乡间流浪的野狗？在找肉食之地、丰草之莽原？在寻找别人丢弃的骨头？

张主席似乎看到了高且源的内心，哈哈笑道："你爷爷当书记时我就在乡里干，和他接触很多，很了解他，对共产党忠心耿耿，对村里工作没有说的，一直想让你在村里当书记，特别是晚年，都快成他心病了。你父亲，人实在、老实，他们都希望你当上书记，在这个能干事的时代，让村子变个样，让老百姓过上心情舒畅的日子。你受他们影响，心里也少私念，想施展才能，实现个人价值和抱负。不过，如果没有厂子的变故，你或许不会下决心来村里。后来你想来，来了，想占天时地利，发展自己，带动村子，但你没占人和。"

高且源惊愕张主席的洞察，说道："我是在干竹篮子打水的活？也像是堂吉诃德，斗风车、战羊群，空想仗义行侠？"

"不不不，"张主席又把从右耳垂到脖子的那一缕长发重新扶上头顶，搭到左耳处，"你干的是共产党的活。刚才我说了，你受家庭影响，在意识里以爷爷、以父亲为样子，以一个党员的标准来要求自己。"

高且源腼腆地笑笑，又呡一口酒。

"差远了。"

"对于乡村，在这势不可挡的新时代潮流面前，我们不能满怀怀旧主义情绪，抱守残缺，固守田园，乡村需要重建。而这种重建也不是我们咬牙发狠要打破一个旧世界，建设一个新世界。对对对，是促进它新发展，使乡村社会和城市现代化协调一致。中央提出乡村振兴战略，确是经过一番调研、思考的英明决策，到我们最基础就要探索实现途径。"

"不能简简单单扒屋盖楼。"

"还有乡村文化的重构。乡村文化从'破四旧、立四新'开始就断裂了——'四旧'破了，'四新'没立起来——随着市场经济的发展，又受着商业文化、城市文化的冲击，撕裂得七零八碎，城不城，乡不乡，就是这不城不乡的文化也还没成型，不成体系，起不到引领作用。"

"老百姓什么都不信了。"

"信钱。"张主席呷口酒，接着道，"一个人没有了信仰就会空虚，就缺少由内心深处生发的自我约束力。信仰是什么？对对，是文化，人类经过思虑沉淀的经验，并根植于内心，由文化到政治到气质，汇聚成一种精神修养。乡村文化需要重构，这种重构要从生产生活方式的改变、进步着手。生活质量决定生活品质。"

"像人们刚穿上一件新衣服，开始会很爱惜，但后来沾了点灰尘、油污，就有了随它便的想法，破罐子破摔。"高且源整整 T 恤衣领。

"你现在进行的旱厕改造、广场建设，吸引外来人，等等，对乡村现代文化建设都能起促进作用。但还需要提出一些观念，当然，社会主义核心价值观很全面了，是主调。要围着这主调，结合村里的实际，再具体化、形象化，像以前提的'三大纪律八项注意'，不拿群众一针一线，现在中央的'八项规定'，不铺设地毯，不摆花草，不让群众夹道欢迎，等等，都很具体。对对，从点滴做起，潜移默化，润物细无声。"

"我原以为当乡干部、村干部就是吃吃喝喝，在嬉打哈笑中把工作干了。也想过把支部书记当副业，像您说的，用小小的权力占尽天时地利人和，继续搞自己的主业，继续厂子生产。现在干了，才觉得不是那么回事，乡镇干部也不是想象中的胡打歪踹，村干部胡打歪踹也不行。"

张主席又哈哈笑。

"作为村支部书记，不能是狼，狼是要吃羊的；也不能是你说的堂吉诃德，羊群中冲撞——他那样的人作为牧羊人，羊群定要遭殃——应当既是领头羊，又是牧羊犬，当然不是说集凶残的狼性、温柔的羊性、摇尾乞怜的狗性于一身，是说既要带好头、领好队，又要管好自己的羊群。整体利益只有给个体带来实惠，个体才觉得有价值。你和相兴旺不睦，和潘大金有矛盾，追根求源是你们的文化冲突。你带着城市文化回村里，举例就说工厂、机器，生产的程序化，我总结说你是'机器论'，相兴旺、潘大金他们是'守乡人'，残抱着乡村文明，相兴旺开口便是你们为拼凑的一牺牲口，怎么耕耙锄耩，二十四节气，我总结他是'耕牛论'。哈哈，你们是'机器'与'耕牛'论调的冲突。且源，要学会对这片土地笑，对这片土地上的人们笑，对老相、潘大金，对你二叔，对自己笑。"

"老婆也说我都不会笑了。主席，看看老百姓渴望的眼神，想想你们领导对我的支持、希望，这些天我也想，支部书记干了，就要把它当成正业，不再图别的，到哪天老百姓一觉醒来，念叨起我的时候，能吧嗒吧嗒嘴说，这个高且源，还真行，还能给咱干点实事儿，我也就知足了。一切还没开始，一切从头再来。"

"是啊是啊，日子虽短，却仿佛早上。"张主席又道他这句语录似的话。

高占巧来送开水，张主席让就座，高占巧嘴上推辞，眼睛看着高且源，还是找位子坐了下。

"不敢跟领导一块儿喝酒。"别人的一顿饭、一杯酒、一筷子菜，有沾的可能没沾上，高占巧便觉得亏大了，会叹息自己窝囊，没用处。高占巧摸起酒瓶往自己碗里倒些，嗅嗅，"好酒。"咂咂嘴。其实，对于酒，不论好孬，高占巧只要喝别人的，都要赞一声"好酒"，都要当作"好酒"，不留情面地喝。

真是好酒。今天星期六，张主席说，上班时间不让喝，休息日喝点。高且源从自己车上拿一瓶，犒劳张主席。

"且源干得不孬，"高占巧夹着菜的手，还顾着把大拇指竖起来，"俺侄子。"

高且源有了几分酒意，也露出几分舒心又酸涩的笑。

"恁说，"高占坡瞅瞅高且源，又瞅瞅张主席，"张风旋怎么能领他妗子跑？他妗子怎么能跟他跑？"

"什么跑不跑的？"高且源说。

麦草找不到后，潘大金领着他娘还有麦草的孩子到村里、到乡里闹过几次，因为没有确凿证据，乡里、村里也没有解决的法，潘大金也只有垂头丧气、走路头更低的份。

三人闲谈着，相兴旺突然打来了高且源手机。

"完了完了高书记，看起来真完了，高书记。"

高且源听出了小酒馆的嘈杂声，听到了相兴旺带有哽咽的啜酒声，心不禁悬起来。

前天高且源和相兴旺在村办公室里抵着头商量，高且源说，实在没招了，不论潘成家怎么生气，咱必须摸清他的心理，鼓动他，资必须投，不然，前功尽弃，骑虎难下了。相兴旺沮丧地说，原来听我的不搞开发多好？高且源道，现在不是抱怨的时候，你去趟关外，和潘成家面谈。相兴旺心里不痛快地去了，找到潘成家，被潘成家一顿吼叫。相兴旺说，资还得投啊，不然咱不折得更大？潘成家说，你们弄成这样，还能怎么投？相兴旺道，你不怕村里老少爷们笑话？潘成家说笑话值几个钱？我还要跟你们打官司，把我的钱追回来。

"咋办啊？"话筒里传出相兴旺的呜呜声。

张主席说："且源，不能等，还得想法。"

"想法，法在哪？"

张主席道："国家、省里、市里都有支持农民工返乡创业优惠政策，你这里的困境，我给李书记、谷乡长汇报了，他们又给市里作了汇报，都把你这旅游开发列为农民工返乡创业项目，市里、乡里协调有关部门，政策上支持，资金上扶持。对了，上级的美丽乡村建设补助资金也马上到位，都重新启动起来。且源，"张主席端碗又把高且源的碗碰得啪一声响，"工程不能半途而废，要干下去。"

三

开发工程停摆，高且源愁得坐不住，来到村子里除了在办公室里打转转，就是在山下转悠，到天黑，回到家还要站在阳台上往这里呆望。

他心里像那半拉子台阶、没完成的庙宇地基，荒草滋生，刺得疼，慌，又杂乱无章。

现在界定山开发的情况是，赊欠的物料，人家逼着命要钱；欠的老百姓的工钱，人们街头巷尾议论。

没有金刚钻别揽瓷器活。

当官儿的都会糊弄人。

牛逼吹到天上，炸了吧。

再不给，上乡里找去，市里上访去。

上北京。

那天临近傍晚，一向不大和人言语的安生，堵住正要回城的高且源——安生在村委会门口等了半下午——不敢看高且源的脸，直瞅着自己沾满泥巴的脚趾，说，高书记，俺娘心脏病又犯了，我干活的钱……说半句留半句。看着畏畏缩缩的安生，高且源心里五味杂陈，本想让老百姓在家门口干点活，挣几个钱，现在却伤了他们心。从自己包里掏出三千块钱递给安生，说，先看病，工钱以后再算。又说，打起精神来过日子。安生感激着说，精神我打起来，日子给我摁下了，打起来摁下了，还怎么打？

这些天，高且源联系了他干厂子时认识的不少有实力的外地客户，也厚着脸皮去找和他曾是竞争对手的几家企业老板，绞尽脑汁，鼓舌描绘界定山旅游开发前景，谈及投资的事。他们听后，都赞扬高且源有眼光，站得高看得远，先让高且源心里一喜，但随后都要转话锋，不是说手头资金紧张，就是说不懂这个行业，没有答应的，还不忘祝福高且源一句发大财。真是骑虎难下了。

这天，高且源接到一个电话，是南方一家企业的钱老板打来的。他和高且源有过生意上的交往，年龄差不多，也志同道合，说是来本市与一家机床企业签订购销合同，事办完了，要与高且源一见，闲叙。高且源脑子里立即闪出一个念头，抓住他。来到村里，来到界定山脚下，高且源道："游游山玩玩水，看看我们半截楼村的大好河山。"

站在指挥部前，望一眼有模有型、孤傲而立的界定山，钱老板道："不错。"

"好山好水好人家。"高且源几分自豪。

"你转行的产业？"

"怎么样？"

"好好好。"

"会当凌绝顶，一览大平原。"高且源说着，带着钱老板漫步攀登而上。毁坏的台阶虽已修复，但却断断续续不连贯，更没有向上延伸去，还让石缝里长出、道两旁漫上来的野草覆盖着，人迹罕至的样子，看得出只是开了个头。钱老板心里已明白八九分。

"干不下去了？"

"暂时休工。"

太阳把橘红色的光芒透彻地洒在岩石上、草地上、树木上、灌木丛里，也热乎乎地笼罩着二人。他们或并肩或前后往山顶攀登，有一问没一答地闲聊着，但心里却都不敞朗，各揣心事，各作着自己的盘算。钱老板来本市，听说高且源转行搞了旅游开发，嘴上说来找高且源闲叙，实则来看看他的项目，也不是没有合作的打算。一个多小时，二人站在了山巅。放目四野，一片初秋的生机黛绿，又有绿树环抱着的村落，星罗棋布，阡陌相连。远眺，西边的微山湖犹如一片明镜，帆影几点，而大运河则似一条丝带南北飘然而去。

一幅田园画，一首抒情诗。

"县城就在眼前。"高且源指指远处一片城郭，道。

"二十来分钟车程。"

"你知道，我们市还没有一处休闲的好去处。"

"大发财源。"

"有兴趣参与？"高且源问得轻描淡写。

钱老板哈哈一笑："我的钱都让你以前搜刮净了。"

"有几个想投资的，我们正洽谈。"

"你是遍地撒网，重点收鱼。"

"主要看人合得来合不来。"

"项目一期需要多少资金？"

"规划刚才我说了，你估算多少？"

"千把万。"

高且源点点头。

高且源深知虽说自己也经营过厂子，曾是企业人、商人，现在还一身算计、计较的商气，但相对于钱老板而言，他却要不老道、城府浅的多。他了解作为商人的钱老板，聪明、智慧、机智，但更多的还有疑惑、猜疑，以本能的又被日积月累加大的不信任和对一切的怀疑，来防范他人，防范风险。但多天来，自己好像无头的苍蝇四处乱撞，也没撞出个结果来，现在尽管钱老板东绕西绕，不接正题，但他眼睛却放了光，一定动了心思。可不能让这"款爷"跑了，不然，再哪里找去？高且源想着，言道："你给我一打电话，我就想起了你，不能忘老伙计。"

钱老板又哈哈："想我的钱？"

高且源也哈哈："我们不缺钱。"还拍拍没有衣兜的 T 恤，仿佛那里有钞票、支票。

钱老板以商人的目光，以他对该市的了解，以他对市场的研判和精算似的把握，他看到了界定山旅游开发的潜力和价值，同时，这么多年和高且源打交道，也揣摩出高且源在急着寻求投资者、合伙人，但他不动声色。

"你知道，我们搞生产经营的，哪有闲钱？"

高且源走近钱老板，拿扇子给自己扇几下，又扑哧扑哧给钱老板扇。送去凉风，打动他心。

"如果你没有意愿，我可要和别人定了。"

"以前债务多少？"

"债务？"高且源现惊异状，走进一片树凉下，擦把额头上的汗水，"钱老板，我们老交情了。"又把一瓶水递给钱老板，"实不相瞒，原来有个投资人是我们村的，抽股不干了。至于债务，我和村里跟他清算，都是老邻居本舍的，也好说。"

"没那么简单。"

"不会多复杂。"

"现在你是一腔糖稀。"

"两屁股糖稀我也自己擦。"

钱老板摇头。

高且源着急。

"我以个人名义、财产给你担保，我们自己理清，自己负责，保证和下步投资不牵连。"

"生意、合作就怕狗撕羊皮。"

"我们这里虽然有狗，但少羊皮。"高且源笑笑，"再说投资环境，村里老百姓没说的，没有人阻碍。要说各级政府，乡里、市里都把这个项目列为农民工返乡创业项目，诸多方面给予优惠，大力支持。"

"以后你书记不干了怎么办？"

"法制社会，签好合同，谁能胡来？"

"干脆，书记你别当了，就搞这开发，挣了大钱给村里办点事，花不了、嫌多，每年再给村里老百姓分些，他们不更说你好？"

"钱老板，钱老板，"高且源扶着树笑，"人没有嫌钱多的。"直起腰来又一本正经地道，"钱老板，我真不是唱高调，我当书记，没想着光闷着头自己发财，就是想实实在在给老百姓办点事，和老百姓一起挣钱，人人挣得心安理得，花得心安理得，不是施舍。跟你合作，也没想要刮费你，也想让你发大财。"

"伟大。"钱老板掐朵小花鼻子上嗅嗅，"我反正一天不查钱就一天恐慌，睡不着觉。"

四

"你光顾自己？"老冯气得把脚下的泥地跺出一个深深鞋印。

"我是上水头，没办法。"老马不温不火不怒不饶。

东坡打的三眼井，都接近二百米深，其中一眼还自流水，整日汩汩地流，不用时灌到村前小河里，河水更欢，更清澈。

老马负责观光园后，请来市里的农艺师、旅服部门有关人员、村里的种田"老把式"，实地考察、开座谈会，大家出主意、想办法，作出规划：观光园要有"光"可"观"，奇花异草怪树都要有。大家商量确定，建设"百花园""百草园""百树园"，让游客看百花竞艳，嗅百草芳香，观百树争奇，怡然自得中陶冶性情。老马带领村里安排给他的一班人马，整田畦，修曲径，种植、栽植、移植，"百花园""百草园"已初具规模，初步形成接待游客能力，日收入不少。想象着老马整日把钱数得"哗哗"

的，老冯就心生妒忌。今日，老马又把刚打出的自流井水引到自己观光园里，沿曲径而流，老冯便以耽误自己用水为由，找到老马理论。

老冯的采摘园，接管的是原来潘二银承包的果园，栗子、核桃、大枣、苹果、花椒、梨、桃都有，但由于以前疏于管理，尤其是去年秋冬剪枝不力，今春管理又没有跟上，致使开花坐果了了。好在，老冯地边、沟头、坝堰点种芝麻、高粱、绿豆、豇豆、红小豆、山豆角等等秋季作物，虫子手捉，不打农药，野草手薅，不喷洒灭草剂，纯绿色食品，也迎来盈门顾客，自采自摘。不是这两项，今年或许他的团队要"颗粒无收"。

此时，他想抓住这秋季作物"上米"的大好时机，再大浇大灌一遍，不想老马截了"水头"，嫉妒加急躁，让他对老马咆哮。

"咱都在机关干过，不懂点大局意识？"

相兴旺的儿子相启，在相兴旺征得高且源同意后，暂时被安排在老马的观光园，当副园长，待秋收后，再去高标准农田负责大棚建设生产。相启原来在县城打工时，每天早走晚回的，干够了。他跟他爹相兴旺商量说，你手里也有几个钱，我也挣了几个钱，不出去再受洋罪了，在家里干。相兴旺说，只要脑子、身子不懒惰，在家里干也有发大财的。来观光园后，相启每天便早早来到这里，到傍晚老马崔几次才收工回去。

见老冯气得像气蛤蟆，相启调解："老冯，这样，水走我们这里，我们不用，光看，光让游客看。人都有亲水情结。"

"你跟我干去。"老冯说相启，"我跟相主任说。"老冯觉得有了"坐地户"相启，老马就不能讹他了。他觉得老马是在讹他。

"在我这里是副园长，你给他什么？"老马呛老冯。

"园长，我把园长让给他，你敢？"老冯说。

"别较真了，多大的官儿？什么官儿？"相启一阵笑，"你们俩都变成老小孩了。"

二人醒悟过来似的，跟着咧嘴。

老马说："真有意思。"

老冯说："真没意思。"

一个又说："弄不好不好看。"

一个也说："不好给村里交代。"

老冯最后说："你们不能用水，记住，你们说的！"

对于两个"园子"，他们二人都当作了自己施展能力的舞台。他们聚在一起，一个常说，村里这么相信我们，我们要对得起村里。一个常说，还有对得起入土地合作社的群众，对得起跟咱干的伙计们。

斗智斗勇，唇枪舌剑，不亚于一场向山头进攻的战斗，高且源终于"拿下"了钱老板。"赚了赚了，你赚大了。"高且源嘴上说着钱老板，自己心里却美滋滋的。天无绝人之路，凭我这本事、能力，还有办不成的事？

村委会里，高且源兴高采烈，亲自操刀，正和钱老板一起拟定合同，手机忽然响了，来电显示是潘成家打来的，开口便带有几分恼怒。

"怎么，把我撂一边了？"

高且源一怔。

手机里潘成家继续道："我给你说不干了？"

"相主任不是去你那里一趟？说你退出，我们正商议你以前的投资怎么算。"高且源明白了潘成家的意思。

"我退出，他说？清算我以前的投资？"又来个老牛大憋气，潘成家继续道，"我的投资，你们能算得清！"

"工程半拉子撂那里不是回事儿，你不干，我们得想法。"

"你们想法儿？"

"老百姓都有怨言。"

"老百姓有怨言，你们想办法！好好好，高书记，高大老板！一开始你们糊弄我投资就没安好心。我在这里给你们把话说清，你们把我踢一边，那熊东西拿的二百万我概不负责，我以前的投资还得算投资，还要参与分红，少一分我不愿意你们。"

"那得看给你算多少投资，再说张总经理，他不是你的人？"

"你说这我更来气，正因为他是我的人，正因为你们想自己干，你们才撵走的他，讹走的他。"

"我们讹他、撵他？"财大气粗，不讲理了。潘成家如果在跟前，高且源或许要把手机砸他脸上。他跳着，指着半截楼北面的那扇小窗，指着关外方向，好像指戳到了潘成家，"你是他亲舅，他是你亲外甥，说不定你们是共谋合伙。"

"我们合伙，高且源？好好好，高且源，我现在就给李书记、张市长打电话，让你支部书记别干了，界定山我自己开发。"

"支部书记我不干了？你自己开发？我开发完再不干书记。电话你打，我开发经营，不是光为了我个人，还有全村老百姓的利益。"

"全村老百姓，天王老爷！说的比唱的还好听。经营！开发！我是捋锄杠的？！来我关外看看。"

"行了，"潘成功对着话筒朝潘成家吼，"有事说事，有理说理，光说气话有什么用？"

潘成功见高且源和钱老板达成了协议，要签订合同，给潘成家打了电话，说不光是投不投资的事，不光是你挣不挣钱的事，半截楼村不回了？回来不难看？家族馆不建了？村干部不用了？

潘成家带着气，给高且源打来了电话。

"不论你怎么说，开发我必须继续参与，不然我把山炸了，炸成平地、大坑、大海，搬到外国去。"

高且源啪的一声把手机摔在桌上，仿佛要把潘成家的嘴巴捂住，也仿佛要打潘成家一个大嘴巴，还震得那架模型飞机跳一下，歪倒，他自己则气得呼哧呼哧喘。

"今天说不干，明天又说干，光想拿捏人，怎么合作？"开始商量投资时趾高气扬，好像能买下整个世界；出点问题了，你抽钩①。现在老百姓反应这么大，工程能撂那里？我参与了、有投资不假，想挣钱，我投资也只是个引子，想有条件的都参与开发，老百姓都能得些利益。

钱老板站起身，望着窗外悠悠地说："我早就说不会利索。利益面前没有亲朋，只有乌眼鸡，尔虞我诈，你争我夺。"

"什么亲朋、面子、邻居本舍的？"高且源说，"都不讲了，让他滚一边去。"

潘成功无声地挪到了屋门口。

"且源，要商量着来。"张主席道。

"商什么量？不让他搅和。"高且源说。

你高且源刚才怎么能说我说的他不干了？不会拐个弯？你不是出卖我，操伙计？相兴旺想着，涨红着脸，也是要对潘成功洗白自己，说道："那话他没说？！没说，我是三生两岁小孩胡哕哕？拉过他来当面锣对面鼓地对质。"把烟头扔地上，又用脚狠狠碾烂，"不让他干，咱和钱老板一块干。"

张主席又把那绺耷拉下来的头发扶头顶上去。

---

① 抽钩：物体由挂钩挂在一起共同前行或运行。抽钩，比喻（撕毁合同、协议，放弃承诺）不干了。

"且源，以前老潘也参与了，还有那二百万，你们协商下，最好还是让他继续投资，几家共同开发。"

"我们商量完的事，我的投资额不能变。"钱老板极不高兴。

"投资额，"高且源念叨着，"要不，我退出，不投了。"

"你撤我也撤。"钱老板道。

"旅游开发没有止境，投资多，可以精细打磨，也可以增加建设。"马一腾说。

"扩大投资。"张主席道，"把计划的二期工程提前投资一部分。"

"真不行就扩大投资，"钱老板道，"合同上都写清楚，严格股份制，严格董事会负责制，谁也不能胡来。"

高且源去趟厕所回来，又抓起手机给潘成家打。

"老板二叔，刚才心急，说话没把住门。"

潘成家也一阵道歉，随后说道："高书记，资咱还得投，开发还得搞，作还得合，包括钱老板，他想多出资，让他任董事长、总经理，咱严格股份制。那熊东西拿的钱，如果不能追回来，按原来投资比例，我们负担。"

"你……？"高且源想说你还有钱，没出口，换了个说法，"别让我们整天给要鸡账的样①。"

"高书记，高老板，你觉得我没钱？"潘成家听出了高且源的意思，心里还想，瘦死的骆驼比马大，我拔根汗毛都比你的腰粗。"前段时间确实遇到点问题，现在我正好包租了几千亩地，种了土豆种，也该收、该

----

① 要鸡账：过去，卖小鸡时兴赊欠。小鸡孵出，卖小鸡的人推着或挑着竹籖筐装着的小鸡，走村串户，吆喝着"小鸡晾炕，赊小鸡了。"不少人家逮十只二十只的，记上账，回家喂养起来。等秋后，卖小鸡的来要账，有的人家搅和，说都死光了，说大部分是公鸡，想少给几个钱，也有想赖账的，也有的真是没钱。如此卖小鸡的只好一趟趟来催要。要鸡账，比喻要账（钱）难。

卖了，我以比这里再低些的价格，发几百万块钱的货过去，你们卖了，算我投资，一次性付清。"

"卖不搭功夫？钱谁出？"

"你们按生意做，成本刨去。"

经过协商，达成协议，钱老板投资六百万，潘成家把土豆种运来，卖掉作为投资，加上以前的，总投资三百万，高且源投资二百万，村里投资一百万，相兴旺和以前村民的投入继续算，继续共同开发。合同上写着，乡里不投资，乡里负责创造优良社会环境，提供通路、通电等保障。乡政府收入来源于税收，不参与、不干涉旅游开发公司的经营活动。乡里积极争取上级扶持资金，争取的资金作为乡里投资，参加分红。

相兴旺还是负责界定山旅游开发的施工。他把人员组织起来，开会，重新分工。高拧筋依然负责做饭，中午一顿，大锅菜，领导和民工一样饭菜，不开小灶，晚上不开伙。高占巧、潘二银白天干工地，晚上还是看夜。相兴旺一块大石头上站着，手臂挥着，说道，这是咱自己的钱干自己的工程，有糊弄的，偷工减料的，出工不出力的，吃里扒外的，不干人活的，不论你是大叔二老爷七姑八姨子，还是妻侄小舅子，轻者，他娘的批评教育；重者，赔偿、罚款，开除半截楼村施工队，想哪里发财去哪里发财去。相兴旺这次更不敢放松，也拿出了他在关外带工时的脾气，不论老少男女，张口时不时要蹦出几个脏词。

天凉好个秋。现在正是施工的好时机，工地上搬灰运沙的，砌墙垒台阶的，来来往往，叮叮当当，一片繁忙。

这天，相兴旺正在指挥部联系物料，忽然有人大呼小叫着跑来。

"相主任，不好了，高占巧、潘二银打起来了。"

"打破头了吗？"相兴旺问着，不急不忙向工地走去。

潘二银举着瓦刀。

"信不？像切西瓜，咔嚓，我一刀让你脑袋瓜两瓣儿。"

"小贼羔子，我拦腰铲断你，"高占巧扬着铁锹，"这样对待你叔？"

潘二银眼睛直勾勾的，充满血丝，像斗急眼的公鸡。高占巧架势拉着，却是随时撤退逃跑的样子。几人围观，都不当回事。

"都放下。"相兴旺大吼。

高占巧转身躲到相兴旺身后。

潘二银依然气呼呼的。

"相主任，你不知道，我不砍死他不行，气死我了。"

"都放下家什说。"相兴旺呵道。

潘二银右手里的瓦刀垂下，左手指戳着高占巧说道："他磨洋工，糊弄洋鬼子。"

"我糊弄你爹。"高占巧拄着锹把说道。这小子，越来越没大没小的。刚才在这么多人面前，口口声声说我没劲，现在在相主任跟前，又说我没好好出力，相主任说了，自己的活，能惜力？再一说，以后我还想看山门呢，不能看山门，景区那么多门，我看哪个不行？你这么给我一捣蛋，相主任对我什么看法？在他心里，我还有地位？又说潘二银，"越来越不是样了。"

众人嘻嘻哈哈。

两人真有意思。

相兴旺问："怎么回事？"

"我不是上工吗？"潘二银晃晃手里的瓦刀——起先，建设指挥部时他跟高占巧干"下工"，现在垒台阶，他嫌高占巧干得慢，两人交换了"工种"，并且潘二银说，他还是拿下工的钱，高占巧乐意得直夸潘二银"孝顺"，还说，二孩唻你学学手艺也行，景区建起来以后还得常修修补补的，手艺能用得着，我把乎着教你——"我拿刀，砌垒；他是下工，和沙灰。我说上灰大叔，他半天上不来。我说磨洋工？他说急嘛？我说你说急嘛。他说就是你急嘛。我说急干活。他说二孩唻你吃枪子儿也得等我拉开枪栓。你听听相主任，他说的嘛。你说这是咱自己的活，他不当自己的干。下工不听上工的，就是小兵不听领导的，儿子不听老子的，我能不急？你不来，我把他劈两半了。"

高占巧道："我不是尿尿去了？"

众人又一阵嘻哈。

亏了，没尿地去。

把尿的土扒地去。

以后带个尿尿罐子来。

相兴旺听懂了潘二银的意思，劝解道："你是为咱村里着想。"潘二银怎么了这是？转身又拍下高占巧肩头，"老高，你们是亲戚，为这点小事动气，值得？好好干。"

"我不和他是亲戚啦。"潘二银说，"赶明儿就叫俺姨妹离婚，称呼再改过来，他还是叫我叔。"

"小乖乖，你说改就改了？"高占巧道。

看二行①的高拧筋则哼一声，说道："我不是说一百遍了，你再怎么着，你叫我们叔，不改。"

"把你们调开？"相兴旺问高占巧、潘二银。

潘二银道："不行，我要他跟着我干。"

高占巧说："我把灰供得累死你。"

"我垒得快得累死你。"

---

① 看二行：围（旁）观，看热闹。

五

村子里的建设也热闹起来。

几台推土机、挖掘机昼夜轰鸣，清理疏浚河道，修建沿河休闲走廊。老年义工队的十几个人，自愿出义务工，搬石头、平土堆、清柴草，整平村文化广场。半截楼的修复，经过专家测绘、鉴定、设计，拿出了加固楼体、修缮楼顶、修旧如旧、保持原貌的施工方案，聘请的一名古建筑专家也住在了村里。相兴旺组建的建筑队，脚手架、搅拌机、瓦刀、灰盆一应工具，已准备俱全，在楼前堆放着。相兴旺说，放挂鞭炮，马上开工。

这一切却不是潘大金愿意看到的。

这天，他又把潘二银、潘四钱叫到家里来，摆明眼前情况，继而说道："你俩都说说咋办。"

潘大金这次让他两个兄弟来，是商量坑塘的事。他家门口前有一处坑塘，坑塘在半截楼后，夏天积水，能把半截楼洇多半年，专家说填了，潘大金对两个兄弟说那可是他们家庭的风水宝地。

潘二银坐在那里，呆望着屋顶棚上的一只蜘蛛，蜘蛛正在墙角处从屁股里放出一根长长的丝线，长丝线飘飘摇摇，底端探索到一面墙壁，粘住。蜘蛛又从屁股里放出另外一根线，随后顺着这根线它把自己往下吊，到了中间，又放出第三根，勾勒出了一个倒"Y"。接着，它上上下下左左右右地爬，绕口令一样地绕，织工一样地忙，不大一会儿功夫，一张网的雏形形成了。潘二银不错眼珠地盯着，在心里说真好玩。蜘蛛却搭了话，说好玩？不是玩，是为了生计，为了生计，我忙得都不知道自己是一只蜘蛛了。潘二银说，你的活多轻巧，忙乎一阵子，清闲一辈子。蜘蛛哈哈笑，布下八卦阵，捉住飞来将。潘二银说我如果能像你一样就好了，天天赌吃坐喝。蜘蛛说日子就像剥洋葱，在期待中一层一层剥下去，到头来里面什么也没有。认真不得，又不得不认真。

潘二银在心里和蜘蛛说着话，潘大金说了些什么，潘二银根本没入脑，在暗叹，蜘蛛真聪明，蜘蛛精还缠住了唐僧。潘大金再问一遍，潘二银也只是睡醒般眨巴下眼皮，看眼潘三玉常坐的地方。空空如也。原来他好像是帝，是王，现在却没有了。

潘四钱发话："谁填砸断谁的腿。"

"光发狠没用。"潘大金说。

"没用没用。"潘二银重复。

这些天以来，潘二银的变化都看得出来。潘二银的媳妇私下里对潘大金和潘大金的媳妇说，眼前有人还好，还能坐在那里，一句话不说，只是喊几遍才反应过来。一没人就自己和自己说话，一问一答的。大哥大嫂问都说什么，潘二银的媳妇说，他说城里那张板凳有人坐了没？没有没有。谁敢？也可能坐了，随他便吧。又说，对不？对对。不对。绝对不对。怎么不对？根本不是那回事。还攥着拳头狠劲往下砸着——下面什么也没有——你说吓人不吓人大嫂？晚上叫他关院门，他嘴里嘟哝着，关门去关门去，关门关门关门去，关好了，还要再回去摸摸，来回好几趟，你说怎么办大哥？多愁人。那天晚上，我睡了，半夜了，他还没睡，我起来一看，他正摆弄一根麻绳——新买的，他上集买的，我还说不收不割的买绳干吗？他说自有用处。我又装睡，眼瞅见他打个活扣，一边往脖子上比划，一边说行行行，这样就行，一会儿又说不行不行，那会难受死。又说，还有什么好法？没好法了。吓死我了，大嫂，抱着他哭。他说怕什么？人不能长生不老，又岂在乎多活三年五年？恁不见大哥，他天天把钥匙扣在手指上套来套去的？我问他套嘛，他说练练，不然会更惨。我问练什么，什么更惨，他说死法。我朝他说气话，说这就死去。他说得有目标，等待时辰。都是些什么呀大哥。

潘大金当然也看出来了，以前潘二银尽管也是不大说话，但嘴皮子还算利索，说起来也还在板儿，还时有幽默。现在在人面前，话不说了，嘴皮子好像也不听他指挥了，来一句也是蠢蠢的，噎得人半天喘不过气来，还叫人哭笑不得的。

现在潘二银又开了口："风水真毁了咋办？"

"当然不能让它毁。"潘大金说。

"有宝又有什么用？"潘二银又道。

真蠢！潘大金想，怎么啦这是？

潘二银还盯着墙角处，那张网已织了半个，忽然一阵风吹来，窗帘一动，搅得那将要成形的蜘蛛网破损了。潘二银身子不禁一哆嗦。潘大金看见了，扭头看墙角。蜘蛛正急速上爬，欲离去。

潘二银听蜘蛛对他说，这地方不适宜，再见了。

潘二银摆摆手。

潘四钱见二哥摆手，也看到了蜘蛛，说潘二银："二哥，一只蜘蛛你怕嘛？你有病？不行，找神老嬷子看看。再不行，我明儿陪你去市里医院看去。"

潘二银惊悟："我有病？搬石头高占巧都搬不过我。"

"脑筋转个弯就行了。"潘大金否定潘四钱的提议。死了一个，再查出来个神经病，在半截楼村不难堪死了？他宁愿相信潘二银是小心眼，遇事想不开，看不开，脑子不会拐弯，也不相信潘二银有这病那灾。在心里叹一声，又说，"风水得信，看看聋子，整天葫芦捣茄子的 [①]，越过越

---

① 葫芦捣茄子：抱着圆滚滚的葫芦不好捣圆滚滚的茄子，捣不烂，没效果。比喻胡打歪蹦，没规划。

不济了吧。"

潘大金看小说《三国演义》，他说是研读，不研读焉知其中味？也痴迷风水，看了几本闲书、杂书，附近村子的不少人时常请他去看个阴阳宅、择个吉日什么的。能显示自己能耐，又能排解平日的无聊，还有些收入，挣得几合烟、几瓶酒和一堆恭维话，他很是心满意足。

坑塘在半截楼后，潘大金的家隔一条东西大街在坑塘后，他觉得他的家是在风水宝地上。那年头，计划生育抓得那么紧，他还生了两个闺女、一个儿子，两个闺女还能考上大中专，端上公家的饭碗，这不都得益于宅子的好风水？宅子风水好在哪里，他左看右把乎，又从历史的、现实的角度来分析，最后落脚在这坑塘上。

坑塘原来不存在。一九三九年，日军的炮火轰炸小楼，把小楼削去半个，几发炮弹也落在楼后，炸出一个大坑。那时，他爷爷因为整日正事不干，已卖净了田地、房屋，锅都揭不开了，见炮弹炸出了大坑，觉得有炮弹皮，找几块打个切菜刀什么的肯定不错。挖了三天三夜，他爷爷弄了几块碎鸡蛋壳大小的弹皮，也让那土坑更大，变成了坑塘。新中国成立了，他爷爷分得了当地主的他大哥的一处房子，也就是现在潘大金住的地方。潘大金觉得，他爷爷的风光也便从此时开始了，忆苦思甜，抗战教育，这里那里，在全公社作了不少场报告，还上县里作过几次——当然，他一报告就说，在万恶的旧社会，当地主的亲哥都不讲良心，讹他——后来他入了党，在村子里跟着高且源的爷爷干一阵子。其后，潘大金的父亲也入了党，他们弟兄四个也都相继入了党。后来潘大金反复研判，觉得爷爷的起家，就源于这个坑塘。爷爷也说过，那年夏天，坑塘里无缘无故便有了鲤鱼，有一天傍晚下大雨，一条鱼还跳到了他家门口，捉了在盆里养了一个集空（五天），也是捉到鱼那天，潘大金的娘便生下了潘大金。潘大金小时候还问爷爷，那鱼后来呢。爷爷笑着说，催奶了催奶了给你娘，足得你都吃不了。

潘三玉当上书记，潘大金又从这里挖沙取土，盖猪窝、垒鸡舍、建羊圈，有时垫粪坑，让坑塘变得更大。也是那几年，在潘大金眼里，坑塘边又无缘无故长出一棵梧桐树，那天一大早，他还看见一条花蛇盘在树干上。那可是小龙。接着，他两个闺女一个考上了中专，一个考上了大专，儿子也考上高中——不过儿子后来因为早恋，没考上大学。潘大金的媳妇说儿子，也是说潘大金，随根。意思是像潘大金，热衷女人。那时，他每天的日子都是哼着小曲过的，更觉得这是这坑塘之功劳。有时他想起潘三玉的死，能跟潘四钱砸错桃木楔子没点关系？当然，这事，他给谁都没说过，包括他亲兄弟二银、四钱，包括他媳妇和他三个弟媳，只闷在自己心里，有时想起来也自责、心疼一阵子——他又想，潘三玉的死还与这坑塘有关。去年夏天下大雨，坑塘的出水口被他前天倒的一车土堵住了，他没有扒开，堵住了潘三玉的气数，气绝身亡。他给潘三玉算过命，潘三玉是水命，怕土。"潘三玉的魂附潘二银的体"，那事一直缭绕在潘大金心头。这之前他常听老年人说"鬼附体鬼附体"的，但没见过，不相信，亲历了那次之后，他不怀疑了。尤其是一点，潘三玉活着时，也是支部换届选举前夕，只他们弟兄俩说话，他对潘三玉说，人啊，生是偶然，死是必然，在偶然中就要活出精彩。什么是精彩，现在社会就是拥有足够的钱财，腰缠万贯。潘三玉听了不点头也不摇头，还表现得极不耐烦，甚至有些厌恶。"附体"那天，这话竟然从潘二银口中说了出来，并且还是潘三玉那不耐烦、极厌恶的表情。所以，保护好自家风水，成了潘大金近时期以来心里装着的不小的事。

现在，他不让填这坑塘——包括去年夏天他没有扒开出水口——还有一个重要原因，他盼着每年夏季，坑塘里存满水，浸泡得、洇得半截楼下陷，倒塌。

村人们早传说半截楼里藏有金银财宝。潘大金知道他爷爷挖炮弹皮，更多的是为了挖宝。他还记得他爷爷临咽气时说过这样一句话，埋得深着呢。没有上文，也没有下文，但潘大金认为爷爷是说宝贝埋得深。潘三玉当书记时，潘大金也多次走进楼里，这里瞅瞅那里瞧瞧，又这里那里敲敲，想找到宝贝。他甚至想过找个电影电视里的金属探测器探测探测。有几次，他撺掇潘三玉，说对外说新建村委办公室，把半截楼扒了，潘三玉借上级加强村级阵地建设，着手要扒楼，却都被高且源的爷爷挡了住。潘大金也自忖，等高且源的爷爷死了，潘三玉当着书记，再拆半截楼。但万万没有想到，高且源的爷爷死了，潘三玉也死了，高且源当了书记，扒半截楼，他更当不了家了。看起来只有学习关羽，水攻，水淹七军。

再加上，高且源的爷爷临死说村子里有传家宝，在村里传得沸沸扬扬，也更让人们相信以前的传说，让潘大金更相信自己的判断。现在，村子里不少人一有空便拿着镢头铁锨四处乱找、乱挖，潘大金见了，都嗤之以鼻。缘木求鱼。高且源一当上书记，潘大金便找法律文本，找半截楼是他祖上留下的人证、物证，只等着半截楼一倒塌，金银财宝一现出，他就把证据啪地亮出来，打破头也好，打官司打到最高院也好，都得把财宝弄过来。

他日日盼着半截楼倒塌。有几次梦中，他梦见挖出几甏缸金的玉的镯子、项链，还有瓷器、宝剑、铜镜、古币、"袁大头"。他一会儿搂搂这缸，一会儿抱抱那缸，都忙不过来，要不是鸡叫了，他肯定要累脱气。醒来，他还打开大门到外面看看，黑漆漆的夜里，半截楼黑森森地立着，宝贝依然不见。为嘛要醒来呢？怎么没搂住呢？

此时，他又对两个兄弟说："这几天咱弟兄们都别赶集上店的，哪里都别去，谁敢填跟谁拼命，明白吗？风水必须保住。"

高且源围着半截楼转一圈又一圈，看着斑驳的墙体，老人破毡帽似的楼顶，童年的不少记忆又浮上心头。上小学，高且源在半截楼一街之隔的村小学里，一放学，背着书包连蹦带跳来到半截楼里找爷爷。一年级刚入学的那天跑来，爷爷问学的什么，他比划着，又放开童声说着，一二三，人口手。爷爷把他揽怀里，说我也教你，人之初，性本善……

有时他便尽着性子在楼里玩耍，但也只是往下爬到地下那层，往上沿着那半截楼梯爬进一个黑洞，弄得满身灰土再爬下来。爷爷多次叹息着说，什么时候把楼接上，让你爬上去，站在楼顶上看看整个村子，看看外面的世界，大着呢，望不到边。爷爷又感叹，小楼不能拆，什么时候都不能拆，它是半截楼村的一段历史，承载着人们对美好生活的向往，又是一个农村党组织奋战、奋斗的记忆。今天就要动工修建了，半截楼要以一个新的形象矗立在村人们面前，爷爷多年的心愿就要实现了，村人们多年改半截楼村为新楼村、高楼村、福满楼村的心愿就要实现了，高且源心里有说不出的激动和喜悦。他见聋子在笑，三麻子爷爷在笑，围着的村人们也在笑，那棵老槐树招了招手，满树的麻雀动听地叽喳着，石头线杆上的钢轨头似乎也悦耳地当一声，他眼里浮现出，来日，和村史馆、农家院一条街组合成一体，勾勒出的靓丽风景线，游人络绎不绝，村子活力四射，村人们坐在家门口数着钱，喜得合不拢嘴，安居乐业。

相兴旺驾驶三轮车，拉来一车沙土，突突地正要向楼后坑塘里倾倒，潘大金跑了过来。

"相主任，你干吗？"

"填坑。"

"填坑？你填？你敢填？"潘大金像张开翅膀要格斗的大公鸡，两只胳膊唿扇着挡在三轮车前，"你敢填我先填你的坑。"

填他的坑，相兴旺当然明白是埋他的意思，潘大金是在诅咒他死。看着潘大金血红的眼睛，他知道他来真的了，不敢跟他理论。从他扛长工的爷爷到他爹到他到他儿子，追根求梢，四代了，都是单传，势单力薄，他没有跟潘大金兄弟们斗的资本。熄了火从三轮车上跳下来，呆呆地愣在那里，像是嘟哝，又像是跟潘大金私语，"俩夹"手摸摸下巴，低声回道："研究完了，说填，咋办？"

昨天，潘大金专门到了相兴旺家，说你们村里修楼我问不了，也不问，但坑塘绝对不能填。相兴旺和稀泥，说再研究研究，和高书记再商量商量，最好能把方案改了。有了相兴旺这话，潘大金还觉得坑塘不填了，晚上睡了个没做梦的好觉，今天一大早抖擞精神起来，哼着小曲，踱出家门，不想，看到的却是相兴旺拉来沙土正要往坑塘里倾倒。这不是作天？岂能容忍！

"谁说填谁填，谁敢填跟谁拼命。"潘大金撸胳膊卷袖子，一边蹦着、跳着，一边说。

高且源拍打拍打西装袖子，又抖抖领口，有灰尘他要拍打掉似的，笑吟吟地问道："怎么了？"

潘大金因气愤，喘得像怀孕八个月的孕妇。

"死了一个，还想再死一个？死了，死光，死干净，你们就舒心如意了。"

"填一个坑怎么就死人了？"高且源问。

"风水，"潘大金一蹦三尺高，"你想断我家风水？"说着，指指东边的山，指指眼前不下大雨不流水的水沟子，手指最后落在脚下这个堆积着烂白菜帮、烂萝卜头、烂鞋头子、破内衣、旧塑料袋的坑塘上，仿佛这里面真藏着龙卧着虎。

"什么社会了还迷信？"高且源不屑地说完，不看潘大金，抬头看灰蒙蒙的天空。那里正有一行大雁摆着阵势嘎嘎叫着南迁。

"你，"潘大金把气往肚里咽咽，又往胸腔里提提，"你懂什么？！"

"我懂什么？"高且源掂量着潘大金的话，"我懂修建半截楼，懂给村里老少爷们办点事。"

"说得比唱得还好听，谁不知道你回村来就是为了自己发财。"潘大金从鼻孔里哼一声，又道，"修楼，谁不明白，为了寻宝。"

寻宝？

没利谁起早？

哪有什么宝贝？

是啊是啊，有，也让日军偷走了。

他在捣乱。

……

人们议论着，猜测着。

"你……"高且源像一股凉风灌进嘴里，噎成一个打不上来的呃，嘴里"好好好"一阵子，继而逼近潘大金一步，有把他逼退之势，抬起手指戳着，"潘大金，不论你说什么，不论谁说什么、怎么说，楼必须修建，坑塘必须填，天王老爷也挡不住。"你明目张胆地跟我过不去，我就要治治你的猴跳。

众人见高且源动了怒，都不禁往后闪，流出一片空地，似戏台，似格斗场。

六十多岁了，名字被轻蔑地叫着，唾沫星子喷脸上，手指头戳鼻尖上，在这大庭广众、众目睽睽之下，在村人喜爱看热闹、暗望分出个你死我活高低的围观中，被这样窝囊，被盛气像大山一样威压，潘大金有无缘无故被当众啪啪打脸的羞辱，有被骂爹骂娘骂闺女骂祖宗八辈的气恼。

"高且源，你觉得你是书记，你能行①，欺负我老潘家没人没势？兔子急了还咬人，狗急了还跳墙，人急了什么都干得出来。我也跟你说清，不论你建楼还是盖楼、拆楼、扒楼，你敢填坑塘，我就敢扒你的小鳖屋②。"

"潘大金，你活腻了！"

"高且源，我早就不想活了，你讹得我们家破人亡，妻离子散。你填你填，你敢填，先把我埋里面。"潘大金说着，支棱起胳膊，颤抖着双腿，向坑塘里滑去。

"填。"高且源对相兴旺下令。

唉，这事我可不好参与，你们斗完再说吧。相兴旺的"俩夹"手又搓左手拇指，嘴里说着"填填"，身子却一动不动。

"老潘，这臭水坑填了，对你有什么坏处？"村里搞大整治，乡里安排张主席和马一腾也都靠了过来。张主席见事情要推不下去，劝潘大金道。

"你不在这里住，说得倒轻巧。"潘大金愤愤地说。

"我们都是为你们好。"马一腾也道，心里还叫声"大哥"。

"都口口声声为老百姓好，谁不都是为自己？为自己升官发财，为自己头上小小的乌纱帽。"

望着围观的村人们，高且源暗想，潘大金，潘三玉好像是因为我回来当书记逼死的，你记仇，你全家都记着仇，这么长时间以来，你们时时刻刻对我出坏点子、使绊子，欲逼走我。现在又借助一个坑塘说事儿，要威风，给我难看，你妄想了。群众都看着，相兴旺吓得龟缩着，

---

① 能行：有能力，横行霸道。

② 小鳖屋：以前的茅草屋都趴趴着，像鳖，像王八。

今天这坑塘挡着了路，半截楼、广场还怎么建？这工作那工作还怎么开展？我这书记还能当？

"我今天倒要看看，填了这臭坑塘能死人，死谁。"高且源说着，几步跨上相兴旺的三轮车，突突打起火。

灰蒙蒙的天空开始飘落雨滴，一滴两滴，无数滴。雨点梧桐叶，发出清凉音韵，雨点老槐树，落一地黄金的叶，雨点半截楼，如幽咽倾诉。

已下到坑塘半截的潘大金，见高且源真要把沙土往坑塘里倒，又手脚并用往上爬，爬上来，冲过来，一把把高且源从三轮车上拽下。

"拼命。"

"叫你拼。"高且源被拽下的当儿，一边叫着，一边手扶三轮车车斗，抬脚把潘大金又蹬回坑塘里。

潘大金翻三个个滚到坑塘底，倒卧那一片浑水边，鞋子掉了，裤腰束在小腹上，一件外衣敞开了怀，露出灰不溜秋的灰秋衣，又浑身泥水，腻成泥巴猪。

"我的娘，我让书记打死了。"潘大金趴泥地上不起来，蹬歪①着两腿，"小二银、小四钱，咱不是一个娘生的，不是一个奶头掉大的，恁没我这个哥，等着发丧吧。"这是他发出的战斗号角，冲锋的号令。

"打。"

工作上时刻受你指派、拿捏；张凤旋携款跑（三嫂都没有了我都没怨你），你几次抱怨我、凶我。三哥死了，你不来参选书记，他能死？又见大哥猪打腻一样在坑塘里蹬歪，可怜巴巴，所有的气都一股脑儿冲上心头，像烈火泼了汽油，潘四钱胸中一片怒火，一边大叫着，一边冲过来伸手要抓高且源的领口，要把高且源摔倒在地。

---

① 蹬歪：指人两腿或动物四肢连续动弹，也有挣扎的意思。

高拧筋知道今天半截楼开工，给工地买饭路过这里。起初他见高且源与潘大金争吵，觉得是公事，一会儿就会平息，没理会。后来又听潘大金吵吵闹闹说修楼是为了寻宝，他还茅塞大开了些。且源真高明，把楼圈上、围上，"施工重地，闲人免进"的牌子一挂，他自己整天在里面捣鼓，能找不到宝物？准能找到。让他修，让他找，找到了，问他要几件，他那么听我的，还能不给我几件？给了，我也不白要他的，卖了，把那三万块钱还给他。后来见潘大金动起了手，潘大金不是高且源的对手，他没有行动。现在潘四钱又上来，他生气。你们弟兄几个打一个？说时迟那时快，他三步跨过来，拦腰把潘四钱抱住。

　　"小熊羔子，你也跟着动手。"说着，把冷不防的潘四钱摔倒在地。

　　潘成功有心向着高且源，但那边又是自己本家，帮谁都不是，只好上来把高拧筋拽一边。

　　潘二银听到大哥发出了行动号角，东瞧西瞅找武器，找到一块土坷垃，两手搬了起，要朝高且源砸来。高一级见状，急忙夺下土坷垃，扔远远的。高且源则趁势上前一个飞脚，把潘二银也踹到了坑塘里，趴在潘大金身边。

　　"我的娘，这回是真完了。"潘二银脑子里一下子闪出这念头，还说出了口。

　　刚才，大哥潘大金在坑塘里如秋后经寒霜的蚂蚱一样蹬歪，潘四钱跳来蹦去，如急猴要摘一个非要吃而又注定得不到的果子，他都觉得可怜、可笑和异常可悲。图什么？找土坷垃动手，他也弄不清是免免大哥潘大金的人意还是执行他的命令，还是对高且源要施以深仇大恨的报复和打击。被高且源踹到坑塘里，他有种被踢飞的感觉，一种被踹出人间的悲哀——有好长一段时间，那是在城里被小车撞了还挨车主一个飞脚之后，他也有这种悲哀，被踢出了城里。

放弃在城里收废品的营生回到村子里以来，一种沮丧、绝望情绪一直堵在潘二银胸中，特别是自从潘三玉死后，这种情绪越堆积越厚、越大，也越凌乱、越强烈，成了如黑幕对一豆萤火的压抑，如洪流被堵住了的沉闷、积蓄和暗涌，是一种输不起、赢不了又无可抗争的命运之忧。这种命运之忧又让他一直感觉有一只野兽如夏季铺天盖地的黑云要吞噬他，躲不过。此时，高且源的一脚，让他感到一向见面说话拉呱都笑嘻嘻的高且源真是不可理喻了，一切都变得陌生了。他忽然觉得高且源就是那兽，长毛獠牙，狮子大口，猩红眼睛，莽原上狂奔、找寻，发现了他，追逐他，欲吃他肉嗜他血。这是多么索然无味、令人厌恶、不想再重复的日子！不，不仅仅是几个日子，简直是今生今世！唯有转到另一个空间，另一个独人的星球，抑或让自己躲藏起来，才能把这一切像焚烧一样清除了。唐僧徒步也要去西天，西天一定是个好地方。我坐不了飞机、火箭可以坐火车，坐不了火车可以乘汽车、骑自行车，也可徒步，必得去。

忽然像有一个轮子在潘二银的肚子里转了起来，并且越转越急速、越无章法，转着转着就转开了他的天灵盖，洞光大开，连高且源的那一脚，他也觉得给他的不再是悲哀，而是一种快慰，他追寻多年而不得的快慰。

"这日子有门了。"他打滚翻身站起，从坑塘里往上爬，爬上来，一边手舞足蹈，一边唱起了本地传统剧柳琴调，拉魂腔。

> 大路上走来我潘二癞，
> 我在城里住了十年多。
> 想起来城里来往的车哟，
> 那真是叫个多。
> 有宝马有奥迪有奇瑞，

还有不守规矩的电动车。

那一天啊你实在不该，

睁着两眼一般大，

你撞我拉破烂的三轮车，

撞啊撞你让我四爪朝天断了脚脖。

残废了报废了，

城里再没我的窝。

看得世人呵呵笑，

看得世人笑呵呵。

呵呵笑，

呵呵笑唻笑呵呵，

笑我潘二瘸没本事，

笑我又来到山窝窝。

山窝窝里有风有水风光好，

山窝窝里也没有我的窝。

一口饭，饭一口，

你也争来他也夺，

直饿得我潘二瘸打哆嗦。

回去吧回去吧

佛爷在西天等着我……

咚咚咚，咚咚隆咚锵

咚锵，得呵，叭哈

……

潘二银唱着表演着，飘飘西去。

疯了？

疯了。

二银疯了！

"娘啊，真疯了，又毁一个。"潘大金还在坑塘里，叫着、蹦着，往上爬着，满脸泪水和雨水交织着，"高且源，没死人，疯人啦，你看见了吗？"

他家怎么又出事了？

完了，这家人家完了。

别弄了，村子不能再弄了，都搬城里去算了。

别想七想八了。

……

秋雨淅淅沥沥下起来，织成雨帘，笼罩着人们，笼罩得心头阴沉，湿漉漉的。远处，又如烟雾如氤氲，也遮住了东面的界定山。

"装疯卖傻。"高且源把西装一扒扔三轮车车斗里，摸把脸上的雨水，"他疯了我给他看病，谁疯了拉谁去疯人院，跟我玩这小伎俩、这花花肠子，老子不吃这一套。相主任，填。"

"高书记，不能填了。"相兴旺"俩夹"手摸把脸上的雨水，小心地道。

"不能填了？"高且源指戳着相兴旺，"这主任你还干不干？"要紧要忙掉链子，给我难看？

"老乡镇"的张主席也没见过这阵势，对高且源道："都冷静冷静再说。"

"怕什么？天能塌下来？什么都不怕。"高且源走向三轮车，拿出欲亲自驾驶的劲头，"相主任，你真不干了？"

我干，我干，我干得到什么好处了？土地合作社，名义上我是董事长，实际上你掌控着，天天把乎账目；想卖坟地收人家一万块钱，你逼着我退给人家；打井，我天天伺候着；界定山开发，我没黑没白地靠在那里，到头来，我得到什么了？好，我干，糊弄完这届，喊亲爹祖老爷，看哪个妻侄小舅子还干，还在村里混。相兴旺想着，爬上三轮车，突突发动起来。

这几天老年义工队一直忙乎着。今天早上，高且源对三麻子他们说，村里修建半截楼，你们休息几天吧。三麻子说正好我们帮着搬搬砖运运灰什么的，说什么不愿休息。

不满、愤恨、气恼、委屈塞满相兴旺脑子，他疯一般驾驶着三轮车直往那根多年不用的石头线杆上撞去。随着清脆的啪一声响，石头线杆被剥根撞断。

被撞断的石头线杆，向半截楼的西北一角砸去。风烛残年，不堪重负，石头线杆砸来，半截楼的破砖、老灰、薄石块纷纷下落。随着半截楼楼角的坍塌，街道上空飘飘洒洒飘下了纸币，伍佰元的，壹仟元的，壹万元的，带着发黄的斑驳水渍，带着经年的霉味，如枯叶，打着旋，飞舞，飘洒，炫耀。

钱！

民国的！

人们惊呼。

三麻子正在楼角处弯腰清理碎石，先是破损物料漫头往他身上倾泻，接着是石头线杆往他腰上砸，石头线杆上挂的钢轨头往他头上落，纸币往他身上覆盖。他来不及思想，不知躲闪，张张嘴也只是轻一声哎哟，便头一歪，身子一斜，像晒场上灌满粮食遭大风吹的口袋，扑通卧地，随后像红的五谷粒子从口袋里溢出，鲜血从他头盖骨里淌出来。

人们再次惊呼。

六

三麻子被拉到市人民医院，住了一天还是直挺挺地被拉了回来。

他生前领着一个老年义工队，负责前半个村子的环境卫生。一开始，义工队是一个人负责，聋子。聋子每天指派活路，三麻子多不服气，两人争性，争争吵吵，"官司"打到高且源、相兴旺那里，便把他们分了开，一人一个义工队，分别负责前半个村子和后半个村子和村东、村西的道路，两个人较着劲比赛干，村里村外都收拾得干干净净。相兴旺还时常去查看查看，指挥指挥。三麻子以前当过生产队长，现在负责老年义工队，也和当生产队长一样，翻腾出那把锤子，安上长长的柄，也和他以前当生产队长时一样，每天早早起来，把钢轨头敲得当当响，把自己的队伍集合起来，说一通昨天谁干得好、谁干得不怎么样，还要说干得不怎么样的，领导都知道，相主任都看见了，很生气，大伙儿都知道领导生气的后果。老人们听着，嘻嘻哈哈说，对，干好，干不好的开除，开除半截楼村，开除地球籍。谁家没多走几步，没把垃圾丢进垃圾箱里，三麻子会找上门去，说得乱丢垃圾的人家直说，好了好了，记住了，下次不这样了。有真不自觉的，三麻子找到第三次，不论小媳妇、老娘们，还是大男人，他都要褒贬一番：吃锅里屙锅里？临走，还要丢下一句，下次再这样，我提了放你汤锅里、菜锅里。他管的前半个村子，再没有敢乱丢垃圾的。

最近这些天，他见高且源界定山旅游开发又重新启动了，村里工作也正常了，几次对高且源说，这社会多好，不愁吃不愁穿，不兵荒马乱的，活着就是福。又说，哪天到了那边，我跟你爷爷说，放心吧，你的心事且源都替你完了。叹口气又说，我的心事什么时候才能了了？

三麻子有两个闺女，一个儿子。两个闺女早已出嫁，儿子的儿子，三麻子的孙子也已成家生子，按理说四世同堂，儿孙绕膝，天伦之乐，三麻子也该过得舒舒坦坦、有滋有味的，可事情并不是这样。

　　三麻子的儿子早年外出干泥瓦匠几年，年纪一大，便只在家守着几亩土地。孙子倒是有经营头脑，有发财的心。现在每逢夏季一到，这里早春土豆上市，半截楼前便停放着一辆辆大货车，外地的，来收购土豆。外地车来收购，都是事先联系好本地的中间人，中间人负责收购，其后客户拉走去卖。三麻子的孙子看到收土豆能挣钱，也想干，不过他想得更深，更远：有收的、有运输的、有坐摊卖的，哪个环节都挣钱，自己也收、也运、也卖不更挣钱？他借了私人一元一月二分利息的款，十万块钱，一个月利息两千。他计划得很好，干一个月，这一个月里能买卖三趟，一趟除了费用净赚两万元没问题，一个月后连本带息还上，还能净赚五六万元。可是，算路不打算路来。收购之后，顾了车，拉到南方一个城市，正赶上前几天运到那里一大批土豆，价格呼啦一下子下了来，低得跟在他家里收购价差不多，拉回来就要烂掉，只好赔本抛售。回到家十万块钱还剩下八万元。叹口气，他决心用这八万元翻本，收购后拉到西部一个城市，回来后却还剩六万多元。他又狠狠心收购六万元的土豆，存到别人冷库里，想奇货可居。但等到秋土豆下来，也没卖出去，一大部分变得疤癞麻子的，他只好拉了倒进村前的小河里。花了力气，花了时日，折腾光十万块钱，三麻子的孙子欲哭无泪。这还不算。他借的高利息钱是乡驻地村二狗逼的。二狗逼，前几年霸占着乡里一条最大的河道卖沙，手头有了几个钱，既有实力，又有势力，周边村子甚至全乡的人，没有不知道他的，更没有敢惹他的。从初夏到仲秋再到春节，三麻子的孙子还给二狗逼一万多元利息。四年来，二狗逼每月都来收两千元利息。四年多过去，三麻子的孙子还了十万多元的息，但十万块钱的本却还在二狗逼那里记着账。今年春节前夕，二狗逼又来逼着还本付息，实在没了办法，三麻子的儿子、孙子只好举家到关外躲债。三麻子过着一人的春节，叹息到二月二。一生要强，却落了这么个晚年。这也是他想带老年义工队的原因，他不想一人独处，不想一个人蹲在心事窝里。

三麻子的灵堂搭起，相兴旺蹲在那里哭得呜呜淘淘的。

"三叔，我对不起您老人家，我现在就收拾几件衣服蹲监坐牢去。"

几经联系，三麻子的儿子、孙子从关外回了来。

孙子见躺在灵床上白布缠裹着头的爷爷，哭一阵子，突然起身抓住相兴旺的领口："赔我爷爷。"说着，举拳要给相兴旺一个掏心锤。

高且源一把攥住三麻子孙子的手腕："有事说事，不能打人。"

高占巧也把三麻子的孙子一把拉一边："他想死人？"

高占坡红肿着眼睛说："意外事故。"

高拧筋继续道："你们家也没钱，让相主任陪你们几个钱。"

"我赔钱我赔钱。"相兴旺蹲那里缩着头抹着鼻涕连声说。

"三爷爷一倒地，相主任就打了'110'，公安局也说是意外事故，先商量着解决。"高且源劝三麻子的儿子、孙子。

"人死了，怎么抱怨也不能复生，都邻居本舍①的，真送去监狱，蹲不长时间出来了，低头不见抬头见的，再怎么说话拉呱？还能见面？"高占坡说，"商量商量拿几个钱，都求些安慰算了。"

"我真是脑子走火了，叫潘大金小妻子羔子气糊涂了，如果稳稳当当地开车还会出这事？"相兴旺又抽搐着肩头呜咽。唉，哪辈子没造好孽

---

① 邻居本舍：在农村，指邻居。

叫我倒这霉。

高且源看着众人伤心，一边暗自伤心一边自责。如果我当时心平气和些，如果像张主席所说冷静冷静，还会出这事？看看相兴旺难为的，我不是给他造事，给我自己造事？搭班子以来，相兴旺可以说是兢兢业业，勤勤恳恳，我却看不上他办事的"土"，说话的"锤^①"，还常常颐指气使的。当然他有他的不足、缺点。谁没有缺点不足？谁又没有优点长处？高一级、潘成功，辈分、年龄都比我长，但我说什么人家听什么，不走样地干，村里不能吃吃喝喝，没"油水"了，人家也没有怨言。潘四钱，年轻，一些事看不出火候，他大哥又时刻想着使绊子，但他却也能听说听道。张亚仙，一个女同志，做妇女工作，调解个邻里纠纷，入门串户，干得风风火火，办公室屋里屋外的卫生都不落下。还要多高素质的人？招国家公务员？张主席说要学会对他们笑，对这片土地笑，我现在还不会笑。

高且源想着，对三麻子的儿子说道："大叔，谁也没想到会出这档子事，相主任也是为着村里工作。也怨我，别急就好了。您伤心是伤心，咱都伤心，您老人家还得多原谅。"呜呜。

"且源，到这步了，我还能说吗？"三麻子的儿子说。

高且源转头对高一级、潘成功说："咱村班子成员大都在这里，先形成个初步意见，村里拿几个钱，相主任出几个，我出几个，谁也别怨谁了。"

"村里多拿几个。"高一级说。

潘成功点头。

张主席摸摸秃头顶："家人写个谅解书，刑事责任都别追究了。"

---

① 锤：呆，傻，不知变通。

"钱，恁看看让我拿多少，我拿。"相兴旺哭丧着脸道。

现在得指望高且源了，别真进了监狱。还好，他没有把责任都推到我身上，还替我揽着。如果鸡肠狗肚的，把以前的磕磕绊绊再都算进来，拿这事当棍子，一下子不把我打死，也得送我进监狱。主家也没多说我什么，也是看着高且源的面子。唉，想想，平时工作高且源也没有跟我过不去。土地合作社提名我任董事长，旅游开发工程，村子里的建设，预算后，活都是我干，他除了把乎把乎质量，利益问题一点没问过。我妒忌、埋怨、看不惯他，不都是贪心所指使？君子爱财取之有道，我以前出力挣的钱再多不是也没有人说？现在干的是公事，别想七想八了，拿个公道心在村里好好干吧。想着，相兴旺拱拱"俩夹"手，真想抓住高且源的手表示感谢。

"高书记，还有占坡哥，各位兄弟爷们，张主席、马科长，我相兴旺也不是扭头别蛋、不知好歹、没有良心的人，一起工作这么长时间了，我也看得出来，也体会到了，高书记都是为了村子，为了老少爷们。恁什么都别说了，以后我再使小性子，你高书记，占坡哥，还有拧筋二哥，张主席，马科长，都照我的脸啪啪扇。"说着，自己真给自己一个耳光。

"相主任，咱一起搁伙计干工作，不要想那么多。"高且源拽住相兴旺的手。

"俺也不多要钱，能发了丧就行。"三麻子的儿子说。

"十万。"三麻子的孙子道。

"大叔，发丧简办。"高且源对三麻子的儿子说，"从现在开始，不论谁有钱还是没钱，婚丧嫁娶都简办。前段时间你没在家，村里制订了'红白事村规民约'，白事，酒席都不能超过十桌，远道来的亲戚一顿酒席，帮忙的邻居吃份饭，一顿饭不能超过十块钱，往后都这么办。"

制定红白事村规民约，起因于五老奶奶发丧。前段时间，五老奶奶去世了，五老奶奶的男人也姓高，高且源自始至终都靠在那里。五老奶奶一倒头，村里三个固定的"红总"：一个"大红总"，两个"副红总"，不用招呼便自动来到五老奶奶家，先在灵柩前鞠三个躬，说表示哀悼，继而，"大红总"包里摸出笔和油渍麻花的一个小本子说，这都是套路，好办，先挨个数亲戚，老太太的娘家，丈夫的姥娘家，孝子的姑家姨家姐家妹妹家，五服以内的少亲老亲，由近到远，别落家。数来算去，"大红总"点着本本念到，亲戚能来五十人，发丧当天早中两顿酒席十桌；帮忙的邻居也就是"忙下"①六十三人，头天晚上加第二天早中三顿酒席，十八桌；"五服"内本家五十四人，三顿酒席十五桌；"板东"、"板西"（棺材东孝子、棺材西孝女）两天计六桌。"大红总"大口大口吞烟吐雾，似乎要把后几天的烟瘾也过了，烟头指着小本本，深思熟虑又成竹在胸地说，大直账，一共四十九桌，不多。张三孩那么没钱，发丧他爹，全村外姓的也一家去一人，一百多桌。就图个热闹，最后再孝敬一回。

　　五老奶奶一个闺女，一个儿子，闺女早已出嫁，日子也是过得一般。儿子小时发烧打错了针，打得脑子出了毛病，不是多明白，没娶上媳妇，是"五保"，在乡敬老院里过，五老奶奶有儿子，不是"五保"，在家靠贫困户补助和农村养老金过日子。五老奶奶的儿子听"大红总"算后，惦记钱，说"板东""板西"不吃酒席，吃点"下山虎"②就行。"大红总"说，那怎么行？一切都是规矩，是风俗，不能破坏了。儿子眼泪一把、鼻涕一把地抹着，说，我还能过？"大红总"说，一桌五百，低的。张三孩发丧他爹，一桌光菜就七百。孙四孩没钱吧？穷得尿醋都找不着瓶口，一桌还六百。三麻子最后像求情，说按最低的，不算烟酒，光算菜，一

---

① 忙下：帮忙打下杂的人。
② 下山虎：别人吃完剩下的从酒席桌上撤下来的菜。不是普通的剩菜。

桌四百六。"大红总"接着说，一般化的烟，"忙下"用的，买七十条；上酒席桌用的，一桌两盒，四十九桌，二五一百盒，十条，要好点的。又说，厨子用后村的，菜口味没说的，买菜他也负责；烟、酒用前村的，他都是批发价；白布、扎纸用东村的，价格不高，扎的还好，牛马像活的，汽车看着都能开；鼓乐队，用西村的，吹得卖劲，叫他吹什么吹什么，小鸟吹得叽叽喳喳的。她老人家八十多了，有儿有女，也算喜丧，都热热闹闹的。随后"大红总"指挥着垒锅灶，买菜，买烟酒，从停灵到出殡五天时间里，几十号人马便吃喝起来。

高且源看出了其中的蹊跷，但因为摸不清里面的道道，也不好插话。他看到，"大红总"安排"忙下"：给你一盒烟，去找根绳子；给你五盒烟，今天负责烧开水；你们四人，一人一条烟，出殡时抬骨灰盒。烟就是赏钱，是工钱，按活路轻重由"大红总"随意分配。三麻子曾说过，"大红总"也是看和他走得远近，走近的，多给几盒烟。三麻子又说，有时他给人家当"忙下"能挣一条子烟。又说，这事，主家说不得道不得。李家发丧，烟用得那个多，孝子急了眼，说丧不发了，俺自己抬埋去。"大红总"真要撤人，好劝歹劝才留下。发丧没人维护着多难看？谁家孝子能自己抬着爹娘去埋？三麻子又说，孝子的孝帽子两边为什么扎两朵棉花？是说用棉花堵住耳朵眼了，什么也听不见，也不要听、不要问、不要说，只管哭爹喊娘就行。要不怎么说"发老丧如抄家"？又叹息，我死了，别花那冤枉钱，一只脚上绑一个煎饼卷，让狗拉到山沟里就行。

三麻子说，"红总们"与厨师、与布店都有利益交集，在做生意。

五老奶奶发丧后，账目一归总，除去收的客礼，还赔进去两万元。儿子哭叫，以后怎么过？要不是高且源还有其他孙辈们出了钱，那两万多元，真不知他怎么还。

五老奶奶发丧后，高且源组织村"两委"成员，各姓家族长者，坐下来一起商量，定下了"红白事村规民约"。都说，全村都这么办，没谁难看不难看，吃吃喝喝浪费了有什么意思？有的剩菜剩饭提家去好几桶喂猪喂狗，多疼人？

村里制订下"红白事村规民约"，成立"红白理事会"，高且源提议的，潘大金任会长。潘三玉当书记的时，三个"红总"看在潘三玉面子上，也觉得潘大金有文化，便把潘大金确定为"红总"培养对象，村里有红白事都要叫上他，让他跟着学，掌握套路。"大红总"还交代过潘大金，以后给他当"大红总"，千万省着点。这样，潘大金也摸清了按风俗办红白事的条条框框。

潘大金是村红白理事会的会长，叫不叫他来料理三麻子的后事，坐在灵前，高且源想前想后。张主席似乎看出了高且源的心思，说道，一定叫他来，你当的书记是全村人的书记。高且源打电话叫潘大金，潘大金正一个人在家喝闷酒。

潘二银被人们追了上，潘四钱拉他到市人民医院，检查说典型的深度抑郁症，得住院治疗。潘大金想，死了一个，现在又真疯了一个，在半截楼村难看死了。如果平时对弟兄们多开导开导，多关照关照，或许到不了这地步。日子本来就短，生活本来不易，还时时处处给他们施压，现在好了，家庭快崩溃了。

他思前虑后，越想越烦恼，越想心里越没有底。多长时间以来，争强好胜，下油锅站高岗①，到头来落什么了？我想问题是钻了牛角尖还是站错了角度？像书上说的世界观、人生观、价值观出了问题？老百姓的一句话，没有好心眼？研读《三国》那么多年，还觉得研究透了，觉得

---

① 下油锅站高岗：滚烫的油锅里，想站在较高的地方（土丘、山冈上）免却油炸。比喻想占便宜，不受煎熬。

越活越明白，到头来却是自作聪明。机关算尽太聪明，反误了他们性命。诸葛亮人家饱读诗书，指挥千军万马叱咤风云，位一人之下万人之上，人家有旷世济民之心，人家高风亮节、忠君爱国、淡泊廉洁，鞠躬尽瘁死而后已。我是什么？狗苟蝇营，狗狗逼逼①，又生活在虚幻的现实里。修楼寻宝，不是我想象编造出来的？风水？秦始皇泰山封禅，求丹问仙，不是也不能长生不死？这么埋那么葬，现在不是也没人知道谁是他的后代？坑塘，新中国成立前就有了，爷爷还不是照样穷得饭都吃不上？不是新中国成立了，恐怕这支人烟都没有了。高且源，他聪明，他是盯着目标奋斗努力，在把理想变为现实。还让二银脑子转个弯，我也是死脑筋一个，不会转弯。人活着为嘛？怎样才有意义、价值？人不能是简简单单的生存，而是要向着绚丽的精神世界迈进，不只是外在的克服，也是内在的进步。或许我的文化真古旧了，该淘汰了，脑子里该进些新东西了。

　　接到高且源电话，听高且源说他是会长，要帮着料理三麻子的丧事，他心里既愤愤然又纠结难为情。高且源，在那么多人面前你打我骂我把我弄得狼狈成那样，我还有脸出门见人？你还有脸给我打电话？转而又想，我是好人？不拦人家人家揍我？人家人命都出了，还不计较我，还先给我打电话说话，再不凑这个坡下驴，以后碰面也扭着头走，不拉呱了？结十八辈子仇？脑子转个弯吧。

　　潘大金走进三麻子家，扑通跪在三麻子灵前。

　　"三老爷，我来送你了，您老人家一路走好。"哭一阵子，抹把眼泪，转向高且源，"高书记，以前都是我不对，望您多海涵，以后我再不是人，"拿手刮下自己下巴，"你照我这张老脸使劲扇。"又转向相兴旺，

－－－－－－－－－－

　　①　狗狗逼逼：逼匝，不大方。

299

"相主任，对不起你，也给你赔礼道歉。"又仰天唉一声，"到我这个年纪，看远处的地平线和脚下这片泥土都一样了，不再七楞八争了①。"

"别踜了。"高拧筋想笑憋住劲没笑出来，把潘大金拉起，摁一条长凳上，"看俺大侄子多真心的。相主任，恁都互相原谅。大侄子，有你这些话什么都齐了，他们不会再计较你。"

"我也是没搂住火。"高且源对潘大金致歉，"平时也是有盛气，你多原谅。"

"老潘，以后你别再挤对我了。"相兴旺道。

"相主任，我以后再挤对你，"潘大金从长凳上欠欠屁股，"你照腚一脚一脚地踢我。"又转向高且源，"高书记，麻子老爷的丧事我一定尽心尽力办好，办圆满，祖宗留下的程序一个不少，按村规民约，钱一分不多花。"

今天，三麻子出殡。

突然，满院的哀乐和嚎哭声归于一片寂静，人们也都停下手头的活。

"我们来吊孝。"四个人闯进灵篷，站在三麻子的儿子、孙子跟前，叫道。

有人悄声告诉高且源："二狗逼。"

三麻子的孙子借二狗逼高利贷的事，全村人皆知。这次，三麻子发丧，原来的"红总"没能显身手，记恨在心，见三麻子的儿子、孙子回来了，悄悄捎信给二狗逼。快一年了，二狗逼正愁着找不到三麻子的儿子、孙子，得到信息，带了三个小兄弟来到半截楼村，来到三麻子家。

三麻子的儿子、孙子看见二狗逼，也戛然停住哭声，三麻子孙子的

---

① 七楞八争：不对眼，任性行事，争斗。

孩子则吓得躲到灵床下面。他们不止一次见识过二狗逼的威风。前年春节，除夕夜，三麻子，还有儿子、孙子一家七口人正围坐一起守岁，二狗逼忽然闯进来，也是领着这三个人，醉醺醺几乎站不稳。二狗逼伸着手吼道，拿钱来。三麻子的儿子说，前天给你的利息借了五六家，现在家里一分没有，求你高抬贵手，让我们安安生生过去这个年，初三就出去打工挣钱还你。二狗逼不饶，说道，花老子的钱你们吃吃喝喝、花天酒地、安安生生过年？老子吃都吃不上、年都过不去了。三麻子火爆脾气上来，说自古以来不论当官的还是财主，年三十、初一都不要账，你们要，把我这条老命拿去。说着，起身欲头撞二狗逼。二狗逼年轻力壮，"名声"就是靠"杀杀打打"、头上、胸脯上印着刀痕闯出来的，怎怕三麻子这一遭？三麻子撞来，二狗逼就势把老胳膊旧腿的三麻子摁在地上。老东西，你觉得你这条老命值狗命钱？三麻子还挣扎，二狗逼的一个帮手冲过来，一脚踢在三麻子腰眼上，让三麻子哎哟一声不再动弹。三麻子的儿子，小马扎还没举起就被摁了住，孙子抓起一个酒瓶正欲朝二狗逼砸来，也被二狗逼的一个帮手眼疾手快撂倒在地。三麻子的重孙子吓得钻桌子底。二狗逼气势依然不减，大叫，欠钱是老爷？叫你们吃？！说着，指挥来人，翻箱倒柜，把三麻子家准备的油炸酥菜、几斤猪肉、几条鱼、一袋子面、半桶油，还有几瓶孬酒，包好的水饺，席卷一空，丢下一句话"明天初一再来"，扬长而去。

三麻子的孙子几次找过司法有关部门，都说得走程序，钱是得还，只是算算还多少、怎么还。孙子想，算清了，二狗逼表面承认心里能认可？自己能清净？心想，等发个大财他要多少给他多少吧，别惹他了。

此时，三麻子的儿子，脸庞扭曲得让那两行老泪也流不动了。

"兄弟，兄弟，好兄弟，宽限一天，发丧完把收的客礼都给你。"说着，一边磕头像捣蒜。

三麻子的孙子破了胆似的，退缩到棺材后面。

"再跟我调猴，哪里找去？"二狗逼拿出几分凶悍。

高且源知道了来人，转身走出灵篷。

二狗逼让一人把住灵篷，不让三麻子儿子、孙子出来，一人把住院门，不让外面的人进来，自己冲进账房，伸手把礼金盒子搂在怀里。

"欠债还钱，天经地义。"

"有强盗，大白天抢劫了。"相兴旺大喊，"兄弟爷们抓强盗，别让他们跑了。"喊着，冲上前，右臂一个三角锁，勒住二狗逼脖子。潘大金跑来，弯腰拾起二狗逼脚踝，侧向一提，二人两来劲，把二狗逼结结实实摔在地上。与此同时，二狗逼的三个小兄弟也被众人拧胳膊别腿死死逮住。

二狗逼躺地上。

"你们敢动我？"

"打他嘴硬。"人们大叫着，一顿拳脚落在二狗逼身上。

"我的爹，我的娘，别打了，我服了。"二狗逼不再"牛逼"，地上打着滚求饶。他记起一句俗语，"好狗咬不出去村"。

高且源走来，质问众人："怎么回事？"

"强盗，来抢钱。"

"屋来说说。"高且源说。

相兴旺、潘大金还有众人，把二狗逼抬胳膊架腿拧到屋里，摁得他在灵柩前瘫坐下。

"怎么回事？"高且源再问。

二狗逼一脸哭相。

"您是高书记？真不知您是高书记，冒犯了冒犯了。"二狗逼早知道高且源，论经济实力，论人脉，论人间道道，他都要比高且源差一大截子。今天，他只知三麻子发丧，却没摸清三麻子跟高且源家族关系这么近，为着钱财，便兴冲冲、急慌慌来了。

高且源道："你不是冒犯我。你知道你是什么行为？抢劫！光天化日之下入室抢劫！打家劫舍！犯法！"

二狗逼龟缩那里。

"冲动了冲动了，高书记。"

刚才高且源走出去，交代相兴旺，瞅准时机，拿下二狗逼。相兴旺正一肚子欲报答高家对他谅解的愿望和劲头，听了高且源交代，又找到潘大金，说凑这个时机把三麻子孙子欠二狗逼钱的事了结了。潘大金摩拳擦掌地点头。

高且源道："报案，让公安部门处理。"

"我的爹，我给你磕头，我给大家磕头，别报了，咱私了。"二狗逼真磕起头来，"钱，我不要了。"

"要不要钱是另一回事。"高且源说。

"我的爹，我真不要了。"

"你说的不要了？"相兴旺追问。

"谁再要谁是龟孙妻侄小舅子。"

"好，先把账算清，给你算利息，按规定的私人借贷利息，看还欠你多少，谁欠谁的。"相兴旺说。

二狗逼道："爹唉，还算什么利息？"

一笔一笔算来，二狗逼除了把本收回了，还多收三麻子的孙子四千多元利息。

"我退。"二狗逼道。

三麻子的孙子站出来。

"我不要你退，以后别再找我们事就行了。"

303

相兴旺道："签字画押，以后不能再找事。"看二狗逼手颤着歪歪扭扭地写着，相兴旺又说，"写上，以后他们西瓜皮滑倒都是你二狗逼的事。"

潘大金说："写上，村里任何人的事你都不能找。"他担心以后去乡里别让二狗逼截住了。

"不打不相识，"二狗逼说，"高书记，我好孬也是个男人，也算条汉子，绝不做小人事。"

"手机录上像，"潘大金说，"我们保留追究你法律责任的权力。"

"亲爹，别追究了，事情到此为止。"二狗逼心悸有余，掏着衣兜，"五千块钱，算我退的利息，算我给他老人家吊孝。"

二狗逼夹尾巴而去，虽然怀恨，但因被抓了把柄，也只好认了。自此之后，也没再找三麻子儿子、孙子的事。三麻子的儿子、孙子，把三麻子发丧后，收到的礼金和费用相减，余额一万多元，比以前别人家少花了三万多。村民都说这样办真好。三麻子的儿子、孙子又收拾好将近一年没住的屋子，收拾起农田，在半截楼村安心地过起了日子。

七

半截楼修建完了，后面的坑塘填上了。

村人们不时留步驻足，打量欣赏着它，嘴里啧啧称赞。

百年了，又焕发出青春。

谁还能再说我们是半截楼村？

我们是整楼村。

新楼村。

高楼村。

万福楼村。

村史馆场馆整建完了。依托原来村小学十二间旧教室和潘成功、潘成家祖上留下的三间老瓦屋，加固、修缮、装饰，又根据潘成家提议，飞檐画栋，青砖灰瓦，廊亭相连，形成了一溜古式加新韵的建筑群。开放式院落，与文化广场连为一体，开阔地延伸到村前的小河边。高且源又开车拉着相兴旺、潘四钱协调市体育局，无偿提供跑步机、儿童滑梯、凹箱篮球架、肩关节训练器、俯卧撑架、仰卧坐起器等健身器材。时常有老人们围着健身器材伸胳膊蜷腿地锻炼身体，此刻在他们饱经沧桑的脸上绽放出灿烂笑容。

晚上，广场上灯光亮起，音乐响起，周小莲前头领队，小媳妇大嫂大娘们，又有几位老大爷，满满一广场人，蹦着跳着，让小村沉浸在一片欢乐里。

潘大金向村"两委"班子汇报村史馆布展陈列方案。布兜里摸出厚厚一个本子，上衣口袋里摸出老花镜架鼻梁上，清清嗓子，潘大金有板有眼地汇报说，村史馆房屋外墙、广场四周墙壁、大街小巷，制作社会主义核心价值观、弟子规、论语等内容的宣传版面。村史馆里——他说着，还顾着从眼镜框上方把兴奋的目光投向高且源——可以这样说，红马拉车，黄牛耕田；绳索犁耙，镢锨锄镰；火铲风箱，扁担钩担；碓头碓窝，石碾磨盘；黄瓜辣椒，生姜大蒜；河鱼湖鲜，鳖鲤鲈鲢，等等，只要是旧记忆的、有意义的，实物、模具都可以在里面陈列，村庄发展特色、经济状况、村民生活、先进典型事例，等等，当代的物件、讲述，也都可以进去。

潘大金又仿佛找到了当年给小学生上课的感觉，两手比划着脑袋摇晃着继续讲道，挖掘传统文化中能够在当代有效传承发展，能够充分融入当代人精神血液、为现代生活提供建设性精神营养的文化要素，建成村民的精神文化教育基地，活动之家，表现父子有亲、兄友弟恭、夫唱妇随、长幼有序的伦常自觉，讴歌祸因恶积、福缘善庆、厚德载物、自强不息的生命自觉，呈现建章立制、遵契守约、义利有度、合作共赢的工商文明，引导村民感恩惜福、崇德向善，也让老年人在这里找到过去的记忆，年轻人感受到先辈们的付出和艰辛，记住乡愁，凝聚人心，还能让城里人来这里体验到民俗，发展旅游。

能在这样一个正式场合说话，潘大金觉得是展示自己文化的机会，讲得有声有色、滔滔不绝，两嘴角起沫。

他说，一句话，既记录传统乡村优秀文化，又展示乡村现代文明，又引领乡村现代文化建设。

高且源安排他负责村史馆的布展，他准备了一个多月的方案。为了这次汇报，他又写了一天一夜。媳妇看着他半夜半夜地写写画画的，说图吗？他说，你老娘们懂嘛？《三国》里诸葛亮为什么对刘备忠心耿耿、鞠躬尽瘁、死而后已？一个字"仁"，又说"义"。媳妇说不是两个字了？潘大金又说，你懂嘛？村里这么相信咱，我多半生一肚子文化有了用处，"人为知己者死"，"高山流水遇知音"，孝则竭力，忠则尽命，这些你懂？这都是文化。搂孙子睡觉去。

高一级听着潘大金汇报，说道："看老潘整天灰头土脑的，没想到还一肚子墨水。"

潘大金笑："这才使出来多点儿？"

"老潘真下功夫了，了不起。"高且源瞅一眼桌子上的飞机模型，心喜着对潘大金赞赏道，"下步，按照方案收集实物、资料，布好展，以后开放管理也由老潘负责。"

相兴旺说："干好了给加工资。"

"够我吸烟的就行。"潘大金咧嘴笑。

高且源又道："那三间老瓦屋，原来成家二叔想用作建潘家史馆，那天我和二叔打电话商量了，改为'半截楼村家风堂'，全村各家族以前有家风家训的，拿出来，没有的，家族的人商量，拟出新的，村里统一书写，统一制作，统一悬挂，让人们走进来能感受到自己家族的传统文化脉络，传承下去。当然，成功叔，"他又转向潘成功，"你和成家二叔商量商量，你们家族里特殊纪念意义的物件，也可以放进去，给你们单设一片展区。其他家族，像家谱什么的，都可以进'家风堂'。要让村人们感知到，我们的先人多少年前就生活在这里，生活在一起，生生不息，和睦相处，是一家人。"

"好，高书记。"潘成功赞同。

"忒好了高书记。"潘大金摘下老花镜，看一眼高且源，又凝眉望着天花板，要努力记起什么的样子，"俺潘家的家训到现在我都会背。敦孝悌，睦家族，和乡邻，明礼让，务本业，端士品，隆师道，修坟墓，戒犯讳，戒争讼，戒赌博，戒淫恶，戒犯上，戒轻谱。"

"每个家族顺序怎么排？"相兴旺又担心起他家族小，排在了后面。

"好办好办，相主任，"潘大金接过话，"以姓氏笔画为序"。

高且源接着说："要保持一个家族的生命力，一个村庄的生命力，就要同中国梦结合起来，从最基础最核心的文化和文明要素做起。"

看起来高且源也有文化。潘大金听着，想着，还顾着把高且源说的记下来。

高且源继续道："相主任，下步再考虑村里空闲院落的开发，与房主达成利益分成协议，原始打造，石头是石头，树木是树木，泥土是泥土，讲究卫生、舒适就行，开发出地地道道的农家院，吸引游客，包括城里人，作家、艺术家，在这里住下来，体验农家生活，安静地搞创作。"

"村子更有生气了。"高一级说。

潘大金说："文化气息，浓厚的文化氛围，诗意、艺术人生。"

老大怎么懂那么多东西。潘四钱暗叹。

村"两委"研究后，潘大金又整理并亲自操毛笔写了告示，贴在阅报栏里。告示上说，村民同志们，为让村史馆内容充实、丰富、翔实、全面，现征集以下物品：不同年代、不同时期劳动工具、生产资料、生活用品、家具、食品、事物、工农业产品等实物或模型。潘大金列举出：石磨、锄头、镰刀、草鞋、草帽、条编筐、篓；纪念章，老照片，等等，他在一大串省略号后还加一个感叹号——只要有意思的，什么都行。有故事的最好。你的记忆让全村人分享，村庄的记忆在世界飘香。他在最后特别注明，入馆物品由村史馆筹委会办公室负责把关，办公室主任：潘大金。

那截钢轨头，砸死三麻子后没人要了，聋子扛回了家，看到潘大金贴出的告示，聋子扛来找潘大金，几分不好意思地说想让它入馆。潘大金想起留住和麦草的事，又暗想，你们爷们就这宝贝？瞅都不瞅一眼，连连摆手。聋子只好扛着来找高且源。

"高书记，潘主任说我的钢轨头不能进村史馆。"

"潘主任？"高且源问一句。

"潘大金主任。"

高且源一笑。

聋子自己嘟噜句"有点权力就拿捏人"，又对高且源一字一句地说，"高书记，潘主任说要有故事的，你也知道钢轨头有故事。我聋不是它的事？砸死三麻子哥不是它的事？多痛心。"他又指指上面的一个小坑点，"看看，日军子弹打的，我爹，你老老爷他说那时听得嗡一声响，跑老远了还嗡嗡响。它不挡着，你老老爷说他的头就解瓢了，就没有俺这家人家了，这不都是故事？不都是日军侵略咱的事？没日军侵略，我爹就不会跑去看景致，更不会扛钢轨头，没这钢轨头哪会出后来这些事？害死三麻子哥，害我一辈子。"见高且源沉默，聋子忙结束话题，"高书记，您给潘主任说说。"

高且源笑笑："这事也需要协调？"

八

又一个新春就要到来了。

不少人家大门上挂起了大红灯笼，村子的某处不时会传出鞭炮的炸响声。街道上，打扮花花绿绿的孩童们，跳着蹦着唱着盼望着，"新年到，新年到，闺女要花儿要炮，老嬷嬷要身新棉袄，老头要顶破毡帽"。好闻的火药味儿，鸡、鱼、肉、山药、土豆，传统油炸菜的酥香味儿，孩童们欢快的歌唱声，交织着在小村上空弥漫开，也吸引着在外打工的游子们归来。

潘大金的儿子潘子懿——《三国演义》中，司马懿是潘大金崇拜的人物之一，故给儿子取了个带"懿"的名字——也回到了村子里。长年累月，潘子懿在关外跟着潘成家，领着七八十几个人当泥瓦匠小包工头，一年能挣五七六万的。他是潘大金的骄傲。在村子里走一圈，潘子懿见到人就喷喷称赞，翻天覆地变化，真没想到。村里也通公交车了，真没想到。前几年人们打工回来，在市里下火车，背着铺盖卷，二三十块钱打个两轮摩的或三轮"嘣嘣"，价钱讲得让人褒贬得抬不起头，现在，两块钱的公交车——前段时间，高且源协调市公交公司开通的界定山旅游专线，舒舒服服直接坐到村子里。

"我去城里卖菜，"邻居大爷满脸自豪跟潘子懿说，"老年卡，免费，比赶集还方便，这社会发展的，谁能想到？"又来一句，"只是城里的空气不能闻，"手扇着，"呛死人。"

正打扫卫生的聋子看见潘子懿，扭头要拐进小巷。留住和麦草的事，在聋子心里也是个大障碍，让他看到潘大金和他弟兄们和他家人就胆怯。潘子懿却拦住了聋子，聋子骤然心颤抖，握着扫帚的手沁出一把汗。他没话找话说："这些都是我扫的。"挥手画一个圈，"我们老年义工队干的。"

"留住呢？"潘子懿大声问。

要揍那熊羔子？聋子头顶上也冒出腾腾热气，但他故作没有听清，岔开话题道："到年了，都得打扫。"

"我们小学同学，拉拉呱。"

聋子做了亏心事似的，不吭声。高且源走来，聋子借故挥着扫帚扫去。

潘子懿见到高且源，热情地握高且源的手，又忙着掏烟。

"高书记，真了不起，村里弄这么好，把俺爹也改造好了，在家不找事了。我专门给你带来条好烟。"

高且源摆摆手，拒绝潘子懿递过来的烟，也拒绝他那条好烟。

"老潘很有文化，帮着村里建村史馆，下步，还要让他收集整理界定山的诗词、故事、传说，宣传界定山旅游。"

"高书记，有事你尽管安排他干，人闲着身心就会出毛病。还有一个事，高书记，俺爹他说不好意思跟你说，俺家的地也入土地合作社吧。俺娘看着人家分那么多钱，天天嘟哝他，'小人能''小诸葛亮''人家能得吃不了，你能得不够吃的'。"

潘大金给高且源说过加入土地合作社的事，怕高且源不同意，又安排让他骄傲的儿子向高且源求情。

"只要自己愿意，都能加入。"

"高书记，再过几年我也不出去了，跟着你干。"潘子懿看见正往村史馆里搬东西的他四叔潘四钱，招呼过来，"让俺四叔好好跟你干，接你的班，明儿我接俺四叔的班。"

潘四钱扭头摆手。

"我可没那个本事。一想到物权利害，我就头晕眼花、畏头畏尾、胆战心惊、无所适从，还有垂头丧气。"

潘子懿笑："俺四叔会说话了。"

潘四钱说："跟着高书记学的。高书记要我们多学习。"

一场大雪下了一天半夜。第二天，太阳一爬上山头，粉红、靛蓝、金色便布满天空，洒满整个界定山，耀眼的粉红和金色闪着光，漫山遍野的白雪也染上一层彩色。旅游景区第一期工程已竣工，现在试运营，免费开放，迎来游客如织。红衣，绿装，笑脸，皑皑白雪，勾勒出绚丽风景画；风呼，松涛，人笑，声声悦耳，描绘出多彩幸福图。

山脚下，高且源、相兴旺指挥着，忙碌着，他们要赶在春节前举行界定山旅游景区开业剪彩仪式。一并剪彩的还有村文化广场启用、村史馆开馆、半截楼修建竣工。这两天，相兴旺像娶媳妇喜酒场上的大红总，忙得脚不沾地，喜得嘴不合拢。

"让村里人，让外出回家的，都高高兴兴、热热闹闹过大年。"

在准备会场场地上，高占巧铲着雪，抹把额头上的汗珠，口吃着道："瑞雪兆丰年，来年又是个好年景。"见高拧筋不答话，又说，"又老一岁了，还觉得劲一点没减。"

"白捡个孙女，又抱上了孙子，能没劲？"高拧筋说得酸溜溜的，也有几分嘲意。

高占巧不跟高拧筋抬杠，只是笑。周小莲嫁给高占巧的儿子，给高占巧带来一个孙女，前两天又给他生个胖孙子，他心里滋润，回到家就与媳妇争着给孙子洗尿布，趴在儿媳妇怀前逗孙子。"啧啧，真填豢人①。"

高拧筋不搭理高占巧，他在想自己心事。这两天，他可真是心事满腹，堵得发慌。村前的河道已整理好，靠村子这边的河岸，建成了一溜休闲长廊，柏油铺路，又几处长椅、石几、石棋盘，又两行垂柳。现在虽然还没开春，柳枝却看得出的已经泛出绿意，随风飘舞。建好的两道拦河坝，早先让河道蓄满清水，现在结着明镜一样的一层冰，不时有几只野鸭冰面上小心滑步。河边遛逛的人们，看着眼前这一切，都要发些感慨。这景致哪里找去？还要不自觉夸奖村领导班子几句。那天，高拧筋也在场，有人指着他说，你功劳也不小，捐了八万块钱。高拧筋听了，脸红了好一阵子。晚上睡不着觉，他算了算，一年下来，他入社的那一亩地，再加上自己在村里的打工，也挣了不少钱。他后悔没把地全部入社，更后悔一年来时时处处给高且源使绊子，要高且源的钱。想着，随起身，想看看那三万块钱，也闪过一个念头，拿给高且源算了。找出钥匙，打开柜子，翻腾到柜子底，眼前的情形却让他顿时呆住。三万块钱变成了一堆碎片，还有一滩老鼠屎。媳妇抹着泪抱怨，说让你存银行不存，净干拧筋事。高拧筋理屈词穷，有气无力，说外财不发命穷人。媳妇说咱爹的钱能算外财？高拧筋嗫嚅着说兔子的事。他和媳妇又回想起兔子给他磕头的事。媳妇又浑身起鸡皮疙瘩，惊慌地问怎么办，说不行

---

① 填豢人：回报别人的恩惠，随人愿。

买三柱高香烧烧。高拧筋心疼着钱摇着头说没办法，不管用。又想了想，对媳妇说，命里没有别强求，要不，把那三万块钱还给且源。媳妇急出满脸愤怒，老鼠嚼的这钱，还不知道到银行能兑换多少，再给且源三万块，里里外外咱不要白搭进去几万块？高拧筋说账不能这样算，花钱免灾。媳妇说看你还能拧筋到什么时候。高拧筋说，现在开始就不拧筋了。媳妇哀叹一声。

高拧筋想着，走向高且源，抹把冻得红红脸庞上的汗珠，悄声说："且源，你兄弟今年挣了几个钱，借你的那三万，明天还给你。"

一辆警车开来，在原来的景区建设指挥部，现在的景区办公区前停下，车上先下来一位年轻民警，随后，跟着走下来一人，又走下民警。相兴旺看清那人，立时红了眼，三步冲过去，举起拳头要落在那人头上。

民警拦住相兴旺。

"来指认现场。"

那人是张风旋，旅游项目开发时人们口口声声叫着的"张总经理"。此时的"张总经理"，一顶帽檐耷拉的狗皮帽扣头上，手腕上，一副锃亮手铐。高占巧后来对人们说，比雪还亮。又说，那狼狈相，《智取威虎山》咱都看过，扮演滦平根本不用化装。

昔日的帐篷已被明清风格的砖瓦建筑所代替，一切都是人是物非，但"张总经理"还能找到原来扣板房的位置，指画着，供述着。

"张总经理"承认携款外逃的事实，二百万元，大部分被追了回来。

"你连你姥娘家的人都丢尽了。"潘成功说着，头扭一边，羞愧难当。

"你这龟羔子，不是公安局在这里，我砸死你撂你山去沟。"相兴旺被民警拦着还蹦着，朝耷拉着脑袋的张风旋挥舞着拳头。

麦草和张风旋私奔后，两人先是路上多次换乘不要身份证的公共汽车往西南方向跑几千公里，后又折回往关外方向跑几千公里，在一个小屯找着栖身之地。景致看了,麦草却是看得提心吊胆、恶滋辣味;新衣裙穿了,却是穿得皱皱巴巴,不敢见人,不敢让人见。更让她焦虑、悬心、茶饭不香、夜不能寐的是想孩子。饭能吃上?衣服脏得打明铁①了?整天哭着在村头等妈妈、找妈妈?奶奶一生气又打了他们?几个夜里她从睡梦中哭醒。窝憋在这小屯里,这就是我追求的吃好穿好要享受的日子?她暗暗打自己嘴巴,这不是发贱?钱多钱少受苦受累,只要能和孩子们在一块儿,只要安安稳稳、没灾没难才是日子,是好日子。一天夜里,她瞅准机会逃离了张风旋,买车票回到了半截楼村。

那天聋子找到高且源,说高书记,有一事求求您,我家那熊羔子说想找个暖脚的②,我说他也不搬块砖照照自己,说他有脚可暖?说暖腿还差不多。说他找个暖脚的也行,找个般配的,瘸的,哑的,瞎的,没鼻子的,少胳膊的,缺心眼的,不听,说他管不了自己,说想娶潘三玉的媳妇,说他俩都愿意。

其后,高且源、相兴旺找到潘大金,相兴旺说潘大金,留着你又不能照顾。潘大金说没正形。三人哈哈大笑。潘大金说,想想,心里怪疙疙瘩瘩的。三玉没有了,媳妇又走了,面子上过不去,其实再想想,又有嘛?总不能让人家空守一辈子吧?最终他们两家在村委会协调下达成协议,麦草和留住共同抚养麦草和潘三玉的两个孩子,麦草和潘三玉一起生活时的房屋等财产归麦草所有,以后由他们孩子们继承。潘大金叹口气说,走就走吧,我也少个心事。

留住和麦草定在今天村里举办剪彩仪式日举办结婚仪式,还给张主

---

① 打明铁:比喻衣服表面一层很厚的脏污、油腻,尤其是过去的孩童,一冬天穿着一件棉袄不下身,整天拿袖口拐鼻涕,时间长了,脏得像锃亮的铁。

② 暖脚的:指媳妇。旧时不论新婚还是老夫老妻,两个枕头都是放在床两头,表示睡觉时一头一人,如此,冬天还真能抱着脚暖。

席和高且源、相兴旺等村班子人员发了邀请，张主席高兴地说去祝贺，祝福他们。

界定山旅游剪彩现场，人头攒动，笑脸张张，人们穿上节日盛装，欢聚在这里，拉开春节喜庆的序幕。

钱老板赶来了，潘成家赶来了。参加剪彩仪式的还有马一腾，也是最大的官，当了乡民营经济发展办公室副主任，副科级。张主席也来参加，但退了休，没有了官职，高且源坚持让他来，还坚持让他做景区的顾问。

商量怎么剪彩时，高且源说，实实在在办，不给领导添麻烦，不给自己找麻烦。剪彩仪式之前，高且源他们以旅游公司名义组织了"新春蹬界定山比赛"活动，此时刚刚结束，全市几百名登山运动爱好者参加，赛出了一二三等奖，也规定凡参与者免半年登山旅游门票，发奖作为剪裁仪式的一项内容。相兴旺说，如此真好，少花钱又把事办得实实在在，做了宣传，扩大了影响。又对钱老板、潘成家说，等着哗哗数钱吧。

相兴旺主持，宣布仪式开始。顿时锣鼓喧天，鞭炮齐鸣，沉睡了千百年的这山峦、这山村、这片山地，在喜庆声中苏醒，迎接霞光一片。

站在主席台中间，张主席举头望着界定山顶峰，仿佛又看到了往昔几多风雨里、炎热里，高且源、相兴旺还有马一腾匆匆忙忙、风风火火、风尘仆仆的身影，似乎也看到了来日村人们舒展的眉宇、欢欣的笑脸。在水汪乡工作这么多年，剔除芜杂，所留痕迹不多，界定山旅游开发算是他浓墨重彩的一笔了。他欣慰自豪，挺了挺胸。

站在主席台上，马一腾想着多日来的辛苦，感慨万分。工作没有负我，半截楼村没有负我，高且源没有负我，好好干吧，今后的日子还长着呢，我的心血和汗水都要洒在这片不负人的土地上。

钱老板讲话。

"一句话，搁好伙计，干好生意，我发财，大家都发大财，都过上好日子。"

潘成家走向话筒。

"道路多坎坷，好事多周折，但我们走来了，像爬山，我们就要站在辉煌的顶峰了。'会当凌绝顶，一览众山小'，站上界定山，饱览好风光。今后我在关外挣的钱，都投到界定山开发上，也要报效半截楼村的父老乡亲们，让界定山成为我们的金山银山宝山，成为世世代代的聚宝盆、金罐子、摇钱树，成为凝聚我们心的和谐家乐园。"

剪彩、发奖后，相兴旺总结。他说："兄弟爷们，姊妹娘们，父老乡亲们，此时此刻，我心情激动万分，不知道该说什么好。张主席、马科长为我们界定山开发操碎了心，钱老板不远万里来我们这里投资，潘成家老板想着回报家乡，我们都感激得涕零。高书记把家里的事都丢下为我们村里操劳，我夜里睡不着觉想想就想爬起来来这里干活。"讲着，好像觉得不来劲，他干脆不再念潘大金给他写的稿子，"老少爷们，我新任村主任快一年了，这一年，风里雨里，白天黑夜，受过难为、受过委屈，使过性子、闹过别扭，想过撂挑子，后来想想高书记，他都不为着自己发财，都为了村子操心劳力、舍情面、想办法、带着头干，再想想父老乡亲们想过上好日子的期盼眼神，我相兴旺还是来劲了。伸头算一份，我必须干到底。风也过，雨也过，有过泪，有过疼，这点伤算什么？最近我经常想，人活着图嘛？'雁过留声，人过留名'，我相兴旺活着就要为大伙儿操操心、服服务，这样心里才痛快，等哪一天我死了，大伙儿说一句这个人还行，还是个'好人'，这就行了。"

"跑题了。"台下有人叫。

"跑题也好。"高拧筋喊道。

会场掌声雷鸣，呼好声一片。相兴旺激动得眼圈有些红，向台下深深鞠了个躬。

界定山旅游剪彩结束，乡路上又亮出一道人流如织的风景线，一路欢歌，一路笑语——人们在往村子里赶，参加文化广场、村史馆剪裁。

准备今天的活动，高且源在村"两委"班子会说，要办得热热闹闹，不能为开会板着面孔开会，要像演大戏、看大戏，动员全村人都参与，村里的汽车、摩托车、电动三轮车、自行车都发动起来，两头跑，沿路统一指挥。再买些香皂、肥皂、毛巾小纪念品，会后在村广场现场，让群众抽个奖，都热闹起来。

去村子里，张主席坐马一腾的车子。马一腾道："感谢您老领导这么多年对我的关爱，老领导您放心，看看高且源，村支部书记不算什么官，但就在这么一个小不点位子上，他想着为群众办事，用心经营，苦心经营，干得有声有色，整天还乐滋滋的，我要向他学习。"

张主席说："人，工作、理想、追求，都要有个正确定位。"

"以前我总觉得，干工作就是为了提拔，提拔为了更好地工作，现在我想，不论在什么位置上，不论官大官小，都要脚踏实地、踏踏实实为老百姓着想。刚才相兴旺主任也说，'雁过留声，人过留名'，当官一场，必须留下点痕迹，不能海滩上走过一样，脚印，海水一上来抹去了。"

"官位不能选择——但也是自己干出来的——怎么干、干到何种程度，很大程度上取决于我们自己。在官言官，在府言府，在库言库，在朝言朝，官场像个舞台，生旦净末丑，不论分配你什么角色，都要用心尽力去演。居其位，无其言，君子耻之；有其言，无其行，君子耻之。给你把勺子，你要把菜炒好，给你根火棍，就要把火烧好，叫你刷盘子洗碗、锅台边捏窝窝，都要干得给板儿样[①]。"

———————————

① 干得给板儿样：板儿样，样板。指干得好。

村史馆，一溜十几间红瓦粉墙建筑，又兼有那三间灰瓦老屋，一副历史见证的写照。半截楼，不，现在是地下一层、地上两层、局部三层的砖木结构的完整小楼了，楼梯口处两根水磨石的圆柱承托着井字券拱，小肋空心砖楼板，红砖墙壁，多坡筒瓦屋顶，如往昔戏中的老者，剃须净面脱去旧袍后，又焕然出朝气勃发的青年，抖擞着精神。

广场上，潘大金穿着那身走亲串友、吃喜酒才穿的中山装，鼻梁上架一副眼镜，人群里走来走去，跟每个人都笑着脸打招呼。

"像个账房先生。"高占巧说潘大金。

"火龙丹？"高拧筋把儿子刚给他买来的羽绒服拉紧领口，又捏住潘大金衣襟抖两下，"不冷，大侄子？"

"今天立春了还冷？"潘大金做个扩胸动作，鼻翼上的眼镜差点掉下来，指头一扶，又一口热气哈在手心里，"心里才热乎呢。"

高占巧踮起脚尖四处张望下，见满满一广场人，笑得满脸皱纹更似深壑。

"啧啧，人山人海，真热闹，多年不见了。"

"幸福是嘛？"高拧筋说，"我琢磨着，幸福就是热闹"。

"让我一熏有文化了。"潘大金笑说高拧筋。

高拧筋想反驳潘大金，高占巧的惊讶却打断了他。

"乖乖，聋子的钢轨头也成宝了，还专门立个水泥柱子挂那里。"

潘大金说："还得敲，晨钟暮鼓，声音也是文化。"

"侄子说的是这么回事，"高占巧顺着潘大金的话说，"锣鼓家什敲出来的是声音，咚咚隆咚锵，再张嘴一唱，成文化了。"他也不知他阐释清楚没有，不知潘大金、高拧筋听明白没有，但他还是为自己能想出这道理，高兴得向高拧筋努嘴、点头。

"哈哈哈，"高拧筋可找到了跟潘大金抬杠的杠头，大笑一阵子，咳嗽几声才直起腰来，"大侄子，屁响也叫文化了？"

高拧筋还没说笑完，潘大金已跑远去迎接张主席、高且源他们。

高占巧说高拧筋："别拧筋啦，老啦。"

"不是拧筋，是理。"

高且源主持仪式。潘大金介绍村史馆建设、布展情况。他走上主席台，走近话筒，中山装口袋里掏出发言稿，指头叩叩话筒，吹两下。

"我一在话筒里说话就紧张。"

会场一阵大笑。

潘大金念道："尊敬的张主席，尊敬的马科长，尊敬的高书记，尊敬的相主任……"

台下高拧筋因为没和潘大金抬上杠还没解气，喊道："尊敬的各位领导就行了。"

台上潘大金还顾着反驳高拧筋："一句话能说出全部的尊敬心情？"继续念，"尊敬的各位兄弟爷们、姊妹娘们，我怀着万分激动的心情，介绍村史馆建设布展情况，大家上午好！新年好！"

人们哗哗鼓掌。

潘大金的发言稿，是他花了三天两夜时间和心思写出来的。

新春到，新年到
文化广场、村史馆就要剪彩了
建设广场、村史馆
支部班子立下汗马大功劳
兴旺主任说要让村民玩的好
且源书记说乡愁人人要记牢
补旧建新进度快

两位干部天天来

潘大金曾经迷过途

三天三夜想了开

副主任四钱也勤快

......

台下叫："夸自己了。"

潘大金扇着手里的稿子喊："别急别急，多着呢。"

高一级大叔天天忙

潘成功大哥人实在

成家二弟出手大方不爱财

大把的票子拿出来

老少爷们都搭手

支部怎么说怎么来

咱今天才能看到这光彩

村广场，不堆柴草不晒粮

夜里灯火明晃晃

《小苹果》《希望的田野上》

大叔二叔三大爷

小媳妇大婶子二大娘

跳出天天好日子

蹦得一身筋骨都舒畅

村史馆，记历史

聋子叔的钢轨头高挂上

敲一声叮当响

敲两声响叮当

历史记心头

鬼子兵都完蛋光光光

权耙扫帚扬场掀

碌碡簸箕使牛鞭

筛子抬筐麻袋囤

胶轮条筐和车袢

锄镰锨镢样样有

各种农具都齐全

老辈庄稼人苦又累

今天机械能帮咱

修路架桥打机井

两园两场标准田

巾帼不把须眉让

顶呱呱要数姨妹周小莲

老冯老马更是牛

没有黑白劲头冲上天

城里人看花又登山

咱笑眯眯地数大钱

街道整洁没垃圾

义工队伍老当益壮不适闲

家家户户干净净

人人都是大笑脸

老书记说过传家宝

村里人你找他找我也找

拧筋二叔迷得追兔子

潘大金找得迷心窍

三天三夜在思考

半截楼是咱传家宝

界定山是咱传家宝

共产党优良传统是咱最好的传家宝

传家宝不能掉

时时刻刻要记牢

一代一代传下去

鲜艳红旗万年高高飘

忆过去，想明天

明天日子比蜜还要甜

奔梦路上有咱好支部

路子对，干劲添

没有难事绊住咱

一轮红日正升起

民族复兴梦实现

咱老百姓的日子天天过大年

人们爆发出雷鸣般掌声和呼好声。

村人们还依然叫着的半截楼，听了潘大金的发言，似乎也抖了抖精神，要把它青春的风貌尽情展示给人们。

老槐树也对那片浮云招招枝丫，很是赞同潘大金。

高拧筋完全被惊住了。潘大金走下台走到他身边，捅了捅他又满脸自豪地问讲得怎么样，高拧筋才回过神来，左手竖起大拇指，右手也竖起大拇指。

"高，实在是高，高家庄的高，你二叔我老高的高。"似乎觉得不该夸奖他，又忙改口，"你说的都是我想的，比我差不了哪里去。"

一向不看好潘大金的潘成功也侧过身来。

"没想到你还有这能耐。"

"说的是群众心声。"高一级也说。

掌声中张主席讲话。

"习总书记说，美丽乡村建设，乡村振兴，一定要走符合农村实际的路子，遵循乡村自身发展规律，充分体现农村特点，注意乡土味道，保留乡村风貌，留得住青山绿水，记得住乡愁。同志们，习总书记对我们农村情况了如指掌，话都说到我们心坎上了。半截楼村建设的路子，经济发展的路子，完全符合中央精神，符合村自身实际，是一条有效路子，是村班子敢于大胆探索实践出的路子。刚才在车上马一腾主任跟我说，每次来到半截楼村，都能感受到一种昂扬向上、令人振奋、催人奋进的力量。我说，半截楼村凝聚着一种正能量，它生发于父老乡亲们对美好生活的向往，生发于高且源书记和村班子每个成员那种敢于担当、乐于奉献的时代精神，这正是我们农村发展所需要的支撑和力量，是振兴我们乡村、建设美好家园所需要的强大动力。"

此时，张主席有万千感慨。

"父老乡亲们，就说半截楼，从建造之初就寄托着建造者让人们过上美好生活的愿望。一个朝代，只要不昏庸，一个官吏，只要不私欲熏心，都会有这朴实想法，但就是这朴实想法也往往难以实现。只有共产党，把全心全意为人民服务作为宗旨观念，只有在中国共产党领导下，让人民群众过上美满幸福的好日子，这千百年来的美好愿望才能实现。同志们，美好生活刚刚开头，奋斗、追求、奉献永无止境，愿我们的每个日子都红红火火，芝麻开花节节高。"

掌声由衷地从人们心里发出。

高且源最后讲道："这样说吧，现在，我把我的心、我的情、我的时间和精力都献给了半截楼村，同样，半截楼村的父老乡亲也给了我很多很多。在这里，我找到了做人的勇气和自信，人生价值也得到进一步实现，这辈子，我的梦想就在半截楼村了。"

一阵热烈掌声经久不息。

仪式结束，高且源和张主席正走下主席台，潘二银的儿子潘子谋走来——这名字也是潘大金给起的，"生子当如孙仲谋"，好啊——潘子谋对高且源说："高书记，咱村让你领导得这么好，真叫人羡慕。今年我大学毕业，想考村官，跟你学习，欢迎不？"

"热烈欢迎。"高且源拍拍潘子谋肩头，"村子发展，就要靠你们有文化的年轻人，你上咱村来，干好了，过几年当书记。"

风已和煦，万物感受到了洋洋的暖。

"又一个春天来了。"高且源望着泛绿的老槐树枝条，满街笑脸的人们，说道，"主席，我爷爷说的传家宝，我想了多日，就是我们的青山绿水，也像潘大金同志说的，是我们共产党人的精神、干劲、优良传统，半截楼，承载着这精神、干劲和传统。"又问，"村名还改不改？"

"不改，"张主席说，"还叫半截楼村。我们的建设、发展永无止境，为老百姓服务、谋利益的心永远不能满足。"

"主席，登上楼顶看看？"

"好，'欲穷千里目，更上一层楼'。"

七彩的阳光普照大地，皑皑白雪泛着金色的光芒。谁燃放的一个二踢脚，像小村憋足劲已发力的日子，砰啪两声飞上天。

后 记

　　写作是一种冲动。灵感之冲动可以为诗，可以为短篇佳构；生活的积累、沉淀、反刍，日日像洪水撞击堤岸一样在胸中汹涌，可以为长篇。

　　我生于二十世纪六十年代鲁南滕州的一个仅有一条半路向外走的半山区半平原小村，八十年代初师范学校毕业后在农村中学教英语长达八年，九十年代初到乡镇政府工作，新世纪的十年后调到滕州市文联工作。

　　教书时，为把剩余而寂寞的时间打发掉，把青春多余的精力淋漓尽致地发泄了，开始业余文学创作。四年多时间，创下的最大"佳绩"，是于九十年代末长诗《小楼泪》上了《诗刊》二题，被称为枣庄地区《诗刊》第一人。也因此，被调到人人羡慕的乡镇政府工作。开始是与公文材料包括宣传报道打交道，尔后作为分管农业的副镇长常跑田间地头，然后又任职人大。在乡镇二十年的时间里，与文学创作基本绝缘。每每提及八十年代中后期的文学创作，有友人便笑说，我不写诗，中国少了个"大诗人"，不从政，中国又会少个"小官僚"。

　　我汗颜。

　　但乡镇工作并没负我，给了我丰富的阅历，让我更熟知并能深思乡村。

二十世纪八十年代，农民解放出来的劲头让汗水砸在土坷垃上啪啪有声，有头脑的开始搞副业、办企业，有点门路的去镇上、城里打工，"万元户"冒出，被称为大款、巨富，让人仰慕。九十年代市场经济大潮兴起，社会剧烈转轨变型，更多农民外出务工，也有少数农民找不着出路，剩余的力气到处乱使。那是一场农村变革中的震荡。进入新世纪，经济发展，城市开放得没有围栏门槛，农民能轻松进城务工，甚至找到不错的挣钱门路，找到了在这个世界上自己应有的位子。近年来，乡村发展、变美，变得有前途，社会趋于平稳，集体上访基本绝迹，连小偷小摸、打架斗殴、酗酒滋事也少而又少。但伴随着老一代农民陆续返乡，中生代农民又想回乡创业，在给乡村带来清新和活力的同时，也让趋于平稳的乡村又面临一次多元的集合组装。

　　在今日乡村的发展中，在火热的美丽乡村建设中，成绩卓然的，大都是"返乡人"担任支部书记的作为。但事情伊始，并不随愿，总会像一潭静水，被投入的一块石头击起波澜。这其中有利益的再分配、再调整因素，但更多的是观念、文明的冲撞。

　　相对于费孝通先生的乡土时代，今日之乡村已进入到后乡土时代，表现为"流动的村庄"，不再以农业为主的经济方式。在这个时代，浸染着城市文明的农民返乡，或养老或创业或"再就业"，在自身怀揣纠结与不适的同时，又会与固守着乡村文明的"守乡人"自觉不自觉地发生碰撞，引来乡村的再一次震荡。这种震荡，是城乡文化、城乡文明的冲撞、交汇与融合，通过积极、正确、有效引导，像山东省按照中央指示精神正在进行的新时代文明实践中心建设，就能构筑起有体系的现代乡村文化、文明，让人们富裕、体面地生活，安居乐业。

　　这是现实，也是本人的思考。

　　落实到长篇小说的文本上，靠冲动不能完成，靠生活之积累之沉淀之反刍亦不能顺当成篇。需要技艺。

在写作中，在艺术追求上，本人坚持既继承传统又借鉴现代叙事手法，既讲求精巧又追求大开大合；坚持故事性；坚持写出历史积淀所造就的人性；坚持探索解构地方语言，构建自己文学语言的可能性。

这期间有不少文友见面便问，写完了吗？我道，千万别写长篇。答非所问。不易。

在写作中，随着思路的开阔，甚至是初稿完成后，随着老师、友人意见、建议的加入，调整、修改，再调整、再修改，甚至是艰难、痛苦地调向。

总算完成了，可以对生活对几年心血的付出有个交代了。但又恐慌，是不是艺术地再现了生活，能不能让读者从中思考些什么。

觉得是长篇小说，还有些意思就好。如操作了一桌饭菜（姑且不论丰简），能有一两道可口，愚也知足了，得以安慰了。

在文本写作中，十三届全国政协委员，山东师范大学新闻与传媒学院教授、博士生导师，中国作协全委会委员，山东省作协原副主席李掖平教授浏览原稿，给予指导；中国作家协会全委会委员、山东省作家协会原副主席、著名作家赵德发老师给予指导；著名诗人、作家，原滕县七中教师，《大众日报》专刊部原主任张中海老师，多次给予教导，要生活化、民俗化、个性化，可融入散文手法；山东省作家协会文学研究所所长助理，著名评论家、作家赵月斌先生，读初稿，给予点拨。

被山东省作家协会列入二〇一八年度定点深入生活项目，更是鼓励；山东省广播电视厅政策法规处处长李广昌同志给予大力支持；《大众日报》社交通记者站张棚先生给予大力支持；山东省书法家协会主席团委员，枣庄市文联副主席、书协主席，滕州市文联主席马建钧同志，给予支持、照顾，并题写书名；枣庄市文联专业作家、作协主席简默先生给予指导、支持；中学高级教师，同行、文友、司民老师通读原稿，给予指导、鼓励；还有给我鼓励的友人、亲人。在此，一并致以真诚感谢。

赵公林

二〇一九年五月于古善国滕州